西田良子
Yoshiko Nishida

宮沢賢治
読者論

翰林書房

宮沢賢治読者論◎もくじ

如是我読

「如是我読」というタイトルは説明するまでもなく「如是我聞」をもじったものである。二十数年続けていた大阪国際児童文学館の「関西賢治ゼミ」で、私が時々戸惑ったのは、同じ文章を読んでいても、ゼミ生は各人各様それぞれ違ったイメージを思い浮かべているらしいという事であった。例えば「銀河鉄道の夜」の列車の座席はボックス型かベンチ型か、登場人物はどういう順序で座っているか、という事が話題になった時、驚くほど色々な答えがとびだしてみな驚いた。「銀河鉄道の夜」の絵本は絵の作者によってボックス型もあればベンチ型もある。恐らく、同じ表現を読んでもそれぞれの体験や知識によって思い浮かべるイメージは千差万別なのであろう。

賢治の作品に対して、「難解だ」「わからない」という読者は少なくないが、反対に、個性的なオノマトペや、比喩表現の多い賢治流の文章が魅力的だという人も多い。賢治作品は、ストーリーも、表現も、個性的な、不思議な牽引力を持っている。まず、挙げられるのは、ユニークな造語が醸し出す表現の魅力である。例えば、童話『やまなし』の冒頭部分の「クラムボンはわらつたよ」「クラムボンはかぷかぷわらつたよ」「クラムボンは跳ねてわらつたよ」という子蟹の会話は、「クラムボン」が何であるかわからなくても、澄んだ小川の水の中で、生まれたての小さな〈いのち〉がたくさん元気に跳ねまわっている様子がありありと浮かんでくる。

賢治は語感に鋭く、独自の作品世界を構築するために、ユニークな擬態語擬声語を創りだしたり、独自の比喩を用いたり、地名人名を造語したりした。そのため違和感を感じる読み手があるかも知れないが、こうした表現のユニークさこそ大きな魅力である。

『雪渡り』の「キック、キック、トントン」や、『オツベルと象』の「のんのんのんのん」や「グララアガア、グララアガア」のように、読み手の心の中でいつまでも響き続けるオノマトペはもちろんのこと、『やまなし』のような印象的な比喩や「銀河鉄道」「ポラーノの広場」「ゴーシュ」などのユニークな命名も読み手のこころに強い印象を与える。この他、賢治は、科学用語、天文用語、地質学用語、宗教用語などを、自在に使い、個性ある表現を作り上げている。

賢治の作品の中には、深い思想や重いテーマを含んではいるものがあるが、子どもたちには、それらを無理に理解させるよりも、まず、ユニークな表現から浮かび上がってくるイメージや物語の世界を自由に楽しませることによって、豊かなコミュニケーションの能力を育てていくことが大切なのではないかと思う。

私たちのコミュニケーションは、主に「話す・聞く」「書く・読む」で行われているが、これらはキャッチボールのように、「話し手」から「聞き手」へ丸ごと手渡されるのではなく、受け手の中の言葉が、話し手の発する言葉によってイメージが喚起されるのである。話し手の発する言葉をキャッチする受け皿が、受け取るほうに用意されなければ、たとえ話し手が、どんなにボールを投げても、受け止めることはできない。つまり、話が通じないということになる。しかし、受け手の方に、話し手の発する言葉をキャッチして、受け取る用意があれば、ボールは、その中に入って受け止められるから、話は通じるということになる。

随分前に読んだ杉本苑子さんのエッセイ「作者と読者の関係」に、杉本さんが武田泰淳夫人百合子さんの書かれた『富士日記』の文章に惹かれて、何度も読み返すうちに、武田山荘の間取りやたたずまい、まわりの風景、スタンドのおじさんや石屋の社長、大岡昇平氏邸の飼い犬デデまでが、杉本さんの想像の中で、独自のイメージを結び始め、杉本さんだけの作品世界が創造されていた。ある時、アサヒグラフで武田邸の一部を写真でみたときには、「どうも自分の想像とは違っている」と感じた杉本さんは、急いで本物の印象を振り払ったという。

杉本さんは「自分の『富士日記』を大事にしたい」と考えたのだと記されていた。その理由としては「好きな小説が映画化されたり、テレビ化されても、私は見ない。頭で作りあげた自分だけの作品世界が壊れるからである。映し出されるのは監督なり演出家なりの受けとめた彼自身の印象で、私のそれではない。同じことは自分の小説にもいえる。私は私の創り出す世界に没頭して書くが、読み手は千差万別、それぞれの空想の中で、その人ひとりきりのイメージをつくりあげているのだろう」と、考えるからであると述べられていた。

賢治の作品は、表現が極めてユニークで、メタファーやシンボリックな言葉が自由自在に使われ、謎めいた語彙が多いため、一般にわかりにくいものとされている。しかし、わかること、すなわち作り手のイメージを正確に受け止めることだけを優先すると、前述の杉本さんが出した「自分の『富士日記』を大事にしたい」という結論は誤りであることになってしまうだろう。賢治は、『注文の多い料理店』の序で「ですから、これらのなかには、あなたのためになるところもあるでせうし、ただそれつきりのところもあるでせうが、わたくしにはそのみわけがよくつきません。なんのことだか、わけのわからないところもあるでせうが、そんなところは、わたしにも、また、わけがわからないのです」と書きしるしている。賢治の作品には、ユニークな表現の中に、人類普遍のテーマが寓意として内包されている。そのため、難解だといわれることが多い。

賢治の作品に込められた仏教童話の寓意は、最初は何も気がつかないが、繰り返し読んでいるうちに、次第に気づくようになる。賢治の童話には、何回読んでも新たな発見があるといわれるが、それこそが寓話の力である。何回も繰り返し読もうと子どもたちが思うには、子どもたちが、その作品に魅かれることが必要なのである。賢治独特のユニークな表現に魅かれて、何回も何回も繰り返し読むなかで、いつか、賢治が作品に込めた寓意に出会うことができるものなのではないだろうか。

I

賢治童話研究の始点

ごく最近のことである。古い手紙を整理していると、見覚えのない一通の手紙が出てきた。それは宮沢賢治研究家恩田逸夫氏からの手紙だった。氏は宮沢賢治研究の学問的基礎を築いた人で、その手紙の日付けを見ると、昭和二十九年三月十八日となっている。今から半世紀以上前の手紙である。かすかな記憶を辿りながら読み返すうちに、当時のことが次第に甦ってきた。手紙の中には、次のような一節があった。

先日は玉稿をお示し下され感読致しました。「賢治友の会」の理事達に話して「四次元」誌に掲載させていただくつもりです。

当時、恩田氏とはまだ直接話したことはなかったが、「四次元」誌上に、ほとんど毎号掲載される恩田氏の論文は、賢治の本質をつくテーマが多く、その論述はきわめて実証的でわかりやすく、当時、卒業論文を書いていた私にとっては〈論文の書き方〉を学ぶのに好個の論文だった。前掲の手紙にある拙稿は「賢治における童話制作の動機」と題するもので、サブタイトルに、「――賢治研究に対する一提唱――」と付しているように、卒論を書きながら気になっていた当時の賢治研究の視点のゆがみを指摘した提唱だった。この小論は、その年（一九五四）の六月、「四次元」（第六巻第六号）に掲載された（当時は古賀良子）。

当時の私は、熊本大学法文学部国文科の四年生で、十五歳の頃から愛読していた宮沢賢治の童話を使って『童話文学論』（七〇〇枚）をまとめ、その年の一月、卒業論文として提出していた。卒論を書いている中にいろいろな興味が湧いてきて、卒論のテーマを更に拡げて、「近代日本文学における『童話文学』の系譜」をまとめてみたいと思うようになっていた。鈴木三重吉や小川未明、芥川龍之介、有島武郎、島崎藤村、坪田譲治など、小説と童話の両方に佳作のある作家たちの「童話」と「小説」に、制作上の違いがあるかどうか、読者は、その両者を区別して読んできたのかどうかということを実証的に明らかにしてみたいと考えるようになった。その後の早稲田大学大学での研究は、賢治と同時代の日本児童文学の実態が次第に明確に把握出来るようになり、一九五三年に提出した修士論文『赤い鳥研究』となったが、早大大学院受験時以来、私の抱き続けた問題は、一九七三年に、「坪田譲治――坪田文学における『小説』と『童話』――」（明治書院刊『講座日本児童文学6　日本児童文学の作家Ⅰ』所収）に、私なりの一つの実証例として示すことができた。

　私の宮沢賢治研究のスタートとなった「四次元」の「賢治における童話制作の動機――賢治研究に対する一提唱――」を読み返してみると、一九九五年に刊行した拙著『宮沢賢治――その独自性と同時代性』（翰林書房刊）において私が提唱した賢治の独自性と同時代性の問題と通底する点がある。いわば私の賢治研究の原点が、五十数年前のこの小論にあったことに気づき、私自身少なからず驚いた。

「賢治における童話制作の動機」というテーマについては、昭和二十八年当時には、いろいろな説があった。

　盛岡中学時代から短歌の制作を始めた賢治には、かなりの数の短歌があり、妹トシに清書させたりもしていた程だった。その短歌をやめて、なぜ童話を書き始めたのか。また、盛岡高等農林時代は、同人誌「アザリア」を創刊して、自然主義風の小説「床屋」や「電車」などの小品を書き、俳句も作っている。[*1] 大正十年に上京した時も、小説に関心を持っていたように思える書簡が残っている。にもかかわらず、賢治は、なぜ、小説の道をすすまず、童話を書いたのだろうかという疑問を抱く読者は少なくなかった。それに対して、様々に論じられたが、もっとも有力だったのは、国柱会の高知尾智耀師から奨められて法華文学を書くようになったという説であった。これは賢治が「雨ニモマケズ」を書きつけた手帳の中に自筆で書かれているということで信用度は高く、当時は最も信頼されていた。しかし、『雨ニモマケズ手帳』が使用されたのは昭和六年の夏以降のことで、賢治が高知尾師に会った大正十年のことだから、約十年以上経った思い出の記述であるし、高知尾師が「賢治の思い出」を書いた「田中先生と宮澤賢治」（昭和三十五年八月『若人』）には高知尾師には全くその記憶がないという。つまり「高知尾師ニ奨メラレテ」というのは昭和六年に思い出した十年前の記憶に基づいた記述である。

詩人草野心平氏も、当時有力だったこの説を主張した一人で、著書『宮澤賢治覚書』（昭和三十六年十二月二十日刊）（七八頁）には次のような記述がある。

> 二月頃国柱会の高知尾智耀師の奨めもあり、文芸に依り大乗教典の真意を拡めんことを決意す
> これによっても想像されるやうに中学時代から書きはじめた短歌はしばらくおくとしても、賢治の童話や詩歌は、彼自身の芸術創作の星雲的要望とその「奨め」とによって初めて積極的に意図されたもののやうである。事実忽然といった言葉が全く当てはまるやうに「在京の一月より八月に至る間、創作熱最も旺盛。有る月は三千枚も書く

と書いて、賢治の童話創作は大正十年の家出の際、高知尾師にすすめられたものだと説明している。

しかし、賢治の実弟宮沢清六氏の著した「兄賢治の生涯」（一九四二年版『宮澤賢治全集』「研究」一四七頁）には、次のように書かれている。

処女作の童話を、まっさきに私ども家族に読んできかせた得意さは察するに余りあるもので、赤黒く日焼けした顔を輝かし、目をきらきらさせながら、これからの人生にどんな素晴らしいことが待っているかを予期していたような当時の兄が見えるようである。

清六氏のこの証言からすれば、賢治が童話を書きはじめたのは大正七年八月だということになり、高知尾師に奨められたのは、国柱会に通っていた頃とすれば、大正十年のこととなる。清六氏弟妹たちが賢治の童話を聞かされた思い出よりも二年半ほど後のことになる。

私は、「賢治における童話制作の動機——賢治研究に対する一提唱——」（「四次元」六巻六号）の中で、草野心平氏説に次いで以下のように述べている。

尚、賢治の童話創作に関しては、谷川徹三の環境説（環境も亦童話の制作に適合してゐたであらう。信仰がこれを促したばかりではない。大都会の唯中で、新しい友もなく、筆耕や校正のやうな無味乾燥な仕事で貧しい生活を営むものにとつて、自由な空想の世界に人を遊ばせる童話の制作ほど心をうるほし慰めるものはないからである云々（岩波文庫「風の又三郎」解説三一三頁））や、串田孫一の童心説（賢治は成人の眼と、子供の眼とを同時に持つてゐたとも言はれてゐます。（「四次元」十号、三三四頁下段八行目）普通の大人が、どれほど巧みに童心の世界を自分の中にしつらえても、たゞ巧みさからでは出来ないと思います。賢治には子供の世界が、肉体的にも残されていたことが大きな要素になつています（「四次元」三十一号、九三三頁））など、色々の説があり、それらはいずれも確かに、賢治における童話創作の一要因を示しているが、中でも恩田逸夫の説は、一般論的立場から、賢治における童話創作の可能性——童話文学者としての資質——を指摘したものとして、私に大きな示唆を与えてくれた。つまり氏は、成人が童話を書く気持として、⑴児童愛、⑵児童尊重、(3)児童の心的特性によせられた興味、(4)童話の象徴性や抒情性に対する関心という四つの場合を挙げ、賢治がこの四条件を、ことごとく備えていた事を例示しながら、詳述されたのである（「四次元」四号、五四頁五六頁）。この四要因は、賢治の童話創作における根本的素因として、動かせないものであろう。たゞ強いて言えば、これらは皆、賢治の内部に具わつていた、所謂童話文学者としての可能性であるから、「何故、賢治は童話を書いたか」という事に関しては、間接的要因であり、この可能性を現実化した積極的、直接的動機は、何か他にあつたであろう。如何に可燃体の物質と言えども、点火しない限り決して燃え上るものではない。その点、「高知尾師の奨め」という事は、あながち否定すべき事ではないのであるが、たゞ、賢治の童話創作は、高知尾氏に奨められたという大正十年より三年前、つまり大正七年六月頃から始まつているのであるから、これをもつて、その動機とするわけには行かない。

こゝで暫く、賢治のアレコレ詮索する今までの研究態度から離れ、彼が初めて童話を書いた大正七年が、文壇的——もつと狭く、児童文学史的——に如何なる時代であつたかを考えて見たい。

明治末年、一時低調になつていたお伽噺は、この頃、「童話」という新しい名称のもとに、その質的変化が行なわれつつあつたのであつて、童話の文学性を確立し、現代童話文学界に大きくエポックを作つた雑誌「赤い鳥」は、実にこの大正七年六月に創刊発行されているのである。ところで賢治が最初の童話「蜘蛛となめくぢと狸」を書いたのも、彼の年譜によれば、これと同じ大正七年六月である。この二つの年代的一致は、単なる偶然に過ぎないと云えるであろうか。これを単なる偶然と見ても、「赤い鳥」の創刊をうながしたほどの当時の童話熱が、感受性の強い賢治に、何の感化をも与えなかつたとは、考えられないのである。

船木枳郎氏の「現代児童文学史」によれば（五一頁）第一次世界大戦の始まつた頃から、婦人や子供に対する関心が、世界全般に高まり、日本に於いても、戦中、戦後を通じて、婦人雑誌や、児童雑誌が啓蒙的役割をもつものとして盛んに刊行され、それにつれて、童話熱が急速に高まり、余技の域を脱しなかつたとは言え、当時の一流文人は、こぞつてこれに筆を染めたという。

しかも、こうして創作童話が発展の途についた時、世界大戦による海外文化の交流に刺戟され、外国童話も又、急激に拡まり、イソツプ、グリム、アンデルセンなど、正に創作童話をもしのぐ人気であつたといわれる。(船木枳郎氏『現代児童文学史』一六八頁より)ところで、初期における賢治の実生活を知るに、最も有力な手懸りである八百三十三首の短歌により、当時の彼を窺うに、彼は「大正七年五月より」のところで、「アンデルセン白鳥の歌」と題する十首の歌を詠んでいる。彼が処女作「蜘蛛となめくぢと狸」を書いたのが大正七年六月であるとすれば、ここにも何かの関連があるのではなかろうか。彼のイーハトーヴオ宣言における「大小クラウス〔一〕というのは、明らかにアンデルセンの「小クラウスと大クラウス」の事であつて、彼がアンデルセンに傾倒していた事は、ほぼ確かな事である。

こう考えて来た時、彼の童話創作の動機、つまり、彼の童話文学者的資質をめざめさせたのは、これらアンデルセン及び「赤い鳥」の創刊であつたと言えないだろうか。もつと詳しく言うならば、当時の童話流行の風潮に刺戟され、少なからずこうしたものへ関心を持ち始めて居た彼が、たま〳〵アンデルセンを読み、十首の短歌を作る程に感動していたその矢先、鈴木三重吉の「赤い鳥」が創刊され、一流文人がこぞつてこれに執筆するに及び、希望と情熱に燃えていた若き賢治も、自らこれを試み出したというのは、当然すぎる程当然ではなかろうか。アンデルセンと同様、彼が「赤い鳥」に関心を持つて居たという事は、大正十年上京した際、三重吉のもとへ訪れたというエピソードからも明らかである。

こうして始まつた賢治の童話創作は、「童謡童話流行」と特筆されるまでに童話熱の盛んであつた大正十年、彼が上京し、高知尾師の「奨め」を受けるに至り、その若い宗教的情熱と相俟つて、本格的なものとなつて行つたのであろう。従つて、高知尾師の「奨め」は、賢治の童話創作の直接的原因ではないが、彼の童話作家的基盤を作り上げるには、決定的要因であつた事は否めない。併、その高知尾氏の「奨め」そのものが、当時の童話流行からの思いつきであつたとすれば、矢張り当時の「赤い鳥」を中心とする童話文学運動が、彼の資質と関心とを、ますます助長させたのだと見てよいであろう。勿論それとても、賢治自身に、童話文学者としての秀れた素質があつたからこそ、そうした外的刺戟を敏感にとらえ得たのである事は、今更言うまでもない。

そしてもし、私のこうした考察が、幾分でも正しいものであるならば、賢治の孤立性をあまりにも強調し、彼を一般的文壇や思潮から、切り離し、専らその特異な性格や、非凡な実生活からのみ展開して行こうとする従来の賢治研究は、今一度反省すべき必要があるのではなかろうか

〔「四次元」第六巻第六号、一九五四年六月〕

この小論で私が提唱したのは、賢治のユニークな感覚や表現を高く評価し、東北で生涯生きて、中央の文壇とは無関係の孤高の人だったということを強調するあまり、当時の賢治研究は、賢治が生きた大正時代がどんな時代であったかという時代背景への目くばりを失っており、同時代の思想や文化から受ける影響を見落としているのではないかという提言であった。

これは、後年に発表した拙著『宮沢賢治――その独自性と同時代性――』で提示した論文の研究方法の萌芽がこの時期にあったことを示すと同時に、この論は稚拙ながら今まで私の研究の中に続いている視点である。

また、次に収載する「一つの『心象スケッチ』の出来上るまで」は、同じ一九五四年「四次元」五四・五五号に発表したもので、現在のような完璧な賢治全集もなく、研究書も少なかった半世紀以上も前の一九五〇年代の論文はあるが、現在の私の研究がこの論文から始まったという私にとっては記念碑的な意味を持つものであるので今回

恥をしのんで掲載した。

＊1　賢治は、大正十年七月十三日付の関徳弥（親戚。国柱会にも一緒に入会した）宛書状の中に次のように記している。図書館へ行って見ると毎日百人位の人が「小説の作り方」或は「創作への道」といふやうな本を借りようとしてゐます。なるほど書く丈けなら小説ぐらゐ雑作ないものはありませんからな。うまく行けば島田清次郎氏のやうに七万円位忽ちもうかる、天才の名はあがる。どうです。私がどんな顔をしてこの中で原稿を書いたり綴ぢたりしているとお思ひですか。どんな顔もして居りません。

一つの「心象スケッチ」の出来上るまで

一

一般に「心象スケッチ」という名でよばれている賢治の作品は、一体どういうプロセスを経て、一個の作品になって行くのであろうか。

この疑問に対して、草野心平氏は「スケッチ」という事を非常に強調して、

「賢治の場合は作品行動以前に全体が自然発生的に組立てられてしまう。（中略）イメエヂは、それ自身はっきりした構成体をなして賢治を訪れてくる。それをペンで写しとるだけである。多少の、それこそ多少の加筆訂正がなされるだけである」（『宮澤賢治覚書』三一頁）

「それは意識の構成ではなく自然の発生であつた。（中略）『新らしいよりよい世界の構成材料』は意識的に、積極的に提供しようとはしたけれども作品の構成は意識的にはなされなかつた。その時々に心象の中に明滅した現象をそのま、ペンを媒介として紙の上に移動さしたままである」（同書三〇頁）（傍点筆者）

と説明されている。ところが、この説明の皮相な解釈から当時の読者の中には、賢治の作品は全て始めから大した

訂正もなくすら〳〵と書き上げられたものであると信じている人が少くなかった様である。こうした所から、賢治は一月三千枚の原稿を書いたという様なエピソードも流布されたのであろう。

もっとも、彼の創作力は驚くべき程旺盛で、その速度と多筆とは、賢治自身多少の自信をもってこれを認めていた様である。彼の作品「みぢかい木ぺん」の中の「その日、キッコが学校から帰つてからのはしやぎようといつたら、第一おつかさんの前で十けたばかりの掛算と割算をすらすらやつて見せてよろこばせ、それから弟をひつぱり出して猪の顔を写生したり、荒木又右衛門の仇討のところを描いて見せたり、そしておしまいもうお話を自分でどん〳〵こさいながらずん〳〵それを絵にして書いて行きました」（傍点筆者）という描写などは、正に創作衝動にかられながら書きまくる彼自身の姿のように思われる。しかし、多筆であるという事は、推敲を加えていないという事とは別であって、実際彼の原稿の写真や凸版ずりを見ると、構想や字句の訂正がかなり厳密に行なわれている。彼の草稿で、「要再訂」とか「要三考」とか註記されている例は決して珍らしいものではなく、一度雑誌「愛国婦人」に発表した「雪渡り」でさえ、「要再訂」と記されている。これから見ても、賢治が自分の作品をくり返し推敲し、その表現にどれ程注意をはらっていたかが窺われる。

彼が、「どうしてもこんな事があるようでしかたないということを、わたくしはそのとおり書いたまでです」といったのは、その内容面を指したのであって、表現に何等考慮をはらっていないという事ではないと思う。成程、自然に対する驚異から生じた彼の様々な心象は、確かにその通り感じたのであろうが、そうした心象を、如何なる構想のもとに、如何にスケッチするかという事は、決して無意識になされたものとは思えない。

シャープペンシルを首にかけ、野山をあるきながら次々とスケッチして行ったと言われる詩においてさえ、表現法の苦心の後は十分窺えるのである。例えば、

岩手山

そらの散乱反射のなかに
古るぼけて黒くゑぐるもの
ひしめく微塵の深みの底に
きたなくしろく澱むもの

たび人

あめの稲田の中を行くもの
海坊主林のはうへ急ぐもの
雲と山との陰気のなかへ歩くもの
もつと合羽をしつかりしめろ

これら二つの四行にすぎない短かい詩においてさえ、彼は脚韻をそろえており、前者では俯仰による視点の結合によって山貌を力強くどっしりと描き、更に黒白の対照さえ用いている。後者は、まずたび人の現在居る地点からその歩いている近景へうつり、更にその進み行く方の遠景へと移行して行く視線の動きによって、眼の前の旅人の姿をより明確に描き出している。前者は対照法により、後者は漸層法による強調であるといわれている。

一見荒削りで無造作のように見える賢治の詩にも、実はこのように極めて細かい創作技法が使われているのであってこれから推しても彼の作品が、決してたゞ書きっぱなしでない事がわかると思う。

試みに、彼の代表作「風の又三郎」について、その成立過程を調べて見よう。

まず、その制作年代についてみるに、『宮澤賢治全集』では大正十四年となっている。しかし、谷川徹三氏は、岩波文庫『風の又三郎』の解説の中で、「著作年代については、全集には大正十四年稿？となっているが、清六氏の最近の言葉によると、大正十五年頃とも昭和二年とも、昭和六、七年頃とも言い得るもので、要するに不明というものが最も正確であるという。いずれにしても、これがすでに述べた如く、賢治の最後期に属するものであることはたしかであろう」と記されている。

一方、昭和二十三年十月発行の『農民芸術第七集、宮沢賢治詩集』の中（二二頁）に、新発見の手紙として、沢里武治氏宛の賢治の書簡が掲げられているが、その中に「次は〝風野又三郎〟というある谷川の岸の小学校を題材として百枚ぐらゐのものを書いてゐますのでちようど八月の末から九月上旬へかけて学校のこどもらの空気にもふれたいのです」という文句がある。残念なことに、この手紙には日付がないがその手紙の紹介者は、前後の文面の内容から昭和六年の夏から秋頃のものと推定されている。この推論がどの程度の論拠をもっているのか不明であるが、この推定がもし正しいとすれば「風の又三郎」は、清六氏の「昭和六、七年頃ともいい得る」といわれたのが正しい事になり、彼の最後期の作品という事になる。

併し、私は彼の作品傾向から、この昭和六、七年というのは、今日の型になった、ほゞ完稿とされている「風の又三郎」の執筆年代であって、その草稿と見られる「風の又三郎異稿」はその内容や書き方からみて、賢治が「狼森と笊森盗森」「山男の四月」「水仙月の四日」「鹿踊りのはじまり」など、民話を素材として一聯の童話を書いていた大正十年乃至十一年頃のものではないかという気がする。大正十年作といわれる「ひかりの素足」に、伝説「風の又三郎」におびえる楢夫の描写がある点から見ても、異稿の如く民譚的に風の又三郎を扱ったのは、矢張り中期以前ではないかと思うのである。しかも、「風の又三郎」の一部として取り入れられている「種山ケ原」は、『組合版宮沢賢治文庫・第七冊』では、「大正十年？」となっており、もしこの推定制作年月が正しいとすれば、

「定稿」とみられる風の又三郎の成立は、昭和六年頃と見ても、最初の草稿から成立までには、約十年あまりの年月が経っているという事になる。併し、この事は、賢治の童話創作熱は大正十年、十一年頃がもっとも高く、彼の作品の多くはこの頃作られたもの、或は構想されたものといわれ、晩年の作品も殆んどこの頃の構想に筆を加えて出来上ったものであるといわれている事からすれば、「風の又三郎」の場合に限った事ではないであろう。

「定稿」——本当は要再訂という註記があるから、こう言う事は出来ないかもしれないが、今日ではほゞ完成したものとして取り扱っているので、以下、風の又三郎異稿と明確に区別するために、「定稿」という事にする。——「定稿風の又三郎」が「異稿風の又三郎」から脱化したものである事は、今更いう迄もないが、その他の作品の中にも風の又三郎の草稿と思われるものがかなりあるので、今それらの中から特に類似している構想や酷似している文章を摘出してみると、（テキストは主に十字屋書店版『宮澤賢治全集』を使用。十字屋版全集にないもので組合版宮沢賢治全集にあるものは、組合版から引用）

（1）どつどど、どどうど、どどうどどどう
あゝまいりんごも吹きとばせ
すつぱいりんごも吹きとばせ
どつどど、どどうど、どどうどどどう。（定稿風の又三郎・全集三巻二三五頁）

ドツドド　ドドウド　ドドウド
甘いざくろも吹き飛ばせ
酸つぱいざくろも吹き飛ばせ（異稿風の又三郎・全集五巻一一一頁）

（2）赤毛の子供（定稿・全集三巻二三六頁）変てこな鼠いろのだぶだぶの上着を着て、白い半ずぼんをはいてそれに赤い革の半靴をはいてゐたのです。（定稿・三巻二三七頁）

赤髪の鼠色のマントを着た子（異稿・五巻一〇〇頁）

（3）「あいつは外国人だな」（定稿・三巻二三七頁）

「どこの人だ、ロシヤ人か」（異稿・五巻一〇一頁）

（4）「みなさん、長い夏のお休みは面白かつたですね。（中略）けれどももう昨日で休みは終りました。これからは第二学期で秋です。むかしから秋は一番からだもこころもひきしまつて、勉強のできる時だといつてあるのです。ですから、みなさんも今日から又いつしよにしつかり勉強しましよう。（後略）」（定稿・三巻二四二頁）

「みなさん、楽しい夏の休みももう過ぎました。これからは気持のいゝ秋です。一年中一番勉強にいゝ時です。みなさんはあしたから、又しつかり勉強をするんです。（後略）」（達二の夢・全集五巻四六九頁）

（5）今日はみなさんは通信簿と宿題をもつてくるのでしたね。持つて来た人は机の上へ出してください。（定稿・三巻二四三頁）

「どなたも宿題はして来たでしようね。今日持つて来た方は手をあげて」（達二の夢・五巻四六九頁）

「どなたも宿題は……前同」（種山ケ原・組合版宮沢賢治文庫・第七冊一五頁）

（6）次の日一郎は、あのをかしな子供が、今日からほんたうに学校へ来て本を読んだりするかどうか早く見たいやうな気がして（中略）二人は途中もいろいろその子のことを談じながら学校へ来ました。（定稿・三巻二四六頁）

その次の日もよく晴れて（中略）それから二人は一緒に学校の門を出ましたが、その時二人の頭の中は、昨日の子供のことで一杯になつてゐました。（異稿・五巻一〇〇頁）

（7）〔一〕 キツコ、キツコ、うな通信簿持つて来たが。おら忘れで来たぢやあ。」

「わあいその木ぺん借せ、木ぺん借せつたら。」（定稿・三巻二四一頁）

「うわあ兄な、木ぺん取つてわかんないな。」（定稿・三巻二四九頁）

「キツコ、汝の木ぺん見せろ」（中略）

「よごせ慶助、わあい」（中略）

「いが、キツコの木ぺん、耳さ入るぢやい」（みぢかい木ぺん・五巻四七一頁）

（8）「……これを勘定してごらんなさい。」

先生は黒板に $\begin{array}{r}17\\ \times\ 4\\ \hline\end{array}$ と書きました。（定稿・三巻二五〇頁）

そこでキツコはその鉛筆を出して、先生の黒板に書いた問題をごそごそ藁紙の運算帳に書き取りました。48×62＝「みなさん一けた目のからさきにかけて。」と先生が言ひました。（みぢかい木ぺん・五巻四二〇頁）

（9）みんなはまるでせかせかと走つてのぼりました。向ふの曲り角の処に三郎が小さな唇をきつと結んだまゝ、三人のかけ上つて来るのを見てゐました。三人はやつと三郎の前まで来ましたけれどもあんまり息がはあはあしてすぐには何も云ひませんでした。嘉助などはあまりもどかしいものですから、空へ向ひて「ホツホウ。」と叫んで早く息を吐いてしまはうとしました〔。〕すると三郎は大きな声で笑ひました。（定稿・三巻二五三頁）

二人はそこで胸をどきどきさせて、風のやうに馳け登りました〔。〕その子は大きな目をして、ぢつと二人を見てゐましたが、逃げやうともしなければ、笑ひもしませんでした。小さな唇を強さうにきつと結んだまゝ、黙つて二人の馳け上つて来るのを見てゐました。

二人はやつとその子の前まで来ましたけれども、あんまり息がはあはあして、すぐには何も言ひませんでした。

耕一などはあんまりもどかしいもんですから空へ向ひて、

「ホツホウ。」

と叫んで早く息を吐いてしまはうとしました。するとその子が口を曲げて一寸笑ひました。（異稿・五巻一〇〇頁）

(10)みんなが又あるきはじめたとき湧水は何かを知らせるやうにぐうつと鳴り、そこらの樹もなんだかざああつと鳴つたやうでした。
四人は林の藪の間を行つたり岩かげの小さく崩れる所を何んべんも通つたりして、もう上の原の入口に近くなりました。

みんなはそこまで来ると来た方からまた西の方をながめました〔。〕光つたり陰つたり幾通りにも重なつたたくさんの丘の向ふに、川に沿つたほんとうの野原がぼんやり碧くひろがつてゐるのでした。

「ありや、あいづ川だぞ。」

「春日明神さんの帯のやうだな。」三郎が云ひました。


「何のやうだと。」一郎がきゝました。

「春日明神さんの帯のやうだ。」

「うな神さんの帯見だごとあるが。」

「ぼく北海道で見たよ。」

みんなは何のことだかわからずだまつてしまひました。（定稿・三巻二五四頁）

達二が牛と、又あるきはじめたとき、泉が何かを知らせるやうに、ぐうつと鳴り、牛も低くうなりました。

「雨になるがも知れないな。」と達二は空を見て呟きました。

林の裾の灌木の間を行つたり、岩片の小さく崩れる所を何べんも通つたりして、達二はもう原の入口に近くなりました。

光つたり陰つたり、幾重にも畳む丘丘の向ふに、北上の野原が夢のやうに碧くまばゆく堪えてゐます。

河が春日大明神の帯のやうに、きらきら銀色に輝いて流れました。（種山ケ原・組合版　宮沢賢治文庫・第七冊・六―七頁）

以下、あまり煩瑣になるので、文庫の異同のないものは本文を省く。但し、「風の又三郎」の馬のところが「種山ケ原」では牛になつている。

(11)定稿風の又三郎・三巻・二五五頁六行―二五六頁三行
種山ケ原・組合版七冊・七頁二行―八頁二行
(12)定稿風の又三郎・三巻・二五九頁四行―二五九頁最後まで
種山ケ原・組合版七冊・八頁六行―九頁二行
(13)定稿風の又三郎・三巻・二六〇頁三行―二六二頁十一行
種山ケ原・組合版七冊・九頁七行―一二頁七行
(14)定稿風の又三郎・三巻・二六二頁・一二行からは、風の又三郎の夢（幻想？）になる。
種山ケ原ではその夢の内容が、童話「達二の夢」（全集・五巻四六七頁所収）と同じ剣舞の夢になる。
(15)定稿風の又三郎・三巻・二六三頁・三行―二六五頁後から二行。
種山ケ原・組合版七冊・二〇頁後から二行―二三頁最後まで
(16)そのとき耕助はまた頭からつめたい雫をざあつとかぶりました。耕助はまたびつくりしたやうに木を見あげましたが、今度は三郎は樹の上には居ませんでした。けれども樹の向ふ側に三郎の鼠いろのひぢも見えてゐましたし、くつくつ笑ふ声もしましたから、耕助はもうすつかり怒つてしまひました。

「わあい又三郎、まだひとさ水掛けだな。」

「風が吹いたんだい。」

みんなはどつと笑ひました。（定稿・三巻二六九頁）

そしたらやつぱり今度もざあつと雫が落ちて来たのです。耕助はもう少しで口がまがつて泣くやうになつて、上を見上げましたけれども何とも仕方ありませんでしたから、（中略）そしたら、俄かに風がどうつとやつて来て、傘はぱつと開き、あぶなく吹き飛ばされさうになりました。（異稿・五巻一二六頁—一二七頁）

(17)定稿風の又三郎・三巻・二七〇頁一行—二七二頁後から二行
異稿風の又三郎・五巻・一二九頁最後—一三二頁八行
(18)定稿風の又三郎・三巻・二八五頁後から五行—二八六頁後から三行
異稿風の又三郎・五巻・一四五頁六行—一四六頁九行
尚、定稿風の又三郎にかなり取り入れられている「種山ケ原」についてみると、
(19)種山ケ原・組合版七冊・一三頁始めから一四頁六行まで
達二の夢・五巻・四六八頁始めから四六九頁一〇行まで
(20)種山ケ原・組合版七冊・一五頁六行—二〇頁後から二行
達二の夢・五巻・四六九頁一一行—最後まで。

これから見て、「定稿風の又三郎」の中には、「達二の夢」「みぢかい木ぺん」「種山ケ原」「風の又三郎異稿」などが草稿として組み入れられていると見て良いのではなかろうか。

しかも、「定稿風の又三郎」が「風の又三郎異稿」からの脱化である事は一般に認められている事であるが、右の例で見ると、文章上の類似はきわめて部分的であって、むしろ、「種山ヶ原」の方が直接の草稿だった様に思われる。内容的にみても、異稿風の又三郎では民話的存在の風の又三郎をそのまま科学的説明に結びつけているのであるが、定稿では村童生活を中心に、突然東京から転校して来た赤毛の子、三郎を、その突然の出現から子供達が伝説風の又三郎に結びつけるその子供らしい素朴な心理を、リアリスチックな手法で描いたもので、全体の構成から見ても異稿とは格段の違いがある。その上、民話に取材して童話を書いたのは大正十年から大正十二年頃らしく、「村童スケッチ」を書いたのは晩年であるから、その点からしても、この両者の間には、かなりの年月が経ていると見て良いと思う。

彼が民話的風の又三郎の描写から、民話風の又三郎と見慣れぬ転校生とを結びつける村童心理のスケッチへ書き変えたのは、異稿風の又三郎の中にある「又三郎なども、はじめこそは本当にめづらしく奇体だつたのですが、だん〳〵なれて見ると、割合ありふれたことになつてしまつて、まるで東京からふいに田舎の学校へ移つて来た友達ぐらゐにしか思はなくなつて来たのです。」（五巻一二五頁・五行—七行）という形容の発展したものと思われる。更に「種山ヶ原」はその表現、内容から「達二の夢」の脱化であると見られるので、以上から風の又三郎の成立過程をまとめて見ると、左図のようになる。

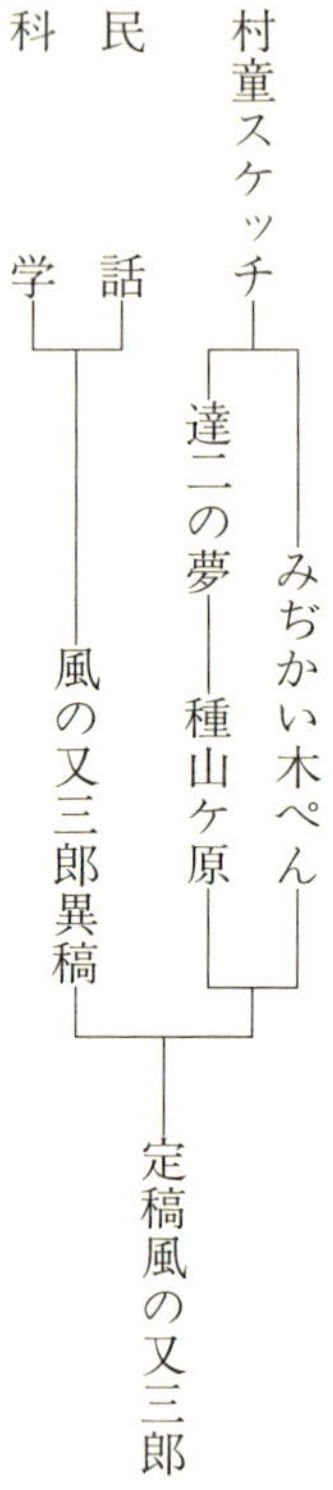

この様に、幾つかの草稿から発展して一つの長篇になつた例は、風の又三郎だけではない。「風の又三郎」と共

に長篇童話の傑作として彼の代表作と言われている「グスコーブドリの伝記」にしても、「ペンネンネンネンネン・ネネムの伝記」「ペンネンノルデはいまはいないよ、太陽に出来た黒い棘をとりに行つたよ。」「楢ノ木大学士の野宿」の発展的総合によるものと思われるし、「タネリはたしかにいちにち噛んでゐたやうだつた」は「若い木霊」の脱化であると思われる。

この様にみてくると、草野心平氏のいわれた様に、賢治の童話を「一つの構成体である童話が作者によつて構成されるというよりも、既に構成されたものとして作品のなかに飛びこんでくる。ウンもスンもなくただ写しとつてゆくだけであるやうなそんな状態というものはたしかに平常ではない。そこではむしろ書くということだけではなくて速記であつた。」（宮沢賢治覚書・四七頁一二行—一五行）という解釈は「スケッチ」という言葉の過大視であって、賢治の童話も相当周到な構想のもとに加筆、訂正、推敲が行われ、その表現には苦心がはらわれているとみるべきではなかろうか。

彼の童話は「意識の構成ではなく自然の発生であつた。」という現在いわれている一般の解釈には、私は以上述べた如き点からどうしても賛同出来ない。賢治が「決して畸形に捏ねあげられた媒色のユートピアではない。」と言ったのは、あの様な童話を最初からスラスラと書きあげたというのではなく、ただ自分の本当に希願している事、実際感じた事、或いは実際経験乃至実行した事を素材として書いたという意味であって、その素材を如何に構成し表現するかには賢治らしい精密な構想が使われていると見るべきである。

無論、だからといって賢治童話の価値が、これによって低下するとは思われない。否、この様に、たえず自作童話の推敲を怠らなかったという所に、彼の真撃な執筆姿勢が感じられる。

「賢治における童話創作の動機——賢治研究に対する一提唱——」に続いて発表した論文は、早稲田大学大学院に入学して間もない一九五四年九・十月に「四次元」の五四号五五号に分載された「一つの『心象スケッチ』の出来上るまで」(1)(2)という論文だった。「心象スケッチ」というのは、賢治自身が、自作の詩をそう呼び、自分の作る詩は、他の一般の詩人が作る詩とは異なるものであることを強く主張していたが彼は第一詩集の『春と修羅』を出版した時、詩人の森佐一氏あての書簡の中で「心象スケッチ」について次のように説明している。

前に私の自費で出した「春と修羅」も、亦それからあと只今まで書き付けてあるものも、これらはみんな到底詩ではありません。私がこれから、何とかして完成したいと思って居ります或る心理学的な仕事の仕度に、正統な勉強の許されない間、境遇の許す限り、機会のある度毎に、いろいろな条件の下で書き取って置く、ほんの粗硬な心象のスケッチでしかありません。(中略)出版者はその体裁からバックに詩集と書きました。私はびくびくものでした。亦恥かしかったためにブロンヅの粉で、その二字をごまかして消したのが沢山あります。

つまり賢治は自分の作品が「詩」と呼ばれることを嫌って、自分のものは詩ではなくて「心象スケッチ」であると繰返し主張していたようである。詩だけでなく、大正十二年十二月に出版した『童話集　注文の多い料理店』の「序」にも、次のように書かれている。

ほんたうに、かしはばやしの青い夕方を、ひとりで通りかかつたり、十一月の山の風のなかに、ふるへながら立つたりしますと、もうどうしてもこんな気がしてしかたないのです。ほんたうにもう、どうしてもこんなことがあるやうでしかたないといふことを、わたくしはそのとほり書いたまでです。

賢治のこうした言葉から読者の中には賢治の作品は普通の作家たちのように、苦心惨憺《くしんさんたん》して書かれたものではなく、胸中に自然と泛《うか》びあがるイメージをそのままペンで「文字」として写し取っただけのものと信じていた人が当時は少なくなかった。『校本宮澤賢治全集』が刊行されて以後の現在の読者たちなら周知しているような、激しい推敲の跡がある『銀河鉄道の夜』の直筆原稿が存在するなど誰も想像しなかった頃のことである。

生前の賢治と手紙を交わしたこともある詩人草野心平氏は、賢治のユニークな点に強くひかれ、尊敬の念を抱いていたが、昭和二十六年（一九五一）に出版された『宮澤賢治覚書』の中で、次のように書いている。

賢治の場合は作品行動以前に全体が自然発生的に組立てられてしまふ。イメーヂは、賢治の場合は無限といひたいほどの振幅をもつて彼の内部から放射される。賢治といふ一個の有機体と天然との混淆から、切断面がない位に奔放につづいてゆくイメーヂは、それ自身はつきりした構成体をなして賢治を訪れてくる。それをペンで写しとるだけである。多少の、それこそ多少の加筆訂正がなされるだけである。

当時は「心象スケッチ」と呼ばれる賢治の作品のすべてが「多少の加筆訂正がなされるだけ」で出来上ったものと受けとる読者が少なくなかった。その結果、彼の奇行も非凡さと肯定的に語りつがれ、生前の賢治を知る人たちの語る証言も、並はずれた賢治の言動を強調し、賢治の実像とかなり隔りのあるものだった。

この時期から天才の奇行と受けとめられていくようになる。

草野心平氏の『宮沢賢治覚書』が刊行された一九五一年の十二月は、私は、大学二年生の後期で、卒業論文のことを少しずつ考えていた頃で、『宮沢賢治全集』を一作一作丹念に読んではカードを作っていたが、意外なことに気がついた。賢治の童話の中には、風の又三郎の中のシチュエーションやエピソードときわめて似た作品があることに気づいた。特に長編ものの「風の又三郎」には、「みぢかい木ぺん」や「達二の夢」「種山ヶ原」などがその一部として組込まれていることがわかった。

賢治が『注文の多い料理店』の「序」に書いている「わたくしはそのまま書いたまでです」というのは、作品の発想やモチーフなどを指しているのであって、作品を具体的に伝える用語や文章の表現には独自の表現を創りだしている。彼はぴったりの表現をしようとさがし、それでも独自の表現で伝えようと相当に苦心している。文章の表現には、賢治はいろいろと相当に苦心し考えていたのではないか。自分らしい独自性のある言葉を考えたり、心の中のイメージにぴったりの言い廻しを考えたりしたものと思われる。賢治の鋭く個性的な五感は、独自の世界をイメージしたと思うが、それを言葉（文字）によって表現する時は、世間で使われている、手垢のついた言葉ではなく、新鮮な言葉を探して、よりすぐって使っただろうと思われる。既存の言葉に、適切な表現が見当らないときはためらわず、自分の感覚で新造語を造って使っているようである。

四つの「銀河鉄道の夜」

一九七四年に出版された『校本宮澤賢治全集』ではじめて「〔銀河鉄道の夜〕〔初期形〕」（九巻）、「〔銀河鉄道の夜〕〔後期形〕」（十巻）と二つの「銀河鉄道の夜」が発表された。その後、一九九五年に出版された『新校本宮澤賢治全集』では、十巻に「銀河鉄道の夜」の〔初期形（一）〕〔初期形（二）〕〔初期形（三）〕が、翌九六年に出版された十一巻に「〔銀河鉄道の夜〕〔後期形〕」が発表されたことにより、現在私たちは四パターンの「銀河鉄道の夜」を読むことが出来る。しかし、この四パターンは、別々に四通りの原稿用紙に書かれているのではなく、最終稿の四次稿の原稿用紙の中に、鉛筆や青インクやブルーブラックインクや黒インクなどで何回も手入れをおこなった跡が残されていて、それらの筆記用具の跡を辿りながら読んでいくと、四パターンの「銀河鉄道の夜」を読み取れることができるということである。

「銀河鉄道の夜」は、心に残る作品ではあるけれども、謎のようなことばが多く、テーマもはっきりしなくて難解な作品だと敬遠される向きもあるが、他方では、何か外国の作品のようなムードがあり、美しいファンタジックな天の川の描写やジョバンニと青年の「本当の神様」論争やブルカニロ博士の説くユニークな歴史観などに不思議な魅力があると感じている人も少なくない。

なぜ難解なのであろうか。

「銀河鉄道の夜」が子どもたちにとって難解だという指摘は否定できない。なぜこんなに難解に感じるのであろうか。それは「銀河鉄道の夜」が先ほど言ったとおり、同じ原稿用紙に何回も加筆、削除、訂正を行い、それでもとうとう未完成のまま残されていて、ストーリーのねじれや矛盾が残っている上に、用紙の一部にノンブルが付けられていなかったため、『校本宮沢賢治全集』が出版されるまでは、原稿の順序が間違っていて、ストーリーにも矛盾が生じていた。ノンブルがなかったことが、編集者泣かせになっていたのである。

私の手元にある全集でも、十字屋版のもの、角川書店の昭和文学全集のもの、筑摩書房版の全集にあるもの、校本にあるもの、みんな本文が異っている。宮沢賢治全集が出るたびに、本文の移動があったが、入沢康夫氏と天澤退二郎氏などによる直接直筆原稿に当たって、複雑な書き込みや削除のある「銀河鉄道の夜」を読み解く作業を通して、漸く「銀河鉄道の夜」のテキストがはっきり定着したのである。

『「銀河鉄道の夜」の原稿のすべて』という本は、賢治の直筆を写真版にし、用紙、筆記用具や非直筆について、詳細に解説してある本であるが、書き入れの場所も削除の仕方もはっきりわかり、とても貴重な本である。

私は常々、研究者というものは未発見の資料を紹介したり、新しい解釈を試みたりすることも大切であるが、次の世代の研究者たちのために、研究の礎になるような仕事をすることも大事なことではないかと思うのである。

「銀河鉄道の夜」の制作過程

「銀河鉄道の夜」は、一番最初、鉛筆で「ケンタウル祭の夜」の所から書かれたようである。これが現在「第一次稿」と呼ばれるもので、最後の部分だけが残っていて、その部分は、「第二次稿」にも「第三次稿」と「第四次稿」から窺うことができる。

その後ブルーブラックのインクで最初の手入れが行われ、そのあと青インクで一部が清書されている。

この段階の原稿が「第二次稿」と呼ばれているものであるが、「第一次稿」と「第二次稿」はそれほど大きな違いがないので、「一、二次稿」はおそらく大正十三年の秋頃それほど間をおかず出来たもののように思う。それから、一、二年ほどして、賢治は、鉛筆で大幅な手入れをし、ブルーブラックインクで一部をもう一度清書し、そのあとまた少し鉛筆で手を加えている。これが「第三次稿」と呼ばれるもので、大正十四、五年ころの書き換えと思われるが、「第二次稿」とは大きく違う点がいくつもある。そして最後に昭和六年秋以降亡くなるまで、黒インクで削除したり、最初の冒頭部分を追加したり、最後の部分を書き直したりして、作品全体を大きく変化させた。この最後の形が「第四次稿」（後期形）と呼ばれている。

しかし、注意しなければならないことは、「銀河鉄道の夜」は、文章の推敲を重ねて、一次稿→二次稿→三次稿→四次稿と完成していったものではなく、二次稿、三次稿、四次稿、みなそれぞれ別の作品と見做すべきだということである。

それほど、この四つの「銀河鉄道の夜」は、異なるテーマ、異なる意識の作品になっているのであるが、こうした制作過程を明らかにした『校本宮澤賢治全集』が出版されたとき、実は多くの人が驚いた。それは、読者にとって、最も印象的だった「セロのやうな声」が『校本宮澤賢治全集』では初期形（三次稿）だけに残され、後期形（四次稿）からは削除されていたことである。

それまで出版された「銀河鉄道の夜」は「ケンタウル祭の夜」の前に、黒インク訂正の際、付け加えた「午後の授業」「活版所」「家」を冒頭に置き、ジョバンニはマルソからカムパネルラがザネリを助けようとして川に落ちたことを聞き、天気輪の柱の下に身を横たえて星を見つめているうちに、いつの間にか「銀河鉄道」に乗り込みカムパネルラと一緒に銀河を旅することになる。そして最後は、「セロのやうな声」が語る歴史観や、ブルカニロ博士から金貨二枚を貰って、ジョバンニは「博士ありがたう。おっかさん、すぐ乳をもって行きますよ。」と叫んで、元気よく走り出すシーンで終わっていた。

ところが『校本』の「銀河鉄道の夜」最終形では、天気輪の柱のシーンは、ジョバンニはカムパネルラの事故を知らされるより前に銀河鉄道に乗り込み、また最後五枚が差し替えられて、私たちが最も賢治らしいと感じていた「セロのやうな声」も全部削除された。それは黒インク訂正の際、賢治が「セロのやうな声」と「ジョバンニのモノローグ」の部分に削除の印を付けているからである。賢治のユニークな意識で書かれた「セロのやうな声」は『校本宮澤賢治全集』の最終形ではすっかり姿を消していた。

私は『校本宮澤賢治全集』に収載された二つの「銀河鉄道の夜」を比較するため、初期形と最終形の本文を上下に貼りつけ、両者が対照できる巻紙みたいなものを作って、両者の違いを丹念に調べてみたが、その結果、二つの「銀河鉄道の夜」は、ストーリーが変わっただけではなく、テーマも大きく変わっていることに気づいた。テーマが変わったということは、賢治の意識や思想が変化したことを示している。

童話「ひのきとひなげし」の初期形と後期形

『新校本宮澤賢治全集』にある四つの「銀河鉄道の夜」の本文を比較して、その特徴を明らかにし、そこから賢治の思想や意識の変化を探ってみたいと思う。

第一次稿

第一次稿にはサウザンクロスに着いたとき、キリスト教徒の人たちは汽車から降りていく様子が特徴的に記されている。ジョバンニたちと仲良く話をしていた女の子もその弟も青年にうながされて降りていった。そのあと、ジヨバンニはカムパネルラに向かって「カムパネルラ、また僕たち二人きりになったねえ、どこまでもどこまでも一緒に行かう。」といっている。その次、第一次稿では、「『僕はもうあのさそりのやうにほんたうにみんなの幸のためならばそしておまへのさいはいのためならば僕のからだなんか百ぺん灼いてもかまはない。』『うん。僕だってさうだ。』カムパネルラの眼にはきれいな涙が浮かんでゐました。」と書かれているが、これを第二次稿と比較してみると、「『僕はもうあのさそりのやうにほんたうにみんなの幸のためならば僕のからだなんか百ぺん灼いてもかまはない。』『うん。僕だってさうだ。』カムパネルラの眼にはきれいな涙が浮かんでゐました。」と訂正してある。別々に読むとほとんど同じように思われるが、上下に並べて比べると、第一次稿の「おまへのさいはひのためならば」という言葉が、第二次稿では削除されていることがすぐにわかる。第三次稿にも、この言葉はみあたらない。つまり、ここに第一次稿の特徴があるといえる。この第一次稿は、大正十三年の夏以降に書かれたものだろうといわれているが、大正十三年夏の賢治は、前々年の十一月に亡くなった妹トシのことが忘れられず、トシの魂の行方を索めて、苦しんでいた。当時の賢治の気持ちは、詩「青森挽歌」の中に詠まれている。

（前略）ほんたうにあいつはここの感官をうしなつたのち
あらたにどんなからだを得
どんな感官を感じたらう
なんべんこれをかんがえたことか（中略）あいつがどこへ堕ちやうと
もう無上道に属してゐる
力にみちてそこを進むものは
どの空間にでも勇んでとびこんでいくのだ（下略）

そして最後に二重括弧で括った（みんなむかしからのきやうだいなのだから／決してひとりをいのつてはいけない）」という言葉があるが、これは同じ『春と修羅』にある「オホーツク挽歌」の中の

わたくしがまだとし子のことを考えてゐると
なぜおまへはそんなにひとりばかりの妹を
悼んでゐるのかと遠いひとびとの表情が言ひ
またわたくしのなかでいふ

から考えて、恐らく「銀河鉄道の夜」における「セロのやうな声」と同様、どこからか聞こえてきた言葉、或いは、ふとその時こころに浮かんだ「内言」と解釈してもよいと思う。（みんなむかしからのきやうだいなのだから／決してひとりをいのつてはいけない）のあと、彼は

ああ　わたくしはけつしてさうしませんでした
わたくしはけつしてさうしませんでした
あいつがなくなつてからあとのよるひる
わたくしはただの一どたりと
あいつだけがいいとこに行けばいいと
さういのりはしなかつたとおもひます

と書いている。
また同じ樺太旅行の際、詠まれた「噴火湾（ノクターン）」という詩の中には、

暗い金属の雲をかぶつて立つてゐる
そのまつくらな雲のなかに
とし子がかくされてゐるかも知れない
ああ何べん理智が教へても
私のさびしさはなほらない
（中略）たとへそのちがつたきらびやかな空間で
わたくしのかなしみにいじけた感情は
どうしてもどこかにかくされたとし子をおもふ

と書かれている。

こうした亡妹思慕の気持ちが、正に第一次稿を書いた時の賢治の気持ちだったと思う。とし子が亡くなって間もない頃書いた「銀河鉄道の夜」第一次稿には、賢治の「あらゆる人の本当の幸福」を祈る気持ちと同時に、あの世にいったとし子が、美しく楽しい浄土に生まれ変わることを祈る気持ちが賢治の中にあったと思う。しかし、その後、ブルーブラックインクで手入れしたとき、賢治は「青森挽歌」の最後の二重括弧の中の言葉（みんなむかしからのきやうだいなのだから／決してひとりをいのつてはいけない）を思い出し、すぐに「おまへのさいはひのため

ならば」という言葉を消したのではないだろうか。

第二次稿

第二次稿にはひたすら「あらゆる人の本当の幸福」のために「一緒に進もう」という賢治の気持ちが現れている。第二次稿は一次稿とそれほど時間的には離れていなかったようで、一、二次稿のモチーフは殆ど同じである。第二次稿でおや?と思うのは、青年と一緒に現れた子どもが、女の子三人と男の子一人になっています。「銀河鉄道の夜」の絵本や挿絵では、どれも皆、青年と女の子一人、男の子一人が描かれているため、私たちが思い描くのは三人連れですが、二次稿には次のように書かれていて五人連れになっている。だから、苹果《りんご》も五個になっている。

「『あら、お姉さん、苹果持ってるわ。』向ふの席のいちばんちいさな女の子がびっくりしたやうに叫びました。『え、、さっきから持ってゐたわ。みんなで五つあるのよ。』その髪の黒い姉は、黄金と紅でうつくしくいろどられた大きな苹果を持っておとさないやうに両手で膝の上にか、えてゐました。」と一番上のお姉さんが苹果を持っているが、三次稿、四次稿では「『いか、ですか。かういふ苹果はおはじめてでせう。』向ふの席の燈台看守がいつか黄金と紅でうつくしくいろどられた大きな苹果を落さないやうに両手で膝の上にか、えてゐました。」という風に、苹果を持っているのは燈台看守に書き換えられている。

この燈台看守は「セロのやうな声」と同様、時々示唆に富んだ言葉を言い、いわば伝道師的人物である。ところで突然現れた苹果とは、どんな意味を持つのだろう。「苹果」は神の国へ行ける印を象徴しているのではないだろうか。だからキリスト教徒の青年や姉弟たち五人は、よろこんで食べたのだろう。けれども、キリスト教徒ではないカムパネルラとジョバンニの分はなかったのである。ジョバンニとカムパネルラは天上へ行ける切符、天上どころじゃない、どこでも勝手に歩ける通行券を持っているので、りんごは必要なかったのだろう。第二次稿では、この苹果のシーンがかなり細かく長々と書かれている。恐らく賢治はこのシーンを強調したかったのだろう。

『いいのよ。ちやうど一つづつあるわ。』姉はこっちへ一つ渡してそれから向ふの小さな妹に云ひました。「これあなたのよ。』男の子はまるで飛びつくやうにしてその大きな苹果にかぢり付いてゐました。あんまり大きいので中々その白い冷たさうな肉が噛みとれないで汁がぽとぽと落ちました。「『先生、苹果ございましたわ。』姉はうしろ向きになってはなし込んでゐた向ひのあの黒服の青年におしまひの二つのうち一つを出しました。(中略)「みんなはナイフで皮をむいてゐましたが、それもたしかに剝かなくてもい〻やうでした。なぜならその小さな男の子はまるでパイを喰べるやうにそれを喰べてゐましたしまた折角剝いたそのきれいな皮も、くるくるコルク抜きのやうな形になって床へ落ちるまでの間にはすうっと、灰いろに光って蒸発してしまふのでした。」

この場面はとても印象的で、一度読むと忘れられないシーンである。
三、四次稿では、苹果は燈台看守が持って来て、みんなに一つずつ配ってまわり、ジョバンニとカムパネルラにも「さあ、向ふの坊ちゃんがた。いかゞですか。おとり下さい。」とすすめる。しかし、二人は貰ったりんごを食べずに大切にポケットにしまってしまう。ジョバンニとカムパネルラが他の人たちのようにりんごを食べなかったのはなぜか？
「苹果を食べた人、苹果を食べない人」の違いは何か？　キリスト教徒と仏教徒の違いなのか、とにかく、青年たちはサウザンクロスで降りて神様の側へ行こうとする人たちであるし、どこまでも一緒に行こうと願っていたカムパネルラもいつの間にか姿を消し、ジョバンニはひとりぼっちになる。ジョバンニは、「さあ、やっぱり僕はたったひとりだ。きっともう行くぞ。ほんたうの幸福が何だかきっとさがしあてるぞ。」と強く決心する。このジョバンニの決意こそ、一、二次稿を書いた頃の賢治の決意だったといえるであろう。

第三次稿

三次稿は、大正十四、五年に出来ているのではないかと思われるが、二次稿から三次稿への書き換えが、とても大きく行われているのが特徴である。「黒インク訂正稿の意味するもの」という小論を書いた時は、三次稿と四次稿の違いに驚いたが、二次稿と三次稿の違いにも同じくらいの変化が見られる。このことは賢治の思想や意識が、大正十四、五年頃大きく変わったことを示していると考えられる。

三次稿で挿入され、四次稿にもそのまま残されているものに、「『本当の神様』論争」がある。サウザンクロスに近づくと青年が姉弟に降り支度を促すが、男の子は「厭だい。僕もう少し汽車に乗ってから行くんだい。」といい、女の子もやっぱり降りたくないような様子なのに、青年が「こゝでおりなけぁいけないのです。きちんと口を結んで男の子を見おろしながら云ひました。」のでジョバンニはこらえ兼ねて「僕たちと一緒に乗って行かう。僕たちどこまでだって行ける切符持ってるんだ」といった。すると「だけどあたしたちもうこゝで降りなけぁいけないのよ。こゝ天上へ行くとこなんだから。」と女の子がさびしそうに云った。それから神様の側に行きたい女の子にジョバンニは「天上なんか行かなくたっていゝぢゃないか。ぼくたちこゝで天上よりももっといゝとこをこさえなけぁいけないって僕の先生が云ったよ。」「だっておっ母さんも行ってらっしゃるしそれに神さまが仰っしゃるんだわ。」そこでジョバンニは「そんな神さまうその神さまだい。」といい、女の子も「あなたの神さまうその神さまよ。」と言う。「さうぢゃないよ。」とジョバンニが言い合っていると「あなたの神さまってどんな神さまですか。」青年が笑いながら言うのだが、ジョバンニは、「ぼくほんたうはよく知りません、けれどもそんなんでなしにほんたうのたった一人の神さまです。」としか言えない。「ほんたうの神さまはもちろんたった一人です。」「あゝ、そんなんでなしにたったひとりのほんたうのほんたうの神さまです。」「だからさうじゃありませんか。わたくしはあなた方がいまにそのほんたうの神さまの前にわたくしたちとお会ひになることを祈ります。」と青年がつつましく両手を組んだことによって論争は終結している。この「ほんたうの神様論争」は、二次稿に鉛筆で大幅な訂正を行った時、新しい原稿用紙の半分に鉛筆書きされたもので、第三次稿の大きな特徴となっている。異なる立場の人が「まこと」を索めて真剣に論争することは、我欲から争う諍いとは違って、とても大切なことだと賢治は考えるようになったのであろう。

『新校本宮澤賢治全集』の「年譜」の大正十四年四月二十五日のところに次のような記事が紹介されている。「県が盛岡市に県立公堂を建てるために、国道の四号線の松並木を伐採し、その売却金をもって資金にあてるという発表があり、賛否両論を呼んでいた。この問題をとりあげ、美観をうしなうと反対する立場（賢治指導）と、財政乏しい県としてはやむをえないとする立場（白藤慈秀指導）により、生徒を一組十人に分けて講堂で討論会を行う。互いに指導よろしく烈しく論陣を張ってゆずらず、終りに校長は聴衆の生徒たちに対し、すべて物の見方には二つの立場がある。即ち理想と現実であると講評。」とあり、また同じ大正十四年六月三十日の「岩手日報」夕刊に「花巻輪読会」という記事が紹介してあるが、それによると、「二十八日午後六時三十分より高日花巻高女校長宅に於て花巻輪読会の例会を開催したが、当夜の問題は花巻農学校側の提出に係る、『完全人とは如何なる人か』『愛国心の本質と涵養方法』『国体の精華について』の三題に就いて、高日花巻女学校校長、羽田県属、佐藤共立病院院長、宮沢賢治、藤原嘉藤治、白藤慈秀、安部、多田、小原諸氏の、意見発表があって、同十一時過ぎ散会した。この輪読会は昨年花巻両町における各学校職員管公街その他町内篤学有志が組織したもので爾来会をかさねること十数回であるが会員は各自の購読した新刊書の梗概を発表し批評を加え、討論の題にするのであって、あるいは学術的研究の結果について論戦反駁などがあり、どこまでも智識と交探と向上をはかるを以て目的としたものである。」と記されている。

こうした記事から推測すると、当時の賢治は、自分と違う意見や考え方が世の中にはいろいろあるけれど、いずれもそれぞれ論拠があって、簡単に否定することは出来ないということに、気づいていたのではないだろうか。賢治は「絶対善」「至善」ということを、この時期から主張しなくなる。若いころ「どの宗教でもおしまひは同じ処へ行くといふ事は断じてありません。間違った教による人はぐんぐん獣類にもなり魔の眷属にも堕ちます。」（大正十三年三月十日宮本友一宛書簡）と断定的だった賢治が、あらゆることに、懐疑的になると同時に、許容的にもなり、自分自身、自問自答を繰り返すようになっている。当時は、キリスト教徒の斎藤宗次郎氏とも、労農党の川村尚三氏とも親しく交際しており、この頃の賢治には、違った宗教、違った思想の人を誹謗することがなくなっていったのだろう。

作品も「オツベルと象」や「猫の事務所」のように、風刺的に描きながら、オツベルも猫たちも、悪人というよりむしろ、あわれな人物に描かれている。小笠原露という人に宛てた書簡の下書きからも「私は宗教がわかってゐるでもなし確固たる主義があって何かしてるわけでもなし、（中略）文芸に手をだしましたがご承知でせうが、時代はプロレタリア文芸に当然遷って行かなければならないとき私のものはどうもはっきりさう行かないのです。心象スケッチといふのも大へん古くさいことです。そこで只今としては全く途方にくれてゐる次第です。」と彼が迷い、模索している様子が窺える。宗教的にも、文芸的にも、イデオロギー的にも、迷い、模索していた賢治が、第三次稿を書いた頃の賢治の姿だったのだと思う。

第三次稿では、船が氷山に衝突して沈んでいくとき、幼い姉弟を預っている青年が、迷い苦しむところですが、二次稿では「けれども、そこには小さな赤いジャケットの子や親たちやなんか居て、とても押しのける勇気がなかったのです。そのうち船はもうずんずん沈みますから（中略）ライフヴイが一つ飛んできましたけれども、私たちにはあたらなかったのです。」といふ風に、助けたかったけれど仕方なかった、となっているが、第三次稿では、姉弟を何としても助ける方がいいのか、それともボートは人に譲って、みんなで神さまのもとへいくのがいいのかと、何度も何度も迷い、汽車に乗っても、まだそのことに苦しんでいる。「けれどもそこからボートまでにはまだまだ小さな子どもたちや親たちなんか居て、とても押しのける勇気がなかったのです。それでもわたくしはどうしてもこの方たちをお助けするのが私の義務だと思ひましたから前にゐる子供らを押しのけやうとしました。けれどもまたそんなにして助けてあげるよりはこのまゝ神のお前にみんなで行く方がほんたうにこの方たちの幸福だとも思ひました。それからまたその神にそむく罪はわたくしひとりでしょってぜひとも助けてあげやうと思ひました。けれどもどうして見てゐるとそれができないのでした。」というように、「けれども」「それでも」という逆接のことばが何度も出て来て、青年が自分の取るべき道、どうするのが神のみこころに叶うのか、何度も何度も気持ちが揺れ動いている様子がわかる。「絶対」「唯一」「最善」の道をはっきり即断できないことを賢治は気づいたのであろう。

この青年の苦悩に応えたのは燈台看守だった。「なにがしあわせかわからないです。ほんたうにどんなつらいことでもそれがたゞしい道を進む中でのできごとなら峠の上りも下りもみんなほんたうの幸福に近づく一あしづつですから。」という。賢治の幸福観も二次稿から少し変化している。第二次稿で氷山で遭難した青年が燈台看守にする事故の話を側で聞いていたジョバンニは「(あゝ、あの大きなパシフィックの海をよこぎらうとしてこの人たちは波に沈んだのだ。そして私のお父さんは、その氷山の流れる北のはての海で、小さな船に乗って風や凍りつく潮水や、烈しい寒さとたたかって、僕に厚い上着を着せやうとしたのだ。それを心配しながらおっかさんはあの小さな丘の家で牛乳を待ってゐらっしゃる。僕は帰らなけぁいけない。けれどもどうしてここから帰れやう、いったい家はどっちだらう)ジョバンニは首を垂れて、すっかりふさぎ込んでしまひました。」と両親や自分のことを案じているが、第三次稿では、見ず知らずの人の幸せを案ずる少年に変わっている。「『あゝ、その大きな海はパシフィックといふのではなかったらうか。その氷山の流れる北のはての海で、小さな船に乗って、風や凍りつく潮水や、烈しい寒さと闘って、たれかゞ一生けんめいはたらいてゐる。ぼくはそのひとにほんたうに気の毒でそしてすまないやうな気がする。ぼくはそのひとのさいはひのためにいったいどうしたらい、のだらう。』ジョバンニは首を垂れて、すっかりふさぎ込んでしまひました。」

第三次稿になって出て来たのがブルカニロ博士のユニークな四次元的地歴論である。これは賢治の心象スケッチ『春と修羅』の「序」の意識と通底する内容で、もっとも賢治的なことばだと思うが、第三次稿だけにあって、第四次稿では削除されてしまうのである。したがって最も第三次稿的な部分といえる。

ここで両者を紹介しておきます。まず、何度も言いますが第三次稿にのみある「ブルカニロ博士」の言葉です。

「みんながめいめい自分の神さまがほんたうの神さまだといふだらう、けれどもお互ほかの神さまを信ずる人たちのしたことでも涙がこぼれるだらう。それからぼくたちの心がい、とかわるいとか議論するだらう。そして勝負がつかないだらう。けれどももしおまへがほんたうに勉強して実験でちゃんとほんたうの考へとうその考へを分けてしまへばその実験の方法さへきまれば信仰も化学と同じやうになる。けれども、ね、ちょっとこの本をごらん、い、かい、これは地理と歴史の辞典だよ。この本のこの頁はね、紀元前二千二百年の地理と歴史といふものが書いてある。よくごらん、紀元前二千二百年のことでないよ、紀元前二千二百年のころにみんなが考へてゐた地理と歴史といふものが書いてある。だからこの頁一つが一冊の地歴の本にあたるんだ。い、かい、そしてこの中に書いてあることは紀元前二千二百年ころにはたいていい本統だ。さがすと証拠もぞくぞく出てゐる。けれどもそれが少しどうかなと斯う考へだしてごらん、そら、それは次の頁だよ。」

非常に賢治らしい言葉で、私も、ブルカニロ博士のこの言葉は、非常に好きなことばである。賢治はアインシュタインの相対性原理の影響を受けているということは、周知のことであるが、ここでもう一つ付け加えておきたいことは「実証」とか「実験」とか「証拠」とかいうことを非常に繰り返し言っているのは、当時、大正十四年頃、かなり流行していた「実証主義」とか、「実験主義」とかそういうものにも、賢治は関心を持っていた、ということの証左であるといえるだろう。

四次稿について

賢治は第四次稿を書く頃、「銀河鉄道の夜」を少年小説に仕立てようとしていたことが、『新校本宮澤賢治全集』に、「題名列挙メモ」というのが記載されており、その中に「少年小説／ポラーノの広場／風野又三郎／銀河ステーション／グスコーブドリの伝記」というメモがあることからもわかるだろう。なぜ賢治は晩年、少年小説に興味をもつようになったのか。それについて賢治は何もいってはいないので、はっきりとはわからないが、賢治が黒インク訂正をした昭和六年頃は、講談社の「少年倶楽部」全盛の時代で、連載読み物が人気を博していた。そうした作品には「冒険小説」「痛快小説」などの角書きがあり、高学年（賢治のいう「アドレッセン中葉」の世代）になると、童話ではなく、一般に「少年小説」や「少女小説」を読んでいたし、一方粗雑な文章のプロレタリア童話が出て来て、美しい日本語の童話が少なくなった。佐藤一英は、そうしたことを憂い、詩的童話、純粋童話を主張して、新しい感覚を持つ若い詩人や小説家に寄稿を呼びかけ、賢治も依頼を受け、佐藤一英編集の『児童文学』第一輯に、リズミカルな七五調の文章で書いた「北守将軍と三人兄弟の医者」を掲載している。

同じその第一輯には、新感覚の横光利一の「面」や小島勗の「水の中」という小説も掲載されており、この二つは、いずれも少年の深層心理を実に細かく微妙な心の震えまでリアルに書いたもので、強い印象を与える作品である。当然、賢治もこうした作品を読んだのだと思うが、こうした小説に刺激されたのかもしれない。小説というのは坪内逍遙の『小説神髄』という小説の本質を書いた本の中に「小説の主脳は人情なり、世態風俗これに次ぐ」ということばがある。逍遙は滝沢馬琴などの勧善懲悪主義の物語ではなく、リアルな描写や人情をありのまま写実することを主張したのであるが、児童文学も勧善懲悪主義のおとぎばなしや、擬人化の童話から脱して、リアルに少年の心理や行動を描く傾向が、当時芽生え始めていた。賢治はそのことに気づいたのかもしれない。もう少し付け加えると、「少年小説」には、少年の成長する姿、自立して行く姿を描く必要があり、少年らしい理想や希望や向日性も必要である。

そういう観点から三次稿と四次稿を比べてみると、三次稿ではお母さんの牛乳をもらいにいったジョバンニは、牛乳屋の女の人から「今日は牛乳ありませんよ」と言われると「おっかさん病気なんですがないんでしょうか」とは言うのだが、女の人にもう一度「ありませんよ。お気の毒ですけれど」と言われると「さうですか。ではありがとう。」ジョバンニは、お辞儀をして台所から出たけれどもなぜか泪がいっぱいに湧いた。そして、ジョバンニはそのあと、「(今日、銀貨が一枚さえあったら、どこからでもコンデンスミルクを買って帰るんだけれども)カムパネルラはお金持ちで今日も銀貨を二枚、運動場で弾いたりしていた。ステッドラーの鉛筆だって持ってる」とカムパネルラを羨み、自分の不幸を、くどくどと嘆きかなしむ。そして、ブルカニロ博士から貰った二枚の金貨でお母さんの牛乳を買うことになる。

ところが第四次稿では、そうじゃなくて、少年小説の主人公らしく、ジョバンニは、しっかりとした働く少年で、自分のアルバイトで得た銀貨一枚で、パンと角砂糖を買って帰り、牛乳がきていないとわかると、牛乳屋へ行き、女の人に「今牛乳ありません。」といわれると、「おっかさんが病気なんで、今晩でないとこまるんです。」とはっきり言う。それで女の人も「ではもう少したってから来てみて下さい。」とこたえる。そして再び牛乳屋を訪れ、暖かい牛乳を手にいれることができたのであった。その時牛乳屋の男の人がジョバンニに「すみませんでした」という言葉を三回も言う。それは、ジョバンニを大人と同様に対していることで、牛乳を貰えず愚痴を言っていた三次稿のジョバンニと大きく違っている。

これまでのジョバンニと一番違うのは、一、二、三次稿では、ブルカニロ博士から貰った金貨で牛乳を買うことになるわけだが、四次稿ではジョバンニは、学校の帰りに活版所に寄り、活字をピンセットで小さな箱に入れる植字工の仕事をしている。箱がいっぱいになると、卓子の人に持って行き、計算台の所で小さな銀貨を一つ貰う。すると「ジョバンニは俄かに顔いろがよくなって威勢よくおじぎをすると台の下に置いた鞄をもっておもてに飛びだしました。

それから元気よく口笛を吹きながらパン屋へ寄ってパンの塊を一つと角砂糖を一袋買いますと一目散に」母の待つ我が家に向かって「走りだしました。」と書かれている。ここには、三次稿のブルカニロ博士から金貨を二枚貰ってミルクを買いに走りだすジョバンニと四次稿のジョバンニの違いがはっきりと出ている。

こうしたことからも、賢治の「黒インク手入れ」は、少年小説への書き換えだったことが読み取れるが、一次稿、二次稿、三次稿、四次稿の作品を比べてみたときに、それぞれが一つの作品として、それぞれ異なる特徴を備えていることがわかる。従って二次稿を推敲したものが三次稿で、三次稿を推敲したものが四次稿というのではなく、その時、その時で、それぞれが完成稿なのである。

ただ、誤解を恐れずに言えば、私が未だに考え続けている「謎」は抜き取られた「セロのやうな声」の事である。八十二葉と八十四葉の「セロのやうな声」には、他のところの「セロのやうな声」についている削除の×印がついていない。三次稿から四次稿へ黒インク訂正をした時、賢治は「セロのやうな声」だけでなく、ジョバンニのモノローグにも、大きくおもいきりよく削除の×印をつけている。しかし、最後の差し替えの五枚には、全く削除の印がついていないのである。多分、差し替えてしまうから削除の×印をつけず抜き取ったのであろうが、それならなぜその五枚は破棄しなかったのであろうか。現存原稿二一葉（自筆番号10）と現存原稿二二葉（自筆番号16）の間の五枚の原稿は、破棄されて現存しない。それなのに最後の「セロのやうな声」の書かれた用紙は破棄せずに、ただ差し替えただけで、ずっと一緒に保存されていたということは、とても興味深いことである。

もし賢治が五次稿を書いたとしたら、この「セロのやうな声」を書いた紙は、どう扱われたであろう?と、いろいろと勝手に想像してみるのは、読み手としての私にとって、実は、「銀河鉄道の夜」の「もう一つの楽しみ方」なのである。

賢治童話の基底にあるもの㈠　死の意識について

賢治の童話には、かなしいまでに美しい感動がある。この不思議な感動は、一体賢治の童話のいかなる所から感じるものなのだろうか。

賢治童話の中で、特に「よだかの星」「銀河鉄道の夜」「グスコーブドリの伝記」などから、こうした感動をうけるということは、「死」というものに対する彼の考え方の純粋さに、読み手は不思議な魅力を感じるからのではないかと、私は、考える。

賢治の童話には、「死」を扱ったものがかなりあるが、皆、不思議に、暗くじめじめした感じをもたない。むしろ清らかな感動をよびおこす。ここに賢治の死に対する考え方、及び賢治の童話の特質があるように私は思う。

十字屋版『宮沢賢治全集』所収の賢治の童話の中で、「死」を扱った事件が入っているものを挙げてみると、

1　やまなし
2　よだかの星
3　洞熊学校を卒業した三人
4　蜘蛛となめくぢと狸
5　土神と狐
6　クねずみ
7　鳥箱先生とフウねずみ

8　よく利く薬とえらい薬
9　注文の多い料理店
10　烏の北斗七星
11　虔十公園林
12　雁の童子
13　毒もみのすきな署長さん
14　二十六夜
15　ひかりの素足
16　なめとこ山の熊
17　オツベルと象
18　北守将軍と三人兄弟の医者
19　グスコーブドリの伝記
20　銀河鉄道の夜
21　手紙　㈠
22　手紙　㈣
があり、以上を大きく分類すると、

一、「洞熊学校を卒業した三人」「蜘蛛となめくぢと狸」「よく利く薬とえらい薬」「クねずみ」などのように、自己の悪行の結果死んで行くもの。

二、「オツベルと象」のように、社会悪につながるものは倒さなければならないという考えのもの。

三、「烏の北斗七星」「なめとこ山の熊」のように、仕方なく殺生をおかしてはいるが、常にそのことを悩み、殺生をおかさず生きて行ける世の中の実現を、心からねがっているもの。

四、「グスコーブドリの伝記」「銀河鉄道の夜」「よだかの星」「手紙㈠」「二十六夜」などのように、捨身乃至捨身供養を描いたもの。

以上、四つに分けられると思う。

しかも、大体の傾向として、賢治の作品が制作年代順に、この分類の一から二、三、四、と次第に移行して行く点が、更に興味をひく。このように、歳と共に展開して行った賢治の「殺生」乃至「死」というものに対する考え方の変化には、「法華文学の創作を志したこと」（大正十年）「妹とし子の死」（大正十一年十一月）「賢治自身の発病と長い病床生活」（昭和三年）という三つの事件が大きく影響しているように思われる。賢治がまだ国柱会にも入会せず、肉親の死という悲運にもあっていない大正七・八年頃の童話は、童話全体が明るく、ユーモラスで、単純な勧懲主義によって、悪いものがごくあっさりと死んだり、殺されたりすることで、結末をつけている。

そこには全く涙はなく、むしろ小気味よくユーモラスにさえ受けとれる書き方である。

洞熊学校を卒業した三人

○ところが諸君、困つたことには腐敗したのです。食物があんまりたまつて、腐敗したのです。そして蜘蛛の夫婦と子供にそれがうつりました。そこで四人は足のさきからだんだん腐れてべとべとになり、ある日たうとう雨に流れてしまひました。

「あ、やられた。塩だ。畜生。」となめくぢが云ひました。蛙はそれを聞くと、むつくり起きあがつてあぐらをかいて、かばんのやうな大きな口を一ぱいにあけて笑ひました。そしてなめくぢにおじぎをして云ひました。

「いや、さよなら。なめくぢさん。とんだことになりましたね。」なめくぢが泣きさうになつて、「蛙さん。さよ……。」と云つたときもう舌がとけました。雨蛙はひどく笑ひながら……

○たうとう狼をたべてから二十五日めに狸はからだがゴム風船のやうにふくらんで、それからボローンと鳴つて裂けてしまつた。林中のけだものはびつくりして集つて来た。見ると狸のからだの中は稲の葉でいつぱいでした。

クねずみ

○「クねずみはブンレツ者によりて、みんなの前にて暗殺すべし」(中略)

○「どうもいい気味だね、いつでもエヘンエヘンと云つてばかりゐたやつなんだ。」

○「あいつが死んだらほんたうにせいせいするだらうね。」

○「何だい。ねずめ。人をそねみやがつたな。」と云ひながら、クねずみの足を一ぴきが一つづつかぢりました。クねずみは非常にあわててばたばたして、急いで、「エヘン。エヘン。エイ。エイ。」とやりましたが、もういけませんでした。クねずみはだんだん四方の足から食はれて行つて、たうとうおしまひに四ひきの子猫はクねずみの胃の腑の所で頭をこつんとぶつつけました。

毒もみのすきな署長さん

○さて、署長さんは縛られて、裁判にかゝり死刑といふことにきまりました。いよいよ巨きな曲つた刀で首を落されるとき、署長さんは笑つて云ひました。「あゝ、面白かつた。おれはもう、毒もみのこととき たら、全く夢中なんだ。いよいよこんどは地獄で毒もみをやるかな」みんなはすつかり感服しました。

ところが、大正十年一月、宗教上の理由から、突如上京し、「高知尾師ノ奨メニヨリ法華文学ノ創作」に専念するようになってからは、「よだかの星」「烏の北斗七星」「なめとこ山の熊」など、殺生罪に悩む姿を描き出した作品が生れるようになって来た。

よだかの星

○（あ、、かぶとむしやたくさんの羽虫が毎晩僕に殺される。そして、そのたゞ一つの僕が、こんどは鷹に殺される。それがこんなにつらいのだ。あゝつらいつらい。僕はもう虫をたべないで餓ゑて死なう。いや、その前にもう鷹が僕を殺すだらう。いやその前に、僕は遠くの遠くの空の向ふに行つてしまはう。）

烏の北斗七星

（あ、マヂエル様、どうか憎むことのできない敵を殺さないでいいやうに早くこの世界がなりますやうに。そのためならば、わたくしのからだなどは、何べん引き裂かれてもかまひません。）

なめとこ山の熊

○「熊。おれはてまへを憎くて殺したのでねえんだぞ。おれも商売ならてめへも射たなけあならねえ。ほかの罪のねえ仕事していんだが、畑はなし、木はお上のものにきまつたし、里へ出ても誰も相手にしねえ。仕方なしに猟師なんぞしるんだ。てめへも熊に生れたが因果なら、おれもこんな商売が因果だ。やい。この次には熊なんぞに生れなよ。」

そして、更に、大正十一年十一月、妹とし子が早世し、はじめて肉親の死という悲しみを味った賢治は、「無声慟哭」「オホーツク挽歌」など、一連の挽歌にみえる様に、大きな悲しみの中で、ひたすら「死とは何か」を考えるようになった。

㈠○とし子はみんなが死ぬとなづける／そのやりかたを通つて行き／それからさきどこへ行つたかわからない。
○わたくしたちが死んだといつて泣いたあと／とし子はまだまだこの世かいのからだを感じ／ねつやいたみをはなれたほのかなねむりのなかで／ここでみるやうなゆめをみてゐたかもしれない／そしてわたくしはそれらのしづかな夢幻が／つぎのせかいへつゞくため／明るいいい匂のするものだつたことを／どんなにねがふかわからない（青森挽歌）
○「どうかきれいな頬をして／あたらしく天にうまれてくれ」（無声慟哭）
㈡○「おまへはその巨きな木星のうへに居るのか」（風林）
○二疋の大きな白い鳥が／鋭くかなしく啼きかはしながら／しめつた朝の日光を飛んでゐる／それはわたしのいもうとだ／死んだわたくしのいもうとだ／兄が来たのであんなにかなしく啼いてゐる。（白い鳥）
㈢○わたくしがまだとし子のことを考へてゐると／なぜおまへはそんなにひとりばかりの妹を／悼んでゐるかと遠いひとびとの表情が言ひ／またわたくしのなかでいふ。（オホーツク挽歌）
○『みんなむかしからのきやうだいなのだから／けつしてひとりをいのつてはいけない』／ああ、わたくしはけつしてさうしませんでした／あいつがなくなつてからあとのよるひる／わたくしはただの一どたりと／あいつだけがいいとこに行けばいいと／さういのりはしなかつたとおもひます。

賢治は妹の死という事実を認めながらも、妹の魂は必ずどこかに生きつづけているという霊魂不滅を信じたかったのではないだろうか。空をみれば、あの木星の上に妹がいるのではないかと考え、啼きながらとぶ白鳥をみては、それが妹の転生ではないかと疑い、あらゆるものに、妹の魂を感じるようになっていったのである。そして遂に、「みんなむかしからのきやうだいなのだから、けつしてひとりをいのつてはいけない」という連帯意識の上に立って「大きな勇気を出して、すべてのいきもののほんたうの幸福を」さがそうという決意にまで発展して行ったのだといえよう。賢治のこの考えは、その後ますます強くなり、「雁の童子」や「銀河鉄道の夜」などの作品が生れてくるのである。

この頃までの賢治の死に対する考え方は、「死」ということの意味を解釈するだけで、あくまで死を客観的にみる域から出たものではなかったが、昭和三年八月、思いがけず賢治自身肋膜炎を患い、四十日以上も病床についてからは、次第に「死」というものを、自分自身の上に投影させて考えるようになっていくのである。今までは、肉親との死別の悲しみをのりこえるために、まことの道をすすみ、すべての生きものの幸せを祈らなければならないと考えていた賢治は、次第に病状が悪化し、自分の中に死の影をみとめるようになると、妹の死の際に考えた「霊魂不滅」とは逆に、「生命の限界」というものを認めざるを得なくなっていく。生命には限界があるとすれば、その生命の燃えつきるとき、いかなる死に方こそ最も理想的であるか、即ち、「死」というものから遁れられなくなった賢治は、「人間いかに生くべきか」ということより、「いかに死すべきか」ということを、より重視するようになっていったといえるだろう。

次の二つの作品の初稿と改稿を比較してみるとき、このことは、より一層明確になってくるだろう。

①「ペンネンネンネンネン・ネネムの伝記」と「グスコーブドリの伝記」

「いまではおれは勲章が百ダアス／藁のオムレツもうたべあきた／おれの裁断には地殻も服する／サンムトリさへ西瓜のやうに割れるのだ」と得意気にうたうネネムと、多くの人を救うため、唯一の自分のいのちを火山爆発に捧げて死んだグスコーブドリの違い。

②「三人兄弟の医者と北守将軍」と「北守将軍と三人兄弟の医者」

「プランペラポラン将軍は／顔をしかめて先頭に立ち／ひとびとの万歳の中を／しづかに馬を泳がせた。」という初稿「三人兄弟の医者と北守将軍」の中のプランペラポラン将軍と、鎧も兜もすてて、生れ故郷のス山へ帰り、消える様に死んで行った改稿「北守将軍と三人兄弟の医者」の中のバーユー将軍の違い。

ここに示した初稿と改稿の違い、これこそ、賢治の作品及びその思想の、初期と後期における大きな違いを表わしているものであると私は思う。

賢治が理想とした死に方、それは後期の作品に度々出てくるような「捨身」であったとすれば、多くの人を救うため、自ら犠牲になったグスコーブドリ、ザネリを助けようとして自分が命をおとしたカムパネルラなどは、いずれも賢治の理想像だったに違いない。しかも、火山爆発と共に宇宙のみじんになって飛び散ったグスコーブドリ、どこへともなく流されて行ってしまったカムパネルラ、消える様に死んでいったバーユー将軍等々、死後その亡きがらを人目にさらさないという点も、前期童話に出てくるオツベルや小十郎の死に方と大きく異なっている。

つまり、賢治は、まことの道のための捨身しかも宇宙に還元もしくは昇華されるような死に方をこそ理想としたのだと思われる。しかし、現実の彼は、長い苦しい闘病の末、病魔に倒されて死んで行かなければならなかった。賢治は「病気のために死ぬ」ということが、ひどく口惜しかったに違いない。「病のゆゑにもくちんいのちなりみのりに棄てばうれしからまし」という絶筆が、その気持をよくあらわしている。しかし、賢治の悲願は、その死後見事に達せられた。それは「銀河鉄道の夜」の中で、「どうか神さま。私の心をごらん下さい。こんなにむなしく命をすてず、どうかこの次にはまことのみんなの幸せのために、私のからだをおつかひ下さい。」祈り乍ら死んだ蠍が、いつかじぶんのからだがまっ赤なうつくしい火になって燃え、よるのやみを照しながらいつまでもいつまでも燃えつづける様になったのと全く同じく、賢治は病のために死んだけれども、今日、その作品の中に織りこまれた賢治の精神は、多くの読み手の心の中に美しい感動をよびおこし、「まことの道」を説きつづけているといえるのでないだろうか。

戦時中、若い人々に賢治の童話が愛読されたというが、それは、まことの道を求め乍ら「死とは何か」及び「人間いかに死ぬべきか」という問題を考えて行った賢治の作品が、いつ果てるともない戦禍の中で、常に死と隣り合わせに生きていた当時の若い人々の心に強く感動をよんだのであろう。一般に童話では、「いかに生くべきか」ということは描いても、「死とは何か」とか「いかに死ぬべきか」などということは描かないものである。しかし、賢治は、あえて童話というジャンルを使って、こうした、問題を描いて行ったのである。そしてそのために、賢治の童話は、「生」「死」「自我」「宇宙」「個」「全」といったものに目覚めはじめる「少年少女期の終り頃からアドレッセンス中葉期」以後の若い人々に、清らかな感動と忘れがたい魅力を感じさせる不思議な童話になっているのである。

賢治童話の基底にあるもの㈡　「いかり」と「あらそい」の否定から超克へ

「雨ニモマケズ」の詩は、賢治が自己の求める理想像を表現したものとして、賢治の思想を考える上には見逃せない作品である。彼はこの詩の中で次のようにいっている。

慾ハナク
決シテ瞋ラズ
イツモシヅカニワラッテヰル
（中略）
北ニケンクワヤソシヨウガアレバ
ツマラナイカラヤメロトイヒ
（中略）
ミンナニデクノボートヨバレ
ホメラレモセズ
クニモサレズ
サウイフモノニ
ワタシハナリタイ

つまり、すべての人がいつも静かにほほえみながら仲よく暮す世界――「いかり」と「あらそい」のない世界――これが賢治の描く理想郷だったのであるが、現実の賢治及び賢治をとりまく環境は、決してその様なものではなかったのである。感受性のつよい彼は、対内的にも対外的にも「いかり」と「あらそい」の苦しみを人一倍味わっていた。賢治の処女出版『春と修羅』の「修羅」ということばもその事を象徴しているものと考えられが、彼の私小説的短篇をよむ時、この事は一層つよく感じられる。

○夕方になつてやつといままでの分へ一わたり水がかかつた。

三時ごろ水がさつぱり来なくなつたから、どうしたのかと思つて大堰の下の岐れまで行つてみたら、権十がこつちをとめてじぶんの方へ向けてゐた。ぼくはまるで権十が甘藍の夜盗虫みたいな気がした。顔がむくむく膨れてゐて、おまけにあんな冠らなくてもいいやうな穴のあいたつばの下つた土方しやつぽをかぶつて、その上からまた頬かぶりをしてゐるのだ。

手も足も膨れてゐるから、ぼくはまるで権十が夜盗虫みたいな気がした。何をするんだ、と云つたら、なんだ、農学校終つたつて自分だけいいことをするなと云ふのだ。

ぼくもむつとした。何だ、農学校なぞ終つても終らなくても、いまはぼくのとこの番にあたつて水を引いてゐるのだ。それを盗んで行くとは何だ。と云つたら、学校へ入つたんでしやべれるやうになつたもんなと云ふ。ぼくはもう大きな石を叩きつけてやらうとさへ思つた。

けれども権十はそのまゝ行つてしまつたから、ぼくは水をうちの方へ向け直した。やつぱり権十はぼくを子供だと思つて、ぼくだけ居たものだからあんなことをしたのだ。いまにみろ、ぼくは卑怯なやつらはみんな片つぱしから叩きつけてやるから。（「或る農学生の日誌」筑摩書房刊『宮澤賢治全集』六巻二二六頁）〈以下引用文はすべて同全集による〉

○おれはひどくむしやくしやした。そして卓をガタガタゆすつてゐた。

いきなり霧積が入つて来た。霧積は変に白くぴかぴかする金襴の羽織を着てゐた。そしてひどく嬉しさうに見えた。今朝は支那版画展覧会があつて自分はその幹事になつてゐるからそつちへ行くんだと云つてかなり大声で笑つた。おれはそれがしやくにさわつた。（あけがた・六巻七〇頁）

○そこの窓にはたくさんの顔がみな一様な表情を浮べてゐた。愚かな愚かな表情を、院長さんとその園芸家とどつちがうごくだらうといつた風の――えい糞考へても胸が悪くなる。（花壇工作・六巻二九一頁）

○おれはこの愉快な創造の数時間をめちやめちやに壊した窓のたくさんの顔を、できるだけ強い表情でにらみました。ところが誰もおれを見てゐなかつた。次におれはその憐れむべき弱い精神の学士を見た。それからあんまり過鋭な感応体おれを撲つてやりたいと思つた。（前同二九二頁）

しかし賢治は単に「いかり」と「あらそい」の中で、もがくだけではなかった。彼は、修羅の苦しみを味わいながらも、常に「まことの道」を求めて行ったのだといえよう。後期の賢治の童話にしばしば描かれているデクノボー的人物は、この「まこと」の追求の結果生じた賢治の理想像なのである。即ち、彼のデクノボー精神は「修羅」と「まことの道」との間から生れた産物なのだといえよう。

賢治という人は、「事実と空想」「現実と理想」「修羅とまこと」というように、相反するものの中間に身をおいて思索や創作を行なう時、実にすばらしい思想や作品を生み出している。ところが、彼が一旦現実の世界に坐りこみ、出来るだけ忠実に現実描写を行なおうとすると、それらは忽ち退屈な作品になってしまう。彼の試みたさまざまな創作の中、幻想的な心象スケッチや「まこと」を追求した作品が高く評価されているのに反し、私小説的短篇や短歌や村童スケッチがそれほど評価されないのは、賢治の資質が「現実描写」の方面にはなく、むしろ「自由奔放な空想」や「燃える様な理想」を描く方面にあった事を示しているといえよう。

相反する二つのものの間に立って創作活動を行ったところに、賢治及び賢治文学の大きな特質があるが、賢治の童話において、「いかり」「あらそい」というものは、どのように描写されているか、又「いかり」「あらそい」をテーマにした童話は、賢治童話全体の中ではどういう位置を占めているか、更に、「いかり」「あらそい」に対する賢治の考え方は年代の推移と共にどう変化しているかといった点から、賢治の童話の基底にあるものを探ってみたいと思う。

一

「いかり」には、他人に対する怒りと自分自身に対する怒りがあり、又「あらそい」にも、口論・なぐりあい・勢力争い・階級闘争・戦争・妻争い・水あらそい・競争・論争・善と悪の争いなど、いろいろあるが、賢治の作品に出てくる「いかり」や「あらそい」はどんな種類のものであろうか。賢治の童話の中で「いかり」「あらそい」の描かれている作品と、その主な部分をあげてみると、大体次の様である。

1　**よだかの星**（弱肉強食）

（あゝ、かぶとむしや、たくさんの羽虫が、毎晩僕に殺される。そしてそのただ一つの僕がこんどは鷹に殺される。それがこんなにつらいのだ。ああ、つらい、つらい。（略）僕は遠くの遠くの空の向ふに行つてしまはう。）

（七巻五一頁）

2　双子の星（勢力争い）

その時向ふから暴い声の歌が又聞えて参りました。大烏は見る見る顔色を変へて身体を烈しくふるはせました。

「みなみのそらの　赤眼のさそり
毒ある鈎と　大きなはさみを
知らない者は　阿呆鳥。」

そこで大烏が怒つて云ひました。

「蠍星です。畜生。阿呆鳥だなんて人をあてつけてやがる。見ろ。ここへ来たらその赤眼を抜いてやるぞ。」

チュンセ童子が

「大烏さん。それはいけないでせう。王様がご存じですよ。」といふ間もなくもう赤い眼の蠍星が向ふから二つの大きな鋏をゆらゆら動かし長い尾をカラカラ引いてやつて来るのです。（中略）

たうとう大烏は、我慢し兼ねて羽をパッと開いて叫びました。

「こら蠍。貴様はさつきから阿呆鳥だの何だのと俺の悪口を云つたな。早くあやまつたらどうだ。」

蠍がやつと水から頭をはなして、赤い眼をまるで火が燃えるやうに動かしました。

「へん。誰か何か云つてるぜ、赤いお方だらうか。鼠色のお方だらうか。一つ鈎をお見舞しますかな。」

大烏はかつとして思はず飛びあがつて叫びました。

「何を、生意気な。空の向ふ側へまつさかさまに落してやるぞ。」

蠍も怒つて大きなからだをすばやくひねつて尾の鈎を空に突き上げました。大烏は飛びあがつてそれを避け今度はくちばしを槍のやうにしてまつすぐに蠍の頭めがけて落ちてきました。

チュンセ童子もポウセ童子もとめるすきがありません。蠍は頭に深い傷を受け、大烏は胸を毒の鈎でさされて、両方ともウンとうなつたまゝ重なり合つて気絶してしまひました。

蠍の血がどくどく空に流れて、いやな赤い雲になりました。（七巻一〇三―一〇五頁）

3　**貝の火**（善と悪の戦）

狐が額に黒い皺をよせて、眼を釣りあげてどなりました。

「ホモイ。気をつけろ。その箱に手でもかけて見ろ。食ひ殺すぞ。泥棒め。」まるで口が横に裂けさうです。（七巻一四四頁）

狐はまだ網をかけて、樺の木の下に居ました。そして三人を見て口を曲げて大声でわらひました。ホモイのお父さんが叫びました。

「狐。お前はよくもホモイをだましたな。さあ決闘をしろ。」

狐が実に悪党らしい顔をして云ひました。

「へん。貴様ら三疋ばかり食ひ殺してやつてもいいが、俺もけがでもするとつまらないや。おれはもつといい食べものがあるんだ。」

そして函をかついで逃げ出さうとしました。

「待てこら。」とホモイのお父さんがガラスの箱を押へたので、狐はよろよろして、たうとう函を置いたまゝ逃げて行つてしまひました。（七巻一四七頁）

4　**蜘蛛となめくぢと狸**（競争―勢力争い―）

蜘蛛と、銀色のなめくぢとそれから顔を洗つたことのない狸とはみんな立派な選手でした。

けれども一体何の選手だつたのか私はよく知りません。

山猫が申しましたが三人はそれはそれは実に本気の競争をしてゐたのださうです。（中略）けれどもとにかく三人とも死にました。（七巻一五〇頁）

5　楢ノ木大学士の野宿（幻聴でとらえた自然界の争い）

突然頭の下あたりで
小さな声で物を云ひ合つてるのが聞えた。

「そんなに肱を張らないでお呉れ。おれの横の腹に病気が起るぢやないか。」

「おや、変なことを云ふね。一体いつ僕が肱を張つたね。」

「そんなに張つてゐるぢやないか。ほんたうにお前、このごろ湿気を吸つたせゐか、ひどくのさばり出して来たね。」

「おやそれは私のことだらうか。お前のことぢやなからうかね。お前もこの頃は頭でみりみり私を押しつけやうとするよ。」（七巻二六三―二六四頁）

6　三人兄弟の医者と北守将軍（凱旋―戦争―）

7　猫の事務所（地位争い）

書記はみな、短い黒の繻子の服を着て、それに大へんみんなに尊敬されましたから、何かの都合で書記をやめるものがあると、そこらの若い猫は、どれもどれも、みんなそのあとへ入りたがつてばたばたしました。（八巻七頁）
「いつ僕が拾はうとしたんだ。うん。僕はただそれが事務長さんの前に落ちてあんまり失礼なもんだから、僕の机の下へ押し込まうと思つたんだ。」
「さうですか。私はまた、あんまり弁当があつちこつち動くもんですから……」

「何だと失敬な。決闘を……」（中略）
「いや、喧嘩するのはよしたまへ。……」（八巻一二頁）
三毛猫はすぐ起き上つて、かんしやくまぎれにいきなり、
「かま猫、きさまはよくも僕を押しのめしたな。」とどなりました。（八巻一三頁）

8　**カイロ団長**（階級闘争）

「何だい。おやぢ。よくもひとをなぐつたな。」と云ひながら、四方八方から、飛びかかりましたが、何分とのさまがへるは三十がへる力あるのですし、くさりかたびらは着てゐますし、それにあまがへるはみんな船来ウェスキーでひよろひよろしてますから、片つぱしからストンストンと投げつけられました。（八巻二五頁）

団長は怒つて急いで鉄の棒を取りに家の中にはいりますと……（中略）……「えい。意気地なしめ。早く運べ。晩までにできなかつたら、みんな警察へやつてしまふぞ、警察ではシュッポンと首を切るぞ。ばかめ。」あまがへるはみんなやけ糞になつて叫びました。

「どうか早く警察へやつて下さい。シュッポン、シュッポンと聞いてゐると何だか面白いやうな気がします。」

カイロ団長は怒つて叫び出しました。

「えい。馬鹿者め意気地なしめ。

えい、ガーアアアアアアア。」（同三一—三二頁）

9　**洞熊学校を卒業した三人**（競争—勢力争い—）

洞熊先生の教へることは三つでした。

一つは世の中はみんな競争であるといふことで……もう一つは、だから誰でもほかの人を通りこして大きくえらくならなければならんといふことでありました。も一つは大きいものがいちばん立派だといふことでした。

それから三人はみんな一番にならうと一生けん命競争しました。(八巻三六頁)

10　土神と狐（妻争い・自己嫌悪）

狐は思はず斯う云つてしまひました。そしてすぐ考へたのです。あゝ僕はたつた一人のお友達にまたつい偽を云つてしまつた。ああ僕はほんたうにだめなやつだ。けれども決して悪い気で云つたんぢやない。よろこばせやうと思つて云つたんだ。あとですつかり本当のことを云つてしまはう。狐はしばらくしんとしながら斯う考へてゐたのでした。(八巻五八頁)

この話を聞いて土神は俄かに顔いろを変へました。そしてこぶしを握りました。

「何だ。狐？　狐が何を云ひ居つた。」(中略)

「狐なんぞに神が物を教はるとは一体何たることだ。えい。」(中略)土神は歯をきしきし噛みながら高く腕を組んでそこらをあるきまはりました。その影はまつ黒に草に落ち草も恐れて顫へたのです。(同六〇頁)

○土神は今度はまるでべらべらした桃いろの火でからだ中燃されてゐるやうにおもひました。息がせかせかしてほんたうにたまらなくなりました。(同六六頁)

○ああつらいつらい、もう飛び出して行つて狐を一裂きに裂いてやらうか、けれどもそんなことは夢にもおれの考へるべきことぢやない、けれどもそのおれといふものは何だ結局狐にも劣つたもんぢやないか。(中略)土神は胸をかきむしるやうにしてもだえました。(同六七頁)

○土神がまるで黒くなつて嵐のやうに追つて来るのでした。さあ狐はさつと顔いろを変へ口もまがり風のやうに走つて遁げ出しました。(中略)土神はうしろからばつと飛びかかつてゐました。と思ふと狐はもう土神にからだをねぢられて口を尖らして少し笑つたやうになつたまゝ、ぐんにやりと土神の手の上に首を垂れてゐたのです。(同七〇―七一頁)

11　**クねずみ**（競争）

○さて、「ねずみ競争新聞」といふのは実にいい新聞です。これを読むと、ねずみ仲間の競争のことは何でもわかるのでした。ぺねずみが、沢山たうもろこしのつぶをぬすみためて、大砂糖持ちのパねずみと意地はりの競争をしてゐることでも、ハ鼠ヒ鼠フ鼠の三疋のむすめねずみが学問の競争をやつて、比例の問題まで来たとき、たうとう三疋共頭がペチンと裂けたことでも何でもすつかり出てゐるのでした。（八巻九五頁）

12　**ツェねずみ**（いさかい）

「知らん知らん。私のやうな弱いものをだまして、償ふて下さい。償ふて下さい。」

「困つたやつだな。ひとの親切をさかさまにうらむとは、よしよし。そんならおれの金米糖をやらう。」

「まどふて下さい。まどふて下さい。」

「えい。それ。持つて行け。てめいの持てるだけ持つてうせちまへ。てめいみたいな、ぐにやぐにやした、男らしくもねいやつは、つらも見たくねい。早く持てるだけ持つて、どつかへうせろ。」

いたちはプリプリして、金米糖を投げ出しました。ツェねずみはそれを持てるだけ沢山ひろつて、おじぎをしました。いたちはいよいよ怒つて叫びました。（八巻一二一頁）

13　**よく利く薬とえらい薬**（怒り）

つぐみがすぐ飛んで来て、少し呆れたやうに言ひました。

「おや、おや、これは全体人だらうか、象だらうか、とにかくひどく肥つたもんだ。一体何しに来たのだらう。」

大三は怒つて、

「何だと、今に薬さへさがしたら、この森ぐらゐ焼つぷくつてしまふぞ。」……

ふくろふが木の洞の中で太い声で云ひました。

「おやおや、ついぞ聞いたこともない声だ。ふいごだらうか。人間だらうか。もしもふいごとすれば、ゴキノゴキオホン、銀をふくふいごだぞ。すてきに壁の厚いやつらしいぜ。」

さあ大三は自分の職業のことまで云はれたものですから、まつ赤になつて頬をふくらせてどなりました。

「何だと。人をふいごだと。今に薬さへさがしてしまつたら、この林ぐらゐ焼つぷくつてしまふぞ。」と云ひました。……

よしきりが、急いで云ひました。

「おやおやおや、これは一体大きな皮の袋だらうか、それともやつぱり人間だらうか。愕いたもんだねえ、愕いたもんだねえ。びつくりびつくり、くりくりくりくりくりくり。」

さあ大三はいよいよ怒つて、

「何だと畜生。薬さへ取つてしまつたら、この林ぐらゐ、くるくるんに焼つぷくつて見せるぞ。畜生」(八巻一四九—一五〇頁)

14 けだもの運動会（競争）

鉄棒ぶらさがり競争

15 どんぐりと山猫（偉さくらべ）

「いえいえ、だめです、なんといつたつて頭のとがつてるのがいちばんえらいんです。そしてわたしがいちばんとがつてゐます。」「いいえ、ちがひます。まるいのがえらいのです。いちばんまるいのはわたしです。」「大きなことだよ、大きなのがいちばんえらいんだよ。わたしがいちばん大きいからわたしがえらいんだよ。」「さうでないよ。わたしのはうがよほど大きいと、きのふも判事さんがおつしやつたぢやないか。」「だめだい、そんなこと。せいの高いのだよ。せいの高いことなんだよ。」

「押しつこのえらいひとだよ。押しつこをしてきめるんだよ。」（八巻二二八頁）
「そんなら、かう言ひわたしたらいいでせう。このなかでいちばんばかで、めちやくちやで、まるでなつてゐないやうなのが、いちばんえらいとね。ぼくお説教できいたんです。」（同二二九頁）

16 **狼森と笊森、盗森**（人と森との原始的交渉）

森の奥から、まつくろな手の長い大きな大きな男が出て来て、まるでさけるやうな声で云ひました。

「何だと、おれをぬすとだと。さう云ふやつは、みんなたたき潰してやるぞ。ぜんたい何の証拠があるんだ。」

「証人がある。証人がある。」とみんなはこたへました。

「誰だ。畜生、そんなことを云ふやつは誰だ。」と盗森は咆えました。

「黒坂森だ。」とみんなも負けずに叫びました。

「あいつの云ふことはてんであてにならん。ならん。ならん。ならんぞ。畜生。」と盗森はどなりました。（八巻二四二頁）

17 **烏の北斗七星**（戦争—戦うものの内的感情）

ああ、あしたの戦でわたくしが勝つことがいいのか、山烏がかつのがいいのか、それはわたくしにわかりません、ただあなたのお考へのとほりです。わたくしはわたくしにきまつたやうに力いつぱいたたかひます。みんなみんなあなたのお考へのとほりです。（八巻二六一頁）
（ああ、マヂエル様、どうか憎むことのできない敵を殺さないでいいやうに早くこの世界がなりますやうに、そのためならば、わたくしのからだなどは、何べん引き裂かれてもかまひません。）（同二六四頁）

18 **山男の四月**（争いから捨身へと変る）

「何だと。何をぬかしやがるんだ。どろぼうめ。きさまが町へはいつたら、おれはすぐ、この支那人はあやしいやつだとどなつてやる。さあどうだ。」

支那人は外でしんとしてしまひました。（中略）外の支那人があはれなしわがれた声で言ひました。

「それ、あまり同情ない。わたし商売たたない。わたしおまんまたべない。わたし往生する。それ、あまり同情ない。」山男はもう支那人が、あんまり気の毒になつてしまつて、おれのからだなどは、支那人が六十銭もうけて宿屋に行つて、鰯の頭や菜つ葉汁をたべるかはりにくれてやらうとおもひながら……（八巻二八一頁）

19 **かしはばやしの夜**（人間と柏の木の口げんか）

大王はまがつた腰をのばして、低い声で画かきに云ひました。

「もうお帰りかの。待つてましたぢや。そちらは新らしい客人ぢやな。が、その人はよしなされ。前科者ぢやぞ。前科九十八犯ぢやぞ。」

清作が怒つてどなりました。

「うそをつけ、前科者だと。おら正直だぞ。」大王もごつごつの胸を張つて怒りました。「なにを。証拠はちやんとあるぢや。また帳面にも載つとるぢや。貴さまの悪い斧のあとのついた九十八の足さきがいまでもこの林の中にちやんと残つてゐるぢや。」（八巻二八九頁）

柏の木どもは風のやうな変な声をだして清作をひやかしました。

清作はもうとびだしてみんなかたつぱしからぶんなぐつてやりたくてむづむづしましたが（同二九八頁）

20 **虔十公園林**（陽光争い）

その時野原の北側に畑を有つてゐる平二が、きせるをくはへてふところ手をして寒さうに肩をすぼめてやつて来ました。（略）平二は虔十に云ひました。

「やい、虔十、此処さ杉植るなんてやつぱり馬鹿だな、第一おらの畑あ日影にならな。」虔十は顔を赤くして何

か云ひたさうにしましたが云へないでもぢもぢしました。（九巻九頁）

21　**祭の晩**（山男の無銭飲食に対する村人の怒り）

さつきの大きな男が、髪をもぢやもぢやして、しきりに村の若い者にいぢめられてゐるのでした。額から汗を流してなんべんも頭を下げてゐました。

何か云はうとするのでしたが、どうもひどくどもつて語が出ないやうすでした。

てかてか髪をわけた村の若者が、みんなが見てゐるのでいよいよ勢よくどなつてゐました。

「貴様んみたいな、他処から来たものに馬鹿にされて堪つか。早く銭を払へ。銭を。無のか、この野郎。無なら何して物食つた。こら。」（九巻一九頁）

22　**なめとこ山の熊**（人と動物の争い）

熊もいろいろだから、気の烈しいやつならごうごう咆えて立ちあがつて犬などはまるで踏みつぶしさうにしながら、小十郎の方へ両手を出してかかつて行く。小十郎はぴつたり落ち着いて、樹をたてにして立ちながら、熊の月の輪をめがけてズドンとやるのだつた。

すると森までががあつと叫んで熊はどつと倒れ、赤黒い血をどくどく吐き鼻をくんくん鳴らして死んでしまふのだつた。小十郎は鉄砲を木へたてかけて注意深くそばへ寄つて来て、斯う云ふのだつた。

「熊。おれはてまへを憎くて殺したのでねえんだぞ。おれも商売ならてめへも射たなけあならねえ。ほかの罪のねえ仕事していんだが、畑はなし、木はお上のものにきまつたし、里へ出ても誰も相手にしねえ。仕方なしに猟師なんぞしるんだ。てめへも熊に生れたが因果なら、おれもこんな商売が因果だ。やい。この次には熊なんぞに生れなよ。」（九巻二六―二七頁）

熊は棒のやうな両手をびつこにあげて、まつすぐに走つて来た。さすがの小十郎もちよつと顔いろを変へた。

ぴしやといふやうに鉄砲の音が小十郎に聞えた。ところが熊は少しも倒れないで嵐のやうに黒くゆらいでやつて来たのだ。

犬がその足もとに噛み付いた。と思ふと小十郎は、があんと頭が鳴つて、まはりがいちめんまつ青になつた。それから遠くで斯う云ふことばを聞いた。

「おお小十郎、おまへを殺すつもりはなかつた。」

もうおれは死んだ、と小十郎は思つた。そして、ちらちらちらちら青い星のやうな光が、そこらいちめんに見えた。

「これが死んだしるしだ。死ぬとき見る火だ。熊ども、ゆるせよ。」と小十郎は思つた。（九巻三三五—三三六頁）

23　シグナルとシグナレス（家柄争い）

「ふん、何だと、お前は何の縁故でこんなことに口を出すんだ。」

「おいおい、あんまり大きなつらをするなよ。ええおい。おれは縁故と言へば大縁故さ。縁でないと言へば、一向縁故でも何でもないぜ。がしかしさ、こんなことにはてめいのやうな変ちきりんはあんまりいろいろ手を出さない方が結局てめいの為だらうぜ。」

「何だと。おれはシグナルの後見人だぞ。鉄道長の甥だぞ。」

「さうか。おい立派なもんだなあ。シグナルさまの後見人で鉄道長の甥かい。けれどもそんならおれなんてどうだい。おれさまはな、ええ、めくらとんびの後見人、ええ風引きの脈の甥だぞ。どうだ、どつちが偉い。」

「何をつ。コリッ、コリコリッ、カリッ。」（九巻一二九頁）

24　氷河鼠の毛皮（財くらべ・熊の襲撃）

毛皮外套をあんまり沢山もつた紳士は、もうひとりの外套を沢山もつた紳士と喧嘩をしましたが、そのあとの方

はたうとう負て寝たふりをしてしまひました。紳士は（略）そこら中の人に見あたり次第くだを巻きはじめました。（略）

「それはほんとの毛ぢやないよ。……」

「失敬なことを云ふな。失敬な。」

「いいや、ほんとのことを云ふがね、たしかにそれはにせものだ。絹糸で拵へたんだ。」

「失敬なやつだ。君はそれでも紳士かい。」

「いいよ。僕は紳士でもせり売屋でも何でもいい。君のその毛皮はにせものだ。」

「野蕃なやつだ。実に野蕃だ。」

「いいよ。おこるなよ。向ふへ行つて寒かつたら僕のとこへおいで。」

「頼まない。」

よその紳士はすつかりぶりぶりして、それでもきまり悪さうに、やはりうつうつ寝たふりをしました。（九巻一三九―一四〇頁）

そのとき俄に外ががやがやして、それからいきなり扉ががたつと開き、朝日はビールのやうにながれ込みました。

赤ひげがまるで違つた物凄い顔をして。ピカピカするピストルをつきつけてはいつて来ました。（同一四二頁）

赤ひげがやつと立ちあがりましたら、青年はしつかりそのえり首をつかみピストルを胸につきつけながら外の方へ向いて高く叫びました。「おい、熊ども。きさまらのしたことは尤もだ。けれどもなおれたちだつて仕方ない。生きてゐるには、きものも着なけあいけないんだ。おまへたちが魚をとるやうなもんだぜ。けれどもあんまり無法なことは、これから気を付けるやうに云ふから今度はゆるして呉れ。ちよつと汽車が動いたら、おれの捕虜にしたこの男は返すから。」

「わかつたよ。すぐ動かすよ。」外で熊どもが叫びました。（同一四四―一四五頁）

25 ビヂテリアン大祭（論争）

ただこの上は、われらと衆生と、早くこの苦を離れる道を知るのが肝要ぢや。この因縁でみなの衆も、よくよく心をひそめて聞きなされ。ただ一人でも穂吉のことから、まことに菩提の心を発すなれば、穂吉の功徳又この座のみなの衆の功徳、かぎりもあらぬことなれば……」（九巻二一五―二一六頁）

「ここの世界は苦界といふ、又忍土とも名づけるぢや。みんなせつないことばかり、涙の乾くひまはないのぢや。

26 二十六夜（弱肉強食）

「あんまりひどいやつらだ。こつちは何一つ向ふの為に悪いやうなことをしないんだ。それをこんなことをして、よこす。もうだまつてはゐられない。何か、し返ししてやらう」……

「火をつけやうぢやないか。今度屑焼きのある晩に燃えてる長い藁を、一本あの屋根までくはへて来やう。なあに十本も二十本も運んでゐるうちには、どれかすぐ燃えつくよ。けれども火事で焼けるのはあんまり楽だ。何かも少しひどいことがないだらうか。」……

「戸のあいてる時をねらつて赤子の頭を突いてやれ、畜生め。」

梟の坊さんは、じつとみんなの云ふのを聴いてゐましたが、この時しづかに云ひました。

「いやいや、みんなの衆、それはいかぬぢや。これほど手ひどい事なれば、必らず仇を返したいはもちろんの事ながら、それでは血で血を洗ふのぢや。こなたの胸が霽れるときは、かなたの心は燃えるのぢや。いつかはまたもつと手ひどく仇を受けるぢや。この身終つて次の生まで、その妄執は絶えぬのぢや。遂には共に修羅に入り闘諍しばらくもひまはないぢや。必らずともさやうのたくみはならぬぞや。」（同二三二―二三三頁）

27　**ポランの広場**（決闘）

山猫博士、憤然として、「何を失敬な、決闘をしろ、決闘を。」

キュステ「馬鹿を言へ。貴さまがさきに悪口を言つて置いて、こんな子供に決闘だなんてことがあるもんか。おれが相手になつてやらう。」

山猫博士「へん、貴さまの出る幕ぢやない。引つ込んでゐろ。こいつが我輩を侮辱したから我輩はこいつへ決闘を申し込んだのだ。」

キュステ（ファゼロをうしろにかばふ。）「いいや、貴さまはおれの悪口を言つたのだ。おれは貴さまに決闘を申し込むのだ。全体きさまはさつきから見てゐると、さもきさま一人の野原のやうに威張り返つてゐる。さあピストルか刀かどつちかを選べ。」

山猫博士（たじろいで酒を一杯のむ。）「黙れ、きさまは決闘の法式も知らんな。」

キュステ「よし、酒を呑まなけあ物を言へないやうな、そんな卑怯なやつの相手は子供でたくさんだ。おい、ファゼロ、しつかりやれ、こんなやつは野原の松毛虫だ。おれが介添をやらう。めちやくちやにぶん撲つてしまへ。」（九巻二八三―二八四頁）

28　**ポラーノの広場**（ポランの広場と同じ）

（十巻四一頁）

29　**オツベルと象**（階級闘争）

「ぼくはずゐぶんな眼にあつてゐる。みんなで出て来て助けてくれ。」

象は一せいに立ちあがり、まつ黒になつて吠えだした。

「オツベルをやつつけやう。」議長の象が高く叫ぶと、

「おう、でかけやう。グララアガア、グララアガア。」みんながいちどに呼応する。さあ、もうみんな、嵐のやうに林の中をなきぬけて、グララアガア、グララアガア、野原の方へとんで行く。どいつもみんなきちがひだ。小さな木などは根こぎになり、藪や何かもめちやめちやだ。グワアグワアグワアグワア、花火みたいに野原の中へ飛び出した。それから、何の、走つて、走つて、たうとう向ふの青くかすんだ野原のはてに、オツベルの邸の黄いろな屋根を見附けると、象はいちどに噴火した。（十巻一〇〇頁）

そのうち外の象どもは、仲間のからだを台にして、いよいよ塀を越しかかる。（略）五匹の象が一ぺんに、塀からどつと落ちて来た。オツベルはケースを握つたまままうくしやくしやに潰れてゐた。（同一〇二頁）

30　**風の又三郎**（子供げんか）

耕助のいかりは仲々解けませんでした。そして三度同じことをくりかへしたのです。「うわい、又三郎などあ世界中に無くてもいいな、うわい。」（十巻一四二頁）

31　**グスコーブドリの伝記**（農夫の水争い・ブドリを誤解した農夫の怒り）

その時、水下の沼ばたけの持主が、肩をいからして息を切つてかけて来て、大きな声でどなりました。

「何だつて油など水へ入れるんだ。みんな流れて来て、おれの方へはいつてるぞ。」

主人はやけくそに落ちついて答へました。

「何だつて油など水へ入れるつたつて、オリザへ病気ついたから、油など水へ入れるのだ。」

「何だつてそんならおれの方へ流すんだ。」

「何だつてそんならおまへの方へ流すつたつて、水は流れるから油もついて流れるのだ。」

「そんなら何だつておれの方へ水来ないやうに水口とめないんだ。」

「何だつておまへの方へ水行かないやうに水口とめないかつたつて、あすこはおれのみな口でないから水とめないのだ。」

となりの男は、かんかんに怒つてしまつて、もう物も云へずいきなりがぶがぶ水へはいつて、自分の水口に泥を積みあげはじめました。（十巻二〇一―二〇二頁）

十八人の百姓たちが、げらげらわらつてかけて来ました。

「この野郎、きさまの電気のお蔭で、おいらのオリザ、みんな倒れてしまつたぞ。何してあんなまねしたんだ。」

一人が云ひました。

ブドリはしづかに云ひました。

「倒れるなんて、きみらは春に出したポスターを見なかつたのか。」

「何この野郎。」いきなり一人がブドリの帽子を叩き落しました。それからみんなは寄つてたかつてブドリをぶんなぐつたりふんだりしました。ブドリはたうとう何が何だかわからなくなつて倒れてしまひました。

気がついて見るとブドリはどこか病院らしい室の白いベッドに寝てゐました。（中略）

新聞で、あのときの出来事は、肥料の入れ様をまちがつて教へた農業技師が、オリザの倒れたのをみんな火山局のせゐにして、ごまかしてゐたためだといふことを読んで、大きな声で一人で笑ひました。（同二二二頁）

32　**銀河鉄道の夜**（子どもげんか・先争い・弱肉強食）

ザネリがジョバンニをからかう。（十巻二四〇頁）（同二四二頁）

私は必死となつて、どうか小さな人たちを乗せて下さいと叫びました。近くの人たちはすぐみちを開いて、そして子供たちのために祈つて呉れました。けれどもそこからボートまでのところには、まだまだ小さな子どもたちや親たちやなんか居て、とても押しのける勇気がなかつたのです。それでもわたくしはどうしてもこの方たちをお助けするのが私の義務だと思ひましたから前にゐる子どもらを押しのけやうとしました。けれどもまた、そんなにして助けてあげるよりはこのまま神の御前にみんなで行く方が、ほんたうにこの方たちの幸福だとも思ひました。（十巻二七四頁）

さそりは溺れはじめたのよ。そのときさそりは斯う云つてお祈りしたといふの。

ああ、わたしはいままで、いくつのものの命をとつたかわからない。そしてその私がこんどいたちにとられやうとしたときはあんなに一生けん命にげた。それでもたうとうこんなになつてしまつた。ああなんにもあてにならない。どうしてわたしはわたしのからだをだまつていたちに呉れてやらなかつたらう。そしたらいたちも一日生きのびたらうに。どうか神さま。私の心をごらん下さい。こんなにむなしく命をすてず、どうかこの次には、まことのみんなの幸のために私のからだをおつかひ下さい。つて云つたといふの。そしたらいつか蝎はじぶんのからだが、まつ赤なうつくしい火になつて燃えて、よるのやみを照らしてゐるのを見たつて。（同二九〇頁）

33　セロ弾きのゴーシュ（発憤）

「先生、さうお怒りになつちや、おからだにさはります。それよりシューマンのトロイメライをひいてごらんなさい。きいてあげますから。」

「生意気なことを云ふな。ねこのくせに。」セロ弾きはしやくにさはつて、このねこのやつどうしてくれやうと、しばらく考へました。

「いやご遠慮はありません。どうぞ。わたしはどうも先生の音楽をきかないとねむられないんです。」

「生意気だ。生意気だ。生意気だ。」

ゴーシュはすつかりまつ赤になつて、ひるま楽長のしたやうに足ぶみしてどなりましたが、にはかに気を変へて云ひました。

「では弾くよ。」ゴーシュは何と思つたか扉にかぎをかつて窓もみんなしめてしまひ、それからセロをとりだし

てあかしを消しました。（十巻三〇六―三〇七頁）

二

次に、賢治の童話のうちで制作年代の明らかなものを取りあげ、賢治童話全体においてどういう位置にあるかを調べてみると、次の表のようになる。尚、表中（有）とあるのは、当然争いがおこりそうな場面になっても、一方がきわめて弱いか或いは争いを超越しているといった理由で、争いまで発展しなかった作品を意味する。

年代	作品名	怒り・争いの有無	争いをおこす者	争いの種類	作品のテーマ
大正7	蜘蛛となめくぢと狸	有	くも・なめくじ・狸	競争	張り合うことのいましめ
	めくらぶだうと虹	無			
	双子の星	有	大烏星と蠍星	勢力争い	星物語
8	土神と狐	有	土神と狐	妻争い・内的葛藤	人間の哀れさ
9	貝の火	有	ホモイの父と狐	善と悪の戦	慢心のいましめ
	ペンネンネンネンネン・ネネムの伝記	無			
	ツェねずみ	無	ツェねずみといたち・ねずみとり	いさかい	そねみのいましめ
	クねずみ	有	ねずみ同士	競争	高慢のいましめ
10	気のいい火山弾	（有）	まわりの石や草	からかわれてもベゴ石は相手にしない	デクノボー礼賛
	よだかの星	（有）	鷹	よだかは逃げる	厭離穢土・欣救浄土

	畑のへり	無			
	月夜のけだもの	無			
	カイロ団長	有	カイロ団長とあま蛙	階級闘争	理想郷追求
	鮭のゴム靴	無			
	さるのこしかけ	無			
	ひのきとひなげし	有	ひなげし同士	美を競う	羨望のいましめ
	毒もみのすきな署長さん	無			
	烏の北斗七星	有	烏と山烏	戦争	理想郷希求
	注文の多い料理店	無			
	どんぐりと山猫	有	どんぐり同士	偉さくらべ	デクノボー礼賛
	まなずるとダァリヤ	無			
	葡萄水	無			
	いてふの実	無			
	ひかりの素足	無			
	種山ヶ原	無			
11	よく利く薬とえらい薬	有	大三と鳥達	口げんか	貪欲のいましめ
	竜と詩人	有	スールダッタ自身	詩賦の競い・内的葛藤	自然と人間の原始的交渉
	狼森と笊森、盗森	有	農民と盗森	口げんか	自然と人間の原始的交渉
	水仙月の四日	無			
	山男の四月	有	山男と支那人	口げんか	山男の夢物語
	かしはばやしの夜	有	清作と柏の木大王	口げんか	人間と植物の交渉
	楢ノ木大学士の野宿	有	ホルンブレンドとバイオタイト	自然界の争い	自然と人間の交渉
	月夜のでんしんばしら	無			
	鹿踊りのはじまり	無			
12	やまなし	無			

	鳥箱先生とフウねずみ	無			
	シグナルとシグナレス	有	倉庫と本線シグナル附電信柱	家柄争い	恋愛
	氷河鼠の毛皮	有	乗客同士・人間と熊	毛皮自慢・人と動物の争い	殺生罪
	なめとこ山の熊	有	小十郎と熊	人と動物の争い	殺生罪から逃れられない人間の宿命
13	オツベルと象	有	オツベルと象	階級闘争	社会主義
14	セロ弾きのゴーシュ	有	ゴーシュと猫・かっこう	発憤	努力による目的達成
	ビヂテリアン大祭	有	肉食主義者と菜食主義者	論争	菜食主義
15	ざしき童子	無			
	猫の事務所	有	猫同士	地位争い	そねみのいましめ
2	雁の童子	無			
	祭の晩	(有)	村人	山男の無銭飲食を怒る	デクノボー
	虔十公園林	(有)	平二	陽光争い	デクノボー礼賛
	銀河鉄道の夜	(有)	ザネリとジョバンニ・沈没する船の乗客・いたちとさそり	子どもげんか・先あらそい・弱肉強食	まことの希求
3	ポラーノの広場	有	デステゥパーゴとファーゼロ	決闘	理想郷の追求
6	北守将軍と三人兄弟の医者	無			
7	風の又三郎	有	三郎と耕助	子どもげんか	村童スケッチ
	グスコーブドリの伝記	(有)	農民同士・農民とブドリ	農民のけんか	まことの希求・捨身精神

この表からわかるように、賢治童話において「いかり」「あらそい」をテーマにしたもの、或はそうしたシーンのあるものは決して少なくない。

殊に大正七・八・九年に書かれた、いわゆる初期童話は、ほとんどが「あらそいのいましめをテーマにした寓話」であり、賢治が「人のあらそい」という事に、切実な感情をもっていたことを示しているものといえるだろう。

大正十年、宗教上の理由で、突如単身上京してからは、賢治の童話創作熱は一段と活潑になり、さまざまのテーマで数多くの作品が書かれた。例えば、デクノボー礼賛の「どんぐりと山猫」「気のい丶火山弾」、厭離穢土・欣求浄土の「よだかの星」、人間と自然の原始的交渉を描いた「狼森と笊森・盗森」「かしはばやしの夜」／諷刺的な「注文の多い料理店」、戦うものの内面的感情を描いた「烏の北斗七星」／風物スケッチ風の「いてふの実」「畑のへり」等々、多種多様である。そのため、この時期の童話では「あらそい」を扱ったものは、全体の童話数からみれば、それほど多いとはいえない。しかし「あらそい」に対する考察は、初期のものより深くなって来ている。初期童話では、あらそいを全く否定して、単純な因果律に基づき、あらそいをおこしたものは、不幸な最後をとげることになっているが、大正十年頃の童話では、あらそいを描きながらも、それから逃れる方法や解決する方法を種々模索しながら描いている。例えば、「よだかの星」のよだかは、自分自身が彼岸へのがれる事により、あらそいを避けているし、「カイロ団長」のかえるたちは、闘争の後仲なおりして、最後は皆仲よく力を合せて働くようになるし、「どんぐりと山猫」のどんぐり達のあらそいは、一郎の判決――デクノボー礼賛――によって、めでたく解決している。つまり、この時期の賢治はいかにすれば世の中のあらそいを解決し、まことの世界を実現させることが出来るか、その方法を模索していた時期でありも、創作活動の面でいろいろと自分に可能な創作法を模索していた時期である。私はこの時期を、「賢治の模索時代」とよびたい。

大正十年の後半から十一年にかけては、賢治童話がもっとも幻想的心象スケッチ風になった時期である。従って、その時期のあらそい描写は、もっぱら人間対自然の口げんかといったもので、一般にいう「あらそい」とは質的に違うものである。業としての「あらそい」を意味するのではなく、幻想の中の人間と自然との結びつきを、賢治特有の感覚と表現であらわしたものといえる。つまり、「ほんたうに、かしはばやしの青い夕方を、ひとりで通りかかつたり、十一月の山のなかに、ふるへながら立つたりしますと、もうどうしてもこんな気がしてしかたないのです。ほんたうにもう、どうしてもこんなことがあるやうでしかたないといふことを、わたくしはそのとほり書いたまでです。」と賢治が説明した種類の作品である。ここで興味深いのは、この頃の作品に出てくるけんかでは、幻想の中で人間と自然、あるいは人間と動物、あるいは人間と植物が、けんかをするわけであるが、自然や動植物の側が幾分からかい気味なのに対し、人間の側はカンカンになって怒っている点である。つまり、自然や動植物が人間より優位に立ってけんかをしているのであろう。こうした傾向は、賢治の短篇「サガレンと八月」にもみえる。賢治は自然に立ち向う時、自然は雄大無限なのに対し、人間の存在の小ささを痛感したのではないだろうか。

大正十二―十四年期の童話に描かれている「あらそい」は競争・口げんか・張り合いの様な「小さないさかい」ではなく、殺生や闘争のような「なまぐさい闘い」に変って来る。しかも、その闘いは、熊を殺さなければ生きて行けなかった小十郎や、オツベルを倒さざるを得ないギリギリの所まで追いつめられて行った白象の立場を考えると、簡単には否定出来ない種類の闘いである。この期に至って、争いを否定しつづけて来た賢治も、遂には、あらそいを人間の逃れられない宿命として認めざるを得なくなっているのである。そこに、賢治におけるあらそいの超克の第一歩があったといえよう。

大正十五年という年は、賢治の生活が大きく変化した年である。即ち、その年の三月、強い決意をもって教職を辞した賢治は、四月、花巻町大字下根子小字桜に「小さな小屋」をたて、独居自炊の生活をはじめた。そして昼はその附近を開墾したり農耕したりして働き、夜は読書や作詩や音楽に没頭したが、その年の夏、「羅須地人協会」というものを設立して、農民の相談相手にもなった。つまり、詩「雨ニモマケズ」でうたいあげた様な生活を実践したわけであるが、この頃になると、賢治の「まことの道」への方向は、次第に明確に描かれるようになった。

例えば、初期童話「双子の星」の中で、大烏と血なまぐさい争いをするさそりを、後期童話「銀河鉄道の夜」の中では、いまわのきわに自分の罪業を悔い、まことのみんなの幸せを祈った為、まっ赤な星に変り、いつまでもいつまでも燃えつづけるさそり星として描いており、この二つのさそりの違いこそ賢治思想の初期と後期の違いを、最も端的に示していると思う。又、この期には「いかり」「あらそい」をテーマにした作品は完全に姿を消し、たとえ作品中に「いかり」「あらそい」の描写があっても、それは筋を面白くするための小道具として用いられているにすぎない。しかも、この時期の「あらそい」の大きな特徴は、さんざんからかわれたり、いじめられたりして、普通なら当然けんかが起りそうな場合でも、一方がデクノボー（虔十・山男）もしくは争いを超越した人物（かま猫・ブドリ）であるため、けんかにまで発展しないという点である。

以上のように、賢治の「いかり」「あらそい」に対する考え方は、年代の推移と共に次第に深まり展開して行ったことがわかる。即ち、初期作品では「いかり」「あらそい」を全面的に否定する単純な道徳観であったものが、大正十年頃になると、人の世に絶えない「いかり」や「あらそい」を、どうすれば解決出来るか、その方法をさがし求める模索期となり、続いて、「あらそい」を人間の逃れられない宿命として複雑な気もちで考えるようになってくる。そして遂に賢治は、逃れられない宿命を超克するためには、自己を無にして人に対すること――つまりデクノボー的人間になることだという考えに到達したのであった。

但し、ここで注意すべきことは、賢治が理想としたのは、デクノボー的人間であって、決して普通にいうデクノボーではないということである。外見はデクノボーの様でも、心の中では、常に「本当の幸せ」を希い、「まことの道」をまっすぐ進んでいる人間である。[雨ニモマケズ]でも「みんなにデクノボーとよばれ」と記しているが、人が「デクノボー」とよんでも、その人は「デクノボー」だというわけではなく、「ヨクミキキシワカリ／ソシテワスレズ」という言葉が示すように、それは「知性のある人間」であり、又「アラユルコトヲ／ジブンヲカンジヨウニ入レ」ない無欲な人間なのでもある。賢治の理想とした「デクノボー」は無抵抗な人物であるが、常不軽菩薩は悉皆成仏を唱える人物で、あらゆる人を尊敬する人物として描かれているのである。

賢治童話の基底をなす「いかりとあらそい」について考察したが、賢治においては、死の意識も争いに対する道徳意識も、彼が年齢を重ねるにつれ、また、いろいろな人生経験を重ねるにつれて、変化していった。つまり賢治童話の基底にあるこの二つの意識が、年代と共に夫々変化しつつ、互にからみあいながら、それぞれの時代の童話を生み出して行ったわけである。死の意識の展開の最後に到達した「捨身精神」と、争いに対する道徳意識が最後に到達した「デクノボー的人間」が結びついて出来上ったのが、彼の最後の長篇童話「グスコーブドリの伝記」であったのだと、私は考えるのである。

賢治童話の思想

一

国柱会に入会したり、労農党に接近したりしたこともあった賢治は、一体どのような思想をもっていたのだろう。若い頃の賢治は「どんぐりと山猫」にあるように、比較されることを極力否定している。宮沢賢治を論ずる際、その強烈な特異性を示すために、「啄木と賢治」「南吉と賢治」、あるいは「佐藤春夫の〝美しい街〟と賢治の〝イーハトーヴォ〟」「武者小路の〝新しい村〟と賢治の〝ポラーノの広場〟」というように、他の作家と比較して論じられる場合が少なくない。

しかし、賢治自身は〈人と比べる〉ということを極度に嫌悪していたようで、彼は、童話「葡萄水」の中で、次のように書いている。

耕平の子は葡萄の房を振りまはしたり、パチヤンと投げたりするだけです。何べん叱られてもまたやります。「おお、青《あゑ》い青《あゑ》い、見《め》る見《め》る。」なんて言つてゐます。その黒光の房の中に、ほんの一つか二つ小さな青い粒がまじつてゐるのです。

それが半分すきとほり、青くて堅くて藍晶石より綺麗です。

あつと、これは失礼、青葡萄さん、ごめんなさい。コンネクテカツト大学校を最優秀で卒業しながら、まだこんなこと私は言つてゐるのですよ。みなさん、私がいけなかつたのです。宝石は宝石です。青い葡萄は青い葡萄です。それをくらべたりなんかして全く私がいけないのです。実際コンネクテカツト大学校で私の習つて来たことは、「お前はきよろきよろ、自分と人とをばかりくらべてゐてはならん。」ということだけです。

それで私は卒業したのです。全くどうも私がいけなかつたのです。（十字屋版『宮澤賢治全集』〈以下引用文は同全集による〉第四巻四八八—四八九頁）（傍点筆者）

このような言葉からみると、賢治は他人といろいろ比較されたり、「まるで何々みたいな人だ」といわれたりすることを、最もきらっていたことがわかる。


「お前たちはだめだねえ。なぜ人のことをうらやましがるんだい。僕は自分のことは一向考へもしないで人のことばかりうらやんだり馬鹿にしてゐるやつらを一番いやなんだぜ。

僕たちの方ではね、自分を外のものとくらべることが一番はづかしいことになつてゐるんだ。僕たちはみんな一人一人なんだよ。

さつきも言つたやうな僕たちの一年に一ぺんか二へんの大演習の時にね、いくら早くばかり行つたつて、うしろをふりむいたり並んで行くものの足なみを見たりするものがあると、もう誰も相手にしないんだぜ。

やつぱりお前たちはだめだねえ。外の人とくらべることばかり考へてゐるんぢやないか。」（「風の又三郎」異稿第五巻　一一一—一一二頁）

校本一三巻一七八頁大正九年二月保阪への手紙

いつになつたら私共がえらくなるでせうかとあなたは二様にも三様にもとれるやうな皮肉を云つてゐられますが、比較的にえらくなるやうなことは考へません。外のひととくらべてといふことは私は好みません。

このように、比べる事の愚かさを強く感じていた賢治は、他人と自分を比較してどっちがえらいと言ったり、あいつより強くなろう、えらくなろうと「競争」したりする事が、いかに馬鹿げた事であるかを、作品の上でも、はっきりと示している。

例えば「蜘蛛となめくぢと狸」における三匹の動物は皆、洞熊先生の「三つの教訓」つまり、

一、競争すること。

二、何でも、かんでも外の人を通りこして大きくえらくならなければならんということ。

三、大きいものは、いちばん立派だということ。

を忠実に守ったばかりに、とうとう命を落してしまったのである。

初期における彼のこうした考えは、その後、更に「どんぐりと山猫」における、

「よろしいしづかにしろ。申しわたしだ。このなかで、いちばんえらくなくて、ばかで、めちゃくちゃで、てんでなつてゐなくて、あたまのつぶれたやうなやつが、いちばんえらいのだ。」（第四巻　一六二頁）

という「デクノボー礼賛」の思想に展開して行った。詩「雨ニモマケズ」の中でも、彼は、

「……ミンナニデクノボートヨバレ
ホメラレモセズ
クニモサレズ
サウイフモノニ
ワタシハナリタイ」

と言っている。「デクノボー礼賛」は賢治精神の基底をなすもので、殊に中期以後の作品にはデクノボー思想を取りあげたものが多い。「気のいい火山弾」も、その一つである。

日頃はまわりの柏の木や稜のある石などから、変な型の石だとサンザン馬鹿にされて居た〈ベゴ石〉が、火山弾の立派な標本として大英博物館に送られる事になるのであるが、この〈ベゴ石〉は、最後に、

「みなさん、ながながお世話でした。苔さん、さよなら。さつきの歌、あとで一ぺんでも、うたつて下さい。私の行くところは、こゝのやうに明るい楽しいところではありません。けれども私共は、みんな、自分でできることをしなければなりません。さよなら。みなさん。」（第三巻五三三頁）

といって別れて行く。このように、「自分でできることをしなければならない」と言った所に、賢治のいう「デクノボー」が、決して隠遁的なものではなかった事がわかる。つまり、「虔十公園林」において博士が、

「ああさうさう、ありました、ありました。その虔十といふ人は少し足りないと私らは思つてゐたのです。いつでもはあはあ笑つてゐる人でした。毎日ちやうどこの邊に立つて私らの遊ぶのを見てゐたのです。この杉もみんなその人が植ゑたのださうです。ああ全くだれがかしこく、だれが賢くないかわかりません。ただどこまでも十力の作用は不思議です……。」（第四巻一一七―一一八頁）

と言ったように、一体誰が誰より立派だとか、劣っているとかいう事は、その時一見しただけでは、決してきめられるものではない。むしろ、「めちゃめちゃで、まるでなっていないようなのが、いちばんえらい」（「どんぐりと山猫」）のかもしれない。だから、自分と他人を比べて（「蜘蛛となめくぢと狸」・「鳥箱先生とフウねずみ」）、羨んだり（「ひのきとひなげし」・「まなづるとダアリヤ」）、ねたんだり（「蛙のゴム靴」・「猫の事務所」）、或いは慢心をおこしたり（「貝の火」）、威張ったり（「クねずみ」）することが一番愚かなことであって、みんな自分が他の人と違うからといって悲しんだりすることなく、〈ベゴ石〉のように、それぞれ自分に出来ることを一生懸命やればよいというのが、即ち賢治の人生観であった。

　賢治はそれを、彼らしいウィットを用いて、「オールスターキャスト」と呼んでいた。

「……つまり双子星座柱は双子星座柱のところにレオーノ柱はレオーノ柱のところに、ちやんと定まつた場所でめいめいのきまつた光りやうをなさるのがオールスターキャスト。な《ママ》、ところがありがたいもんでスターになりたい、なりたいと言つてゐるおまへたちがそのままそつくりスターでな、おまけにオールスターキャストだといふことになつてゐる。」（「ひのきとひなげし」）（第四巻三二一九頁）

以上の如く、賢治は、それぞれの「個性」というものをはっきり認め、重視しているのであるが、併し、その「オールスターキャスト」の各メンバーは、一つ一つ別個に孤立的に存在しているのではなく、大きな〈四次元の世界〉の中で互に結びつきながら、一つの目的に向って各自の役目を果しつつ常に前進しているのである、と彼は信じていた。

「マリヴロンと少女」の中の次の会話が、それを良く示していると思う。

（少女）「けれども、あなたの立派な芸術は、すべて草や花や鳥まで、みなあなたをほめて歌ひます。わたくしは、たれ《ママ》にも知られず、巨きな森のなかで朽ちてしまふのです。」（中略）「私を教へて下さい。私をつれて行つて使つて下さい。私はどんなことでもいたします。」

（マリヴロン）「いいえ、私はどこにも行きません。いつでもあなたが考へるそこに居ります。すべてまことのひかりの中に、いつしよにすんで、いつしよにすすむ人人は、いつでもいつしよにゐるのです。……」（第四巻　二四七頁）

このような連帯意識は「雁の童子」の中の、

「尊いお物語をありがたうございました。まことにお互ちよつと沙漠《ママ》のへりの泉で、お眼《ママ》にかかつて、ただ一時を、一緒に過ごしただけではございますが、これもかりそめの事ではないと存じます。ほんの通りがかりの二人の旅人とは見えますが、実はお互がどんなものかもよくわからないのでございます。いづれはもろともに、善逝《すがた》の示された光の道を進み、かの無上菩提に至ることでございます。それではお別れいたします。さよ

うなら。」（第四巻五三五頁）

と言う主人公の言葉からみて、矢張り、仏教的な、いわば「一樹の蔭、一河の流れも他生の縁」といった思想から生まれたものと思われる。

ところで、彼が「まことのひかりの中」（「マリヴロンと少女」）、「善逝の示された光の道」（「雁の童子」）という言葉で表現した所謂「まことの道」は、

「誰が考へ誰が踏んだといふものではない、おのづからなる一つの道があるだけで」（「春と修羅」第二集・作品第三一二番）（昭和文学全集『宮澤賢治集』角川書店　二九三頁）

「こゝの汽車は、スティームや電気でうごいてゐない。ただうごくやうにきまつてゐるからうごいてゐるのだ。ごとごと音をたてゝゐると、さうおまへたちは思つてゐるけれども、それはいまゝで音をたてる汽車にばかりなれてゐるためなのだ。」（「銀河鉄道の夜」）（第三巻三二五頁）

という如く、〈宇宙意志〉によって支配されるというのである。そして、この〈宇宙意志〉についての彼の考えは、書簡反古の中にはっきりと見ることが出来る。

「たゞひとつどうしても棄てられない問題はたとへば宇宙意志といふやうなものがあつてあらゆる生物をほんたうの幸福に齎したいと考へてゐるものかそれとも世界が偶然盲目的なものかといふ所謂信仰と科学とのいづれによつて行くべきかといふ場合私はどうしても前者だといふのです。

すなはち宇宙には実に多くの意識の段階がありその最終のものはあらゆる迷誤をはなれてあらゆる生物を究竟の幸福にいたらしめようとしてゐるといふまあ中学生の考へるやうな点です。ところがそれをどう表現しそれをどう動いて行つたらい丶かはまだ私にはわかりません。」（別巻一〇一頁―一〇二頁）

賢治はこのように〈宇宙意志〉の存在を強く信じていたようである。彼の作品が、「デクノボー礼賛」の上に立ちながらも、決してペシミズムを感じさせないのはそのためであると思う。

以上、作品中の言葉から、いろいろと賢治の思想をさぐって来たが、結局、彼が童話において表現しようとした事は、次のような事だといえよう。

即ち、我々人間の存在というものは、無限の過去から無限の未来へと果しなく流れている〝時の流れ〟からみればわずかにその一瞬の間の、しかもこの果しなく広い大宇宙の上からみればわずかにその一点に位する、極めて小さな存在である。しかし、そうした存在に過ぎない我々も、決して過去のあらゆるものや、現在のあらゆるものと無関係の孤立した存在ではなく、未来のあらゆるものも亦、現在の我々と無関係には生じ得ないであろう。

しかもこうした不分離の大きな体系の中に位置づけられたあらゆるものは、一つ残らず皆、〈宇宙意志〉に依って支配され、或一定の目標の方向に導かれている。但し、この〈宇宙意志〉が何であるか、現在の我々には明確にはわからない。しかし、我々の世界には迷誤を離れて、あらゆる生物を本当の幸福に到らしめるように導いている何ものかが確かに存在するように思われる。

従って、我々は他人と自分を比較して羨んだり、そねんだり、或は慢心をおこしたりする事なく、昨日（過去）から明日（未来）へと続く歴史の流れの中で、今日という現在を誤りなく観、誤りなく考え、みんなで一緒に明日という未来のために、自分自身の持ち場にあって、その課せられた役目、つまり自分に出来る事を完全にやり遂げなければならない。そうしてこそ始めてそこに、皆の願うユートピアが実現し、我々個々の幸福も生れるのである。彼の童話が全て「あらゆるものの幸福」「ユートピアの実現」を願う〈祈りの文学〉であるといわれる所以である。

二

「よだかの星」「土神と狐」「なめとこ山の熊」「猫の事務所」「フランドン農学校の豚」「二十六夜」などからみると、賢治は非常に感受性の強い人間だったように思われる。そのため、普通の人ならそれ程感じない些細な事にも、彼は強い憤りや苦しみを味わったのであろう。中でも現実社会における弱肉強食の生存競争は、彼にとって耐えられない苦痛であった。一匹の小さな虫は鳥に食べられ、森の中の小動物は常に猛獣の餌食となり、多くの鳥は人間のために殺されている。人間同志の社会においてさえ、多くの労働者は常に少数の資本家のために酷使され、搾取されている。正に我々の社会生活は「こちらが一日生きるには、雀やつぐみやたにしやみみずが十や二十も殺されねばならぬ」(「二十六夜」)鳥界の生活と何等変る所のない弱肉強食の生存競争である。たとえ自ら手を下さなくても、我々は絶えず間接的に複雑な殺生罪を重ねているのではなかろうか。一つの生命が他の生命を傷つける事なしに生きて行けないのは、この世の宿命なのであろう。しかも、時には愛する親しい熊達を殺さなければ生きて行けなかった「なめとこ山の熊」の小十郎のように、本意ならぬ行為をしなければ生きて行けない場合さえないとは言えない。ここに賢治は「ああ、マヂエル様、どうか憎むことのできない敵を殺さないでいいやうに、早くこの世界がなりますやうに。そのためならば、わたくしのからだなどは、何べん引き裂かれてもかまひません」(「烏の北斗七星」）と祈らずにはいられなかったのであり、彼は実際、心から「僕はもうあのさそりのやうに、ほんたうにみんなの幸のためならば、僕のからだなんか百ぺん灼いてもかまはない」（「銀河鉄道の夜」）と思って居たのであろう。

「ほんとうにみんなの幸せ」――これこそ賢治の一生の悲願であった事は、最早疑いないが、その「ほんとうの幸福」「まことの幸福」というものは、具体的には一体どんな事なのであろうか。又、それに至るにはどうすれば良いのであろうか。賢治自身はそれについて明確には説明していない。そこで私は、作品上からこれ等に関する部分を拾い出して、賢治の考えていたところを明らかにしてみたいと思う。

(1) 前述の如く、一つの生命が他の生命を傷つける事なしに生きて行けないこの世を痛感した賢治は、「（あゝ、かぶとむしや、たくさんの羽虫が、毎晩僕に殺される。そしてたゞ一つの僕が、こんどは鷹に殺される。それがこんなにつらいのだ。あゝ、つらい、つらい、僕はもう虫を食べないで餓えて死なう。）」と「よだか」が発心した如く、自我の貴重さを感じると共に、他の個我の価値をもはっきり認めて居たのである。

(2) それは又、彼が「雨ニモマケズ」において、

「慾ハナク
決シテ瞋ラズ
イツモシヅカニワラッテヰル
（中略）
アラユルコトヲ
ジブンヲカンジヨウニ入レズニ」

と言った「没我」の心境とも通ずるものである。

(3) こうした「没我」の精神は「銀河鉄道の夜」においては、ザネルを助けるために自分が「献身」になったカムパネルラの行為として示されている。

(4) 賢治の唱えるこの「没我」乃至「献身」はカムパネルラを追い求めるジョバンニに対し、セロのような声が、

「あゝ、さうだ。みんながさう考へる。けれどもいつしよに行けない。そしてみんながカムパネルラだ。おまへがあふどんなひとでも、みんな何べんもおまへといつしよに苹果をたべたり汽車に乗つたりしたのだ。だからやつぱりおまへはさつき考へたやうに、あらゆるひとのいちばんの幸福をさがし、みんなと一しよに早くそこに行くがいゝ。そこでばかりおまへはほんたうにカムパネルラといつまでもいつしよに行けるのだ。」（第三巻　八〇頁）

と言った言葉でもわかるように、彼の「連帯意識」や「博愛の精神」から来たものである事は言うまでもない。

これと同じような事は「宛名のない手紙」に於いても、彼ははっきり示している。

「チユンセがポーセをたづねることはむだだ。なぜなら、どんなこどもでも、また、はたけではたらいてゐるひとでも、汽車の中で苹果をたべてゐるひとでも、また歌ふ鳥や歌はない鳥、青や黒やのあらゆる魚、あらゆるけものも、あらゆる虫も、みんな、みんな、むかしからのおたがひのきやうだいなのだから。チユンセがもしポーセをほんたうにかあいさうにおもふなら大きな勇気を出してすべてのいきもののほんたうの幸福をさがさなければいけない。」（別巻九一頁）

(5) つまり彼は「自愛」乃至「偏愛」を極度に否定し、ひたすら、「あらゆるもの」のための幸福を希ったのであ

る。
「私は一人一人について特別な愛といふやうなものは持ちたくありません。さういふ愛を持つものは、結局じぶんの子供だけが大切といふあたりまへのことになりますから」（「書簡反古」別巻一〇一頁）
と言った賢治は、手紙（二一）においても次の如き会話をもって「偏愛」の非を説いている。

「どうしてそちのやうないやしいものにこんな力があるのか、何の力によるのか。」「陛下よ、私のこの河をさかさまにながれさせたのは、まことの力によるものでございます。」

「でもそちのやうに不義で、みだらで、罪深く、ばかものを生けどつてくらしてゐるものに、どうしてまことの力があるのか。」

「陛下よ。全くおつしやるとほりでございます。わたくしは畜生同然の身分でございますが、私のやうなものにさへまことの力はこのやうにおほきくはたらきます。」

「ではそのまことの力とはどんなものかおれのまへで話して見よ。」

「陛下よ。私は私を買つて下さるお方には、おなじくつかへます。武士族の尊いお方をも、いやしい穢多をも、ひとしくうやまひます。ひとりをたつとび、ひとりをいやしみません。陛下よ、このまことのこころが今日ガンヂス河をさかさまにながれさせたわけでございます。」（別巻九六―九七頁）

「ガンヂス河の逆行」というのは、一般に不可能とされている「ユートピアの実現」を意味しているのではなかろうか。つまり賢治は、あらゆるものに本当の幸福をもたらすユートピアを実現させるには、先ず我々が狭量な「自愛」や「偏愛」の心を捨てて大きな「博愛」の心を持ち、互に尊敬しあわねばならないことを指摘しているのである。

(6)　結局、彼は次に例示する如く、あらゆる人の本当の幸福を得るために、「没我」や「自己犠牲」を主張し、又実践したのである。

「龍はまた、『いまこのからだをたくさんの虫にやるのはまことの道のためだ。いま肉をこの虫らにくはせて置けば、やがてまことの道をこの虫らに教へることができる』と考へて、だまつてうごかずに虫にからだを食はせ、とうとう乾いて死んでしまひました。」（「手紙㈠」別巻九三頁）

「どうしてわたしはわたしのからだを、だまつていたちに呉れてやらなかつたらう。そしたらいたちも一日生きのびたらうに。どうか神さま。私の心をごらん下さい。こんなにむなしく命をすてずにどうかこの償には、まことのみんなの幸のために私のからだをおつかひ下さい。」（「銀河鉄道の夜」第三巻七三頁）

「僕はもう、あのさそりのやうにほんたうにみんなの幸のためならば僕のからだなんか、百ぺん灼いてもかまはない。」（前同七七―七八頁）

彼はこうした博愛の心をもって、「みんなの幸福」のために新たな正しい時代を待望していたのである。

生徒諸君に寄せる

生徒諸君

諸君はこの颯爽たる

諸君の未来圏から吹いて来る
透明な清潔な風を感じないのか
それは一つの送られた光線であり
決せられた南の風である

諸君はこの時代に強ひられ率ゐられて
奴隷のやうに忍従することを欲するか

今日の歴史や地史の資料からのみ論ずるならば
われらの祖先乃至はわれらに至るまで
すべての信仰や徳性は
ただ誤解から生じたとさへ見え
しかも科学はいまだに暗く
われらに自殺と自棄のみをしか保証せぬ
むしろ諸君よ
更にあらたな正しい時代をつくれ（中略）

潮や風……
あらゆる自然の力を用ひ尽すことから一足進んで

諸君は新たな自然を形成するのに努めねばならぬ
ああ諸君はいま
この颯爽たる諸君の未来圏から吹いて来る
透明な風を感じないのか

（昭和文学全集『宮澤賢治集』角川書店　二九八―二九九頁）

併し、彼のこうした希求は、決して自己の幸福を求める「自愛」の心から生じたものではなかった。「没我」・「解脱」に始まった彼の祈りが「自己犠牲」の心となり「博愛」の心となって、遂に「あらゆるものの幸福」のために、〈まことの世界の実現〉を祈る祈願にまで発展したのである。従って、彼は新しい時代を創るにも、決して流血の社会革命を肯定する事は出来なかった。作品の上では、「オツベルと象」の如き激しい労働者の闘争や革命を描いても、これは決して彼の本意ではなかったのである。こうした流血の革命は、彼にとってはむしろ輪廻によって更に自分の煩悩を重ねる事としか思えなかったのであろう。「二十六夜」において、穂吉の仇を討ちに行こうといきり立つ梟たちに向って、大僧正の梟が、

「いやいやみなの衆、それはいかぬぢや。これほど手ひどい事なれば、必ず仇を返したいはもちろんの事ながら、それでは血で血を洗ふのぢや。こなたの胸の霽れるときは、かなたの心は燃えるのぢや。いつかはまたもつと手ひどく仇を受けるのぢや。この身終つて次の生まで、その妄執は絶えぬのぢや。遂にはともに修羅に入り闘諍《とうじよう》しばらくも、ひまないのぢや。必ずともさやうのたくみはならぬぞや。」（第五巻五三二頁）

といったこの言葉こそ、彼の真意であると思う。「なめとこ山の熊」にみられる搾取階級への憎悪も、彼は決して

その人間を憎んでいたのではない。

「新たな時代は世界が一つの意識になり、生物となる方向にある。」

「世界がぜんたい幸福にならないうちは、個人の幸福はあり得ない。」

と「農民芸術概論綱要」で唱えた賢治は、搾取階級の打破が目的だったのではなく、あらゆる者の幸福を希うが故にこそ搾取階級を嫌悪し排撃したのである。従って、彼にとっては、その人物がいかに冷酷、無慈悲な人間であっても、その一個の人間――我々の仲間――を葬って新しい時代を作ろうとする「オツベルと象」より「まさしきねがひにいさかふとも、銀河のかなたにともにわらひ、なべてのなやみをたきぎともしつつ、はえある世界をともにつくらん」(第三巻二三二頁)と共に明るく歌いかわす「ポラーノの広場」や「ああ、みなさん、私がわるかつたのです。私はもうあなた方の団長でもなんでもありません。私はやつぱりただの蛙です。あしたから仕立屋をやります。」(第四巻六四頁)とホロホロ悔悟の涙を流すカイロ団長に、今迄反抗していた多くのあまがえるたちは喜んで和解する、

社会の主体は、あくまで人間であって、人間の精神的改革なくして真の社会改革はあり得ない、改革された新しい人間の心から新しい正しい社会が創られると、賢治は考えていた。では、

つまり賢治は〈あらゆるもの、本当の幸福〉を得るには、先ず明るい新しい社会を創ることが必要であり、その〈新しい社会〉を創るには、単に社会機構の改革だけではなく〈芸術(第四次元の芸術)〉に依る〈人間改革〉が必要であると考えていたのである。

賢治童話の魅力

表現のユニークさ・新鮮さ

宮沢賢治の童話には、不思議な魅力がある。まず挙げられるのは、ユニークな造語が醸し出す表現の魅力である。例えば童話『やまなし』の冒頭部の「クラムボンはわらつたよ。」「クラムボンはかぷかぷわらつたよ。」「クラムボンは跳ねてわらつたよ。」という子蟹の会話は、「クラムボン」が何であるかわからなくても、澄んだ小川の水の中で、生まれたての小さな〈いのち〉がたくさん元気に跳ねまわっている様子がありありと目に浮かんでくる。

ところで「クラムボン」とは一体何であるか。本文には具体的な説明がないため、はっきりとはわからないが、魚がそこを通って行くと、それまで笑っていたクラムボンが死んでしまい、魚が下流へ行ってしまうと、クラムボンは再び笑い出す、ということから、〈魚の口の中に、水と一緒に流れこんでいく小さな小さな川のいきものたち〉と考えられる。この言葉はおそらく「プランクトン」から連想した賢治の造語と思われるが、「プランクトン」と言い切ってしまうのは正しくない。賢治は、処女童話集『注文の多い料理店』を自ら「イーハトヴ童話」と名づけ、それについて「イーハトヴは一つの地名である。（中略）実にこれは著者の心象中に、この様な状景をもつて実在したドリームランドとしての日本岩手県である」といっている。「クラムボン」と「プランクトン」の関係も、この「イーハトヴ」と「岩手県」の関係のようなものといえよう。

賢治は語感に鋭く、独自の作品世界を構築するために、ユニークな擬態語擬声語を創りだしたり、独自の比喩を用いたり、地名人名を造語したりした。そのため違和感を感じる読者がいるかもしれないが、こうした表現のユニークさこそ賢治文学の大きな魅力である。『雪渡り』の「キック、キック、トントン。」、『オツベルと象』の「のんのんのんのん」や「グララアガア、グララアガア」のように、読者の心でいつまでも響き続けるオノマトペ、「もずが、まるで音譜をばらばらにふりまいたやうに飛んで来て」（めくらぶだうと虹）や「青びかりのまるでぎら〳〵する鉄砲弾のやうなものが、（中略）青いもののさきがコンパスのやうに黒く尖つてゐるのも見ました。」（やまなし）のような印象的な比喩、「銀河鉄道」「ポラーノの広場」「チュンセ」「ポーセ」「ゴーシュ」などのユニークな命名も読者のこころに新鮮な印象を与える。

このほか彼は科学用語、天文用語、地質学用語、宗教用語等を自在に使い、個性ある表現を創りあげている。賢治の作品は、いずれも深い思想や重いテーマを含んではいるが、子供達にはそれらを無理に理解させるよりも、まずユニークな表現から浮かび上がってくるイメージや物語の世界を自由に楽しませたいと思う。

異なる視点から

「小さな谷川の底を写した二枚の青い幻燈です。」という言葉で始まる『やまなし』を読み始めると、山間《あい》の澄みきった谷川の様子や、川底ではさみを動かしながら囁きあう小さな兄弟蟹の様子が、青い光りの中に浮かびあがってくる。五月の太陽が水底まで差し込み、川底に踊る光の網模様もはっきりと見えるほど透明な小川の底から、水面を見上げている蟹の視点になって作品を読むとき、読者は透明な〈もうひとつの世界〉に誘い込まれていく。

・上の方や横の方は、青くくらく鋼のやうに見えます。そのなめらかな天井を、つぶ〱暗い泡が流れて行きます。
・泡と一緒に、白い樺の花びらが天井をたくさんすべつて来ました。

日頃は上から眺めている川面を、川底の蟹の眼になって見上げると、水面は天井となり、光の屈折であたりの景色は色も形も違って見えることだろう。賢治は、小動物の眼に写る風景をいろいろと想像していたようで、『やまなし』以外にも、蟻の視線で描いた『朝に就ての童話的構図』や蛙の視線で描いた『畑のへり』のような興味深い作品がある。

変化・無常の思想

そらのてっぺんなんか冷たくて冷たくてまるでカチカチの灼きをかけた鋼です。そして星が一杯です。けれども東の空はもう優しい桔梗の花びらのやうにあやしい底光りをはじめました（中略）東の空の桔梗の花びらはもういつかしぼんだやうに力なくなり、朝の白光りがあらはれはじめました。星が一つづつ消えて行きます。

（いてふの実）

このように、空や雲や光が刻一刻と変化していく様子を、細かく描写しているのも賢治童話の大きな特徴で、『やまなし』の中でも、日光や月光の変化が細かく美しく透明に描きだされている。

・にはかにパツと明るくなり、日光の黄金は夢のやうに水の中に降つて来ました。
波から来る光の網が、底の白い磐の上で美しくゆら〳〵のびたりちゞんだりしました。
・そのつめたい水の底まで、ラムネの瓶の月光がいつぱいに透きとほり天井では波が青じろい火を、燃したり消したりしてゐるやう、

中でも『めくらぶだうと虹』の空の描写は、賢治の自然観や生命観が如実にあらわれていて、注目すべき描写である。

虹は思わず微笑ひました。
「えゝ、さうです。本たうはどんなものでも変らないものはないのです。ごらんなさい。向ふのそらはまっさをでせう。まるでいゝ孔雀石のやうです。けれども間もなくお日さまがあすこをお通りになって、山へお入りになりますと、あすこは月見草の花びらのやうになります。それも間もなくしぼんで、やがてたそがれ前の銀色と、それから星をちりばめた夜とが来ます。その頃、私は、どこへ行き、どこに生まれてゐるでせう。又、この眼の前の、美しい丘や野原もみな一秒づつけづられたりくづれたりしてゐます。けれども、もしも、まことのちからがこれらの中にあらはれるときは、すべてのおとろへるもの、しわむもの、さだめないもの、はかないもの、みなかぎりないいのちです。わたくしでさへ、たゞ三秒ひらめくときも、半時空にかゝるときもいつもおんなじよろこびです。」

この『めくらぶだうと虹』は法華経の根本思想「三諦円融」と「一念三千」を童話化した作品だといわれており、

賢治童話の代表作品の一つである。詩集『春と修羅』の「序」で「わたくしといふ現象は／仮定された有機交流電燈の／ひとつの青い照明です」と、自分自身も〈現象〉に過ぎないと考えていた賢治は、いま自分の目に見えている一切のものは、すべて一時的な現象に過ぎず、時間がたち、条件が変れば、当然変化していくものであると考えていた。変る時間が長いか短いかの違いはあっても、永遠に変らないものはない。石や山でさえ、長い年月の間には少しずつ変化していく。けれども、虹や露などが消えて見えなくなっても、それは決してなくなったのではなく、別の状態に変化しただけで、大きな自然の中で、別の相《すがた》に変って存在し続けている、という捉え方である。

従って、『やまなし』の「五月」と「十二月」も、単に「春と冬」「昼と夜」と、対照的に、対比的に受け止めるのではなく、同じ場所が五月から十二月へ、日一日と変化していったもの、移り変っていったもの、として捉えるべきであろう。賢治が「十二月」の冒頭に、「底の景色も夏から秋の間にすっかり変りました。」と「変る」という言葉を使っている点に留意したい。

いのちの大循環・万象同帰の自然観

妹トシ子がなくなって間もなく発表した『やまなし』は、法華経的な生命観や自然観、つまり、いのちの大循環と万象同帰の思想が基底になっている。かぷかぷ笑っていたクラムボンも、魚が口を輪のように円くして通っていくと、忽ち死んでしまう。それは、『よだかの星』のよだかが、口をひらいて夜空を横切るとき「小さな羽虫が幾匹も幾匹もその咽喉にはいりました。」という状況と全く同じであるが、その魚も、突然飛び込んで来たかわせみにさらわれていく。そこには食物連鎖のすがたがある。一方、川の生物とはかかわりもないように見える岸辺の樺の花も、大きな自然の中では決して無縁のものではなく、川面に落ち、泡と一緒に流れていくその花びらは、満開をすぎて木から離れた花の終焉の姿であり、やがては川の水に溶けて形も消えてしまうだろうが、それは十二月の小川に「トブン」と落ちて来たやまなしと同様、川の水に溶けて水の成分となる。いろいろな動植物の溶け込んだ谷川の水は、栄養塩を含んだ豊かな水となり、春が来て水がぬるみ始めると、一度にたくさんの植物性プランクトンを発生させ、その植物性プランクトンによって動物性プランクトンが群生し、その動物性プランクトンによってたくさんの魚が成長していく。このような不思議なすばらしい自然の中のいのちの大循環が、仏教的な生命観に立っても、生物学的な生命観に立っても、少しも矛盾せず一致することに、賢治は大きな関心をもっていた。彼は『農民芸術概論綱要』の中で「近代科学の実證と求道者たちの実験とわれらの直観の一致に於いて論じたい」と記している。

〈まことの幸せを求めて〉

『やまなし』の兄弟蟹の会話の中に、「それならなぜクラムボンはわらつたの。」「知らない。」とか、「それならなぜ殺された。」「わからない。」という会話があるが、「わからない」という言葉は、賢治の作品の中にしばしば出てくる言葉である。『銀河鉄道の夜』の中では、ジョバンニが「けれども本当のさいわひは一体何だらう」といったとき、カンパネルラは「僕わからない」とぼんやり答える。同じ『銀河鉄道の夜』の燈台守は、青年に向かって「なにがしあはせかわからないのです。ほんたうにどんなつらいことでもそれがたゞしいみちを進む中でのできごとなら峠の上り下りもみんなほんたうの幸福に近づく一あしづつですから。」と語る。『烏の北斗七星』では烏の大尉が、マヂエルの星を仰ぎながら、「あゝ、あしたの戦でわたくしが勝つことがいゝのか、山烏がかつのがいゝのかそれはわたくしにはわかりません、たゞあなたのお考えのとほりです、」とせつなく祈り、『虔十公園林』では外国から帰国した博士が、虔十の残した杉林を見ながら、「あゝ全くたれがかしこくたれが賢くないかはわかりません。たゞどこまでも十力の作用は不思議です。」と感嘆する。

賢治が「わからない」という言葉を用いるとき、彼のこころの中には、人間にはわからないけれども、「十力」を備えている仏には、すべてがはっきりとわかっているという強い信頼と、「あらゆる人のまことの幸せ」を誓願した仏に対する絶対の帰依があり、賢治自身の悲願もまた「あらゆる人のまことの幸福」であった。彼は『農民芸術概論綱要』の中で、「われらは世界のまことの幸福を索ねよう。求道すでに道である」と高く唱えており、賢治の童話には、いたるところに、「あらゆる人のまことの幸福」を願う真摯な気持が感じられる。

「何をしやうといってもぼくらはもっと勉強しなくてはならないと思ふ。かうすればぼくらが幸になるといふことはわかってゐてもそんならどうしてそれをはじめたらい、かぼくらにはまだわからないのだ。」(風と草穂)「みんながめいめいじぶんの神さまがほんたうの神さまだといふだらう、けれどもお互ほかの神さまを信ずる人たちのしたことでも涙がこぼれるだらう。それからぼくたちの心がいいとかわるいとか議論するだらう。そして勝負がつかないだらう。けれどももしおまへがほんたうに勉強して実験でちゃんとほんたうの考とうその考とをわけてしまへばその実験の方法さへきまればもう信仰も化学と同じやうになる。」(銀河鉄道の夜・初期形)

賢治が「勉強」をどう考えていたのか、「学ぶこと」の本当の意味をどう生徒たちに語っていたかを、他の作品の中から読み取ることも、賢治を正しく理解するためには必要なことである。

賢治の童話はきわめてユニークなものではあるが、彼が索《もと》めた「まことの幸福」や「まことの世界」は、人類普遍の願いであり、「まことの人生」を索めはじめる少年少女期に、ぜひ賢治文学に出会ってほしいと思う。(引用はすべて『校本宮澤賢治全集』(筑摩書房)による)

II

宮沢賢治思想の軌跡

はじめに

宮沢賢治の研究では、従来、賢治が法華経の信者であり、日蓮主義の田中智学（国柱会）の熱狂的信奉者で、しかも彼の残した手帳のメモに「高知尾師ノ奨メニヨリ法華文学ノ創作」とあることから、彼の作品の全てを法華経や国柱会との関係からのみ解釈しようとする傾向が強い。

しかしながら、たとえば「銀河鉄道の夜」には明らかにキリスト教的モチーフと見られるものが点在している。彼の身近にいたキリスト者斎藤宗次郎は内村鑑三の直弟子として著明な人物であった。敬虔なクリスチャンとして信望の高かった宗次郎は、賢治より十九歳年長で、賢治一家とも親交があった。大正十年の無断上京の時も、その直前に賢治は宗次郎のもとに相談に行っており、農学校教師時代には一層親密な交渉があったようである。賢治が斎藤宗次郎から多くのものを吸収したことはほぼ疑いのないことである。

また、左翼思想撲滅を唱えた田中智学の国柱会に所属しながら、賢治は「オツベルと象」（大正十五年）などを左翼系の詩人尾形亀之助の主宰する雑誌『月曜』に発表しており、大正十四、五年には雑誌『虚無思想研究』に詩を寄稿している。

こうした事実を考えあわせる時、賢治の作品を法華経的にのみ解釈しようとする賢治研究のありかたは一面的に過ぎると同時に、左翼思想を云々するのも正当とはいえない。まことを索め続けた賢治は周囲のあらゆる思想に関心をよせ、年齢を重ね体験を重ねながら己れの思想を修正していったように思う。

本稿は、賢治作品の正しい理解の基礎となるべき賢治の思想の軌跡を、賢治の思想の不易と流行をたしかめながらも、作品、書簡、記録等多方面からの調査研究によって具体的に明らかにしようとするものである。

一　賢治と『歎異鈔』

熱烈な法華経の信者で、臨終の床でも国訳の妙法蓮華経を一千部つくって知人に配るように遺言した宮沢賢治は、大正十年二十五歳の一月には、父母の日蓮宗帰正を願って家出上京したほどであったが、十六歳の少年の頃は、まだ父親と同じく歎異鈔を精神的支柱としていたらしく、中学四年生の時、父政次郎に宛てた手紙には、次のように書かれている。

多分この手紙を御覧候はゞ近頃はずいぶん生意気になれりと仰せられ候はん　又多分は小生の今年の三月頃より文学的なる書を求め可成大きな顔をして歌など作るを御とがめの事と存じ申し候　又そろそろ父上には小生の主義などの危き方に行かぬやう危険思想などはいだかぬやうと御心配のこと丶存じ申し候　御心配御无用に候　小生はすでに道を得候　歎異鈔の第一頁を以て小生の全信仰と致し候　もし尽くを小生のものとなし得ずとするも八分迄は得会《ママ》申し候　念仏も唱へ居り候。仏の御前には命をも落すべき準備充分に候　幽霊も恐ろしく之れ无く候　何となれば念仏者には仏様といふ味方が影の如くに添ひてこれを御譲り下さるものと存じ候　かく申せば又無謀なと御しかりこれ有るべく候　然し私の身体は仏様の与へられた身体にて候同時に君の身体にて候　社会の身体にて候左様に無謀なること致〔六字分紙面破れて不明〕れば充分御安心下され（明治四十五年十一月三日）（「書簡」はすべて『校本宮澤賢治全集』第十三巻による　傍線筆者）

賢治のいう「歎異鈔の第一頁」とは

一　弥陀の誓願不思議にたすけられまいらせて、往生をばとぐるなりと信じて、念仏まうさんとおもひたつこゝろのをこるとき、すなはち摂取不捨の利益にあづけしめたまふなり、弥陀の本願には、老少善悪のひとをえらばず、たゞ信心を要とすとしるべし。そのゆへは、罪悪深重、煩悩熾盛の衆生をたすけんがための願にてましします。しかれば本願を信ぜんには、他の善も要にあらず、念仏にまさるべき善なきゆへに。悪をもおそるべからず、弥陀の本願をさまたぐるほどの悪なきゆへにと、云々

を指していると思われるが、この手紙は、賢治がその当時「念仏」を重視していたことを物語っている。後年彼があれほど激しく嫌悪した浄土真宗の念仏を、十六歳の賢治は深く信じ、実践していたのである。

また、賢治は「生意気にみえるかもしれないが心配無用」と書いているが、実はこのあと間もなく寄宿舎の舎監排斥運動を起こしたため、四、五年生は全員退寮を命じられ、賢治も北山の清養院（曹洞宗）へ下宿するという大きな事件が起こったのである。しかも賢治はここで、もうひとつの新しい宗教体験をすることになり、彼の精神の形成上重要な時期を迎えることになる。

賢治は清養院では御堂の横の大きな部屋で起居していて、住職が朝の読経をするとき、うしろで正坐していたという。

五月に入り、彼は、清養院から浄土真宗の徳玄寺に移ったが、その後も曹洞宗の報恩院に参禅して頭を剃ってしまったこともあった。〈念仏〉から〈座禅〉へ、〈他力教〉から〈自力教〉へと彼の信仰が変化しつつあった時期といえよう。

二 『法華経』との邂逅

盛岡中学校を卒業したあと、賢治は進学せずにそのまま家庭にいたが、家業の質屋を嫌い、進学の希望を強く抱きながら悶々と日を送っていた。その頃たまたま父のもとに送られて来た、島地大等の『漢和対照　妙法蓮華経』を読んで彼は異常なほど感動したという。長い間模索していたものに漸く出会った喜びだったのであろう。島地大等のこの『漢和対照　妙法蓮華経』との偶然の出合いは、賢治にとってきわめて大きな意味をもつ出来事であった。

島地大等に関しては、明治四十三年、彼が中学二年の時のノートに「島地大等氏　山上雲」とメモ風に書かれており、中学四年の時には、八月一日から七日までの一週間、盛岡の北山願教寺で行なわれた「盛岡仏教夏期講習会」に出席して、島地大等の法話をきいたことがあった。しかし、島地大等の手になる『漢和対照　妙法蓮華経』の中の「如来寿量品」を読んだ時、賢治は感動し随喜したという。

「如来寿量品」というのは、「如来の寿命は無量なり」ということを説いた経典であるが、賢治が最も感動したのは、彼の童話「めくらぶだうと虹」や「マリヴロンと少女」の中の言葉から推測すると、次にあげる言葉だったと思われる。

〔如来寿量品〕

我成仏已來。復過於此。百千万億。那由他。阿僧祇劫。自從是來。我常在此。娑婆世界。説法教化。亦於餘處。百千万億。那由他。阿僧祇國。導利衆生。

諸所言説　皆實不虚。所以者何　如來如實知見。三界之相。無有生死。若退若出。亦無在世。及滅度者。非實非虚。非如非異。不如三界。見於三界。如斯之事。如来明見。無有錯謬。以諸衆生。

如是我成仏已來。甚大久遠。壽命無量。阿僧祇劫。

一心欲見佛　不自惜身命　時我及衆僧　倶出靈鷲山　我時語衆生　常在此不滅
以方便力故　現有滅不滅　餘國有衆生　恭敬信樂者　我復於彼中　爲説無上法

〔めくらぶだうと虹〕

「い、え、変ります。変ります。私の実の光なんか、もうすぐ風に持って行かれます。雪にうづまって白くなってしまひます。枯れ草の中で腐ってしまひます」

虹は思はず微笑ひました。

「え、、さうです。本たうはどんなものでも変らないものはないのです。ごらんなさい。向ふのそらはまっさをでせう。まるでい、孔雀石のやうです。けれども間もなくお日さまがあすこをお通りになって、山へお入りになりますと、あすこは月見草の花びらのやうになります。それも間もなくしぼんで、やがてたそがれ前の銀色と、それから星をちりばめた夜とが来ます。
その頃、私は、どこへ行き、どこに生まれてゐるでせう。又、この眼の前の、美しい丘や野原も、みな一秒づつけづられたりくづれたりしてゐます。けれども、もしも、まことのちからが、これらの中にあらはれるときは、すべてのおとろへるもの、しわむもの、さだめないもの、はかないもの、みなかぎりないいのちです。わたくしでさへ、たゞ三秒ひらめくときも、半時空にかゝるときも、いつもおんなじよろこびです。」（中略）
「私を教へて下さい。私を連れて行って下さい。私はどんなことでもいたします。」
「いいえ、私はどこへも行きません。いつでもあなたのことを考へてゐます。すべてまことのひかりのなかに、いっしょにすむ人は、いつでもいっしょに行くのです。いつまでもほろびるといふことはありません。けれども、あなたは、もう私を見ないでせう。お日様があまり遠くなりました。もずが飛び立ちます。私はあなたにお別れしなければなりません。」（中略）
虹はかすかにわらったやうでしたが、もうよほどうすくなって、はっきりわかりませんでした。
そして、今はもう、すっかり消えました。

〔マリヴロンと少女〕
いいえ私はどこへも行きません。いつでもあなたが考へるそこに居ります。すべてまことのひかりのなかに、いっしょにすんでいっしょにすゝむ人は、いつでもいっしょにゐるのです。けれども、わたくしは、もう帰らなければなりません。

「めくらぶだうと虹」や「マリヴロンと少女」以外にも、賢治の童話には「如来寿量品」の思想が随所に感じられる。

この頃から彼にとって「如来寿量品」はすべての根底になる思想となった。

大正四年、賢治は進学の希望が叶い、盛岡高等農林学校に首席で入学したが、その年の八月一日から一週間、再び願教寺の夏期仏教講演会に出席し、島地大等の歎異鈔法話を聞いた。更に翌大正五年四月三日にも、彼は願教寺に島地大等を訪ねている。当時の賢治は、友人への手紙などからみると、秘かな悩みを抱いていたようである。

この旅行の終りの頃のたよりなさ淋しさと云ったら仕方ありませんでした。富士川を越えるときも又黎明の阿武隈の高原にもどんなに一心に観音を念じてもすこしの心のゆるみより得られませんでした。聖道門の修業者には私は余り弱いのです。東京のそらも白く仙台もはたはたとゆらめいて涙ぐまれました。こんなとき丁度汽車があなたの増田町を通るとき島津《ママ》大等先生がひょっとうしろの客車から歩いて来られました。仙台の停車場で私は三時間半分睡り又半分泣いてゐました。宅へ帰ってやうやう雪のひかりに平常になったやうです。昨日大等さんのところへ行って来ました。（大正五年四月四日　高橋秀松宛葉書）

三　賢治と地質学

こうした青年らしい悩みを抱きながらも、盛岡高等農林学校へ入学した賢治は、農学校の生徒らしく、専門の地質学へ積極的にとりくみはじめた。

小学校四年の頃、鉱物採集に夢中になり、「石っこ賢さ」という渾名をつけられたほど鉱物に興味をもっていた賢治は、盛岡中学時代も郊外遠足に行く時は常に金槌を腰にはさんで出かけ、至るところで岩石採集をしていたというが、高等農林へ入学しても「当初から土曜日の午後から日曜の夕方まで、泊りがけで鉱物等の標本採集に出かけ、持物は五万分の一の地図、星座表、コンパス、手帳、懐中電灯、ハンマー、食料はビスケットをポケットに詰めこむことにしていた、という」(『校本宮澤賢治全集』第十四巻年譜参照)

高等農林一年の夏(大正四年八月二十九日の日曜日)にも彼は遠野地方へ出かけて行った。友人の高橋秀松宛に次のような葉書を出している。

今朝から十二里歩きました　鉄道工事で新らしい岩石が沢山出てゐます　私が一つの岩片をカチッと割りますと初めこの連中が瓦斯だった時分に見た空間が紺碧に変ってゐる事に愕いて叫ぶこともできずきらきらと輝いてゐる黒雲母を見ます　今夜はもう秋です　スコウピオも北斗七星も願はしい静な脈を打ってゐます。

岩石を眺めながら天地創造の時を想像したり無生物の石を擬人化したりした、この詩のような手紙は、後年、童話「気のいい火山弾」や「青木大学士の野宿」(「楢ノ木大学士の野宿」先駆形)などのユニークな作品へ発展して行く。二年生になって始まった関豊太郎主任教授指導の地質調査に参加するようになると、彼の地質学や土壌学に関する知識は高度に専門的になり、地質学的宇宙観が新たに彼の思想の中に大きな位置を占めるようになっていった。〈地層〉の中に何千年の時間の流れを感じたり、常に変らぬ山や川も何億年前は全く異なる地形だったことを知って、自然の偉大な現象に驚嘆し、そのはかりしれない謎に新たな興味を抱いたようであった。

高等農林二年の時にまとめた「盛岡附近地質調査報文」の〈終結〉に、賢治たちのグループは次のように書いている。

地質学は吾人の棲息する地球の沿革を追究し、現今に於ける地殻の構造を解説し、又地殻に起る諸般の変動に就き其原因結果を闡明にす、即ち我家の歴史を教へ其成立及進化を知らしむるものなるを以て、苟くも智能を具へたるもの興味を与ふること多大なるは辯を俟たずして明なりとす。閑散なるの日一鎚を携へて山野に散策を試みんか目に自然美を感受し心身爽快なるを覚ゆるのみならず造化の秘密を看破するを得、一礫一岩塊と雖も深々たる意味を有するを了解し、尽き難きの興味を感ずるは、生等の親しく経験したる所とす。加え夏の休養に際し地質図を手にして長期の跋渉を試みんか至る所目前に友ありて自然の妙機を語り旅憂を一掃せしむるのみならず、進んで宇宙の真理を探求せんとするの勇気をして勃々たらしむ。

一個の小さな礫や岩塊に、遠い過去から今日までの長い時間の流れとさまざまな現象の集積を読み取り、自然現象の美しさと不思議さに驚き感動したのであろう。

後年発揮される賢治の地質学用語や天文学用語を用いたユニークな表現は、こうした地質調査や山登りの中で培われた知識や感覚の、詩的・童話的表現といえよう。

いちいち火山塊《ブロック》の黒いかげ
貞享四年のちいさな噴火から
およそ二百三十五年のあひだに
空気のなかの酸素や炭酸瓦斯

これら清冽な試薬によって
どれくらゐの風化が行はれ
どんな植物が生えたかを
見やうとして私の来たのに対し
それは恐ろしい二種の苔で答へた（鎔岩流）

ユリア　ペムペル　わたくしの遠いともだちよ
わたくしはずゐぶんしばらくぶりで
きみたちの巨きなまっ白なすあしを見た
どんなにわたくしはきみたちの昔の足あとを
白亜系の負岩の古い海岸にもとめただらう（小岩井農場）

水がその広い河原の
向ふ岸近くをごうと流れ
空の桔梗のうすあかりには
山どもがのっきのっきと黒く立つ
大学士は寝たまゝそれを眺め
又ひとりごとを言ひ出した
「ははあ、あいつらは岩頸だな。岩頸だ。岩頸だ。相違ない。」

そこで大学士はいっ気になって
仰向けのまゝ手を振って
岩頸の講義をはじめ出した。
「諸君、手っ取り早く云ふならば、岩頸といふのは、地殻から一寸頸を出した太い岩石の棒である。その頸がすなはち一つの山である。え、、一つの山である。ふん。どうしてそんな変なものができたといふなら、そいつは蓋し簡単だ。え、、こゝに一つの火山がある。熔岩を流す。その熔岩は地殻の深いところから太い棒になってのぼって来る。火山がだんだん衰へて、その腹の中まで冷えてしまふ。熔岩の棒もかたまってしまふ。それから火山は永い間に空気や水のために、だんだん崩れる。たうたう削られてへらされて、しまひには上の方がすっかり無くなって、前のかたまった熔岩の棒だけが、やっと残るといふあんばいだ。その棒は大抵頸だけを出して、一つの山になってゐる。それが岩頸だ。ははあ、面白いぞ、つまりそのこれは夢の中のもやだ、もや、もや、もや。そこでそのつまり、鼠いろの岩頸だがな、その鼠いろの岩頸がきちんと並んで、お互に顔を見合せたり、ひとりで空うそぶいたりしてゐるのは、大変おもしろい。ふふん。」
それは実際その通り、
向ふの黒い四つの峯は
四人兄弟の岩頸で
だんだん地面からせり上って来た。
楢ノ木大学士の喜びやうはひどいもんだ
「ははあ、こいつらはラクシャンの四人兄弟だな。よくわかった。ラクシャンの四人兄弟だ。よしよし」
注文通り岩頸は

丁度胸までせり出して
ならんで室に高くそびえた。
一番右は
たしかラクシャン第一子
まっ黒な髪をふり乱し
大きな眼をぎろぎろ空に向け
しきりに口をぱくぱくして
何かどなってゐる様だが
その声は少しも聞えなかった。（楢ノ木大学士の野宿）

ずうっと昔、岩手山が、何べんも噴火しました。その灰でそこらはすっかり埋まりました。このまっ黒な巨きな巌も、やっぱり山からはね飛ばされて、今のところに落ちて来たのださうです。

噴火がやっとしづまると、野原や丘には、穂のある草や穂のない草が、南の方からだんだん生えて、たうたうそこらいっぱいになり、それから柏や松も生え出し、しまひに、いまの四つの森ができました。けれども森にはまだ名前もなく、めいめい勝手におれはおれだと思ってゐるだけでした。（狼森と笊森　盗森）

賢治の指導教授だった関豊太郎教授は、火山灰土壌研究で農学博士になったほどの学識者で、賢治は関教授から多くの新しい知識を得たばかりでなく、稗貫郡土性地質調査に助手として参加することや、卒業後も実験指導補助の身分で学校に残ることが出来るよう配慮してもらい、大きな恩恵をうけている。関教授の学説には、賢治は深く信頼をよせていた。晩年賢治が力を入れた東北砕石工場での炭酸石灰肥料の仕事も、実は大正六年十一月十二・十三の両日、岩手日報に掲載された関教授の「石灰岩利用」「石灰岩と土壌」の談話記事に啓発されたものであった。

四　賢治の〈現象論〉

更に賢治がその思想形成の上で大きな影響をうけたのは、片山正夫の『化学本論』であった。この本は大正四年二月一日内田老鶴圃から出版された千頁を越す分厚い本であるが、理系学生の間で広く愛読されたらしく、大正五年三月再版の際に著者の識した「第二版序言」（大正四年十二月識す）には、「本書が発刊以来比較的短日月にして既に改版の必要に迫られし事は、著者にとっては大いに意想外であった。是れ実に我邦学界の有様が益健全に発達しつゝあって、化学の前途の大に有望なる事を示す一端とも思はれ、甚だ欣喜に堪へざるところである。」と書かれている。

当時盛岡高等農林学校の学生だった賢治もこの片山正夫の『化学本論』を非常に愛読し、「賢治の机上に法華経と共にあり、生涯の伴侶となった本」といわれている。

「第一編　総論」「第二編　エネルギー論」「第三編　気相論」「第四編　液相論」「第五編　個相及び多相論」「第六編　一般平衡論」「第七編　速度論」「第八編　界面化学」「第九編　電気化学」「第十編　分子原子論」という構成になっているが、この〈現象〉や〈相〉についての考え方、〈光〉〈速度〉〈エネルギー〉〈原子〉〈分子〉についての知識は、法華経の中の〈諸法実相・十如是〉や〈空〉〈十二因縁〉の思想と結びついて、科学と宗教とを融合させた賢治特有の宇宙観や生命観を創りあげていった。

賢治の処女詩集『春と修羅』が出た時、辻潤は「この詩人はまったく特異な個性の持主だ。」（「惰眠洞妄語」㈡　大正十三年七月二十三日読売新聞）と驚嘆し、佐藤惣之助は「この詩集は、いちばん僕を驚かした。何故なら彼は詩壇に流布されてゐる一個の語葉も所有してゐない。否かつて文学書に現はれた一聯の語藻をも持ってはゐない。彼は気象学、鉱物学、植物学、地質学で詩を書いた。奇犀、冷徹、その類を見ない。僕は十三年の最大収穫とする」（「十三年度の詩集」大正十三年十二月一日発行『日本詩人』）と絶讃しているが、『春と修羅』のユニークな感覚と表現は、彼がいつも机上に置いていたという『法華経』や『化学本論』から得た認識と、前述の地質調査や山登りで得た体験から生まれたものだといえよう。

序

わたくしといふ現象は
仮定された有機交流電燈の
ひとつの青い照明です
（あらゆる透明な幽霊の複合体）
風やみんなといっしょに
せはしくせはしく明滅しながら
いかにもたしかにともりつづける
因果交流電燈の
ひとつの青い照明です
（ひかりはたもち　その電燈は失はれ）

これらは二十二箇月の
過去とかんずる方角から
紙と鉱質インクをつらね
（すべてわたくしと明滅し、みんなが同時に感ずるもの）
ここまでたもちつゞけられた
かげとひかりとひとくさりづつ
そのとほりの心象スケッチです

これらについて人や銀河や修羅や海胆は
宇宙塵をたべ　または空気や塩水を呼吸しながら
それぞれ新鮮な本体論もかんがへませうが
それらも畢竟こゝろのひとつの風物です
たゞたしかに記録されたこれらのけしきは
記録されたそのとほりのこのけしきで
それが虚無ならば虚無自身がこのとほりで
ある程度まではみんなに共通いたします
（すべてがわたくしの中のみんなであるやうに
みんなのおのおののなかのすべてですから）

けれどもこれら新世代沖積世の
巨大に明るい時間の集積のなかで
正しくうつされた筈のこれらのことばが
わづかその一点にも均しい明暗のうちに
　（あるひは修羅の十億年）
すでにはやくもその組立や質を変じ
しかもわたくしも印刷者も
それを変らないとして感ずることは
傾向としてはあり得ます
けだしわれわれがわれわれの感官や
風景や人物をかんずるやうに
そしてたゞ共通に感ずるだけであるやうに
記録や歴史　あるひは地史といふものも
それのいろいろの論料《データ》といっしょに
（因果の時空制約のもとに）
われわれがかんじてゐるのに過ぎません
おそらくこれから二千年もたったころは
それ相当のちがった地質学が流用され
相当した証拠もまた次々過去から現出し

みんなは二千年ぐらゐ前には
青ぞらいっぱいの無色な孔雀が居たとおもひ
新進の大学士たちは気圏のいちばん上層
きらびやかな氷窒素のあたりから
すてきな化石を発掘したり
あるひは白堊紀砂岩の層面に
透明な人類の巨大な足跡を
発見するかもしれません

すべてこれらの命題は
心象や時間それ自身の性質として
第四次延長のなかで主張されます（傍線筆者）

以上は『春と修羅』の「序」であるが、その用語、素材、意識に『化学本論』と『法華経』の影響のあることは確かである。殊に「五感を以て知覚する事は総て之を現象と云ふ」（『化学本論』一頁）という〈現象論〉や「其の物体系の中に如何なる変化あるも全体のエネルギーは一定である。故に他と交渉なき物体系、即ち宇宙間に於けるエネルギーの量は一定であって寸毫も増減し得られないといふ事になる」（『化学本論』七〇頁）という〈エネルギー不滅の法則〉は『如来寿量品』の〈空〉の思想と矛盾なく融合して、賢治の思想の核となっていった。

『如来寿量品』の〈空〉の思想の解釈を、庭野日敬『仏教のいのち法華経』から引用すると、

「如来は、この世界のほんとうのすがたを、ありのままに見とおしています。すべてのものは、生まれ、かつ、死に、必ず変化するものでありますが、それはただ現象のうえだけのことであって、如来の智慧をもってその奥にある実相を見れば、すべては消え去ることもなく、現われることもありません。生命あるものは、すべて生きとおしであって、この世に在るとか、世を去るとかいうことは、本来ないのです。目の前のものごとが、実際にある（実）と見るのもまちがいであれば、ない（虚）と断定するのも誤りです。また、ものごとが常住する（如）と考えるのも迷いでありますが、現象面だけを見て、常住のものがない（異）と考えるのも浅い見方です。如来は、この世界に住んでいる人間の、そのようなものの見方を超えて、その奥にある実相を見きわめているのです」（傍線筆者）

賢治が用いる〈現象〉という言葉には、単なる化学的用語ではなく、法華経の理法と融け合った深い意味がこめられていると解釈すべきである。賢治が創作の上だけでなく、書簡などにもしばしば〈現象〉という言葉を用いているのは、賢治思想の根源に、常にこの意識があったためである。

戦争とか病気とか学校も家も山も雪もみな均しき一心の現象に御座候　その戦争に行きて人を殺すと云ふ事も殺す者も殺さるゝ者も皆等しく法性に御座候　起是性性起滅是法性滅といふ様の事……（大正七年二月二十三日父政次郎宛書簡）

保阪さん。みんなと一緒でなくても仕方がありません。どうか諸共に私共丈けでも、暫らくの間は静に深く無上の法を得る為に一心に旅をして行かうではありませんか。やがて私共が一切の現象を自己の中に抱蔵《ママ》する事ができる様になったらその時こそは高く高く叫び起ち上り、誤れる哲学や御都合次第の道徳を何の苦もなく破

って行かうではありませんか。（中略）

不可思議の妙蓮法華経もて供養し奉る一切現象の当体妙法蓮華経（大正七年三月二十日前後　保阪嘉内宛書簡）

五　『アザリア』同人時代

盛岡高等農林三年の七月、賢治は小菅健吉、保阪嘉内、河本義行らと同人雑誌『アザリア』を発行した。和紙袋綴じ、四十八頁、ガリ版刷り。同人各自手綴の、ごく一般的な学生の文芸同人誌である。賢治は「みふゆのひのき」と題する十二首、「ちゃんがちゃがうまこ」と題する八首の短歌と、短篇「旅人のはなし」を発表している。

アルゴンの　かゞやくそらに　悪ひのき
みだれみだれていとゞ恐ろし

なにげなく　風にたわめる　黒ひのき
まことはまひるの　波旬《はじゅん》のいかり

雪降れば昨日のひるの　黒ひのき
菩薩すがたに　すくと　立つかな
（以上「みふゆのひのき」から　以下略）

夜の間から　ちゃんがちゃんがうまこ

見るべとて　下の橋には　いっぱ　人立つ
夜明には　まだはやんとも下の橋
ちゃんがちゃがうまこ　見さ出はた人

下の橋、ちゃんがちゃがうまこ　見さ出はた
みんなのなかに　おと、もまざり

（以上「ちゃんがちゃがうまこ」以下略）

続けて出た第二号（七月十八日）にも賢治は、短歌八首を発表。第三号には短歌二十四首、第四号には短歌十首、第五号には、断想「復活の前」を発表。

『アザリア』の他にも彼は「校友会々報」に熱心に短歌を発表している。盛岡農林を卒業する頃までの賢治は文芸に対する意欲はきわめて旺盛であったが、短歌に最も関心が強く、詩への関心はまだ高まっていなかったようである。

このころ、『アザリア』五号に書かれた保阪嘉内の『社会と自分』の中に「ほんとうにでっかい力。力。おれは皇帝だ。おれは神様だ。おい今だ、今だ、帝室をくつがえす時は、ナイヒリズム。」という文章があったため、虚無思想の持主として保阪が退学処分になるという事件が起った。賢治も一緒に退学しようとしたが許されず、結局彼は予定通り卒業し、そのまま研究生として学校に残ることになった。更に関教授のはからいで五月から実験指導補助を嘱託され、賢治としてはかなり満足した生活が始まったのである。この頃の手紙には明るい生活が感じられる。

拝啓　昨日肴町に於て防水マント金七円にて求め候間何卒花巻にては御心配下さらぬ様奉願候次に学校より今月分（二十日分）金拾壱円余受取候間右御報知申し上げ候、丸善にて品切なる前の洋書は尚中西屋にても品切に有之只今仙台にも問合せ居り候　或は東京の友人に古本を探す様頼み置き申し候　私は又六月「鶯宿地形図」の発行次第桂沢、葛丸川方面の調査に参るべく候（大正七年五月三十日父政次郎宛葉書）

六　日蓮への憧憬

賢治は卒業前後、しばしば保阪嘉内に手紙を送っているが、その中には

退学も戦死もなんだ　みんな自分の中の現象ではないか　保阪嘉内もシベリヤもみんな自分ではないか　あゝ至心に帰命し奉る妙法蓮華経　世間皆是虚仮仏只真。
妙法蓮華経　方便品第二
妙法蓮華経　如来寿量品第十六
妙法蓮華経　観世音菩薩普門品第二十四
　願はくは此の功徳を　普く一切に及ぼし　我等と衆生と　皆共に仏道を成ぜん（大正七年三月十四日前後書簡）

と、きわめて法華経的な内容が書かれている。その十日ほど後に出した手紙も、同じ様に法華経をすすめる手紙である。

あ、この無主義な無秩序な世界の欠点を高く叫んだら今度はあなたの様に誤解され悪まれるばかりで　堅く自分の誤った哲学の様なものに噛ぢり着いて居る人達は本当の道に来ません。私共は只高く総ての有する弱点、裂罅を挙げる事ができます。けれども「総ての人よ。諸共に真実に道を求めやう」と云う事は私共が今叫び得ない事です。私共にその力が無いのです。（中略）やがて私共が一切の現象を自己の中に抱蔵《ママ》する事が出来る様になったらその時こそ高く高く叫び起ち上り、誤れる哲学や御都合次第の道徳を何の苦もなく破って行かうではありませんか。私の遠い先生は三十二かにおなりになって始めてみんなの為に説き出しました。保阪さん、私共は今若いので一寸すると、始め真実の心からやり出した事もいつの間にか大きな魔に巣を食はれて居る事があります。（中略）

至心に帰命し奉る万物最大幸福の根原妙法蓮華経　至心に頂礼し奉る三世諸仏の眼目妙法蓮華経　不可思議の妙法蓮華経もて供養し奉る一切現象の当体妙法蓮華経（中略）

南無妙法蓮華経　どうかどうか保阪さん　すぐ唱へて下さいとは願へないかも知れません　先づあの赤い経巻は一切衆生の帰趣である事を幾分なりとも御信じ下され本気に一品でも御読み下さい　そして今に私にも教へて下さい（大正七年三月二十日前後　保阪嘉内宛書簡）

「私の遠い先生は三十二かになって始めてみんなの為に説き出しました。」とあるのは明らかに、三十二歳の時清澄寺ではじめて開教立宗のことを宣した日蓮のことを指しており、高等農林を卒業する大正七年頃の賢治は、法華経を根本経典とする日蓮宗へ強くひかれていることが察せられる。

『校本宮沢賢治全集』（第十四巻）の「年譜」によると、賢治は盛岡高等農林時代、「仏教青年会」に入会していて、よく法話を聞きに行ったと書かれているが、はじめは宗派にこだわらず願教寺（真宗）へ島地大等の法話を聞きに行ったり、時には盛岡教会へタピング牧師のバイブル講義を聴きに行ったことさえあるという。しかし高等農林を卒業する頃は「仏教青年会」のメンバーが願教寺へ行っても、自分はひとり報恩寺（曹洞宗）に参禅に行ったという。

彼の信仰はこの頃次第に他力教から自力教へと移っていったようである。

七　菜食主義

私は春から生物のからだを食ふのをやめました。けれども先日「社会」と「連絡」を「とる」おまじなゐにまぐろのさしみを数切たべました。又茶碗むしをさじでかきまわしました。食はれるさかながもし私のうしろに居て見てゐたら何を思ふでせうか。「この人は私の唯一の命をすてたそのからだをまづさうに食ってゐる。」「怒りながら食ってゐる。」「やけくそで食っている。」「私のことを考へてしづかにそのあぶらを舌に味ひながらさかなよおまへもいつか私のつれになって一緒に行かうと祈ってゐる。」「何だ、おらのからだを食ってゐる。」まあさかなによって色々に考へるでせう。

さりながら（保阪さんの前でだけ人の悪口を云ふのを許して下さい。）酒をのみ、常に絶えず犠牲を求め、魚鳥が心尽しの犠牲のお膳《ママ》の前に不平に、これを命《いのち》とも思はずまずいのどうのと云ふ人たちを食はれるものが見てゐたら何と云ふでせうか。もし又私がさかなで私も食はれ私の父も食はれ私の母も食はれ私の妹も食はれてゐるとする。私は人々のうしろから見てゐる。「あ、あの人は私の兄弟を箸でちぎった。となりの人とはなしながら何とも思はず呑みこんでしまった。私の兄弟のからだはつめたくなってさっき、横はってゐた。今は不思議なエンチームの作用で真暗な処で分解して居るだろう。われらの眷属をあげて尊い惜しい命をすてゝさゝげたものは人々の一寸のあわれみをも買へない」
私は前にさかなだったことがあって食はれたにちがひありません。
又屠殺場の紅く染まった床の上を豚がひきずられて全身あかく血がつきました。転倒した豚の瞳にこの血がパッとあかくはなやかにうつるのでせう。忽然として死がいたり、豚は暗い、しびれのする様な軽さを感じてやがてあらたなるかなしいけだものの生を得ました。これらを食べる人とても何とて幸福でありませうや。（中略）
ねがはくはこの功徳をあまねく一切に及ぼして十界百界もろともに仝じく仏道成就せん。一人成就すれば三千大千世界山川草木虫魚禽獣みなともに成仏だ。（大正七年五月十九日　保阪嘉内宛書簡）

利他の心や菩薩道を目指すようになった賢治はやがて鳥や魚や獣の気持まで考えるようになり、魚や肉が容易にのどへ通らなくなってしまった。前掲の手紙に書かれているような気持は、後年、（あゝ、かぶとむしや、たくさんの羽虫が、毎晩僕に殺される。そしてそのたゞ一つの僕がこんどは鷹に殺される。それがこんなにつらいのだ。あゝ、つらい、つらい。僕はもう虫をたべないで餓えて死なう。いやその前にもう鷹が僕を殺すだろう。いや、その前に、僕は遠くの遠くの空の向ふに行ってしまはう。）と泣きながらいった「よだか」の気持に投影されている。

賢治の心の中に新たな悩みが生まれた頃である。殺生罪を犯さなければ生きていけない人間の業に悩み苦しんだ時期であった。

後には、童話「ビジテリアン大祭」の中に書いているように、「いくら物の命をとらない、自分ばかりさっぱりしてゐると云ったところで、実際にほかの動物が辛くては、何にもならない、結局はほかの動物がかわいさうだからたべないのだ、小さな小さなことまで、一一吟味して大へんな手数をしたり、ほかの人にまで迷惑をかけたり、そんなにまでしなくてもいゝ、もしたくさんのいのちの為に、どうしても一つのいのちが入用なときは、仕方ないから泣きながらでも食べていゝ、そのかはりもしその一人が自分になった場合でも敢て避けない」「けれどもそんな非常の場合は、実に実に少ないから、ふだんはもちろん、なるべく植物をとり、動物を殺さないやうにしなければならない、くれぐれも自分一人気持ちをさっぱりすることばかりかゝはって、大切の精神を忘れてはいけない」という考えに到達し、極端な菜食主義はしなくなったようであるが、当時二十二歳の賢治は一途に菜食主義を実践していたのであった。

八　発病

地質調査など過労になりがちな生活の中で菜食を続けていたせいであろうか、夏休み近くになって、賢治に肋膜の疑いが出て来た。

大正七年七月一日、彼は父宛に次のような手紙を書いている。

拝啓　先日は御手紙難有拝見仕り候　皆様御変り無之事と存じ上げ候　私も別段の事は御座無く候へども近来少しく胃の近く痛む様にて或は肋膜かと神経を起し昨日岩手病院に参り候処左の方少しく悪き様にて今別段に水の溜れるとか云ふ事はなきも山を歩くことなどは止めよとの事にて水薬と散薬とを貰ひ参り候　本日学校を

二三日休みて今少しはっきりとなりて出校致したき旨先生へ申し候処それならば鈴木医学士に見て貰へとの事にて先刻同医師宅に参り候診察の末只今は決して悪しと云ふことなきも殊によれば罹るやも知れず薬は矢張用ふる様且つ山へ行く前には必らず見て貰ふ様然らざるも毎週一回位は来る様にとの事にて（以下略）

その後病状があまり良くなかったのか、あるいは父親の言葉に従ったのか、七月二十日には、関教授の私宅を訪ねて退学のことを申し出ている。その一ケ月ほど前には「学校にては大体化学実験の手伝を致し居り候処仕事は誠に面白き事のみ多く……たとへ自分の実験には無之候とも随分経験上有益に御座候」（六月六日　父政次郎宛）というほど現在の仕事に満足していた賢治にとって、思いがけない病気退学は青天の霹靂であったろう。

それでも予定していた七月二十一日からの鉛や台方面の林相調査は終えて花巻へ帰ったらしく、二十二日鉛温泉から父宛に「明後日は或は花巻に帰るかとも存じ候」と葉書を出している。

二十四日帰花し、二十五日に書いた保阪宛の手紙に「私は先日肋膜がどうも工合悪くなりさうだから山歩きを止めろと云ふ医者の勧めと父が病気な為とにより学校へはもう行かないことにきめました。けれどもとにかく予定の地質調査丈はするつもりでゐます。」といっている通り、九月には再び地質調査に参加したらしい。九月二日、『アザリア』の同人河本義行に宛てた手紙の中で「私は又歩きはじめてゐます。」と書いている。更に九月二十一日から二十六日までは大泊・早池峯山方面へ出かけているが、これは恐らく賢治が罹病する前に予定されていた調査で、責任感の強い彼は身体の無理をおして参加したのであろう。二十七日、すべての調査を終えたあと、彼は保阪への手紙に「昨日にて本部の地質調査は全く完成仕り候　今後は唯一週間の出校を要するのみに有之他は当地にて当分質屋廃業の残務に手伝ふ積りに御座候」と書いている。

父母のもとで健康の回復を待ちながら、その実、賢治は、今後の生活方針が定まらず悩んでいたのである。自分の生活力のなさが苛立たしかったのであろう。十月当時上京中の保阪に彼はこう訴えている。

この前の手紙で申し上げた通り、先づ私はこれから先に、何の仕事をしなければならないと云ふ約束を持たない事になりました。けれども、これは又苦しいことです。私は何もできないのです。畑を堀《ママ》っても二坪も堀《ママ》ればもう絶えず憩んでばかりゐる。少し重い物を取り扱へば脳貧血を起したりする。それでもやっぱり稼ぎたくて仕方がないのです。毎日八時間も十時間も勉強はしてゐます。が、これは何だか私にはこのごろ空虚に感じます。もしこの勉強がいつまでも続けられ《ママ》事情なら斯うは感じますまい。（中略）

私は長男で居ながら家を持って行くのが嫌で又その才能がないのです。それで今私は父に、どうかこれから私を家で雇って月給の十円も呉れる様な様式（形式ではなく、本統に合名会社にでもして仕事をするつもりです。ことに鉱業的なこと、又工業原料的なこと）にして呉れまいかと頼んでゐます。（中略）

今の夢想によればその三十五沾には少しづ、でも不断に勉強することになってゐます。その三十五から後は私はこの「宮沢賢治」という名をやめてしまってどこへ行っても何の符丁もとらない様に上手に勉強して歩きませう。それは丁度流れてやまない私の心のように。（中略）

そして最後に、
「私の様に落ぶれる手筈ならば農学校等は入らなくともよかったのでせうな。」とか「実に私は今つかれてゐるのです」といった言葉を附け加えている。

かつて保阪が退学になったり、母を失ったりした時、力強く励まし勇気づけた賢治の手紙に比べて、健康面でも生活面でも自信を失くしてしまった賢治のつらい悲しみが感じられる。

十二月はじめの手紙には、

今や私は学校を中途にやめ分析も自分の分も終らず、先生が来ても随いて歩けず、古着の中に座り、朝から晩まで本をつかんでゐるか、利子をもうけ歩合の勘定をするかしてゐます、これは体裁のよいことか悪いことか農学得業士がやってはづかしいことか恥しくないことか健康によいことかわるいことかどうも何にせよ仕方ありません。

けれども若しできるならば早く人を相手にしないで自分が相手の仕事に入りたいと思ってゐます。（中略）私は大正九年以後の私の仕事は今から御約束致しかねます。多分はまだ林のなかへは入り兼ね小さな工場を造ってその中で独りで、しんみりと稼ぎませう。（中略）私もそちらへ参りたいのですがとても宅へ願ひ兼ねます。（傍線筆者）

当時の賢治は、家業を嫌い新しい仕事を種々計画してはいるが、いずれも実現するまでには到らず、毎日店番をしながら鬱々としていた。

九　童話創作の動機

ところがそれから二ケ月ほどたった十二月十六日、賢治は保阪に次のような注目すべき手紙を書いている。

アンデルゼンの物語を勉強しながら次の歌をうたいました。
「聞けよ。」又月は語りぬやさしくもアンデルゼンの月は語りぬ
みなそこの里き藻はみな月光にあやしき腕をさしのぶるなり。
ましろなるはねも融け行き白鳥は群をはなれて海に下りぬ
（以下略）

「アンデルゼン」という表記の仕方からもわかるように、彼はドイツ語の勉強を兼ねて、ドイツ語のアンデルセン童話集を読んでいたようで、短歌に詠まれているのは、アンデルセンの「絵のない絵本」である。

弟清六の「兄賢治の生涯」によれば、大正七年八月頃、賢治は「蜘蛛となめくぢと狸」や「双子の星」などを家族に読んで聞かせたという。（『校本宮沢賢治全集』第十四巻五〇〇頁）それは、大正七年七月、鈴木三重吉主宰の『赤い鳥』が創刊されて話題をよんでいた時期であり、賢治の『赤い鳥』に対する関心は、処女童話集『注文の多い料理店』の広告を『赤い鳥』（大正十四年一月号）の冒頭に掲載したことから考えても、相当強かったと思われるが、これらのことを考え合わせると、賢治の童話創作の動機は、『赤い鳥』創刊によっておこった大正七年夏の童話ブームに刺戟された点が大きかったと思われる。賢治の所謂「雨ニモマケズ手帳」の中のメモ「高知尾師ノ奨メニヨリ法華文学ノ創作」から、賢治の童話すべてを法華文学とみる傾向が強いが、このメモは、『赤い鳥』の創刊に刺戟されて童話創作をするようになっていた賢治に、国柱会の高知尾智耀は、彼にもっともふさわしい活動方法として童話による大乗仏教の普及をすすめたのだと解すべきである。

十　田中智学との出合い

大正七年も暮れに近い十二月二十六日、突然妹トシ子入院の報せが日本女子大寮監西洞タミノよりもたらされ、賢治と母はその夜の汽車で上京した。

着京早々の賢治の手紙によれば、トシ子は思ったより顔色もよく、三十八、九度の高熱で一時チブスの疑いがあったが、検査の結果は悪性のインフルエンザによる肺炎の浸潤という事でさして心配はない、と書いている。しかし十一月に罹ったスペイン風邪で体力が衰えているところへ高熱が続き、トシ子は相当消耗していたらしい。賢治と母はトシ子の容態が回復するまで東京にいることになり、賢治は大正八年の元旦を母と二人、雑司ヶ谷の「雲台館」という旅館で迎えた。

上京以来賢治はほとんど毎日、トシ子の病状を父宛に報告している。それによると、トシ子の熱は一月十日ぐらいまで三十八度を下らなかった。しかし十一日になって漸く三十七度四分になり、食欲も出て来たらしく、賢治の手紙には「私共も誠に安心致し居り候」と書かれている。トシ子の病状がやや落ちついたので、賢治ひとり残して、母は先に帰ることになり、一月十六日上野を発った。その後トシ子の熱は三十七度台を保つようになり、一月十七日の手紙には「食慾も大分起り今朝よりは粥を食すべく但し菜の方は尚一二日控ふる由に御座候。刺身を折角望み居り候間明後日頃迄に尚熱も下り、他の菜を食して差支なき様ならば魚屋にてまぐろの切身の新鮮なるものを求め病院にて刺身を作りて貰ひて食する様に至《ママ》すべく候」と書かれている。病気の妹に対する賢治のやさしい心配りが感じられる。その頃は、トシ子の病状も安定したので、昼間は賢治も自由行動がとれるようになったらしい。同じ十七日の手紙に私は毎日朝七時半乃至八時に病院に参り模様を聞き書信上げ候後、上野の図書館にて三時頃迄書籍の検索読書等を致し夕方又病院に参り候
夜は早くやすみ決して勉強過ぐる様の事又は無用の外出候様の事は仕らず候間御安心奉願候。

と書いており、

私は変り無之図書館にて希望の事項、予期よりも多く備はり居り誠に面白く御座候。（一月二十日）
私は更に変りなく副業の図書館通ひも面白く運び居り候間御安心奉願候。（一月二十一日）
昨日日比谷図書館へ一寸参り帰りに小林様に立ち寄り模様を話し参り候。（一月二十二日）

と、連日、上野や日比谷の図書館へ行っている。

昭和七年十二月はじめ、上京中の保阪へ宛てた手紙の中に「私もそちらへ参りたいのですがとても宅へ願ひ兼ねます」と書いていた賢治が、思いがけない妹の入院のためだったとはいえ、願い通り東京へ出ることが出来たのである。彼がせっせと図書館通いをはじめたのは当然のことであろう。古着屋の店先で店番をしていた頃の陰鬱な気分から脱し、彼は再び、意欲的で行動的になっている。

一月二十七日の父宛の手紙には、このまま東京にとどまって宝石商を始めたいと相談をもちかけているほどである。一般に、賢治は都会生活を嫌っていたように思われているが、決してそうではなく、若い頃はかなり強く東京へ出たい希望があったのである。

終りに一事御願申し上げ候。それは何卒私をこの儘当地に於て職業に従事する様御許可願ひ度事に御座候。色々鉱物合成の事を調べ候処殆んど工場と云ふものなく実験室といふ大さにて仕事には充分なる事、設備は電気炉一箇位のものにて別段の資本を要せぬこと、東京には場所は元より場末にても間口一間半位の宝石の小店沢山にありていづれにせよ商売の立たぬ事はなきこと、この度帰宅すればとても億劫になり考へてばかり居て仕事の出来ぬ事、いつまで考へても同じなる事、この仕事を始めるには只今が最好期なる事（経済の順況、外国品の競争少き為）宅へ帰りて只店番をしてゐるのは余りになさけなきこと、東京のくらし易く、花巻等に比して少しもあたりへ心遣ひのなきこと、当地ならば仮定失敗しても無資本にて色々に試み得ること、その他一一列挙する迄も御座無く候。地方は人情朴実なり等大偽にして当地には本当に人のよき者沢山に御座候。

新しい生き方を求めて何か行動を始めようとしている賢治の姿が浮んでくるが、この時期の賢治の書簡で最も注目すべきものは、一月二十二日の第二信の葉書である。

この葉書は父からの葉書と小包が届いたことを報せる返信であるが、その最後に彼は

説教演説等有之候ときは聞きに参るべく候間別段御招介《ママ》にも及び申さず候。万事何卒御休神奉願候。

と書いている。

この一文から彼は図書館だけでなく、説教や演説も積極的に聞きに行っていたことがわかるが、実は、彼の思想に大きな影響を与えた田中智学との出会いが、この上京中にあったのではないかと考えられるのである。

大正九年十二月二日　彼は保阪宛の書簡で、国柱会入会を告げ、次のように書いている。

今度私は
国柱会信行部に入会致しました。即ち最早私の身命は
日蓮聖人の御物です。従って今や私は
田中智学先生の御命令の中に丈あるのです。　謹んで此事を御知らせ致し恭しくあなたの御帰正を祈り奉ります。あまり突然で一寸びっくりなさったでせう。私は　田中先生の御演説はあなたの何分の一も聞いてゐません。唯二十五分丈昨年聞きました。お訪ねした事も手紙を差し上げた事もありません。今度も本部事務所へ願ひ出て直ぐ許された迄であなたにはあまりあっけなく見えるかも知れません。然し
日蓮聖人は妙法蓮華経の法体であらせられ
田中先生は少くとも四十年来日蓮上人と　心の上でお離れになった事がないのです。
これは決して決して間違ひありません。
即ち
田中先生に、妙法が実にはっきり働いてゐるのを私は感じ私は信じ私は仰ぎ私は嘆じ　今や日蓮上人に従ひ奉る様に田中先生に絶対に服従致します。御命令さへあれば私はシベリアの凍原にも支那の内地にも参ります。乃至東京で国柱会館の下足番をも致します。それで一生をも終ります。（傍線筆者）

賢治のいう昨年、即ち大正八年に賢治が在京したのは、前述した通り、妹トシ子入院の報をうけて、大正七年十二月二十六日に母とともに急遽上京し、年を越し、二月末退院したトシ子を伴って帰花した期間だけである。

この期間に賢治が田中智学の演説を聞く機会があったのは、一月十九日と二月十六日のいずれかである。田中芳谷の『田中智学先生略伝』は、智学の宗教活動の詳細な記録を中心に記述された伝記で、講演した日、場所、演題は勿論のこと、講演内容と時間も記録されている。

一月十九日、国柱会中央新年大会には、先生の年頭講話一時間以上にわたって、世界戦乱における、世界各国人の覚醒はたして如何を評破して、本化教観の国体論絶対平和主義に論及せられた。
二月十六日、大聖御降誕会に際し、日蓮宗大学の懇請により、同大学講堂で「日本国の有無」と題して二時間にわたる大獅子吼をせられ、さらに国柱会館の御降誕会慶讃講演会に、「承久の夕貞応の晨」と題し、北条義時の承久の乱によって一たびくつがえされた日本国体は、その翌年、本化聖祖の御出現によって、根本から復活した。貞応元年の今月今日は、精神的日本の誕生日であることを高調せられた。(二三七頁)

この記録から考えると、これまでの、例えば『鑑賞日本現代文学13　宮澤賢治』の年譜「大正八年一月中に賢治は国柱会館を訪問し、田中智学の講演を聴く」という記述などは、講演時間の点で疑問が出てくる。〈二十五分丈〉という賢治の手紙の言葉を信用すれば、賢治が聞いた智学の演説は、二月十六日の国柱会館における「御降誕慶讃講演会」でのものに違いない。『略伝』では、智学の講演時間が記されるのが常で、それは大抵二時間、時には五時間というのさえあるが、この場合にのみ記されていないのは、数人の講師による講演会で智学の講演時間がごく短かったためと解すると、保阪に〈唯二十五分丈〉と書いているのと符合する。内容的にも日蓮の生誕を「精神的日本の誕生日」と智学が熱弁を振ったのであるから、これからの生き方を考え続けていた賢治に強い感動を与えたであろうことは想像に難くない。

日蓮の生涯を熱弁で語る田中智学の姿に、賢治は日蓮そのものを感じたのであろう。だからこそ保阪に向って「田中先生に、妙法が実にはっきり働いてゐるのを私は感じ私は信じ私は仰ぎ私は嘆じ、今や日蓮聖人に従ひ奉る様に田中先生に絶対に服従致します。」（十二月二日書簡）とか、「どうです。一緒に国柱会に入りませんか。一緒に正しい日蓮門下にならうではありませんか。」「吾々は曾て絶対真理に帰命したではないか。その妙法の法体たる日蓮大聖人の御語に正しく従ひませう」（十二月上旬書簡）といった、歓喜と確信に満ちた言葉がいえたのだと思う。

十一　国柱会入会

国柱会に入会した賢治は、これまでにかつてなかったほど激しく燃え、両親や保阪に国柱会に帰正するよう迫った。

大正七年頃は保阪に向って「我々は折伏を行ずるにはとてもとても小さいのです。只諸共に至心に自らの道を求めやうではありませんか」（七月十七日）、「慈悲心のない折伏は単に功利的に過ぎません」（三月十四日前後）といっていた賢治が、国柱会入会後の大正十年一月には「色々お考へ下さったとは実にあり難うございます。けれども、これぱかりは打ち棄て、置けないことです　どうかどうか御熟考を願ひます。」と繰り返し繰り返し改宗を迫っている。

自分自身も、

「（その夜月の沈む迄座って唱題しやうとした田圃から立って）花巻町を叫んで歩いたのです。知らない人もない訳でもなく大低《ママ》の人は行き遭ふ時は顔をそむけ行き過ぎては立ちどまってふりかへって見てゐました……その夜それから讃ふべき弦月が中天から西の黒い横雲と幾度か潜って山脈に沈む迄それから町の鶏がなく迄唱題を続けました。」（大正十年一月中旬　保阪嘉内宛書簡）

というほど熱狂的になっている。そのあと続けて賢治は

保阪さん　どうか
　大聖人御門下になって下さい。
一緒に一緒にこの聖業に従ふ事を許され様ではありませんか。憐れな衆生を救はうではありませんか。

と書いてある。「憐れな衆生」という言葉はこれまで賢治の口から出たことはなかった。ただひたすら法華経の教義を説いていた頃の賢治とは大きく変った、国柱会会員としての行動的な賢治の姿がうかんでくる。

ところで、宮澤賢治をこれほど熱狂的な信者にしてしまった国柱会の田中智学とは、一体どのような人物であったのだろうか。文久元年（一八六一）江戸日本橋に生れた智学は、幼にして父母を失い、日蓮宗の僧侶の道を歩んだが、還俗し、法華経と日蓮の正法正義を宣揚する民間団体「蓮華会」を明治十三年に組織して在家仏教運動を展開し、明治十八年に「立正安国会」、更に大正三年「国柱会」へと発展させた。「国柱会」は、日蓮の『開目抄』の三大誓願のひとつ「我れ日本の柱とならむ」に拠ったものである。智学は法華経日蓮主義を唱え、諸宗無得道、法華折伏立教を根本趣旨として講演、講習会、機関誌（師子王、妙宗、日蓮主義、国柱新聞、毒鼓、天業民報等）、文筆活動

によって運動をひろめた。明治三十六年以降は国家主義的性格を強め、日本国体学を唱え、日蓮主義を「世界解決教」として国家社会を多く論じた。大正期には民主々義、社会主義思想打倒を主張し、大正十三年に衆議院議員総選挙に立候補したが落選した。また、大正十一年に国民劇研究会から国性文芸会を結成し、芸術伝道を提唱し、自らも脚本、浄瑠璃、琵琶歌などを書き、演じもした。聴く人を魅了する熱弁の持ち主で、六十歳を過ぎてなお二千人の聴衆を前に四時間の講演を行い、飽かせなかったという。昭和十四年（一九三九）七十八歳で歿した。

十二　無断上京

入信後の賢治は同じ国柱会の信行部に入会した関徳弥と共に週一度ぐらいの輪読会をひらいていたが、二人のほかに岩田豊蔵、しげ、妹のトシなど数人が集ったという。賢治は『妙宗式目講義録』など田中智学の著述を熟読し、掲示板を作って「天業民報」を張り出し人々に読ませようとした。田中智学と国柱会への絶対的な帰依は、賢治に上京への決意を次第に固めさせていった。『校本宮澤賢治全集』第十三巻の書簡によれば、大正九年夏の保阪嘉内宛書簡に「来春ハ久々デオ目ニカカッテ大ニ悦ビノ声ヲアゲマセウ」といい、八月十四日に「来春は間違いなくそちらへ出ます」と告げ、九月二十三日には「来春早々殊によれば四五月頃久久にて拝眉可仕候」とあるので、『同全集』第十四巻の年譜（五二七頁）に、「大正一〇年一月突如出京は、すでに十分考慮の上であることが察せられる。」と書かれている通りであるが、その理由は、大正十年二月十六日が日蓮生誕七〇〇年に当り、日蓮宗国柱会の慶祝行事が大々的に準備され、日蓮宗の聖誕七百年記念事業の一として田中智学作の戯曲「佐渡」を坪内逍遙の新文芸協会が歌舞伎座で三月に上演することになっていたり、また、この年に還暦を迎えた田中智学の還暦祝賀会が国柱会で十一月に催される予定になっていた。これだけ重大な祝賀行事が重なれば、狂信的な智学信者となった賢治が上京したいと思うのは当然であろう。また、賢治は、この好機に何が何でも父母を日蓮宗に改宗するように折伏に努めた。父母を帰正させ、あたたかく国柱会へ送り出してもらいたかったのであろう。

大正十年、賢治は上京の決意を日々に高揚させつつ帰正させられない父母との間で「進退谷まった」（一月二十四日保阪嘉内宛書簡）気持で元旦から毎日を過し、店番をしていたのである。いつどんな形で家を出るか賢治にはその決断だけが残されていた。が一抹の不安がなかったわけではない。彼は信頼する斎藤宗次郎に田中智学の人物と現状についてたずねている（「四次元」十二号『懐しき親交』）が、一月二十三日の夕方に賢治は突然家を出て、汽車に乗り上野へ向った。その決断は店にいた賢治の背中に棚の上から国柱会刊の『日蓮上人御書全集』が落ちてきたことを啓示と受け取ったことからであった。賢治は一月三十日に関徳弥に出郷の事情を次のように伝えている。

何としても最早出るより仕方ない。あしたにしやうか明後日にしやうかと二十三日の暮方店の火鉢で一人考へて居りました。その時頭の上の棚から御書が二冊共ばったり背中に落ちました。さあもう今だ。今夜だ。時計を見たら四時半です。汽車は五時十二分です。すぐに台所へ行って手を洗ひ御本尊を箱に納め奉り御書と一所に包み洋傘を一本持って急いで店から出ました。

ところが、上京して国柱会を訪れた賢治は、その玄関で自分の熱情に冷水を浴びせられるような現実に直面することになる。賢治が誘って国柱会の会員にした関徳弥に対してはその時の様子を次のように書き送っている。

上野に着いてすぐに国柱会へ行きました。「私は昨年御入会を許されました岩手県の宮沢と申すものでございますが今度家の帰正を願ふ為に俄かにこちらに参りました。どうか下足番でもビラ張りでも何でも致しますからこちらでお使ひ下さいますまいか。」やがて私の知らない先生が出ておいでになりましたからその通り申しました。

「さうですか。こちらの御親類でもたどっておいでになったのですか。一先づそちらに落ち着いて下さい。会員なことはわかりましたが何分突然の事ですしこちらでも今は別段人を募集も致しません。よくある事です。全体父母といふものは仲々改宗出来ないものです。遂には感情の衝突で家を出るといふ事も多いのです。まづどこかへ落ちついてからあなたの信仰や事情やよく承った上で御相談致しませう。」

色々玄関で立った儘申し上げたり承ったりして遂に斯う申しました。

「いかにも御諭し一一ご尤です。私の参ったのは決して感情の衝突でもなく会に入って偉くならうといふ馬鹿げた空想でもございません。しかし別段ご用が無いならば仕事なんどは私で探します。その上で度々上って御指導を戴きたいと存じます。お忙しい処を本当にお申し訳けございません。ありがとうございました。又お目にかゝります。失礼ですがあなたはどなたでいらっしゃいますか。」「高知尾智耀です。」「度々お目にかかって居ります。それでは失礼いたします。ご免下さい。」礼拝して国柱会を出ました。さうです。こんな事が何万遍あったって私の国柱会への感情は微塵もゆるぎはいたしません。けれども最早金は三四円しかないしこんな形であんまり人にも会ひたくない。


恐らく、賢治にとっては屈辱的な玄関払いであったにちがいない。同じ一月三十日の保阪嘉内宛書簡には、

この一週間は色々の事がありました。上野に着いたらお金が四円ばかりしか無くてあてにして来た国柱会には断はられ実に散々の体でした。御本尊と御書と洋傘一本袴もなく帽子もなく筒袖の着物きのみきのまゝ明治神

宮に詣ったり次から次と仕事をたづねたりしました。

と書いている。また、二月上旬の手紙では、保阪に上京をすすめながらも家出だけはするなと言い、

あなたは総ての私の失策や潜越をも許して下さるだろうと思ひます。国柱会では私の行為も色々お叱かりになりました。尤も私はいつもの癖でさっぱり事情も充分に述べなかったのです。

と書いている。東北の田舎訛のあまり風采の上がらない青年が下足番にでも置いてほしいとやってくれば、高知尾智耀（当時国柱会理事・講師・国柱会館清規奉行）でなくとも、奥へ上げることはしなかったであろう。賢治も普段着のままで家を出て来たことを「失策」と痛感したらしい。高知尾智耀には、よくやってくる家出人の一人としか映らなかったのであろう。国柱会での最初の扱われ方はひどいものであったらしく、賢治は後日その口惜しさを斎藤宗次郎に洩らしたようである（「四次元」十二号参照）。斎藤宗次郎は内村鑑三に傾倒し、内村鑑三の非戦論に感動し、日露戦争開戦直前に徴兵を拒否し、軍備となる国税の納税を拒否しようとした人物で、内村鑑三が花巻へかけつけ思いとどまらせた、いわゆる花巻非戦論事件の主人公である。彼は内村鑑三の命名による「求康堂」という新聞書籍販売店を営み、クリスチャンとして清廉な生活を送り、人々の尊敬を受けていた。賢治より十九歳年上の宗次郎を賢治は信頼し親しく交際していた。斎藤宗次郎の手記「懐しき親好」（「四次元」十二号）には次のように書かれている。

大正十年一月頃であったと思う。賢治さんは珍らしく私の寓居を訪ね、田中智学の人物と其活動の現状に就て

問わるるのであった。私は勿論一面識もなければ法華経を学んだこともないが、新聞雑誌で偶には其所論や氏に対する世評を読んだことがあるので参考までに少しく答えた。賢治さんは明白なる動機の下に既に決心を固め居ったものと見え、間もなく上京して田中氏を訪問した様である。然るに何でも最初の訪問は誤解を受けた為か、取次僧の常規を逸した態度でも気に障った為であるか、不満を感じ失望を懐いたらしく私の耳に響いている。いずれにせよ国柱会に於ける賢治さんの奉仕は仮令少時であったにせよ、布教の経験や勉学の機を得、前程開拓の決意を起した事などを思えば重要な事実であったに相違ない。（九頁）

上京第一日目にして夢を打ち砕かれ、幻滅と屈辱を味わわねばならなかった賢治は、さすがに真相をそのまま手紙にも書けなかったにちがいない。

『校本宮澤賢治全集　年譜』は、高知尾智耀の「宮澤賢治の思い出」（『真世界』一九六八年九月号）を引いて、

出京第一日に国柱会では毎夜講演があるからききにくるよういわれたが、「その後、毎夜国柱会館に通い、講和を聞かれるばかりでなくいろいろ会合の斡旋をしてくれた」というから、連日のように奉仕活動をしていたようである。

と書かれているが、三月十日に宮本友一宛の書簡にも、

今回は私も小さくは父母の帰正を成ずる為に家を捨て、出京しました。父母にも非常に心配させ私も一時大変困難しました。今は午前丈或る印刷所に通ひ午后から夜十時迄は国柱会で会員事務をお手伝しペンを握みつづ

けです。今帰った所ですよ。

と書かれている。国柱会にこういう形で出入りするようになったのは、上京後相当の時日が経ってからであろう。この間、二月十六日、日蓮生誕七〇〇年奉修、三月五日から田中智学作「佐渡」が歌舞伎座で上演されている。四月初旬に父政次郎が上京し、賢治をつれて、伊勢まいり、比叡山伝教大師一一〇〇年遠忌、磯長村叡福寺聖徳太子一三〇〇年遠忌参詣の関西旅行を一週間行ったが、その後も賢治は、父と一緒には帰郷せず、東京に残った。

ところが、賢治が国柱会館で国柱会の事務などの奉仕活動や街頭布教活動などを行っていた時期に、実は、国柱会では内部分裂が起こり、田中智学は十一月の還暦祝賀会を待たず、四月二十八日に国柱会総裁と天業民報主筆辞任に追いこまれ、智学の二人の子息芳谷、紘淇も国柱会講師、天業民報記者を辞職し、国柱会の事業から完全に手をひくという大事件が起ったのである。

智学の長男芳谷の手になる『田中智学先生略伝』には、右の事件が次のように書かれている。

四月十七日発行の「天業民報」に特別附録として「披雲看光録」と題する先生の一文篇が公けにされた。その由来は、去年十一月旧師子王文庫同人智蔵事中村又衛が異心をいだいて先生の会下を去った。しかるにこの頃にいたって一味同心の輩と相結んで、公然先生に反抗の態度をあきらかにし、国柱会攪乱の挙をたくましうするに至ったについて、先生自身の衷情を明らかにするためこの一篇を公けにされたのであるが、さらに四月二十八日を以て、国柱会総裁の退職ならびに天業民報主筆の辞退を声明して、退隠宣言書を公けにせられた。退隠の動機は、先きに披雲看光録に記された事由によるのであって身の不徳によりついに疑惑離反の人を出したことは、一に信念の不足に起因するものであるから、上《かみ》仏祖に恐懼し、下《しも》同志に慚謝し、退いて個人的修養をつまんがために退隠するというのである。

五月一日、さらに、総裁退職について会員に告ぐるの書を発表されて、先生の退隠が会のためには会気粛整の因となり、先生自身にとりては自己修養の端となることで、一挙両得の所断、相互のため天与の幸福であるといわれ、会員諸君は今後一時性の創業気分から永久性の緊張気分を迎えて、日新又日新の発展を策進しなければならぬと訓示し、山川・長滝・保坂その他諸教職の材幹を称揚して、これに対する会員至誠の援護を以てすれば、不肖を圏外に放つとも少しも事を欠かないといわれ、なお諄々と後事の念訓念示に多言を費されているが、その末段において芳谷・紘渠の二児も、この際講師たり記者たることを辞して事業圏外に退き、修養をもっぱらにして、隠に顕に側面より奉公する身となることを、声明せられた。（二四八―二四九頁）

「今や私は田中智学先生のご命令の中に丈あるのです」と国柱会入会を宣言して四か月あまりで、賢治の偶像は、その眼前で国柱会への絶対的な権力、支配力を失ったのである。賢治の受けた衝撃の大きさは想像に難くない。が、この時の賢治の心境を直接語った資料は発表されていない。そのために『校本宮沢賢治全集』の年譜をはじめこれまでの研究では、国柱会のこの田中智学の退隠事件については全く言及されていない。しかし、この事件は熱狂的な智学信者だった二十五歳の賢治にとっては実に大きな事件だったというべきである。
賢治は、七月十三日の関徳弥宛返書で、
おせつさまの事は父からも承って居りました。大変残念です。が私の立場はもっと悲しいのです。あなたぎりにして黙っておいて下さい。信仰は一向動揺しませんからご安心ねがいます。そんなら何の動揺かしばらく聞

かずに置いて下さい。（傍線筆者）

と書いている。

この動揺が何であったか、未だに明らかにされていないが、恐らく国柱会のこの事件に原因するものではあるまいか。一月三十日に関徳弥に家出の事情を告げた手紙の中で、上京三日目に大学前の小さな出版所に入り、「大低《ママ》は立派な過激派ばかり、主人一人が利害打算の帝国主義者です。後者の如きは主義の点では過激派よりももっと悪い。田中大先生の国家がもし一点でもこんなものならもう七里けっぱい御免を蒙ってしまふ所です」と書いている。これを恩田逸夫は「田中智学の国家主義に対して、かすかな疑念の余地を残しているような口ぶりである」（「宮澤賢治における大正十年の出郷と帰宅」）と見ている。が、それから半年経った七月十三日の関徳弥への手紙には「国柱会」や「田中智学」の名が全く見えない。そして、

私は書いたものを売らうと折角してゐます。それは不真面目だとか真面目だとか云って下さるな。愉快な愉快な人生です。お、妙法蓮華経のあるが如くに総てをあらしめよ。私には私の望みや願ひがどんなものやらわからない。

と再び『法華経』信仰にもどり、図書館へ行くと、毎日百人位の人が「小説の作り方」などを借りようとしている、として、

これからの宗教は芸術です。これからの芸術は宗教です。

と書き、末尾に「今日の手紙は調子が変でせう。斯う云ふ調子ですよ。近頃の私は」と結んでいるのである。八月十一日の関徳弥への返書にも国柱会や田中智学の文字は全く見当らない。そして、

私のあの童謡にあんな一生懸命の御批評は本当に恐れ入ります。

と書いている。

晩年の、「雨ニモマケズ手帳」と呼ばれる手帳に「高知尾師ノ奨メニヨリ、――、法華文学の創作」と書かれていることから、賢治がこの在京中に法華文学の創作に力をつくし始めたとするのが通説であるが、何月頃からのことかは不明である。が、この時期には既に童話や童謡を創作していたことがわかる。なお、この手紙に「十月頃には帰る予定ですが、どうなりますやら」と書いている。十一月の田中智学還暦祝賀会を前に賢治は帰郷しようとしており、八月八日から十七日まで三保で行われた国柱会恒例の夏期講習会にも出席していない。（智学は最初この講習会の講師から外れていたが、国柱会本部と全国六十九局の合同請願を受けて八月十一日付で出請することを承諾している。）

こうした国柱会の予想外に混乱した実態は賢治を戸惑わせたことであろう。そして父と二人の関西旅行で法隆寺や比叡山に詣でたことも賢治の智学への熱狂的な思い入れを沈静化させたようである。八月中旬（恩田逸夫説）に「トシビヨウキスグカエレ」の電報がくると、賢治は大トランクに書きためた童話などの原稿をぎっしりつめて、あっさり帰郷してしまう。勿論十一月十三日の田中智学還暦祝賀会には出席せず、「天業民報」の祝賀広告に岩手県からの協賛者十名中に関徳弥とともに名を列ねるにとどまった（校本全集年譜）。

帰郷後の賢治は、九月号「愛国婦人」に童謡「あまの川」が掲載され十二月号と翌年一月号に童話「雪渡り」が

分載されるというよろこびがあり、つづいて十二月三日付で、稗貫郡立稗貫農学校教諭となり、代数・農産製造・作物・化学・英語・土壌・肥料・気象等の科目を担当することになる。家業の宮沢質店の店から離れて教師として職業を持ち、教壇に立ったことが、賢治の思想を更に新たな発展へと導いていくことになるのである。

大正十年の宮沢賢治——賢治と国柱会——

はじめに

宮沢賢治の生涯の中で、大正十（一九二一）年は、最もドラマチックな年である。大正十年の宮沢賢治については、既に恩田逸夫氏の「宮沢賢治における大正十年の出郷と帰宅——イーハトヴ童話成立に関する通説への検討を中心に」（一九七六・九・三十　明治薬科大学研究紀要　第六号）や上田哲氏の『宮沢賢治　その理想世界への道程』（一九八五年一月十五日刊　東京書籍）など、すぐれた先行論文はあるものの、なお明らかにされていない疑問がいくつか残されている。

例えば、大正十年七月十三日、同じ国柱会会員である従弟の関徳弥にあてた賢治書簡には「おせつさまの事は父からも承って居りました。大変残念です。が私の立場はもっと悲しいのです。あなたぎりにして黙っておいて下さい。信仰は一向動揺しませんからご安心ねがひます。そんなら何の動揺かしばらく聞かずに置いて下さい。」とあるが、当時の賢治は一体どんな悲しみを抱えていたのだろうか。また大正十年四月の父政次郎の上京について、『校本宮澤賢治全集』第十四巻には、「聖徳太子、伝教大師の遠忌を幸い、実際に法灯の伝統に触れ、法華経と国柱会にとらわれすぎる点を反省させ、併せて感情の融和をはかろうとしたようである。」と書かれているが、半年前には鉛温泉に湯治に行っていた政次郎が、持病の身体で、しかも四月二十七日の町会議員選挙を間近に控えた四月上旬、なぜわざわざ上京し、更に賢治を連れて数日の関西旅行に出掛けたのだろうか。単に賢治に帰省を促すためだけでなく、もっと緊急の要件があったのではないか。

大正十年の東京における賢治の生活は、知人から離れた一人暮らしであった為、年譜や書簡だけでは、はっきりしない部分が多い。しかし、賢治の書簡や近親者の証言と国柱会の『天業民報』や田中芳谷の『田中智学先生略伝』を重ね合わせると、謎の部分が少しずつ明らかになってくる。本稿ではその方法を使って謎の多い大正十年の賢治の行動とこころの軌跡を明らかにしたいと思う。

なお国柱会の日刊新聞『天業民報』の閲覧は、国柱会本部以外では殆ど不可能なので、あえて引用を長くした。

賢治と国柱会との出会い

賢治がはじめて国柱会の説法を聞いたのは大正七（一九一八）年の暮れから翌年の始め頃と思われる。

賢治は大正七年の十二月、当時日本女子大在学中の妹トシが、風邪をこじらせ入院したという報らせを受け、母と一緒に上京した。母は年明け早々花巻に帰ったが賢治は残り、毎日病院にトシを見舞ってその病状を報告する手紙を父宛てに書くと、その後は上野の図書館に行って盛んに本を読んでいたらしい。[*1]

その頃田中智学の国柱会は、活動の拠点を三保松原の最勝閣から東京鶯谷の国柱会館に移し、「純正日蓮主義」の普及に強力な宣伝活動を展開し、上野公園での街頭布教や国柱会館での演説会を毎日行っていた。

賢治は大正三年盛岡中学校卒業後一年ほど家業の手伝いをさせられていた時、島地大等編『漢和対照　妙法蓮華経』を読んで大きな感動を受け、法華経に強い関心を寄せていた。その賢治が、図書館に通う途中、上野公園で行われていた国柱会の街頭布教に足を止めたり、夕方行われていた国柱会館の演説会場に立ち寄ったりしたのは当然のことである。大正九年十二月二日親友保阪嘉内に宛てた書簡は、国柱会へ入会したことを報告し、保阪にも入会を奨めたものであるが、その中で賢治は「私は田中先生の御演説はあなたの何分の一も聞いてゐません。唯二十五分丈昨年ききました。」と書いている。賢治がいつ、どこで、どんな演説を聞いたのかははっきりしないものの、田中芳谷『田中智学先生略伝』の記録から推測すると、恐らく賢治が聞いたのは、大正八年二月十六日国柱会館で行われた「御降誕慶讃講演会」で智学が語った「承久の夕貞応の晨」という演説だったように思われる（本書II「宮沢賢治・思想の軌跡」に詳述）。

しかし、大正八年三月、小康を得たトシを迎えに来た母や叔母ヤスと共に、賢治も花巻へ帰らなければならなかった為、この時の賢治と国柱会との関係はそれ以上深まることはなかった。

しかし賢治には、盛岡高等農林学校時代から強い「東京志向」があった。彼は母やトシと一緒に花巻に帰る時も、実はそのまま東京に残り、人造宝石の仕事を始めたいと思っていたのである。一月二十七日賢治は東京から父宛に次のような書簡を送っている。

終りに一事御願申し上げ候。それは何卒私をこの儘当地に於て職業に従事する様御許可願ひ度事に御座候。色々鉱物合成の事を調べ候処殆んど工場と云ふものなく実験室といふ大さにて仕事には充分なる事、設備は電気炉一個位のものにて別段の資本を要せぬこと、東京には場所は元より場末にても間口一間半位の宝石の小店沢山ありていづれにせよ商売の立たぬ事はなきこと、この度帰宅すればとても億劫になり考へてばかり居て仕事の出来ぬ事、いつまで考へても同じなる事、この仕事を始めるには只今が最好期なる事（経済順況、外国品の少き為）、宅へ帰りて只店番をしてゐるのは余りになさけなきこと、東京のくらし易く、花巻に比して少しもあたりへ心遣ひのなきこと、当地ならば仮令失敗しても無資本にて色々に試み得ること、その他一一列挙する迄も御座無く候。地方は人情朴実なり等大偽にして当地には本当に人のよき者沢山に御座候。

しかし父の政次郎は聞き入れてはくれなかった。しぶしぶ花巻に帰った賢治は、家業を嫌いながらも、父の命ずるまま質屋の店先に座って悶々とした日を送っていたのである。

・私は暗い生活をしてゐます。うすくらがりのなかで遥かに青空をのぞみ、飛びたちもがきかなしんでゐます。

（大正八年四月十五日成瀬金太郎宛書簡）

・その環境とはどう云う風のものか少しばかりおしらせしませう。／古い布団綿、あかのついたひやりとする子供の着物、うすぐろい質物、凍ったのれん、青色のねたみ、乾燥な計算、その他。

（大正九年二月頃保阪嘉内宛書簡）

・早く私もとびだしたくやきもきしてゐます。

（大正九年二月九日工藤又治宛書簡）

ところが、七月二十二日になると、保阪宛書簡に「今日ニナッテ実際ニ私ノ進ムベキ道ニ最早全ク惑ヒマセン。東京デオ目ニカヽッタコロハコノ実際ノ行路ニハ甚シク迷ッテヰタノデス。」「今日私ハ改メテコノ願ヲ九識心王大菩薩即チ世界唯一ノ大導師日蓮大上人ノ御前ニ捧ゲ奉リ新ニ大上人ノ御命ニ従ッテ起居決シテ御違背申アゲナイコトヲ祈リマス。サテコノ悦ビコノ心ノ安ラカサハ申シヤウモアリマセン。」と、いつもとは違う、漢字と片仮名の手紙を書いている。何か心に決するところがあったのであろう。

こうして長い苦悩から漸く抜け出た賢治は、八月になると、保阪に「来春は間違いなくそちらへ出ます」「今度は東京ではあなたの外には往来はしたくないと思ひます。真剣に勉強に出るのだから。」と、かなり具体的に上京の意志を伝えている。しかしこれら上京を切望する賢治の書簡に「国柱会」や「田中智学」の文字はどこにも見当たらない。つまり、大正九年八月までの賢治は、法華経や日蓮には牽かれても、智学に対してはそれ程の関心はなかったことがわかる。

賢治の『無断上京』

家で静養中だった妹のトシは健康を取り戻し、大正九年九月から母校花巻高等女学校教諭心得となり、英語と家事を担当することになった。賢治は未だ職が定まらず、質屋の店番を続けていたが、九月二十三日親友の保阪嘉内宛に「来春早々殊によれば四五月頃久久にて拝眉可仕候」と、上京の時期を伝えている。なぜ彼は「四五月頃」上京すると書いたのだろうか。その理由は分からないが、少なくとも「上京」のことは、賢治が国柱会に入会する以前から、彼の中で燻り続けていたことは確かである。

大正九年九月十二日、国柱会では布教を全国的に拡大するために、タブロイド判の日刊新聞『天業民報』を創刊した。賢治は購読していたと言うが、大正九年十月十九日『天業民報』には次のような記事がある。

吾徒の三大祝賀

◇来る六日より三日間東京にて

◇厳粛な参拝式と打寛げる大会

◇此の如き佳会再び遇ひがたし、

明治神宮正式参拝・本化聖典大辞林出版完成祝賀・「日本国体の研究」の三大祝賀を併せて挙行することと確

定した
（中略）
全国の同志諸君、何事をおいても此三大祝賀に参加すべく御上京を切望する。
期日は十一月六日、七日、八日の三日間、宿泊及び人数（男女別）等、早く御申込の事、詳細は本紙上に発表す。

「御上京を切望する」とあり、宿泊も申し込めば確保できそうである。かねがね「脱花巻」「脱家業」を考えていた賢治にとっては魅力的な記事だったと思う。この頃から賢治は国柱会への入会を考え始めたように思われる。関徳弥の話によると（『校本宮澤賢治全集』第十四巻五二九頁）、賢治は掲示板を作り『天業民報』を貼って、家の道路に面した所に吊るしていたというが、これは『天業民報』に掲載された保坂智宙の檄文に賢治が真摯に応えたもので、賢治の国柱会に対する熱意の表れだといえる。

・大正九年十一月二十七日『天業民報』
大に宣伝力を振張せよ　特に地方に望む　保坂智宙
主筆先生は「宣伝十大案」を慶典大会に於て公表せられた。其の中の「常時的宣伝」に当る事の実行を望まれた（中略）実行さるれば、同志の多い土地は、大道、小路、至る処に我が天業民報が掲示され、賑へる土地ならば、一日に何百人か何千人か算へきれない程の人の目に触れ、立止まって読む人も多く、所謂「無言の大説法」が常住彼方にも此方にも行はれることになるのである。（中略）「掲示伝導」のほかに、汽車電車の通ぜる土地に住居せる仁は、付近各駅へ天業民報の「看板掲出」も実行されたい。

このように賢治が積極的に『天業民報』の普及活動を行うようになったのは、恐らく国柱会会員になったためだと思われる。ということから、賢治の国柱会入会は多分「大正九年十月十九日から同年十一月二十七日の間」と考えられる。[*2]

ところで賢治は最初から「信行部会員」として許可されているが、「信行部会員」というのは、一般の会員より上部の会員で、普通は会員になってからしばらく講習を受け、そのあと「信行部」に入ることになっている。賢治は既に法華経を学んでいるという理由で、最初から「信行部」に入ることが許されたらしい。賢治はこうした国柱会の好意的な待遇に感激し、急速に国柱会の狂信的信者となり、激しい「智学憧憬」に陥ってしまった。保阪嘉内に入会を知らせる賢治のことばが、異常に昂揚しているのはそのためであろう。

今度私は
国柱会信行部に入会致しました。即ち最早私の身命は日蓮聖人の御物です。従って今や私は田中智学先生の御命令の中丈にあるのです。謹んで此事を御知らせ致し、恭しくあなたの御帰正を祈り奉ります。
あまり突然で一寸びっくりなさったでせう。私は田中先生の御演説はあなたの何分の一も聞いてゐません。唯二十五分丈昨年聞きました。お訪ねした事も手紙を差し上げた事もありません。今度も本部事務所へ願ひ出て直ぐ許された迄であなたにはあまりあっけなく見えるかも知れません。然し
日蓮聖人は妙法蓮華経の法体であらせられ
田中先生は少くとも四十年来日蓮聖人と心の上でお離れになった事がないのです。
これは決して間違ひありません。即ち

田中先生に妙法が実にはっきり働いてゐるのを私は感じ私は信じ私は仰ぎ私は嘆じ今や日蓮聖人に従ひ奉るように田中先生に絶対に服従致します。御命令さへあれば私はシベリアの凍原にも支那の内地にも参ります。乃至東京の国柱会館の下足番をも致します。それで一生をも終ります。

（大正九年十二月二日保阪嘉内宛書簡）

これほどまで智学に心酔し、国柱会に全幅の信頼を寄せていた賢治であったが、大正十年一月二十四日、初めて国柱会館を訪れてみると、玄関に出て来た理事の高知尾智耀師[*3]は、立ったまま賢治の話を聞いただけで、玄関払い同様の対応だったという。国柱会に住み込むつもりで家出してきた賢治の計画は、最初から大きな壁にぶち当たった。彼は一月三十日の保阪嘉内宛書簡で「あてにして来た国柱会には断はられ実に散々の体でした。」と訴えている。賢治は「信行部会員」である自分が、これほど冷遇されるとは思ってもいなかったと思う。

出京の経緯については関徳弥宛書簡に詳しく書かれている。家出の切っ掛けについて、賢治は、

なんとしても最早出るより仕方ない。明日にしようか明後日にしようかと二十三日の暮方みせの火鉢で一人考へて居りました。その時頭の上の棚から御書がばったり背中に落ちました。さあもう今だ。今夜だ。時計を見たら四時半です。汽車は五時十二分です。すぐに台所へ行って手を洗ひ御本尊を箱に納め奉り御書と一所に包み洋傘を一本持って急いで店からでました。

と、不思議な天啓を受けて突然家出したと書いているが、『天業民報』に掲載された国柱会の新年宴会への勧誘記事も、かなり関係しているのではないかと思われる。

・大正十年一月十六日　天業民報掲載の「要告」
「来る二三日午後一時より本社楼上にて国柱会東京局主催の中央新年会開催
右会合の席上にて、天業民報報友会東京支部発会式挙行
聖誕七百年　我徒の大活動を要すべきの時同志諸君の旺盛なる来会を望む」
・大正十年一月二十日・二十一日天業民報
「たのしい新年会は来る二三日」「聖誕七百年記念として現らはれた本紙が、始めて迎へた此の新年はたゞの新年とは新年が違ふ。（中略）大々的に読者諸君の来会を望むものである。愉快に、さうして正しい、さうして面白い、さうして意義ある、この新年会に是非いらっしゃい。」

本部からのこうした呼びかけの記事を読んだ賢治が、国柱会へ行けば喜んで迎え入れて貰えるものと信じて疑わなかったとしても不思議ではない。一方、賢治の応対に出た高知尾智耀師が、御本尊と御書を包んだ風呂敷包と洋傘一本持ち、袴もなく帽子も被らない筒袖の着物を着た青年が突然玄関に現われて、東北訛りのことばで、両親の改宗を願って無断で上京して来ましたから、下足番にでもビラ貼りにでも使って下さいと頼んだとしたら、しばしば尋ねてくる東北の家出青年と勘違いして玄関払いしたというのも、これまた無理からぬことである。

花巻では素封家の長男として、町の人たちから丁寧に遇されていた賢治にとっては、国柱会の対応はひどく冷たく不愉快なものだったようであるが、しかし智学に心酔していた賢治は、こうした困難な情況の中でこそ、しっかりと自分の定めた道を見失わず進んで行こうと、「さあこゝで種を蒔きますぞ。もう今の仕事（出版、校正、著述）からはどんな目にあってもはなれません。こゝまで見届けておけば今後は安心して私も空論をのべるとは思はないし、生活ならば月十二円なら何年でもやって見せる。」（大正十年一月三十日　関徳弥宛書簡）と悲壮な決意をしている。

その時の賢治は、たとえ住み込みでなくても国柱会館に通っていれば、いつかは田中智学に接することも出来るだろうし、言葉を交わすことも出来るだろうと、密かに期待していたに違いない。三月十日の宮本友一宛書簡には「今は午前丈或る印刷所に通ひ午后から夜十時迄は国柱会で会員事務を手伝しペン握みつゞけです。今帰った所ですよ。」と書いている。少なくとも三月までの賢治は、午前中は本郷赤門前の活版所文信社で働き、午後は国柱会館に行って演説を聞いたり、発送の手伝いをしたりしていたようである。

賢治出京当時の田中智学

しかし賢治の期待と違って、憧れの田中智学とは顔を合わすことも、演説を聞くこともない毎日だった。その理由は、当時田中智学は、御妙判読本の執筆と大正十年元旦から『天業民報』に連載し始めた「日本国体の研究」の執筆のため大方の面会を断っていた。大正九年十一月二十八日の『天業民報』第一面には、次ぎのような「念告」が出ている。

拙者儀今回重大なる論篇の執筆及び過般慶典大会に於て発表宣言致し候通り多年之宿案たる御妙判読本の成稿に取り掛り候為め今後絶対に一切の煩累を避け、（一二三先約事項の外は）線審霊養之下に聖務修行之事に決し候間左様御含み被下度候、事業諸機関は各幹部諸員に於て渋滞なく処理すべく候、尚拙者之精神的表現は常に本紙上に提示可致し候表現は常に本紙上に提示可致候故それにて御承知被下度候。

賢治が燃えるような熱い念いを抱いて国柱会館を訪れた時、智学は既に国柱会館にはいなかったのである。

父政次郎の上京

幾度帰省を促しても帰ってこず、父からの送金も受け取らず返送してくる賢治を心配して、父政次郎は四月はじめ上京して来た。この夜、政次郎と賢治は狭い下宿の部屋に布団を並べて寝たという。久しぶりに再会した父子は、一体どんなことばを交わしたのだろう。貧しい下宿屋で、語り合う友もなく、わびしく一人暮らしをしている賢治を、父は比叡山の伝教大師一一〇〇年遠忌や大阪河内の叡福寺の聖徳太子一三〇〇年遠忌に誘い、賢治も素直にこれに応じて、二人は伊勢神宮、比叡山、大阪の叡福寺、奈良の法隆寺など、数日の関西旅行を楽しんだといわれている。その時詠んだ短歌「かゞやきの雨をいたゞき大神のみ前に父とふたりぬかずかん」「父とふたりいそぎて伊勢に詣るなり、雨と呼ばれしその前の夜」には、賢治の気持ちが、家出の時とは、かなり変っていることがわかる。

関西旅行を境に、賢治はこれまでは送り返していた父の送金を受け取るようになった。そのため活版所で無理に働く必要もなくなり、この頃から賢治は読書や創作に没頭するようになった。

ところで、父政次郎の上京については、『校本宮澤賢治全集』の年譜にあるように、「今回は伊勢まいりの上、日本仏教の始祖ともいうべき聖徳太子、伝教大師の遠忌を幸い、実際に法灯の伝統に触れ、法華経と国柱会にとらわれすぎる点を反省させ、併せて感情の融和をはかろうとしたようである。」というのが通説であるが、その外にもっと別の問題があったように思われる。

後述するように、国柱会内部では、賢治が上京する前から、ある事件が起きていた。それは国柱会の理事であった中村智蔵が、田中智学から離反して新しい宗教団体を作ろうと行動を起こし、会員集めのために、国柱会から全国会員名簿を持ち出して、全国の会員に智学を誹謗する怪文書を送り付けたのだった。恐らく三月頃には花巻の関徳弥の所にも送られてきたものと思われるが、もしそうだとすれば、親戚の関徳弥は、政次郎にすぐその怪文書を見せたに違いない。それを見た政次郎は、内紛の起きている国柱会の中で、賢治がどういう生活をしているのか心配になったと思う。四月二十七日の花巻町町会議員選挙を間近に控えながらも、政次郎は急ぎ上京して賢治の生活や心境を直接知りたいと思ったに違いない。

上京して一晩話し合った末、政次郎は賢治を関西旅行に誘った。その確かな日程はわからないが、小倉豊文「旅に於ける賢治」(「四次元」16号)によれば、四月二日の夜東京を発ち、伊勢、比叡、京都、奈良の寺社を廻る六日の旅行で、政次郎が花巻に帰ったのは、多分四月七、八日頃だったろうという。政次郎としては、出来ればそのまま賢治を連れて帰ろうと考えていたらしいが、賢治はこれに応ぜず、上野駅まで父を見送り、汽車が発車するとき父に向かって深々と頭を下げたという。彼はもうしばらく東京にとどまって、新しい文化の中で「自分さがし」を続けたいと考えていたのであろう。

しかし、この時の父子旅行は、賢治の気持ちを和らげ、長い間の父子のわだかまりも解消させた。賢治はそれまで頑なに受け取らなかった父からの送金を受け取るようになり、六月二十九日の母イチへの書簡には「やはり私が、数年間、帰ることが必要ならば、すぐにも戻ります。」と書いている。

田中智学の隠退事件

政次郎が花巻へ帰って間もなく、遂に中村智蔵の造反事件が『天業民報』紙上に公表された。師子王文庫の同人で、智学から「智蔵」という法号を授けられていた中村又衛が、智学を厳しく批判して離反したのは、前年の十一月であったが、最近新しい宗教団体を組織して国柱会会員の引き抜きを始めたため、会員の中に動揺が見えはじめたことから、やむなく公表に踏み切ったものだという。

田中智学は実に多才な人で、彼は雄弁な演説で聴衆を魅了し、ユニークな発想と大胆な行動でみるみる中に国柱会を全国的に拡大していった。しかし決断力も行動力も秀でていたために、何事も独断即決することが多かったらしい。側近にいた中村又衛は、智学のそうした独裁者的な行動や国柱会の運営の仕方に不満を抱くようになり、智学の元を去った。

当初智学は智蔵に直接会って誤解を解き、内部で円満に納めようとしたが、智蔵の方はそれに全く応じようとしなかったという。そこで智学は、遂に大正十年四月十七日の『天業民報』（特別附録）で、これまでの経緯を詳細に会員に報告し、自身の考えを公表したのである。

・大正十年四月十七日　天業民報　特別附録

『披雲看光録』――中村又衛の退身に就て会員諸君に告ぐ　田中智学

師子王文庫の同人であつた中村又衛（智蔵又は旭鶯）は、二重に予を誤解して、去年十一月に予の会下を去つた。／彼を知れる予は、予を知り得ざりし彼れを惜み、且つ其の「捨父逃逝」に至らしめた不幸を悲しむ。然しこの事によつて、我れに種々改善の動機を与へ、諸方面に亙つてドシ〳〵匡正向上を計る方針を取るに至つた事は全く善知識として歓んで可い、又彼れが有して居る根本誤解を正すことによつて一般の信仰観の誤れる事を指摘し、随つて日蓮主義信仰の真実義を徹底講明することを得るに至つたことも、確かに彼れの善知識による所で「あゝ予《お》れを起こすものは夫れ中村か」予は此不思議の機会を以てこの不思議の二大法利を悦ぶのである。

と前置きして、二面に亙る長文を書いている。その一部を抜粋すると、

「彼は予の人格に対し疑ひをもつて居たといふ、それは予が宗教的人格でない、人格が信仰化されて居ないから捨てるといつて去つた」「当方の求むる改善に同意せず、みづからの誤解をも反省することなく反抗的態度とも思はるる種々の行為に出で『円融生活』といふ機関雑誌を造つて自己の主張を公にする心算らしく、又其の同志者らしいものより無名の書状を会員のところへ送り、種々の悪言を列ねて予等を中傷し、且つ『我等、今や国柱会破壊の運動に取りかかり今その計画中なり』と明言し（中略）又『会員名簿』を写し取つて行つたものと見えて、各会員の殆んどすべてに雑誌又はその勧誘文を配り、盛んに購読を勧めて居る、トニカク反抗的である。」

「過失は悪事であるが、改めることは大善事である。」「個人の性過でも、事業の欠点でも悪いと名のつくことは、一つ残らず大挙匡正を加へて彼れの所謂模範教会たるに恥ぢざる様にするといふ佳運を造り得た」「中村ならざる人でも、忠告すべきことを見出したらドシ〳〵忠告して下さい」「彼れは始めから予を聖人とでも考へて居たものと見へて、（中略）ところが大違い！　予は真赤な凡人であつて（中略）たゞの一語も自分を『宗教家』と言つたことがない、『予は宗教の信者』ではあるが『宗教家』ではない」「予は願業本位の純信仰に活きている、煩悩も断ぜず五欲も離れず五濁の生三心は無条件に置き去りにして、専心正法弘通といふ大仏事大善事大道徳上に住んで、この四十年（中略）日蓮主義の正法を弘めることに就て考慮し行動しない日はない、この事業とこの主張とに一点でも偽があるといふものがあつたら、一々指摘して見るが可い、」「予は凡人でも悪人でも、説く所の法は正しい」「予の信仰は個性的人格を超越して、燦然として輝いて居る、それが法華経の信念だ、末法応時の信行だ。」

このように、確信をもって弁明してはいるが、事の重大さに気づいた智学は、この事件を厳粛に受け止めて、大正十年五月一日『天業民報』（付録）で「退隠宣言」を発表した。

内容は、五月一日をもって①国柱会総裁を辞退。②天業民報の主筆を辞退。③「御妙判読本」の修校「日本国体の研究」執筆以外は同志の希望請求がない限り行わない。公の講演及び諸会合には出席しない。④「宗綱」「信条」「学見」「聖業」「国体開顕」の主張「護惜建立」の願業の妄断を弁折する以外、自分に対する批評攻撃に対しては、その言の成否に拘わらず、抗争を避け、すべて碇礪修徳の資けとする。⑤「報恩同衆」の供養を謝絶する。⑥努力に対する報酬以外は一切受けない。⑦今後は各種の敬称を辞退する。⑧国柱会は現教職及び信行員全部に付属し、合議制を取り公撰で教務、会務の職員を選ぶこと、同人及び会員諸君に一切面会せず、という誓約を掲げ、この機会に自己反省したいと、子息の芳谷・紘梁二人と共に中枢部から退いたのである。

「不肖並ニ愚息ドモハ今後自己修養ノ外、事業圏外ニ於テ、陰ニ顕ニ側面ノ御奉公可仕覚悟ニ候故、是又従前ニ比シ数倍ノ貢献ヲ願業ニ致シ得ル儀ト存ジ、信行増進ヲ欽悦罷在候、不肖ノ切ニ会員諸君ニ望ム所ハ、此際一層ノ緊張策励ヲ以テ、内ヲ整ヘ外ニ伸ブベキ勇猛精進ノ意気ヲ以テ向上発展ニ努力有之度儀ニ候、仁ニ当テハ師ニ譲ラズ、不肖ノ一身ヲ屠ルトモ、ソノ性命タル正義正見ノ護持拡張ニ忠実ナラザルベカラズ、是レ依法不依人ノ正解ニシテ、宗教的厳粛ヲ保持スル所以ニ外ナラズ候、」

智学は「予は凡人でも悪人でも、説く所の法は正しい」といい、「依法不依人」という涅槃経の言葉を用いているが、賢治もまたこの言葉を信条としていたらしく、保阪嘉内に宛てた書簡の中で「私は愚かなものです。何もしりません。たゞこの事を伝へるときは如来の便と心得ます」と書いている。

前年の十一月から燻っていた離反者問題や智学の隠退が公になり、ただひたすら智学を慕って上京してきた賢治は、ここで上京二度目の厚い壁にぶち当たった。その上、更に賢治を悲しませたのは、盛岡高等農学校時代、共に無上道を目指す誓いを交わした筈の親友保阪嘉内と信仰上の意見が合わず、二人の間に遂に亀裂が生じたことである。当時の賢治は、自分の信頼していたものを次々に喪失し、孤独のさびしさをひしひしと感じていたのであろう。大正十年七月十三日郷里の関徳弥に「私の立場は悲しい」が「信仰は変わらない」と告げているのはその時の心境であろう。

隠退後の田中智学

時めく田中智学の思いがけない隠退は、当然のことながら世間でも話題になったが、造反した智蔵を恨まず、自分に与えられた「反省」と「精進」のためのよい機会だと受け止めて、芳谷、紘梁二人の子息共々身を引いたその潔い隠退ぶりに、智学の人気は却って高くなり、すぐに智学の復帰を望む声が起こった。五月十五日、聖誕奉祝大宣言結了記念の「日蓮主義特別大講演」が智学不在のまま国柱会館で行なわれたが、その会の模様を報じる『天業民報』の中に、

宗歌が了りて第四講演にかゝる前に石井金二郎氏によりて国柱会創始の宣言が朗読された、前総裁が苦節苦行四十年の絶叫奮闘の結晶として我等に残されたものは此の国柱会と此の天業民報である、一同今更乍ら深き感謝と無量の感激とを以て此の宣言朗読を拝聴し満場一層の緊張を加へた次第である。

と報じている。

このように隠退直後から智学の復帰を願う声は強く、隠退宣言の一ヶ月後には、早くも私的な立場で智学は衆人の前に姿を見せている。しかし大正十年六月十二日の『天業民報』に掲載された、三保の松原で開かれる国柱会恒例の「日蓮主義夏期講習会」の広告には、「会期は八月八日から十七日までの十日間」「正科講演の講師には長滝智大、山川智応」「助科講演の講師には保坂智宙・別枝智救・志村智鑑・高知尾智耀・星野梅耀」とあるだけで、退隠中の田中智学については、「田中智学先生へは、御出講請願について考究中なり。追て賀報を齎らし得べし。」と「未定」になっている。

智学の病気

上田哲氏は『宮沢賢治　その理想世界への道程』の中で、賢治が晩年詠んだ文語詩「国柱会」の「大居士は眼をいたみ／はや三月人の見るなく」という記述が、事実と食い違っている事を実証するために、智学の病歴を、明治八年冬から昭和十三年十一月十七日逝去まで綿密に調査されており、その調査は驚くほど綿密であるが、もし、『天業民報』の記事が間違いでなければ、「大正十年」の記述だけは、訂正補足する必要がある。

氏は「大正十年七月中旬　腰痛を起こし半月浴療する」「七月中旬『日本国体の研究』の執筆に専念するため群馬の四万温泉に出掛けたが途中乗り物の衝撃で腰痛を起こし、予定を変更、湯治に専念しなければならなくなるというハプニングめいたこともあったが、八月には快方に向かい、八月八日より十日間三保で開催された夏期講習会に出張、元気で特別講演をおこなった。」と記されている。しかし大正十年八月二日の『天業民報』には、大きな活字で「前主筆先生御病状に就いて　令夫人より御来状」という見出しがあり、「本紙前主筆田中智学先生には御病気御養生のため御転地中なるが御転地先に於て途中胃腸を害され、更に気候不順より御持病をも発せられ、山間不便の土地なれば医薬等も充分ならず我等一同御心配申上げ、早速編輯局総代として星野記者を派遣して御見舞申上げ、其後少しく御快方の報に接したるに最近再び胃腸病及び御持病を御併発せられ、昼夜十数回の下痢を催ほさる、由にて令夫人より七月二十六日付を以て左の如き御来状に接したり、我等は至心合掌たゞ一日も速かに恩師閣下の御健康御快復を祈願し奉るのみ。尚ほ右の次第に付き御連載中の「日本国体の研究」は当分玉稿を拝受することを得ず暫く之を休載するの餘なきこと諒度く。」と、大きな活字で「急告」が出されている。

また大正十年八月十三日『天業民報』には「三保夏期講習会に前総裁へ御出講懇請　多分御出講せらるべし」と「多分」という言葉が付いており、次の如く報じられている。

八月八日（よ）り三保最勝閣に於て日蓮主義夏期講習会開催に付き豫て国柱会本部事務所より地方各局に向つて、前総裁閣下に特別御講演を請願するの件に付き交渉中の処全国六九局より一致して請願の旨申出ありしを以て長滝保坂両総務高智尾理事は之れを代表して左記の請願書を捧げたり。然るに前総裁閣下には四万温泉にて御発病相成り。八月六日御帰京以後も殆ど御病床に呻吟あらせられ、連日注射又は服薬にて神経痛を抑へられ、三保への御往復は非常の御難事なるにも拘らず、同志の懇請に感激せられ十一日附を以て左の如き御返事を給はり、既に師子王医院の伊東看護婦[*4]に注射器携帯の随行を命じられ、今後御病気の激変せざる限り何とかして同志の懇請に酬ゆる処あらんと努められつゝあり。誠に恐懼に耐へざる次第にして、苟も聖祖の門下たるもの之れを伝へ聞くだに蹶然奮起せざるを得ざるべく、謹みて茲に記載して後世に伝ふ。

全国六九局からの智学復帰の請願に対して、智学は、

同志諸君ヨリノ懇請ニ感激シ生憎目下病中ニテ存分ノ講和ハ覚束ナク候ヘ共最要根本義ダケナリトモ物語リ度ト存ジ両三日中病容ノ都合ヲ見計ヒ出張可致候万一病態不可ナル場合ハ別ニ稿ヲ起シテ懇請ニ報フベク候恐々
大正十年八月十一日田中巴之助

と出来るだけ懇請に応じたいと述べているが、十一日付の返事で「両三日中病容ノ都合ヲ見計ヒ」とあるから、上田哲氏が「八月八日より三保で開催された夏期講習会に出張、元気で特別講演をおこなった。」と書かれているのは、『天業民報』の記事と食い違っている。

智学が三保の夏期講習会場に赴いたのは『天業民報』の記事によれば、十六日の東京午後三時発の汽車で、その日は生憎の暴風雨で病気の智学を気遣った会員が中止するよう勧めたが、智学は「雨風も病も何のたから島渡りに舟のみ法思えば」と即興の和歌を残して出掛けたという（大正十年八月十八日『天業民報』）。

従って三保での講和は十七日だけ行い、東京に帰ったのは二十五日だったと書かれている（大正十年八月二十五日『天業民報』）。

「前総裁の御出講　台風を冒して三保へ」「御退隠の御教訓たる涅槃経の『依法不依人』の金言に就て御講演」とあるから、もしこの時、この講習会に賢治も参加していれば、憧れの智学に逢い、智学の熱弁を聞くことも出来たはずである。しかしこの国柱会会員にとって極めて重要な「日蓮主義夏期講習会」に賢治が参加した形跡は全く見当たらない。

「夏期講習会」会期中の賢治

国柱会の会員が全国から多数集まり、国柱会役員が挙って講義を行う一年で最も重要なこの講習会に、賢治はなぜ参加しなかったのだろうか。この時期には父からの送金を受け取るようになっていた賢治であるから、経済的な理由で参加出来なかったとは思われない。三保に行かなかった賢治はその頃どこで何をしていたのだろう。八月八日から十八日まで大々的に開催された三保最勝閣の夏期講習会の真っ最中、つまり八月十一日、賢治は関徳弥宛てに近況を知らせる手紙を書いている。

（前略）うちからは昨日帰るやうに手紙がありました。すぐ返事を出して置きました。こんなに迄ご心配を掛けて本統に済みません。先日来股引をはいたり蕎麦掻きや麦飯だけを採ったり冬瓜の汁（みんな脚気向きの飯屋にあります。）を食ったりして今はむくみもなくほんの少し脚がしびれて重い丈けで何の事もありません。決して決してお心配はありません。あなたの厚い思召にもいつかきっとお答へいたします。／（中略）尚十月頃には帰る予定ですが、どうなりますか。

また、三月十日の宮本友一宛書簡では、「午后から夜十時迄は国柱会で会員事務をお手伝し、ペンを握みつゞけです。」と書いていた賢治が、七月三日の保阪嘉内宛書簡には、「私は夜は大抵八時頃帰ります。」と書いている。もし国柱会館に通っているのであれば、毎夕六時から八時までは講和が行われていたから、八時に本郷菊坂の下宿に帰り着くのは少々無理である。つまり、この頃には賢治の足が国柱会館から遠のいていたことがわかる。

四月初旬父と関西旅行をしてからの賢治は、父からの仕送りで活版所のアルバイトもやる必要がなくなり、専ら図書館に通って読書や創作に専念していたのである。七月十三日の関徳弥宛書簡にも、

「図書館へ行って見ると毎日百人位の人が「小説の作り方」或いは「創作への道」というような本を借りやうとしてゐます。なるほど書く丈けなら小説ぐらゐ雑作ないものはありませんからな。うまく行けば島田清次郎氏のやうに七万円位忽ちもうかる。天才の名はあがる。どうです。私がどんな顔をしてこの中で原稿を書いたり綴ぢたりしてゐるとお思ひですか。どんな顔もして居りません。これからの宗教は芸術です。これからの芸術は宗教です。いくら字を並べても心にないものはてんで音の工合からちがふ。頭が痛くなる。」

と書いている。つまり、賢治は当時脚気だったためか、或いは例の智学隠退事件で国柱会に対する気持ちが変わったのか、東京にいてもあまり国柱会館へは行かず、図書館で懸命に法華文学の創作を行っていたのである。また、その頃の『天業民報』には連日、十一月に催される田中智学還暦祝の企画が、智学の国柱会復帰の意味も兼ねて、大々的に報じられていた。にもかかわらず賢治は、それを無視するかのように、祝賀会の行われる直前の十月頃帰る予定だといっている。

そのような心境にあった賢治であるから、「トシビョウキ、スグカヘレ」の電報を受け取ると、何のためらいもなく、沢山の草稿を入れた大きなトランクを持って、すぐに花巻へ帰ってきたのである。

智学の還暦祝賀に対しては、岩手国柱会会員の一人として、大正十年十一月十五日の『天業民報』に、「虔祝田中智学先生之還暦　相沢常治・笹村九平・笹村武雄・佐々木玉代・関徳弥・高橋ソノ・高橋平七・宮沢賢治・村井弥八・渡辺清助」と名前を連ねているだけで、三日続いた盛大な祝賀会にも上京しなかった。

七ケ月振りに郷里に帰って来た賢治の目には、久しぶりに見る岩手の自然が以前にも増して新鮮に写ったことであろう。賢治は新しい創作意欲をかきたてられるように、岩手の風に吹かれながら独自の心象世界を次々と作品化して行った。「どんぐりと山猫」「狼森と笊森、盗森」「注文の多い料理店」「烏の北斗七星」など、所謂「イーハトーヴ童話」の誕生である。賢治の童謡「あまの川」が下田歌子主宰の雑誌『愛国婦人』九月号に掲載されたのに続き、『愛国婦人』の十二月号と翌年一月号に童話「雪渡り」（一）（二）が分載され、創作にも自信が出て来たと思われるが、更に十二月三日から賢治は郡立稗貫農学校の教諭に就任し、彼の長い間の願い通り家業から離れた仕事で定収入が得られるようになった。その上、詩や音楽を語り合える友、藤原嘉藤治（花巻高等女学校の音楽教師）との親交が始まり、彼の人生の中で最もたのしい、充実した日が漸く訪れたのである。

賢治は久しぶりに近況を知らせる手紙を保阪嘉内に書いている。

暫らく御無沙汰いたしました。お赦し下さい。度々のお便りありがたく存じます。私からお便りを上げなかつたことみな無精からです。すみません。毎日学校へ出て居ります。何からかにからすつかり下等になりました。それは毎日のNaClの摂取量でもわかります。近ごろしきりに活動写真などを見たくなつたのでもわかります。又頭の中の景色を見てもわかります。それがけれども人間なのなら私は下等な人間になりまする。しきりに書いて居ります。書いて居りまする。お目にかけたくも思ひます。愛国婦人といふ雑誌にやつと童話が一二篇出ました。一向にいけません。学校で文芸を主張して居りまする。芝居やをどりを主張して居りまする。けむたが

れております る。笑はれて居ります る。授業がまづいので生徒にいやがられて居ります る。
春になつたらいらつしやいませんか。関さんも来ますから。さよなら。

「下等になりました」「一向にいけません」と照れかくしのように書いてはいても、行間には隠しきれない喜びと希望があふれている。

その後の賢治と国柱会

前述の通り国柱会の内紛で田中智学が隠退した後は、賢治の智学熱は静まり、国柱会の「夏期講習会」にも参加しなくなったことや、智学の還暦祝賀会にも関心を示さなかった賢治の態度から、賢治は大正十年の帰郷以後は国柱会から離れてしまったという見方もあるが、しかし賢治は終生「国柱会の会員」で、『天業民報』の購読も続けていた。大正十二年一月六日から五日間上野鶯谷の国柱会館で行われた智学の国性劇の試演には、弟清六を伴って観劇に出掛け、同年四月二十一日の『天業民報』に発表された「国性文芸会」申込者名簿の中にも宮沢賢治の名前があり、「角礫行進歌」（大正十二年七月二十九日）、「黎明行進歌」（同年八月七日）などの作品を彼は『天業民報』に寄稿している。かつて関徳弥宛ての書簡で、「これからの宗教は芸術です。これからの芸術は宗教です」と書いた賢治は、多才な田中智学から「文学の創作」や「大衆の演劇活動」を学び取っている。賢治が法華文学を書いたり、稗貫農学校の生徒に演劇をさせたり、羅須地人協会運動で農民芸術を主張したりしたのも、田中智学の「国性文芸」に通じるものだったといえよう。

殊に晩年の文語詩「国柱会」や『雨ニモマケズ手帳』の中の「高知尾師ノ奨メニヨリ／、1法華文学ノ創作／名ヲアラハサズ／報ヲウケズ／貢高ノ心ヲ離レ」などから推察すると、晩年の賢治は、国柱会に通っていた当時を時々思い出していたことがわかる。『雨ニモマケズ手帳』には、国柱会会員必携の書『妙行正軌』にある言葉が幾つも書かれており、彼が「雨ニモマケズ」を書いた「十一月三日」という日は、智学が「一年の魂とせよ明治節」と提唱した通り、国柱会会員にとっては「これまでを反省し、これからの指針を立てる」大切な日とされている。羅須地人協会運動挫折の後の賢治は、病床で大正十年当時をどう思い出していたのだろうか（『雨ニモマケズ手帳』と「国柱会」については拙著『宮沢賢治——その独自性と同時代性』に詳述）。

賢治の法名「真金院三不日賢善男子」は、遺族の「授与願」によって、昭和八年九月二十七日国柱会から授与されたものである。

宮沢賢治と国柱会との繋がりは、いろいろと形は変わっても、「法華経帰依」と「文芸活動」の面で、生涯切れてはいなかったと見るべきであろう。

賢治にとって大正十年は、憧憬、期待、失望、煩悶、孤独、模索、と激しく揺れ動く気持を抱きつつ、不安と焦燥に苦しみながら、漸く自分にふさわしい生き方を見出した激動の一年だったといえる。

＊1　東京帝国大学医学部附属小石川分院、通称永楽病院。最初は麴町区永楽町にあったが、トシが入院した当時は小石川区雑司ヶ谷町にあり、賢治は病院から徒歩三分位の雲台館という旅館から毎日トシを見舞ったという。

＊2　賢治が国柱会に入会した日を、国柱会の大橋冨士子氏は『宮沢賢治まことの愛』（六五頁）で、「大正九年十月二十三日は旧暦九月十二日にあたり、日蓮聖人龍口法難会の六百五十年記念の聖日」だったから、賢治はこの日に入会したのではないかと推論されている。その可能性は大きい。しかし「大正九年十月二十三日」と特定出来る確かな資料が今のところ見つからないので、拙稿では『天業民報』の記事と当時の宮沢賢治の状況から推論して「大正九年九月十二日以

降、大正九年十一月二十七日以前」とした。

＊3　高知尾智耀理事は、当時国柱会館の清規奉行という役職を兼務し、運営事務関係を担当していた。

＊4　師子王医院は田中智学が創設した国柱会特約診療所。鶯谷国柱会会館内にあり、主任は原志免太郎（芬渓）。

賢治童話における「雪渡り」の位置

はじめに

一般に「難解」といわれている宮沢賢治の童話の中で、「雪渡り」は、年少の子どもにも喜ばれる童話として、最近では、絵本化されたり、小学校の国語教材として採用されたりしている。賢治童話の中で、大人にも子どもにも愛されている作品といえよう。

にもかかわらず、長い間、この「雪渡り」が賢治の代表作としてあげられることは、ほとんどなかった。「雪渡り」が、宮沢賢治全集の中に収載されたのは、昭和十四（一九三九）年の十字屋書店『宮澤賢治全集』（全六巻・別巻）刊行の時であった。

「雪渡り」は、この全集の第四巻の二五八頁から二七二頁に記載されている。別巻には、知友や家族宛の書簡が収められていて、日記を残していない賢治の状況を知るには、重要な資料であった。また、その別巻には付録として、実弟宮沢清六編の「宮沢賢治年譜」が掲載されていた。そこには、「雪渡り」に関しては、大正十年十二月の所に、「『愛国婦人』に生前稿料を得たる唯一の童話「雪渡り」を発表」と記されている。[*1]

しかし、昭和十四年に、はじめての、児童向け宮沢賢治の童話集として出版された『風の又三郎』（羽田書店）にも、昭和十六年に出版された児童向けの『グスコーブドリの伝記』（羽田書店）にも、なぜか「雪渡り」は収載されていない。

童話集『風の又三郎』に収録された作品は、仏教の因果律を説いた童話「貝の火」や、岩手の自然の中で成長していく子どもたちの心理と日常生活を描いた村童スケッチ「風の又三郎」、昭和八年三月『天才人』に発表された賢治最晩年の童話「ありときのこ」、音楽による人間と動物の交歓を描いた「セロ弾きのゴーシュ」、川の中のいのちのドラマを幻想的に描いた「やまなし」、労働者を言葉巧みに騙して酷使する搾取階級のカリカチュア「オッペルと象」などが掲載されている。

また、昭和十六年四月刊の賢治童話集『グスコーブドリの伝記』に収載されているのは、冒頭に「雨ニモマケズ」を掲げ、そのあとに昭和六年、詩人佐藤一英の提唱した「純粋童話」「詩的童話」に応えて書かれた作品、「北守将軍と三人兄弟の医者」、無銭飲食をして村人たちの袋叩きにあう山男のかなしみを描いた「祭の晩」、郷土の昔話「ざしき童子の話」、ひたすら星への転生を希って飛び続けた「よだかの星」、都会の文明と放恣な階級に対する反感を風刺的に描いた「注文の多い料理店」、ひたすら平和を祈る鳥の大尉とその許妻を描いた「烏の北斗七星」、めぐりあいの不思議さを感じさせる西域を舞台にしたエキゾチックな童話「雁の童子」、あらゆる人の本当の幸せの実現を悲願として自己献身的な生涯を生きた「グスコーブドリの伝記」などである。つまり、羽田書店が出版した二冊の子ども向けの賢治童話集のいずれにも「雪渡り」は収載されていなかった。

戦後になって、昭和二十六年五月、新潮社刊〝豪華縮刷決定版〟と謳った『宮澤賢治集』（全一冊、農民芸術概論・童話・詩・歌曲・文語詩・手帳より・書簡、解説草野心平）にも「雪渡り」は収載されていない。

昭和二十八年六月、角川書店刊『昭和文学全集14　宮澤賢治集』（小倉豊文編）では「短篇童話選C」グループに「雪渡り」が「やまなし」「シグナルとシグナレス」などといっしょに掲載されている。

宮沢清六編「宮沢賢治年譜」以来、「雪渡り」は、常に〈賢治が生前稿料を得た唯一の作品〉という冠つきで年譜や作品解説で紹介されてはいたが、「よだかの星」や「どんぐりと山猫」や「風の又三郎」などのように、賢治童話の代表作として紹介されることはなかった。

一　宮澤賢治の童話観と「赤い鳥」系作家の童話観

羽田書店刊の子ども向き『風の又三郎』の巻末には、この本の編集者坪田譲治の「この本を読まれる方々に」と題する解説文がある。

坪田譲治は、『赤い鳥』の主催者鈴木三重吉の弟子で、小川未明や浜田広介と共に、当時、日本児童文学の三大御所といわれた程の権威であった。彼は、「この本の童話は、沢山ある宮沢先生のお話の中から、特にやさしくて、子供にむいてあるものを集めました。（中略）こんなに立派な童話が子供の本として出てゐないといふことは惜しいことであります。（中略）どうか童話をお読みになったら、そこから人生のホンタウを読みとられ人生の貴さといふものについて知って下さい。また正しいこと、正しくないこと、美しいこと、醜いこと、そんなことについても考へて下さい。」と書いている。

坪田は、『児童文学論』（日月書院刊、昭和十三年）の中でも、繰り返し「文学の中には人生の真実が書かれている。」「文学の中から人生の真実を学び取れ。」を強調している。

生活童話派の彼は、賢治童話の中の「風の又三郎」のような「村童もの」には、興味を持ったが、「銀河鉄道の夜」のようなファンタジーや「かしわばやしの夜」のような作品は、なんとなく馴染めないと筆者に語ったことがあった。

賢治の童話を、『赤い鳥』に掲載することを拒んだ鈴木三重吉も、ナンセンス童話になじめないタイプの作家であった。その一例として思い浮かぶのは、『赤い鳥』の大正十三年八月号に、掲載された村山吉雄の「虎」という作品である。村山吉雄というのは、実は、鈴木三重吉の変名で「虎」というのは、ヘレン・バーナマンの『ちびくろさんぼ』の翻案ものであるが、ナンセンステイルのおもしろみが理解出来なかった三重吉は、ちびくろさんぼの最もおもしろいクライマックス部分を、勝手に書きかえて、教訓臭い童話にしてしまった。

三重吉は、虎たちが「そして四人でもつてお互に、後の虎をふり放さうとして、うんうん言ひながら、ぐるぐる廻りはじめました。しまひには、それこそシュウシュウシュウシュウシュウシュウと　まるで黄色いつむじ風が吹きまくるやうに　びゅうびゅう廻り狂ひました。（中略）ザンボーが翌る日、又、その上着とヅボンをはいて、あの靴と洋傘をさして出かけてみますと、四人の虎は昨日のところに、四人とも、みんな引きちぎつた臀尾をくはえたまま、仰向きに倒れて死んでゐました。はっはっはっ（をはり）[*2]」、というようにしてしまったのである。

賢治が「雪渡り」を発表した大正十年には、既に大正七年七月『赤い鳥』（赤い鳥社）が誕生し、大正八年には『おとぎの世界』（文教堂）、『金の船』（キンノフネ社）、大正九年には、『童話』（コドモ社）が創刊されて、日本の児童文学界は、かつてみないほど華やかな童話童謡時代を現出していた。新聞や雑誌は、文壇人の童話童謡を掲載したり、読者の作品募集を行ったりしていた。

「雪渡り」の発表された同じ年には、宇野浩二の「蕗の下の神様」（『赤い鳥』）、小川未明の「赤い蠟燭と人魚」（東京朝日新聞）、浜田広介の「椋鳥の夢」（早稲田文学）などの作品が発表されている。

翻訳児童文学の出版も次第に多くなっていた。大正十年には、雑誌『金の船』が一月号から十二月号まで、ルイス・キャロル作、西条八十訳の「鏡国めぐり」を連載した。翻訳ものになれていない子どもたちのためにアリスを「あやちゃん」、ハンプティダンプティを卵男・丸長飯櫃左衛門《まるながいいびつざえもん》と日本的にかえて違和感をなくそうといろいろ工夫をこらしている。[*3] 勧善懲悪主義の御伽噺や良い子・強い子・健気な子どもを主人公にした修身読本のような童話に馴らされていた、当時の日本の子どもたちには、キャロルの「鏡国めぐり」の奇想天外なおはなしの魅力はあまり理解されず、意味が良くわからない作品と受けとられたらしい。

賢治の「雪渡り」が、子どもを対象にした賢治童話集『風の又三郎』や『グスコーブドリの伝記』に、収録されなかったというのは、当時の日本の、児童文学界がまだファンタジーを受けいれがたい状況だったからであろう。自然主義文学が根強かった当時の日本の児童文学文壇の中では、生活童話が多く、賢治の作品のようなファンタジーやナンセンスステイルの書ける作家はいなかった。ルイス・キャロルの作品を原書で読んでいたという賢治は、当時の日本では、極めて稀なファンタジー作家だったといえる。

今日では、外国児童文学の翻訳ものを読んで育った読者も増え、ファンタジーやナンセンスものを喜ぶ子どもたちも多くなった。それゆえに、冒頭でも、述べたように、「雪渡り」が大人にも子どもにも愛される作品と評価されるようになったのであろう。

作品の評価は、作品の側だけにあるのではなく、読者側にもかかわっているのである。

二　『愛国婦人』について

宮沢賢治の「雪渡り」を掲載した『愛国婦人』という雑誌は、文芸雑誌ではなく、愛国婦人会（明治三十四年創設）の機関誌で、主に戦死者遺族と傷病軍人の社会事業に関する記事などが掲載されていた。雑誌『愛国婦人』は明治三十五年三月創刊、昭和六年十月まで発行が確認されている（国立国会図書館蔵）。

当初は、タブロイド判で、一月二回発行されていたが、大正十年一月からは、雑誌形式に変わっている。賢治が投稿したのは、雑誌形式になってからである。但し、この雑誌は一般の本屋では販売されず、講読者は前金で直接発行所に申し込む方式を採っていた。一般に市販されていない、直接、読者に届けられていた『愛国婦人』の童話童謡募集のことを、賢治は、いつどこで知ったのだろうか。その点は、まだ、不明である。

『愛国婦人』に掲載された賢治の作品は、「雪渡り」だけではなく、大正十年九月号の八十二頁上段には、賢治の童謡「あまの川」が掲載されている。

『愛国婦人』の大正十年七月号の巻末には、「募集」と題して次のような記事が掲げられている。

□孝子節婦……其他現代社会の亀鑑となるべき婦人の記事

□愛国婦人会員として会員中の模範たるべき篤志の方々の記事……を大歓迎いたします。どうか続々のご投稿あらんことを……（掲載の分には薄謝進呈いたします）

□童謡及び童話……子供本位の童謡及び童話を募ります。童話は十八字詰百二十行以内、童謡は随意、但し成るべく短い方が結構です。（編輯局にて選擇の上、掲載の分には童謡三圓以内、童話五圓以内の賞金を進呈いたします）

『愛国婦人』の掲載作品には、「応募童謡」「賞」「入選」「賞外」「選外」など、いろいろな区別がつけられている。しかし、大正十年九月号では、目次に「応募童謡」と書かれているだけで、「あまの川」という題名は記されていない。また、「あまの川」には、入選とか、賞という評価が掲載頁にも、付されてはいない。したがって、「あまの川」が、果たして賞金を得たのかどうか、もし賞金を得たとしてもいくら得たかはわからない。

また、大正十年十二月号と大正十一年一月号に分載された「雪渡り」については、その掲載の仕方が、一般の「応募童話」とは異なる点があり、挿絵付きで、しかも連載の形で掲載されているのは、応募作品としては、破格の扱い方である。

大正十年十二月号の「応募童話」は、八十二頁から八十四頁まで掲載されているが、作品は三段組みに組まれている。大野りん子の「花売るお露」には（賞）、佐々木夢灯の「兄弟の雀」には（賞外）と付されている。この二作には、もちろん挿絵は付いていない。

ところが、「雪渡り」には、童画家岡落葉の作と思われる挿絵とカットが付けられ、作品の楽しい雰囲気をいっそう盛りあげている。一般の応募童話とは、異なる扱いになっている。もしかしたら、応募の審査に当たった編集局の中で、宮沢賢治の作品は、きわめて高い評価を得たため、破格の扱いで掲載したのではないかと思われ、従って賢治が受け取ったのは賞金ではなく宮沢清六が年譜に書いているように「稿料」だったのであろう。

童謡や童話の選者は「編集局」と書かれているだけで、個人名はわからないが、大正十年という時代に「雪渡り」のようなファンタジー形式の作品を高く評価して、特別の抜擢で掲載をした〈編集部〉の炯眼は、すばらしかったというべきである。

大正十年代の日本の児童文学界における童話観としては、賢治の童話観と三重吉の童話観の違いは歴然としている。坪田譲治が子供向『風の又三郎』の中に入れる作品は、「特にやさしくて、子供にむいてゐるものを集めました。」（傍点筆者）といいながら、現在、幼児たちが喜ぶ「雪渡り」を加えていないのは、幼年童話に対する考え方にズレがあったからである。

それに対して『愛国婦人』の編集部は、「応募規定」には「童話は十八字詰百二十行以内」と明記しながらも、賢治の「雪渡り」は、それをはるかに超える分量であるにもかかわらず、それを、大正十年の十二月号と翌十一年一月号に、分載するというきわめて好意的な扱いをしている点をみると、『愛国婦人』編集部の童話観は、坪田譲治の童話観や、賢治の作品の『赤い鳥』掲載を拒絶した鈴木三重吉の童話観よりも、一歩進んだものだったといえる。

三　「雪渡り」の執筆時期

『愛国婦人』誌上に、「雪渡り」が発表されたのは、大正十年十二月及び大正十一年一月であるが、賢治がいつ執筆したかは定かではない。現在のところ、大正十年の上京中という説と、大正十年八月中旬の帰郷後という説がある。

私は、在京中の賢治は、自活するためにアルバイトに忙しく、時間的にも余裕がなかった上、精神的にも孤独で、国柱会に対する失望、健康的にも栄養不足から来る脚気を患い、「雪渡り」のように、たがいに信じあい、よろこびに雀躍するような作品を書く心境ではなかったと思う。

大正十年の東京における賢治の生活は、想像以上につらく孤独であった。それは国柱会の期待外れの冷遇、親友保阪嘉内との訣別などが重なって彼をうちのめしたものと推測される。*4

大正十年一月二十三日の暮方、突然家出をしたのは、棚から御書が、ぱったり背中に落ちて来たことを天啓と受け止め、突如着のみ着のまま、袴も着けず帽子もかぶらず家出したという通説は、嘘ではないが、家出の決行は、それ以前に決めていたように思われる。彼は、一月半ばから家出の計画を立てていたのではないか。その理由は、国柱会の広報紙『天業民報』に、暮れから新年にかけてたびたび掲載されていた新年行事「二十三日午後一時から国柱会本社楼上で行われる国柱会東京局主催の中央新年会」に、参加しようとしたのではないかと思われるからである。

特に一月二十一日の『天業民報』には、賢治を浮き立たせるような記事が掲載されていた。

「生誕七百年記念として迎えた此の新年はただの新年とは新年が違う（中略）大々的に読者諸君の来会を望むもの

である。愉快にさうして正しい、さうして面白い、さうして意義のある、この新年を、この新年に是非いらっしゃい」

このような本部からの誘いの記事を、素直にそのまま信じて上京した賢治であった。疑うこともなく、全くそのまま文字通り信じて国柱会本部に向かったものの、応対に出た国柱会理事の高知尾智耀は、賢治が住み込んで国柱会で働きたいと頼んでも、今晩泊まるところがないと告げても、部屋へ入れることもなく、玄関での立話だけで帰してしまったという。信じていたものからすげなく拒絶された賢治の失望は想像にあまりある。

賢治は、東大前の文信堂という小さな活版所で、ガリ版切のアルバイトをみつけ、丸善に予約していた本を解約して二十九円余のお金を得ると、本郷菊坂町の粗末な下宿屋の三畳の狭い部屋を借りて、わびしい独り暮らしをはじめたのである。それは、賢治にとって、生まれて初めての予期しない辛く不安な生活だったが、しかし、親戚の関徳弥宛て一月三十日付け書簡には「さあここで種を蒔きますぞ。もう今の仕事（出版・校正・著述）からはどんな目にあってもはなれません。ここまで見届けて置けば今後は安心して私も空論を述べるとは思はないし、生活ならば月十二円なら何年でもやって見せる」と少々無理な見栄を張っているが、実際は、机に向かって、楽しい童話を書くような気分ではなかったと思う。彼が何時間か机に向かえるようになったのは恐らく四月になって、父政次郎が賢治を案じて上京し、二人で関西旅行をして以後、それまでの宗教上の反目が和解に向かってからのことであろう。賢治が東京で書いていたのは、「電車」「床屋」から読み取れるような、都会になじめない焦燥感や疎外感を感じさせる小説が多かったのではないだろうか。

半年後の関徳弥宛て大正十年七月十三日付書簡では、賢治は、「私は書いたものを売らうと折角してゐます。それは不真面目だとか真面目だとか云つてくださるな。愉快な愉快な人生です」と書き、そのあと「図書館へ行つて見ると毎日百人位の人が『小説の作り方』或は『創作への途』といふやうな本を借りやうとしてゐます。」と書いている。東京では、賢治は童話の創作よりも小説の執筆に関心があったように思われる。

四　「雪渡り」と初期童話の違い

大正十年以前の一連の童話作品は、賢治初期童話と呼ばれ、「蜘蛛となめくぢと狸」「よだかの星」「貝の火」など仏教の寓話でストーリーは巧みであるが表現はまだ独自のものとはいい難かった。賢治童話の大きな魅力であるオノマトペなども、まだ、独自のものとは言えない。

しかし、花巻に帰ったのちの大正十三年に刊行された童話集『注文の多い料理店』に収められた作品は、いずれも賢治独自の魅力的な文章のユニークな表現に満ちている。

話のストーリーだけでなく、レトリックに個性を出そうとしていることが感じられる。

ところで、「雪渡り」というのは、雪の多い地方で、ひどく大雪が降り、森も野原もすっかり雪に覆われてしまうような厳寒の日、昼間晴れて気温が高く、夕方になってふたたび強く冷え込むと、一度溶けた雪が再び凍るため、アイスバーンになって、いつもは歩けない黍《きび》の畑の中でも、すすきの野原の上でも、灌木などに拒まれて回り道をしなければならなかった道でも、真っすぐに、どんどん歩いていけるようになる。これを、雪国の人達は、「雪渡り」と呼んで、人々は、冬の風物詩として楽しみ、子どもたちは、厚い氷の上で、撥ねたり踊ったりして遊んだ。こんななつかしい幼い頃の原風景が、八ヶ月ぶりに東京での孤独な寂しさも癒え、岩手の森や野原をあるきまわる賢治の心象に蘇ってきたのだろうか。彼は、キックキックトントンと、小さな雪沓をはいて無邪気に雪の上を歩き回る幼い四郎とかん子を主人公に、人間と動物のたのしい交歓物語「雪渡り」を書いたのであろう。

ところで、「雪渡り」と「初期童話」とは、いろいろな点で違いがある。

①登場人物の違い

・初期童話の「蜘蛛となめくぢと狸」「貝の火」「よだかの星」「双子の星」などに人間は一切登場していない。

・「雪渡り」では、人間と動物が対等に会話し、心を通わせている。

②教訓性の違い

・初期童話は、競い合いや高慢、ねたみ、諂いを諌める教訓が含まれている作品が多く、教訓性の強い寓話といえる。

・「雪渡り」でも、紺三郎の言葉の中には、「うそをつかず人をそねまず」という教訓めいた言葉はあるが、読後に心に残るのは、狐の生徒たちのキラキラした感動の涙と、四郎とかん子を迎えに来た三人の兄さんたちの姿である。物語の感動で教訓性が希薄になっているといえよう。これはまさに「ゆきて帰りし物語」の典型で読者の心には教訓よりも安心感が残る。

③郷土性の有無

・賢治の初期作品には仏教思想は感じるが郷土性は稀薄である。しかし、「雪渡り」には東北の自然や人々の暮らし、岩手のわらべ唄の豊作祈願のうたや踊りなどが織り込まれていて、「イーハトーブ童話」の萌芽といえよう。

④表現の巧みさ

・「雪渡り」では、誰もが気づくのは、四郎とカン子が小さな雪沓をはいて歩いてくる音の「キックキックキック」に対して、狐の紺三郎が雪を踏んで歩いてくる音は「キシリキシリ」で、互いに打ち解けて三人で踊りだすと、「キックキック、トントン、キックキック、トントン」と書き分けている。賢治のレトリックへの関心が高まってきたことが感じられる。

「雪渡り」という童話は、一口でいえば、帰属を異にする人間と狐が、互いに相手を信じることで、心が通い合う物語で、類似した物語は他にもいろいろあるだろうが、しかし、この清澄でほほえましい物語は、賢治特有のオノマトペ「キックキックトントン　キックキックトントン」の繰り返しによる躍動感、古代から伝わる「歌垣」や「踏歌」の動作などを取り入れながら、岩手の自然を背景に、郷土色あふれる作品に仕上げたところに、賢治独自の感性が光っている。

初期童話は、ストーリー性のあるメルヘン的な要素と共に、仏教思想や教訓性の強い寓話であるが、「雪渡り」は、一種のファンタジーとして、新鮮なオノマトペやメタファーを使って、面白く楽しく描きあげた空想の世界であった。

「雪渡り」は、『愛国婦人』に送る原稿であったから、彼は、当然何回も推敲したと思うが、この時、賢治は声に出して読むときのリズムに気づいたのではないだろうか。

「雪渡り」の後に書かれた「やまなし」や「シグナルとシグナレス」など、いずれもリズミカルな文章である。大正十年八月を境に、彼の文章は大きく変わっていったといえるだろう。

「雪渡り」の文章と、賢治の初期童話「よだかの星」や「貝の火」の文章、特に比喩表現を比較してみても、賢治の比喩表現やオノマトペが、「雪渡り」を境に個性的で独自の表現になっていったことがわかる。そしてその結実したものが童話集『注文の多い料理店』の中の童話である。

五　イーハトーヴ童話の誕生と多彩な賢治童話

大正十年八月中旬（もしくは下旬）に、東京から、八ヶ月ぶりに帰郷した賢治の目に、岩手の自然や人々は、どのように映っただろうか。

「どんぐりと山猫」の中の「まはりの山は、みんなたったいまできたばかりのやうにうるうるもりあがって、まっ青なそらのしたにならんでゐました」という一節を読んだだけでも、東京にいた頃の賢治とは大きく変わったいきいきした健康な賢治を感じる。

「雪渡り」の発表を機に、賢治の作品は次第に変化していった。仏教思想を基盤にしたメルヘンタイプの童話を脱して、彼が自ら「心象スケッチ」と名づけた作品ファンタジー童話を書き始め、イーハトーヴ童話が誕生した。つまり、ストーリー性よりも、独自の擬態語表現や、擬声語、直喩や隠喩を巧みに駆使した表記を重視して、ユニークな世界を次々と書いていったのである。

帰省して間もなく賢治に、稗貫農業学校教諭に就任する話が出て来たのも、彼の気持ちを一層明るくしたと思われる。家族や周りの人々の好意を、あたたかく感じるようになったことだろう。

八月の青葉の季節から、次第に色づいて、燃えるような紅葉の季節になったイーハトーヴの山野を、若く健康な彼は、自由に歩きまわり、首からさげたシャープペンシルで、自分の脳裏に、つぎつぎと浮かんでくる心象を、スケッチしていったことだろう。

童話集『注文の多い料理店』所収の作品は、こうした自然とのふれあいの中から生まれた産物である。賢治の代表作の一つ「やまなし」もこの時期に書かれた。

やがて、賢治は、岩手の自然の中で生活している子どもたちの行動や心理をリアルに描くようになり、「種山ヶ原」や「達二の夢」など「風の又三郎」の前駆作品が試みられるようになってくる。一方、社会に対する意識も次第に高まり、「オツベルと象」や「なめとこ山の熊」のような社会の矛盾を鋭く衝いた作品も現れてくる。

また、エキゾチックな「雁の童子」のような静謐な西域物語も書かれた。昭和六年佐藤一英の依頼で雑誌『児童文学』に「北守将軍と三人兄弟の医者」を発表してから彼は長編の少年小説に関心をもち、昭和七年「グスコーブドリの伝記」を発表した後も「風の又三郎」や「銀河鉄道の夜」の執筆をつづけていた。

なお、賢治は、演劇にも興味を持ち、自らシナリオを書いて、生徒たちに上演させている。

他にも、詩、短歌、俳句等々、賢治の表現活動は、極めて領域が広かったといえよう。

六　尋四年以下の文学

「雪渡り」で、狐の幻燈会に招待されたのは、尋四年以下の子どもだけである。「大人の狐にあつたら急いで目をつぶるんだよ」と狐を信用しない兄さんたちは「招待お断り」である。

賢治は、尋四年以下の子どもに何を感じていたのだろうか。

もしかすれば、それは、自分が体験した、小学校三・四年生時代、担任だった八木英三から読んでもらったいろいろな話が、自分の文学開眼になったことを強く感じていたからであろうか。子どもが物語のおもしろさを知る年齢は、小学三・四年頃で、少年少女期の終り頃からアドレッセンス中葉の頃、人は人生や社会への関心が高まり、「小説」「文学」に興味を抱くようになることを示しているのだろうか。

賢治は、さまざまな題材で書いた多彩な自分の原稿を、対象年齢や題材に従って、十二のグループに分けて、童話集『注文の多い料理店』のような童話集を、十二冊作りたいと考えていたと思われる。

整理して綴じられた「双子の星」の原稿の表紙には、赤インクで「一層の無邪気さとユーモアとを有らざれば全然不適」と記入され、同じ赤インクで「尋四年以下の分」と書かれている。また、「貝の火」の原稿の表紙には、「双子の星」の場合と同じく、表紙の中央にブルーブラックインクで、題名が書かれ、その左下に紫色鉛筆で、「未定稿」とあり、また題名の右上方に「第一集中」さらに右に「単純化せよ」／「無邪気さをとれ」とある。そして、「雪渡り」の原稿にも、「発表後手入形」の表紙中央にブルーブラックインクで、「雪渡り」と題名を記し、その右上方に赤インクで大きく「要再訂」と書かれ、左上方には、赤インクで「第一集」と記されている。

このメモをみると、「雪渡り」は「双子の星」や「貝の火」などと一緒に、「尋四年以下」の子どもたち向き、いわゆる「中学年童話」として、「十二シリーズ」の第一集に入れる計画だったことがわかる。

賢治の亡くなる三か月前に発表した「朝に就ての童話的構図」（『天才人』六輯）は「蟻ときのこ」として坪田譲治編集の子ども向賢治童話集『風の又三郎』に収められている作品である。これは賢治が晩年、中学年童話にも強い関心を持っていたことを示している。

賢治は、昭和八年一月七日付け菊池武雄あての書簡に、「やっと少しづつ下らない仕事をして居ります。しかしもう一昨年位の健康はちょっと取り戻せさうにもありません。それでもどうでもこの前より美しいゝ本の数冊をつくりあげる希望をば捨て兼ねて居ります。」と記しており、彼の十二シリーズ童話集への思いが強く感じられ、胸をうつ。

童話集『注文の多い料理店』の「序文」や「広告ちらし」の文章が、印象強い文章であるために、賢治童話は、すべてが「少年少女期の終り頃から、アドレッセンス中葉に対する一つの文学の形式をとっている」と受け止められている傾向があるが、賢治自身「尋四年以下」の子どもの童話集を、計画していたことを考えれば、賢治童話の中にも「少年少女期の終り頃からアドレッセンス中葉」を対象にしたものと、三・四年生を読者と考えていた作品があるわけで、「賢治童話は、小学生には難解だ」という固定観念は払拭し、小学生にも「読み聞かせ」を通して、伝える試みも、あるいは必要ではないだろうか。

賢治の「尋四年以下」の童話は、「読み聞かせ」向きの、リズミカルな文章で書かれているので、子どもたちは、このリズミカルな文章を通して、賢治の創造した物語の世界を楽しむことができるだろう。

七　むすび

郷土の自然と文化を背景にして生まれた、ほほえましいリズミカルな童話「雪渡り」は、多彩な賢治童話の中で、どのような位置づけができるのだろう。

賢治童話の流れは、複雑で、執筆時期と発表時期が、はなれているものや、かなり後で、全集に加えられたものもあるために、現在、ただちに言い切ることはできないが、「雪渡り」によって、賢治の童話は、初期作品が持っていた仏教思想をベースに教訓性を内在させた寓話的なものであるという印象から、岩手の自然と文化の中で、心に浮かんでくる心象を、形象化した「心象スケッチ」といわれるように変わっていった。

賢治が「尋四年以下の文学」と位置づけた「雪渡り」は、大人から子どもまでの読者を獲得しつつある。

長い間、「生前稿料を得た唯一の作品」といわれてきた「雪渡り」は、これからは、「イーハトーヴ童話誕生のきっかけとなった作品」、そして、広い読者を獲得して、賢治が目ざした「万人共通の文学」として、これまで難解といわれてきた賢治童話のイメージを、次第に変えていくのではないだろうか。

＊1　宮澤賢治『宮澤賢治全集』十字屋書店　昭和二十七年「宮澤賢治年譜」による。

＊2　『赤い鳥』大正十三年八月号　四十一―四十三頁

And the Tigers were very, very angry, but still they would not let go of each others' tails. And they were so angry that they ran round the tree, trying to eat each other up, and they ran faster and faster, till they were whirling round so fast that you couldn't see their legs at all.

And they still ran faster and faster and faster, till they all just melted away, and there was nothing left but a great big pool of melted butter (or "ghi," as it is called in India,) round the foot of the tree.

"The Story of Little Black Sambo"

＊3　ルイス・キャロル（一八三二―一八九八）

明治三十二年の『少年世界』に連載された初の邦訳といわれる長谷川天渓訳「鏡の世界」は、十二月号で打ち切られ、明治四十一年の『少女の友』（一巻一号　実業之日本社）も四回以降は、主人公の名はアリスにしたまま、ストーリーは原作と全く違ったものに翻案している。このように、ナンセンステイルが、まだ理解されていなかった大正十二、三年ごろ、賢治は、いち早く、キャロルの文学のナンセンスや言葉遊戯の面白さが理解出来たらしく、彼の所蔵図書リストの中にも、キャロルの原書が記録されている。

＊4　詳しくは、本書II「大正十年の宮沢賢治――賢治と国柱会」を参照されたい。

III

「雨ニモマケズ」考

はじめに

「雨ニモマケズ」は、賢治が亡くなった翌年の一九三四（昭9）年二月十六日、東京新宿の喫茶店「モナミ」で開かれた第一回宮沢賢治友の会の席上で、賢治が愛用していたトランクの蓋裏のポケットから発見された「黒い手帳」に書かれていたもので、きわめて私的なものである。

この手帳は、昭和六年の秋から年末にかけて、病床にあった賢治が臥しながら使っていた手帳で、ある時は一字一字祈りをこめたように丁寧に、ある時は熱と痛みにあえぎながら書いたような乱れた文字で書かれている。病床の賢治が病苦や死苦の中で、これまでの人生をふり返り、これからの生き方を模索していた様子がうかんでくる。また、お題目や菩薩の名が何度も何度も書かれていて、賢治の切々とした祈りが感じられる。この手帳の中にしたためられた「雨ニモマケズ」は、昭和六年十一月三日の賢治が、病床でひそかに書きとめた悲願の言葉といえよう。手帳に書かれた「雨ニモマケズ」には、最初の頁の右肩上に〔11・3〕と青鉛筆で日付がつけられている。しかし活字化されたものの多くは、この〔11・3〕が削除されていたため、「雨ニモマケズ」が十一月三日に書かれたものであることを知る人は少なかった。

ちなみに「雨ニモマケズ」がはじめて活字化されたのは、一九三四年九月二十一日の「岩手日報」の「学芸」欄

岩手日報　昭和九年九月二十一日　（四）

學藝　第八十五輯

宮澤賢治氏逝いて一年

遺作（最後のノートから）

故 宮澤 賢治

雨ニモ負ケズ
風ニモ負ケズ
雪ニモ夏ノアツサモ負ケヌ
丈夫ナカラダヲモチ
慾ハナク
決シテイカラズ
イツモシヅカニワラツテヰル
一日ニ玄米四合ト味噌ト少シノ野菜ヲタベ
アラユルコトニジブンヲカンジヨウニ入レズ
ヨクミキキシワカリソシテワスレズ
野原ノ松ノ陰ノ小サナ萓ブキノ小屋ニヰテ
東ニ病氣ノ子供アレバ、
行ツテ看病シテヤリ
西ニ疲レタ母アレバ
行ツテソノ稲ノ束ヲ負ヒ
南ニ死ニサウナ人アレバ
行ツテコワガラナクテモイヽトイヒ
北ニケンカヤソシヨウガアレバ
ツマラナイカラヤメロトイヒ
ヒデリノトキハナミダヲナガシ
サムサノナツハオロオロアルキ
ミンナニデクノボウトヨバレ
ホメラレモセズ
クニサレズ
サウイフモノニワタシハナリタイ

で、「宮澤賢治氏逝いて一年」「遺作（最後のノートから）」として「雨ニモ負《ママ》ケズ」が掲載されている。また三七年一月発行の『人類の進歩につくした人々』（「日本少国民文庫」山本有三編）では「無題」として「雨ニモマケズ」が紹介され、四〇年十一月発行の『農民とともに』（「青少年文庫」大日本青年団本部編）では、「手帖より(二)」として、ひらがな表記の「雨にもまけず」が掲載されている。「雨ニモマケズ」が十一月三日に書かれたものであることを最初に強調したのは、谷川徹三氏であった。氏は、一九四四年九月二十日、東京女子大で「今日の心がまへ」という講演を行った際、「この詩は十一月三日に書かれたものですが、十一月三日に書かれたといふのも私には偶然とは思へない。十一月三日という日は私共――宮沢賢治と私は一つちがひで、所こそちがへ、共に明治時代に小学校と中学校の大半を過したものですが、さういふ明治の私共には忘れることのできない天長節の日であります。この懐かしいかつての天長節の日に、賢治がこの詩を書いたといふことに、私は大きな意味を認めたいのであります」と語っている。この時の講演は、四五年六月、生活社の「日本叢書」の一冊として「雨ニモマケズ」のタイトルで発刊され、各地の青年団などに三万部ぐらい配布されたという。

戦後に出版された五三年六月発行の角川書店「昭和文学全集14」『宮沢賢治集』（小倉豊文編）では、「最後の手帳」と題して「雨ニモマケズ手帳」から十篇ほど抜粋して掲載され、「手帳」における頁と日付が附記されているが、谷川徹三氏の十一月三日を重視する考え方に対して、小倉豊文氏は、労作「『雨ニモマケズ手帳』新考」の中で、「十一月三日の制作は偶然であって賢治にその意図のあった形跡は認められず、詩としての絶讃は余りにも『贔屓の引き倒し』であると思う……観念論哲学を基盤とする教壇説教師的な谷川氏の説はその後も変わらない……」ときびしく批判した。

そのせいであろうか、七九年刊の谷川徹三著『雨ニモマケズ』（講談社学術文庫）では、小倉氏に批判された箇所に「いまはもうこうは思っていないが、当時はそう思っていたのでそのままにしておく」と附記されている。

しかし、私は、谷川説とは理由は異なるが、「雨ニモマケズ」をよむ場合、（11・3）即ち「昭和六年十一月三日」という日付は、決して無視出来ない日付であって、削除すべきものではないと考える。「雨ニモマケズ」は、一九三一年十一月三日という時点における賢治の身体的・宗教的・社会的条件や当時の心境を視野に入れて読んでこそ、一つ一つの言葉にこめられた賢治の謙虚な反省や必死の祈りが、正しく理解できると思うからである。

「雨ニモマケズ」について書かれた論文は、現在非常に多い。しかし、その背景を視野に入れて論じたものは少なく、中には、単に字句の辞書的解釈だけの皮相な解釈を行い、見当違いの批判をしているものもある。「雨ニモマケズ」は、元来私的に書かれたもので、外に向かってアピールしたものではない。従って、表現の文学的評価よりも、その表現の中に込められた賢治のこころをこそ汲み取って読むべきものである。

一体、文学作品の解釈や鑑賞には、二つの考え方がある。一つは、作品は作者から離れて独立して存在するものであるから、その解釈や鑑賞は、あくまでその表現された文章だけで行うべきである、という考え方と、もう一つは、作品は作者の思想や意図によって生まれたものであるから、作品の背景（例えば、作者のその時の心境や状況、時代思潮や社会的出来事など）を視野に入れながら解釈すべきであり、それでこそ、より深い理解や豊かな鑑賞が出来る、という考え方である。

私たちの日常の読書は大抵前者であるが、興味のある作品に出会うと、「はしがき」や「あとがき」「解説」、さらには関係文献を読んで、作品だけでは理解出来なかった深部を理解し、感動を深めることがある。「雨ニモマケズ」を字面だけの解釈で説教臭いと評する人もあるが、「雨ニモマケズ」は人に読んでもらうために書いたものではなく、自省自戒の気持をこめた書いた、私的な言葉であるから、「雨ニモマケズ」の書かれている頁だけでなく、その前後の頁も視野に入れて理解すべきである。殊に、「10・29」の「疾すでに治するに近し」の頁から、「生、老、病、死、愛別離苦、五蘊盛苦、求不得苦、厭憎《ママ》会苦」を列記している頁を経て「雨ニモマケズ」の頁に到り、更に「南無妙法蓮華経」を中心に、左右に菩薩の名を書いた「十界曼陀羅」写しの頁までを、一つの心の動きとしてとらえ、「昭和六年十一月三日の賢治」を胸に思い描きながら読む時、そこには賢治の哀しみ、苦しみ、念《おも》いなどが感じられ、強く心を打たれる。

昭和六年の宮沢賢治

『雨ニモマケズ手帳』の扉を開くと、最初に目につくのは「昭和六年九月廿日　再ビ　東京ニテ発熱」と鉛筆で記された文字である。

昭和六年九月の宮沢賢治は東北砕石工場の技師として働いていた。技師といっても、実際の仕事は、広告文を書いたり、商品の見本を持って注文をとって廻ることが多かったらしい。

九月十九日、彼は『雨ニモマケズ手帳』と「遺書」が発見された例の大きなトランクに、商品見本をぎっしりつめて、花巻を出発、途中仙台に一泊して東京に向かった。ところが、出発前から微熱があった賢治は、夜汽車の中で悪寒におそわれ、東京に着いた二十日の夜は、烈しい熱と汗に苦しみ通したという。翌二十一日、彼は両親と弟妹に宛てて二通の遺書を書いている。旅先での病気は心細いものである。春から何度もくり返していた発熱、そして旅先での高熱。死の近づきを予感しながら彼の脳裏を去来したものは、おそらく精神的にも肉体的にも大きな挫折を体験した羅須地人協会活動に対する後悔であったろう。「殆んどあすこではじめからおしまひまで病気（こころもからだも）みたいなもので」と彼はかつて羅須地人協会会員であった教え子の伊藤忠一宛書簡に書いている（一九三〇年三月十日）。

そもそも、彼の健康を蝕んだのは、羅須地人協会設立以後の馴れない農耕生活であった。

一九二六年四月一日彼はそれまで四年四ヶ月勤めていた花巻農学校を依願退職し、父母の家を出て下根子桜の別宅で独居自炊の生活を始めた。

賢治の目ざす新しい農村づくりは、単に農耕作業の改善だけではなかった。㈠化学肥料による土壌改良　㈡レコードコンサートや幻燈会を開催したり、オーケストラや農民劇団を組織して農民芸術を創ること　㈢生産物や不要のものの物々交換の制度を設けて、現金収入の少ない農村の経済を改善すること、等、彼は幅広い構想をもっていた。記録によると、五月半頃からレコードコンサートや楽器の練習会を行い、六月には、これからの活動方針ともいうべき「農民芸術概論綱要」の草稿を創りあげた。

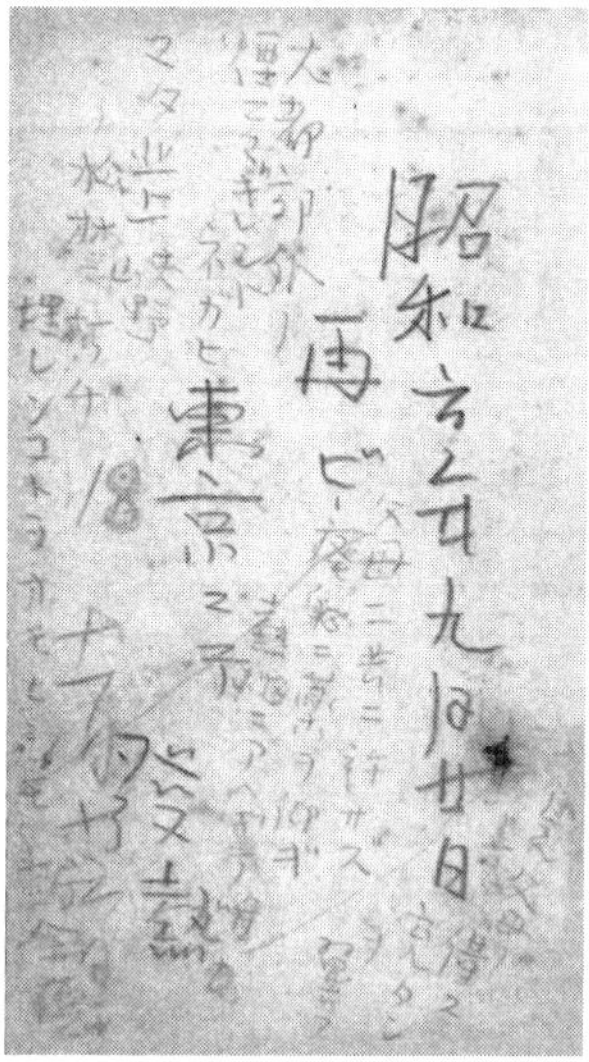

P2

十二月になると、賢治は東京へ出かけた。農民芸術を創りあげるための知識を彼は貪欲なまでに吸収してまわったのである。父政次郎に宛てた当時の書簡を読むと、その頃の賢治がいかに意欲的に行動していたかがわかる。

実にこの十日はそちらで一ヶ年の努力に相当した効果を与へました。エスペラントとタイプライターとオルガンと図書館と言語の記録と築地小劇場も二度見ましたし歌舞技《ママ》座の立見もしました。これから得た材料を私は決して無効にはいたしません。みんな新しく構築して小さいながらみんなといっしょに無上菩提に至る橋梁を架し、みなさまの御恩に報ひやうと思ひます。どうかご了解をねがひます。（一九二六年十二月十二日）

毎日図書館に午後二時頃まで居てそれから神田へ帰ってタイピスト学校数寄屋橋側の交響楽協会とまはって教はり午後五時に丸ビルの中の旭光社といふラヂオの事務所で工学士の先生からエスペラントを教はり、夜は帰って来て次の日の分をさらひます。一時間も無効にしては居りません。音楽まで余計な苦労をするとお考へでありませうがこれが文学殊に詩や童話劇の詞の根底になるものでありまして、どうしても要るのであります。
（一九二六年十二月十五日）

賢治は「農民劇」「童話劇」の構想をもっていた。
「岩手日報」はその事を写真入りで大きく報道している。

二月一日（火）　「岩手日報」夕刊、三面中段に写真入り

農村文化の創造に努む／花巻の青年有志が／地人協会を組織し／自然生活に立返る

花巻川口町の町会議員であり且つ同町の素封家の宮澤政次郎氏長男賢治氏は今度花巻在住の青年三十余名と共

に羅須地人会を組織しあらたなる農村文化の創造に努力することになった　地人会の趣旨は現代の悪弊と見るべき都会文化に対抗し農民の一大復興運動を起こすのは主《ママ》眼で、同志をして田園生活の愉快を一層味はしめ原始人の自然生活にたち返らうといふのである　これがため毎年収穫時には彼等同志が場所と日時を定め耕作に依つて得た収穫物を互ひに持ち寄り有無相通ずる所謂物々交換の制度を取り更に農民劇農民音楽を創設して協会員は家族団らんの生活を続け行くにあるといふのである。目下農民劇第一回の試演として今秋『ポランの広場』六幕物を上演すべく夫々準備を進めてゐるが、これと同時に協会員全部でオーケストラーを組織し、毎月二三回づゝ慰安デーを催す計画で羅須地人協会の創設は確に我が農村文化の発達上大なる期待がかけられ、識者間の注目を惹してゐる（写真。宮澤氏、氏は盛中を経て高農を卒業し昨年三月まで花巻農学校で教鞭を取つてゐた人）（一九二七年二月一日）

ところが、記事の中の「同志」という言葉が誤解を招いたのであろう。賢治が社会主義教育を行っているという噂がおこり、彼は花巻署の事情聴取を受けたという。賢治は会員に迷惑をかけることを恐れ、オーケストラを解散し、農民劇を断念せざるを得なくなった。賢治の大きな夢が一つ消えたのである。

その上、これもまた賢治が全く予期しなかったその年の冷夏が、東北地方に大きな被害を与えた。彼は測候所へ出かけて記録を調べたり、天気予報をきいて、対策に走りまわった。けれどもその結果は、次の詩が示す通りである。

降る雨はふるし
倒れる稲はたふれる

たとへ百分の一しかない蓋然が
いま眼の前にあらはれて
どういふ結果にならうとも
おれはどこへも遁げられない
……春にはのぞみの列とも見え
　恋愛そのものとさへ考へられた
　鼠いろしたその雲の群……
もうレーキなどはふり出して
かういう開花期に
続けて降った百ミリの雨が
どの設計をどう倒すか
眼を大きくして見てあるけ
たくさんのこはばった顔や
非難するはげしい眼に
保険をとっても弁償すると答へてあるけ（降る雨はふるし）

農学校を辞して収入のなくなっていた賢治は、「保険をとっても弁償する」と書いている。農民たちの賢治を見る目は、恨みと不信に燃えていた。賢治は一九二七年の収穫の時期をどんなにつらく過ごしたことであろう。羅須地人協会の会員だった高橋慶吾への書簡に、「もうわたくしもすっかり世間を狭くしてしまひました」と書いている。

そういう目に会いながらも、彼は農民たちへの無料奉仕を続けていた。一九二八年四月発行の『岩手県農会報』は、賢治をつぎのように紹介している。

「農界の特《ママ》志家／宮澤賢治君」（佐藤文郷）

冬閑には農家の希望によつて学術講演に近村に出掛けて殆と《ママ》寧日がないとか、而して決して謝礼を受けない、昨今は旧土木管区事務所に出張して農家の相談相手となり肥料設計をして居る。数日前君の所謂店を訪問したるに（中略）十四五名の農家は順番に設計の出来るのを待つて居つた、非常に丁寧な遠慮深い農家達だと思つたに、是は皆な無料設計で用紙なども自宅印刷なのであつた。（『校本宮澤賢治全集』第一四巻六二八頁）

二八年六月、賢治は、東京・大島へ旅行した。表むきは、大島で農芸学校の開校準備をすすめている伊藤七雄氏の相談に応じるためとされたが、実は伊藤の妹チヱとの見合いだったともいわれている。菊池信一宛の書簡には「約三週間ほど先進地の技術者たちといっしょに働いて来ました」（一九二八年七月三日）とも書いている。ともあれ、前年の冷害を取りもどすために、賢治はいろいろと調べたり視察に行ったりしたようである。

ところが、またもや前年と同じように、全く予期しない被害がおこった。四〇日以上の旱魃で、岩手県の陸稲や野菜が全滅の被害をうけたのである。賢治が指導していた稲にもイモチ病が発生した。

賢治は長旅の疲れを癒す暇もなく、炎天下を歩きまわり……そして、倒れた。

停留所にてスヰトンを喫す

一九二八・七・二〇

わざわざここまで追ひかけて

せっかく君がもって来てくれた
帆立貝入りのスイトンではあるが
どうもぼくにはかなりな熱があるらしく
この玻璃製の停留所も
なんだか雲のなかのやう
そこでやっぱり雲でもたべてゐるやうなのだ
この田所の人たちが
苗代の前や田植の后や
からだをいためる仕事のときに
薬にたべる種類のもの
除草と桑の仕事のなかで
幾日も前から心掛けて
きみのおっかさんが拵えた、
雲の形の膠朧体、
それを両手に載せながら
ぼくはたゞもう青くくらく
かうもはかなくふるえてゐる
きみはぼくの隣りに座って
ぼくがかうしてゐる間

じっと電車の発着表を仰いでゐる、
あの組合の倉庫のうしろ
川岸の栗や楊も
雲があんまりひかるので
ほとんど黒く見えてゐるし
いままた稲を一株もって
その入り口に来た人は
たしかこの前金矢の方でもいっしょになった
きみのいとこにあたる人かと思ふのだが
その顔も手もたゞ黒く見え
向ふもわらってゐる
ぼくもたしかにわらってゐるけれども
どうも何だかじぶんのことではないやうなのだ
ああ友だちよ、
空の雲がたべきれないやうに
きみの好意もたべきれない
ぼくははっきりまなこをひらき
その稲を見てはっきりと云ひ
あとは電車が来る間

しづかにこゝへ倒れやう
ぼくたちの
何人も何人もの先輩がみんなしたやうに
しづかにこゝへ倒れて待たう
（下略）

高熱に倒れた彼は、下根子別宅での独居自炊の生活を打ち切られ、豊沢町の両親のもとで闘病生活に入った。大きな希望を抱いて始めた羅須地人協会であったが、つぎつぎと予測もしなかった不幸な事態が起こり、心ならずもやめざるを得なくなったのである。

夏の肺浸潤は、四十日ほどで全治したかにみえたが、十二月の寒さがやってくると、彼は再び急性肺炎をひきおこし、高熱にあえぐ日が何日も続いた。「死」と向かいあい、彼は、「いのちとは何か」「死とは何か」といった問題を真剣に考えはじめた。この頃の彼の関心事は、社会や農業よりも、人間のいのちや死後の世界に移り、宗教的な思索の日が続いた。昭和四年春、病気の賢治を見舞った中国の詩人黄瀛《こうえい》は、その時の模様を次のように書いている。

「私が立とうとしたら、彼は何度も引きとめて私達は結局半時間も話したやうだ、それも詩の話よりも宗教の話が多かつた。私は宮沢君をうす暗い病室でにらめ乍ら、その実はわからない大宗教の話をきいた。とつとつと話す口吻は少し私には恐しかつた。」（『校本宮澤賢治全集』第十四巻・六四〇頁）

また、一九三〇年一月二十六日の菊池信一宛の書簡に、賢治は、「南無妙法蓮華経と唱へることはいかにも古くさく迷信らしく見えますが、いくら考へても調べてもさうではありません。／どうにも行き道がなくなったら一心に念じ或はお唱ひ《ママ》なさい。こっちは私の肥料設計よりは何億倍たしかです。」と書いている。

内省的になって行くにつれて、賢治は、自分が〈慢〉に陥っていたと反省するようになった。


人はまはりへの義理さへきちんと立つなら一番幸福です。私は今まで少し行き過ぎてゐたと思ひます（一九三〇年三月三十日　菊池信一宛書簡）

わづかばかりの自分の才能に慢じてじつに虚《ママ》傲な態度になってしまったことを悔いてももう及びません。（一九三〇年四月四日　沢里武治宛書簡）

「雨ニモマケズ」の中の、「丈夫ナカラダ」や「デクノボートヨバレ」などの言葉は、当時の賢治の心境を考えながら読む場合と書かれた言葉だけで解釈する場合では、受けとめ方に大きな差異があると思う。

一度は危篤状態に陥った賢治も、家族の暖かい看護で普通の生活が出来るようになり、三一年の春から、東北砕石工場の技師となって働くことになった。

しかし、完全な健康体ではない賢治は、一年も経たないうちに、再び東京で倒れ、前述の通り、遺書を書くほどの状況に陥った。その時の賢治は、当時使用していた『兄妹像手帳』の一五四頁に、

「廿八日迄ニ熱退ケバ

病ヲ報ズルナク帰郷
退カザレバ費ヲ得テ
(1)一月間　養病
(2)費を得ズバ
　走セテ帰郷
　次生ノ計画ヲ
　ナス」

と書いているように、そのまま東京に残ろうとも考えていたが、賢治からの電話で、ただならぬ賢治の様子に驚いた父が、知人の小林六太郎氏に電話して、賢治を寝台車で帰す手配を頼んだため、賢治は、二十七日の夜行で花巻へ帰り、再び、父母のもとで闘病生活をすることになった。

『雨ニモマケズ手帳』は、花巻についたあと、暫くして書き始められた手帳であるから、この手帳に書かれている言葉を正しく理解するためには、以上述べて来たような賢治の生活と心境の変化を視野に入れておかなければならない。

〔11・3〕当時の宮沢賢治

九月二十一日、遺書を書くほど死を身近に感じていた賢治も、次第に病状は快方へ向かったらしく、帰宅して一ヶ月ほど経った十月二十九日には、手帳の四一頁に「疾すでに治するに近し」と書き、続けて、「瞽むらくは　再

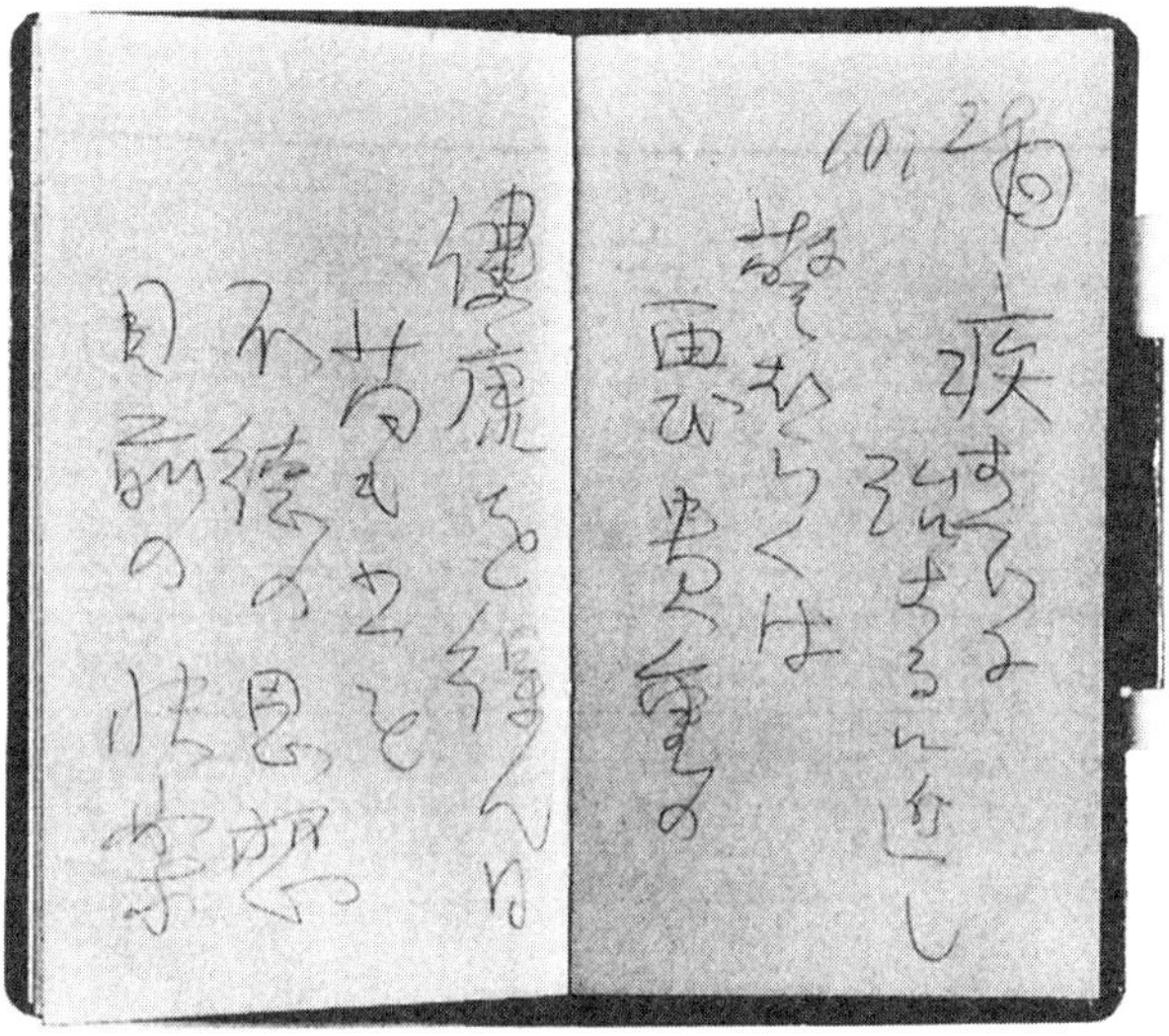

P42　P41

び貴重の健康を得ん日、苟も之を不徳の思想　目前の快楽つまらぬ見掛け　先づ――を求めて　以て――せん、とい ふ風の　自欺的なる行為に寸毫も委するなく　厳に　日課を定め　法を先とし　父母を次とし　近縁を三とし　農村を　最後の目標として　只猛進せよ　利による友、快楽を同じくする友尽く之を遠離せよ」と強い決意を示すような文字で書いている。（四一頁～四五頁）

九死に一生を得た自分が、もし健康な身体になれたら、正しい日課を定めて、一日一日を粗末にしないよう暮らそうと、賢治はこれからの生活方針をいろいろと考えている。「貴重な健康」という言葉は、彼が死の十日前に書いた手紙の「風のなかを自由にあるけるとか、はっきりした声で何時間も話ができるとか、じぶんの兄弟のために何円かを手伝へるとかいうやうなことはできないものから見れば神の業にも均しいものです」（柳原昌悦宛書簡）を思い出させる。その頃の賢治にとっては、人並の健康も「貴重な健康」であった。こうした賢治の健康に対する切なる願いを理解して「雨ニモマケズ」を読めば、冒頭にある「雨ニモマケズ　風ニモマケズ　雪ニモ夏ノアツサニモマケヌ」を

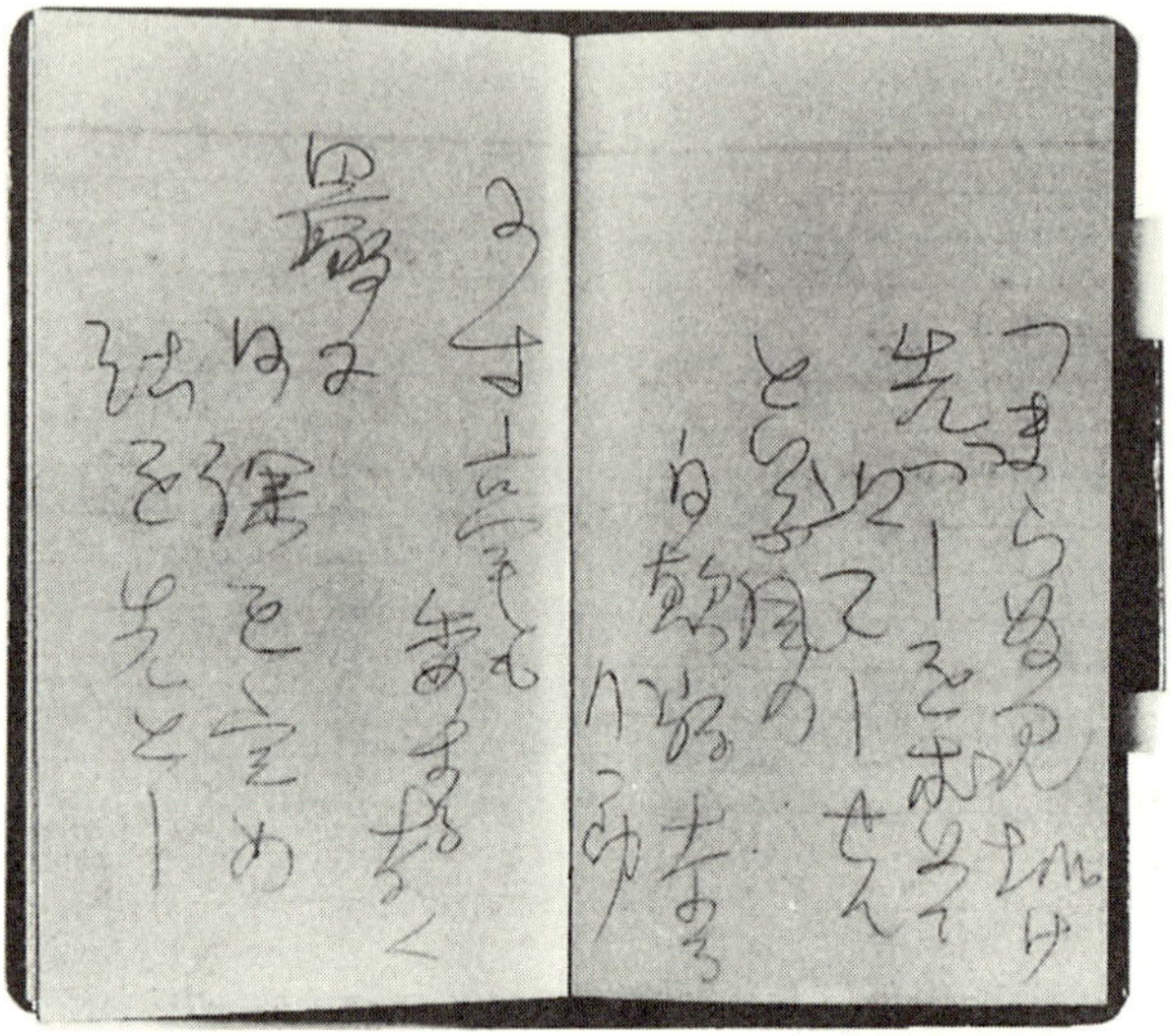

P44　P43

書いた賢治の気持や、この言葉の意味するところも推測できる。また、法を第一に、父母を第二に、近縁を第三に、農村を最後にという、この順序は、賢治が羅須地人協会時代と違う心境になっていることを示している。羅須地人協会時代に書いた「農民芸術概論綱要」と「雨ニモマケズ」とを同質のものと考える人もいるが、この二つに込められている賢治の願いは、はっきり異なっていることに留意すべきである。

次の四七・四八頁は、写真にある通り、生、老、病、死、愛別離苦、五蘊盛苦、求不得苦、厭憎会苦の「四苦八苦」の文字を並べて書き、それらの苦しみを、医学や御法や技術で軽くしたり、抜いたり出来るか否か、いろいろ考えていたようであるが、最後に「苦ヲ抜クコトヲ修セヨ」と自戒の言葉を書き、次にまた頁をめくって、四九頁にも「唯諸苦ヲ抜クノ大医王タレ」と大きく力強く書いている。この時の賢治は、「四諦説《シタイ》」を考えていたことがわかる。

「四諦説」というのは、釈尊が最初に説かれた説法で、修行によって諸苦を抜き、聖者の境地に達する法門である。

即ち、

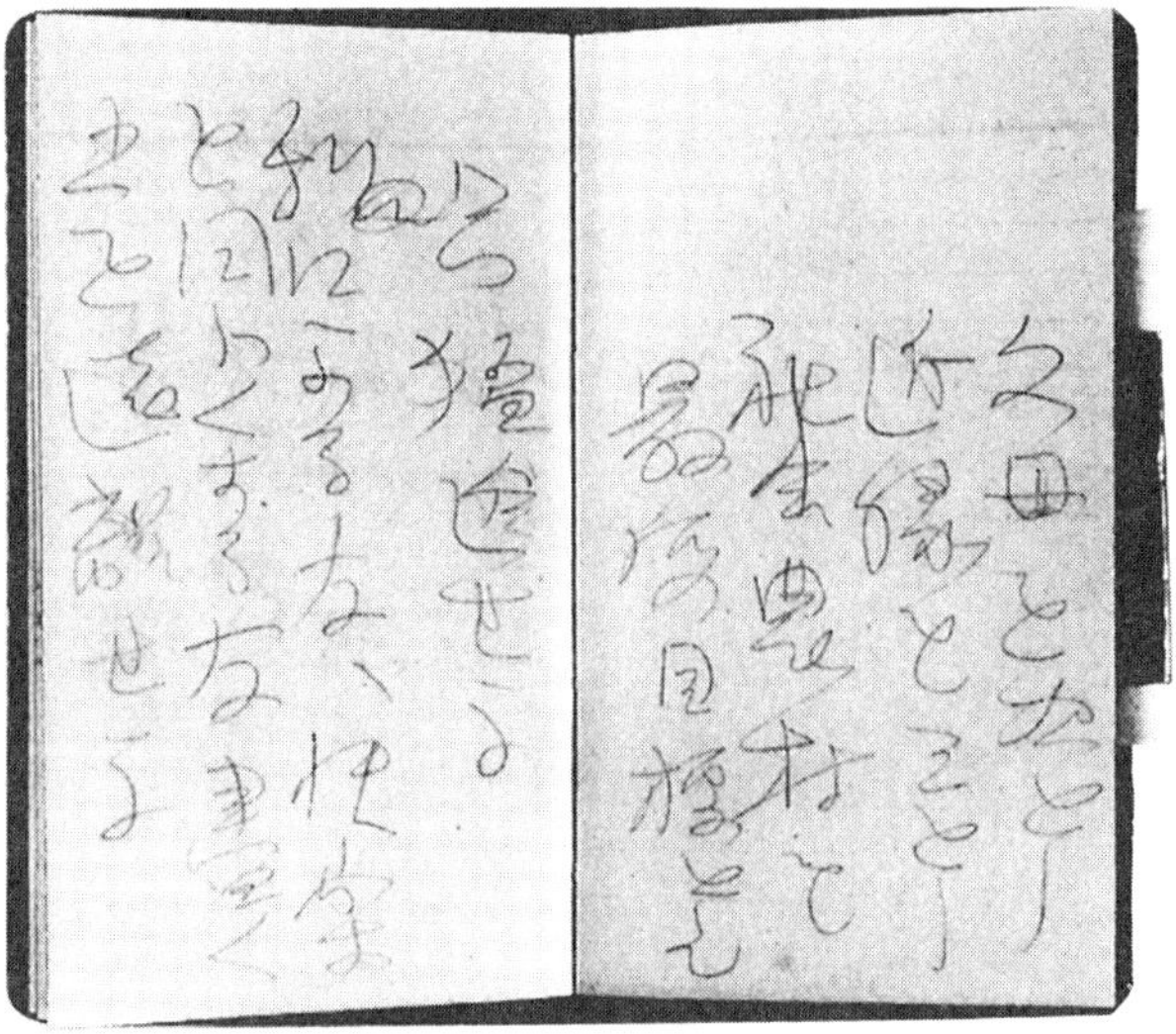

P46　　P45

㈠この世では誰にでも四苦八苦の苦しみがあるというのは真理である（これを苦諦《くたい》という。諦とは真理の意）

㈡苦しみの原因は、世の中のすべては「無常」であるにもかかわらず、人間が強い執着心（我執）をもっているために起こる、というのも真理である（集諦《じったい》）

㈢しかし、貪・瞋・愚痴・慢などの煩悩のない理想的な世界、苦悩を超克した、精神の自由な平和な世界があるというのも真理である（滅諦《めったい》）

㈣そうした心静かな涅槃の境地に至るには八正道の正しい修行方法を行うべきであるというのも真理である（道《どう》諦《たい》）

以上のように、「四諦説」は、人間の苦悩をなくすための原理を説いたもので、それは丁度、医者が病気を治す原理と同じである。病気の時に、その病根を治療するように、苦の原因を見つけて取り除けば心の病も治る筈である。こころの苦しみの病根はすべて「我執」と「無明」（無智）である。貪欲・瞋恚《シンニ》（いかり）・愚痴・慢などの煩悩も、我執をなくし、仏のような澄んだ目で見れば、こころは自由で静かな気持になる。そのためには心の修行をすべきである、

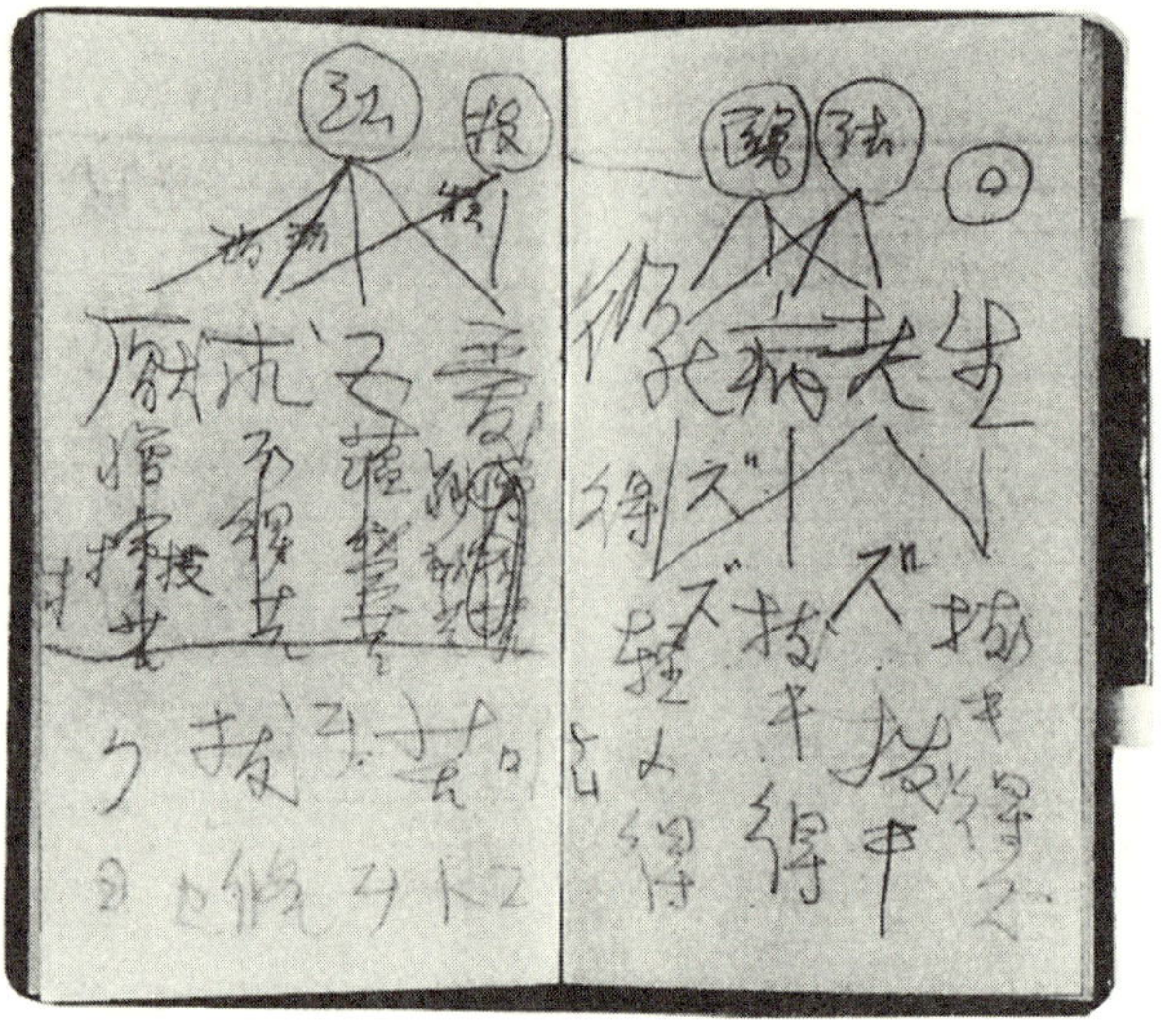

P48　　P47

というのが「四諦説」の説法で、釈尊のことを「一切の苦を抜く大医王」とよぶのは、そのためである。

　賢治は四七・四八頁で「四苦・八苦」の苦の抜き方をいろいろ模索したあと、「唯苦ヲ抜クコトヲ修セヨ」と書いている。自分も「我執」をなくす修行をすべきだと自戒したのであろう。次頁の「唯諸苦ヲ抜クノ大医王タレ」の言葉は、単に自分の苦しみを抜くだけでなく、あらゆる人の苦しみを抜く心の医者になろうという、菩薩道をめざす賢治の悲願を示したものといえる。

　次の頁からはじまる「雨ニモマケズ」は、この四諦説と、いわば同一線上にあるもので、更にいえば、賢治の自戒と悲願は三四〜四〇頁の「28快楽もほしからず、名もほしからず……」から四一〜四五頁の「10・29疾すでに治するに近し」そしてこの「四諦説」「諸苦ヲ抜クノ大医王タレ」を経て、「11・3雨ニモマケズ」、更に次頁の「南無妙法蓮華経」の両側に菩薩の名を配した国柱会の十界曼陀羅の写しへと展開して行ったものである。従って、「雨ニモマケズ」を理解するためには、前述通り、それより前の各頁に

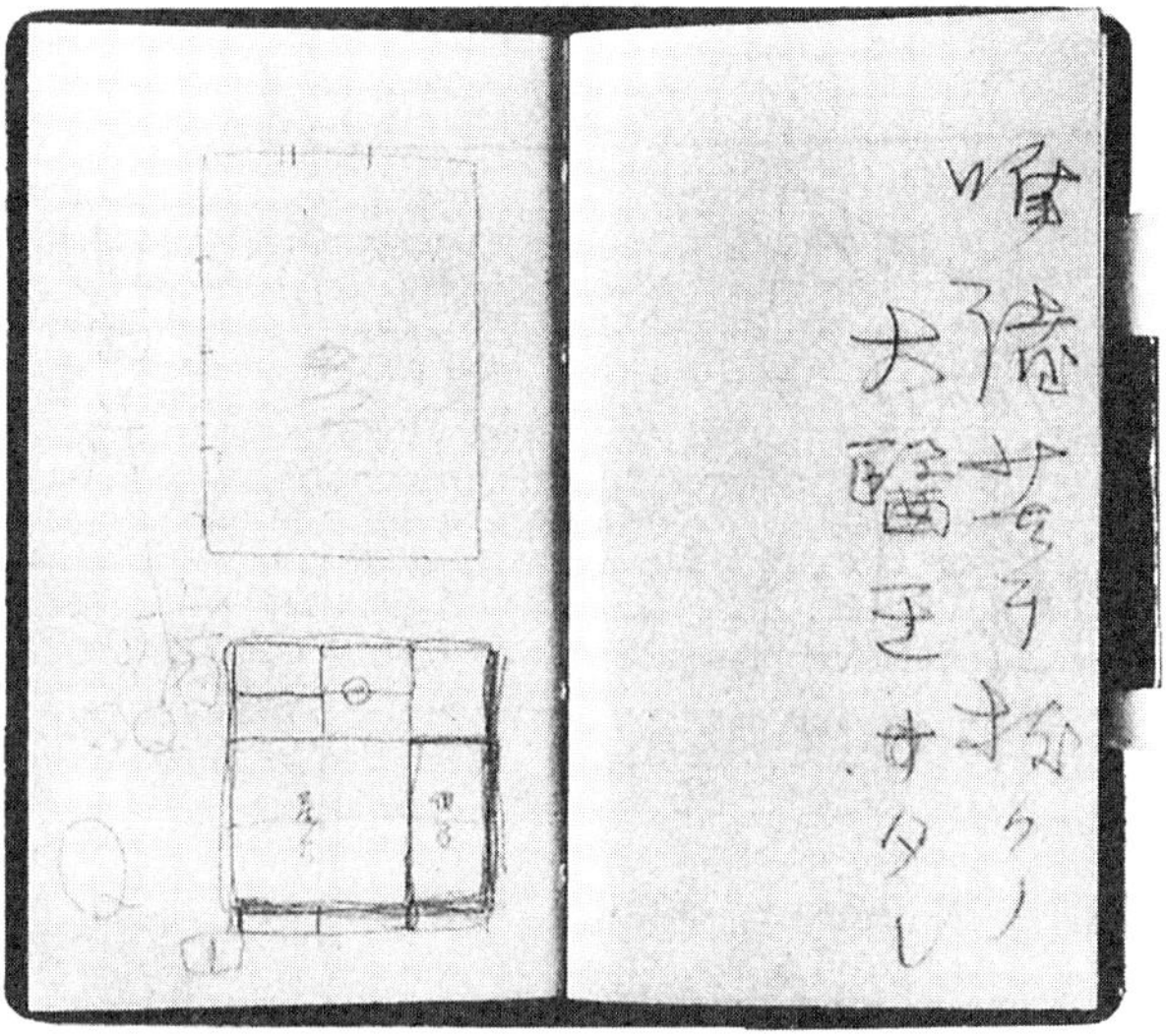

P50　P49

書かれている言葉をふまえながら考えるべきだと思う。

ここで更に附け加えておきたいことは、『雨ニモマケズ手帳』について、『校本宮沢賢治全集』第十二巻上六九一頁の解説には、「大半は経典の語句……信仰上の悲願、反省で占められている」と書かれているが、その「経典の語句」のほとんどが、国柱会の修行の軌範書といわれる『妙行正軌』の中の語句と同じだということである。このことは非常に注目すべきことで、賢治が「四諦説」の下に、「唯苦ヲ抜クコトヲ修セヨ」と書いている、この「修セヨ」とは、『妙行正軌』に従って修することだったと思われる。

「雨ニモマケズ」にみる賢治の反省と悲願

これまで述べて来たように〔11・3〕つまり一九三一年十一月三日の賢治の状況をふまえて、「雨ニモマケズ」にみられる賢治の反省と悲願をたどってみると、

①「雨ニモマケズ　風ニモマケズ　雪ニモ夏ノ暑サニモマケヌ　丈夫ナカラダヲモチ」――賢治が大きな夢を抱いて始めた羅須地人協会活動が、わずか二年余で挫折したのは、

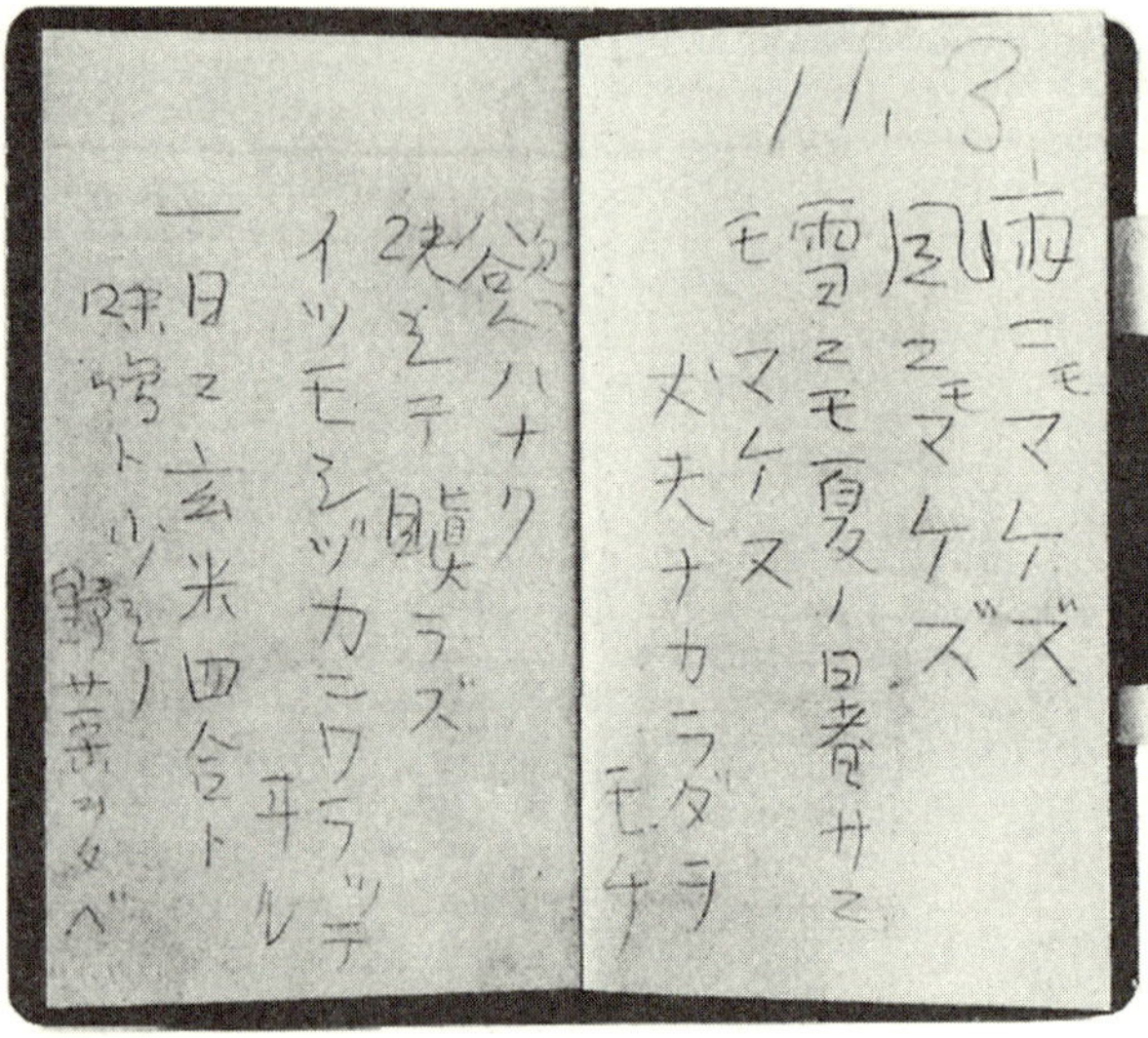

P52　　P51

賢治の発病が直接の原因であった。彼は、一九二八年の発病以来、結局完全な健康体に戻ることは出来ず、羅須地人協会を開いた下根子桜の別宅へは二度と帰れなかった。彼がどんなに健康な体を望んだかは今更説明するまでもないことである。「ポラーノの広場」（草稿「風と草穂」）には、「わたくしはびんぼうな教師の子どもにうまれてずうっと本ばかり読んで育ってきたのだ。諸君のやうに、雨にうたれ風に吹かれ育ってきてゐない。ぼくは考へはまったくきみらの考だけれども、からだはさうはいかないんだ。」と「雨ニモマケズ　風ニモマケズ……丈夫ナカラダヲモチ」と呼応する言葉がある。賢治がなにより求めたのは、風雨に鍛えられた農民の頑健な身体であった。

②「欲ハナク　決シテ瞋ラズ　イツモシヅカニワラッテヰル」――「四諦説」の「滅諦」のところで述べた通り、人間の最も理想とする心の状態は涅槃である。一般には涅槃とは仏陀の死を指すが、本当の意味は「煩悩を滅却して絶対自由になった状態」である。貪欲・瞋恚・愚痴の三毒煩悩を滅して、「欲ハナク　決シテ瞋ラズ　イツモシヅカニワラッテヰル」状態を賢治は目ざしたのである。「雨ニモ

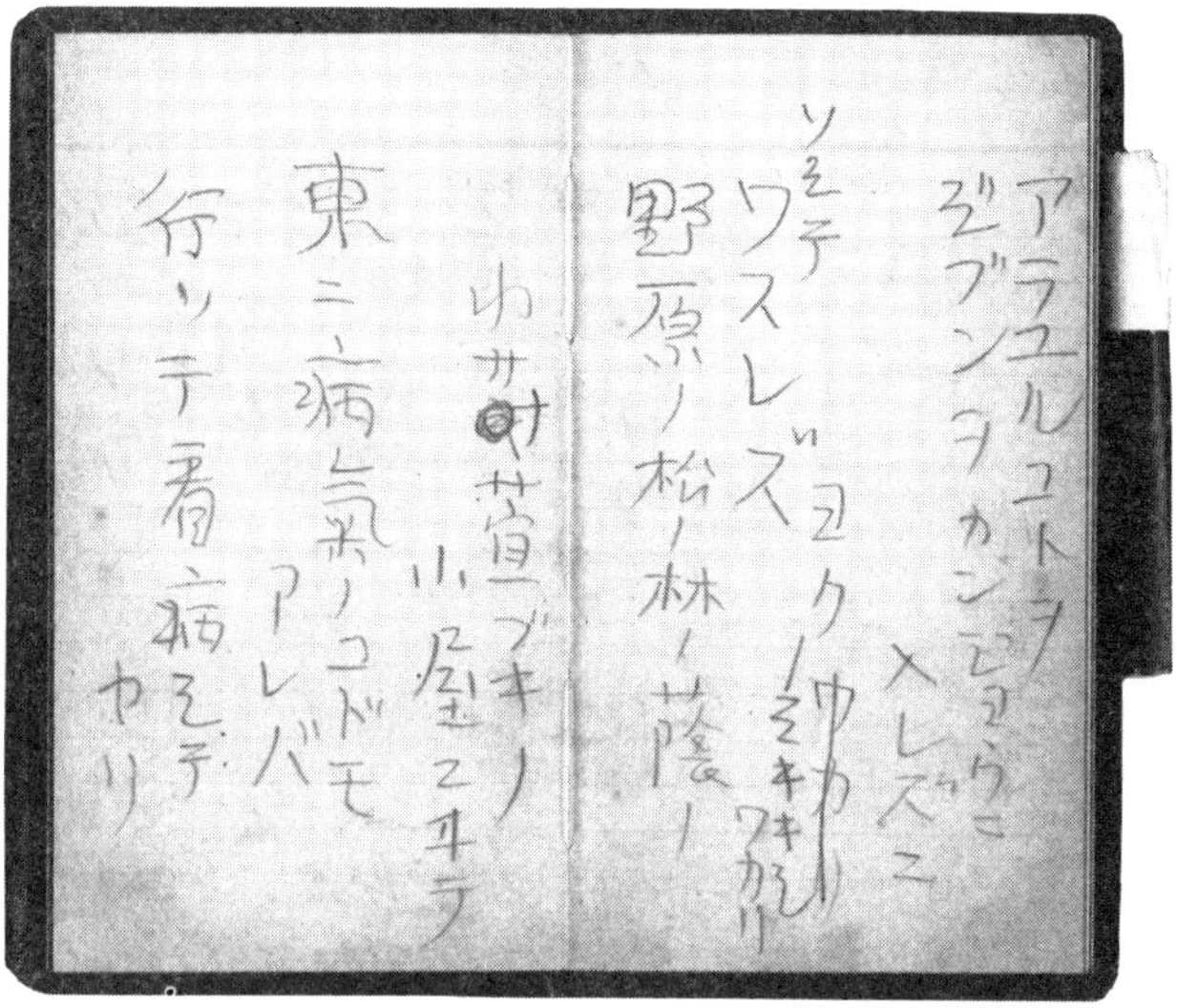

P54　　P53

マケズ……」が理想的な身体の状態とすれば「欲ハナク……」は理想的な心の状態といえる。

③「一日ニ玄米四合ト味噌ト少シノ野菜ヲタベ」――前述の理想的な身体と心に対して、これは決して理想的な食事とは言い難い。賢治の菜食主義者としての主義主張は、童話「ビヂテリアン大祭」などにもかかれているが、単に殺生罪的意識だけではなく、「六寸ぐらゐのビフテキだの、雑巾ほどあるオムレツの、ほくほくしたのをたべる」(「オツベルと象」)ような人間にだけは、なりたくなかったらしい。

④「アラユルコトヲ　ジブンヲカンジョウニ入レズニ　ヨクミキキシ　ワカリ　ソシテワスレズ」――「四諦説」「集諦」のところで述べたように、諸苦の原因は、世の無常と人間の執着から起こるものである。人間は「無明」(邪見・妄執のために一切諸法の真理にくらいこと)と「我執」のために、四苦八苦の苦しみを感じるのである。従って、「アラユルコトヲ　ジブンヲカンジョウニ入レズニ」、つまり、無執着になり、「ヨクミキキシ　ワカリ　ソシテワスレズ」即ち、愚痴(無明)から抜けだすために、修行によって邪見を取り去り、仏の知恵を得て、涅槃の心境に達し

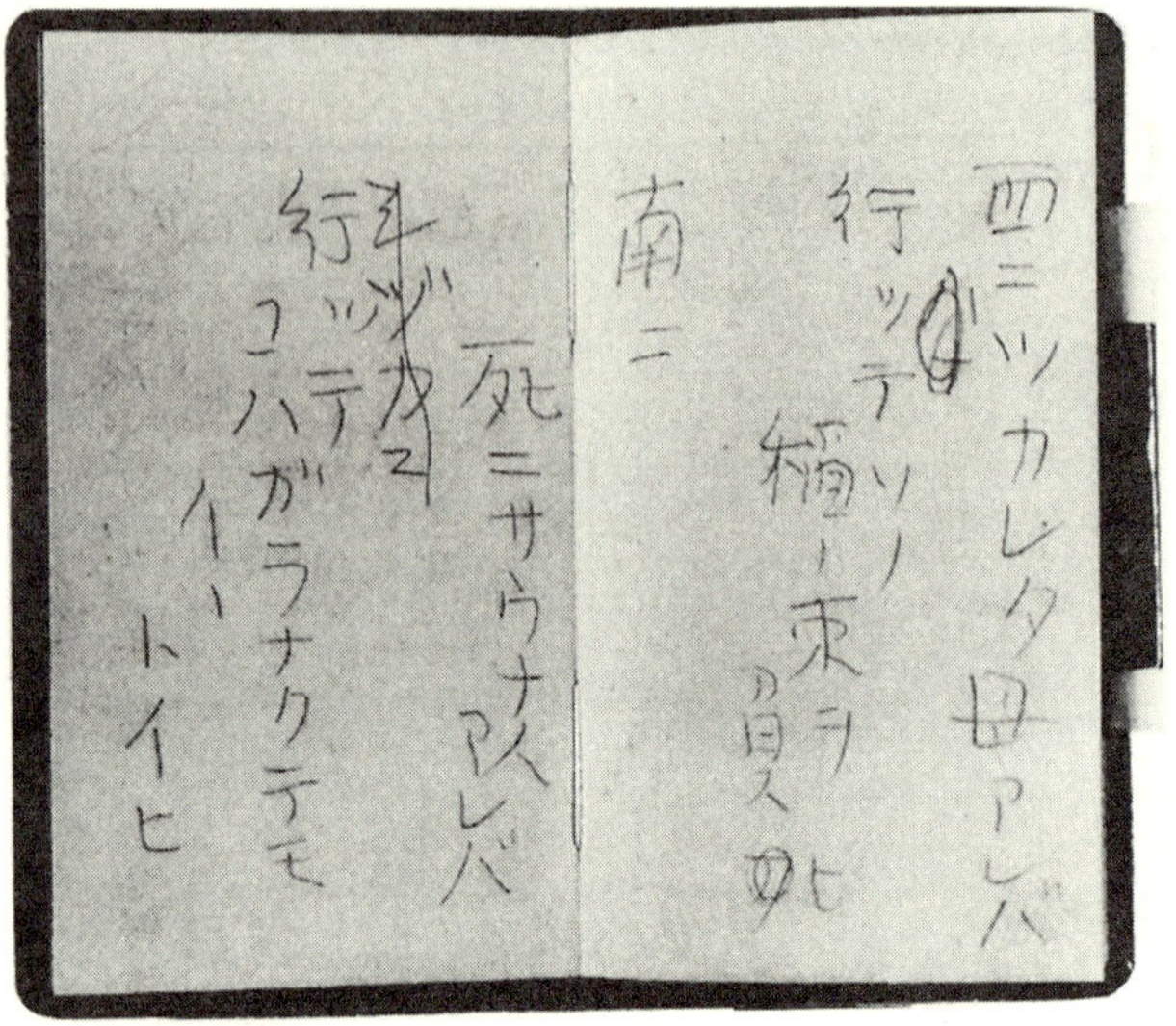

P56　　　　P55

たいと彼は願っている。

⑤「野原ノ松ノ林ノ蔭ノ小サナ萓ブキノ小屋ニヰテ」——いうまでもなく、羅須地人協会時代に独居自炊をしていた下根子の別宅を指している。彼は一九二八年夏の発病以来、豊沢町の父の家にいたが、『雨ニモマケズ手帳』の「十月廿日」の一九・二〇頁に、

昭和三年の十二月
私があの室で
急性肺炎に
なりまし
たとき
新婚のあの子の父母は
私にこの日照る広いじぶんらの室を与へ
じぶんらはその暗い私の四月
病んだ室へ
入って行ったのです。そしてその二月
あの子はあすこで
生れました

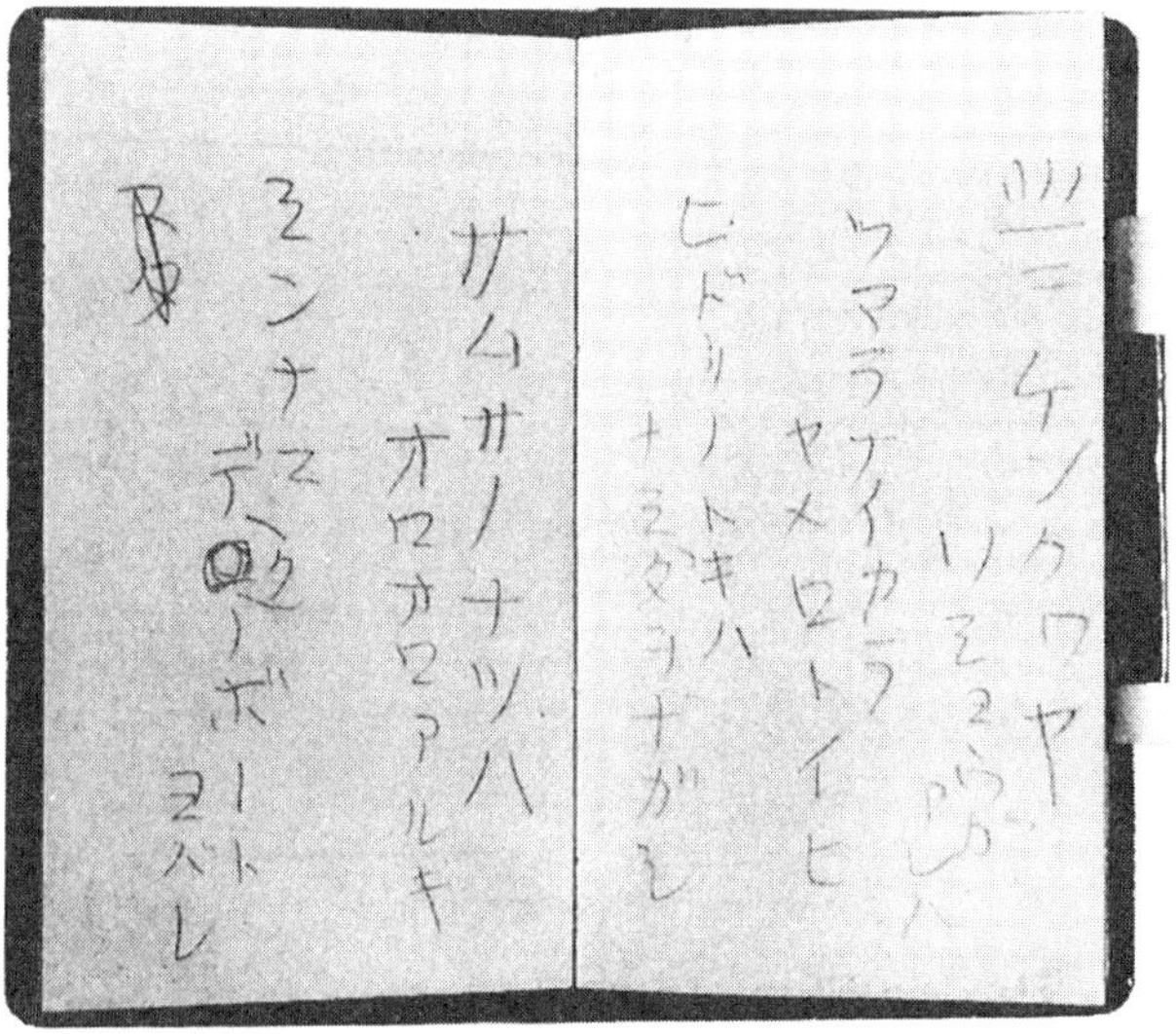

P58　　P57

とあるように、妹たちにまで迷惑をかけていることを非常に苦にしていたようで、何とかして、自分ひとりの自立した生活をしたいと願っていたが、病弱な賢治のひとり暮らしは、両親の強い反対があり、許されなかった。『雨ニモマケズ手帳』の第二頁には

大都郊外ノ煙ニマギレントネガヒ
マタ北上峡野ノ松林ニ朽チ
埋レンコトヲオモヒシモ
父母二《ママ》共ニ許サズ
癈軀ニ薬ヲ仰ギ
熱悩ニアヘギテ唯
是父母ノ意　僅ニ充タンヲ翼フ

と書かれている。

⑥「東ニ病気ノコドモアレバ　行ッテ看病シテヤリ　西ニツカレタ母アレバ　行ッテソノ稲ノ束ヲ負ヒ　南ニ死ニサウナ人アレバ　行ッテ　コハガラナクテモ　イ、トイヒ

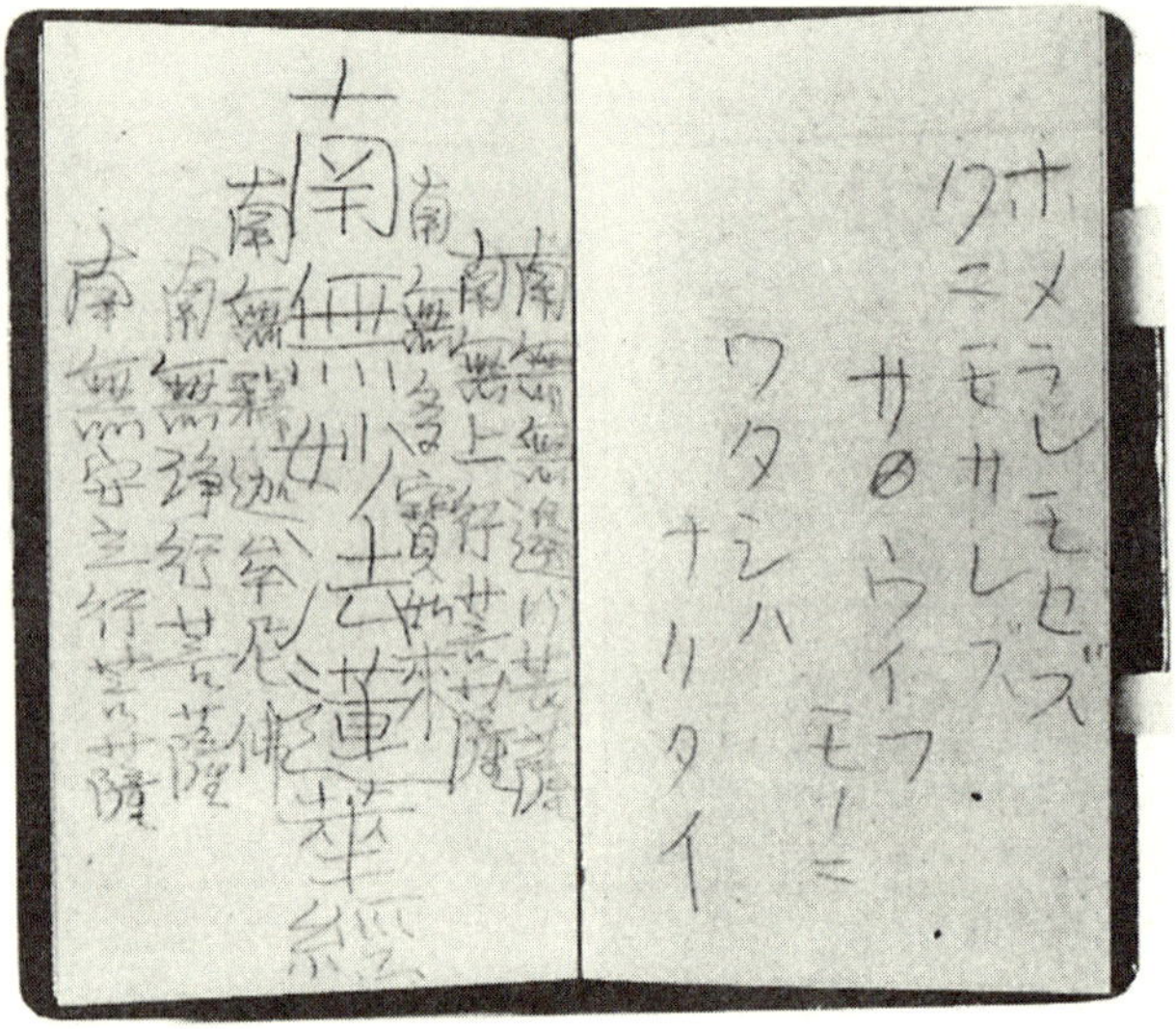

P60　　P59

北ニケンクワヤ　ソショウガアレバ　ツマラナイカラヤメロトイヒ」――「四諦説」の「苦諦」で説明したように、人間には、どうしても逃れられない苦しみ、生・老・病・死がある。賢治は「雨ニモマケズ」の前々頁に「四苦八苦」を書き、法や医や技で、その苦しみを抜いたり軽くしたりすることが出来るかどうかを考えている。そして最後に「唯諸苦ヲ抜クノ大医王タレ」と強い決意に達した賢治は、四苦に悩む人を助けるためには、どこへでも行こうと考えた。即ち〈菩薩道〉を目ざしたのである。「行ッテ」という言葉は、苦しんでいる人があれば、どこへでも行って救済する菩薩道を意味している（赤鉛筆で書いている為、写真ではわかりにくいが、五六頁左肩にも「行ッテ」と書かれている）。

この箇所は、よく批判されるところで、かつて、中村稔氏は「雨ニモマケズ」を「春と修羅」と同じように詩として受けとめ、「なぜ、東西南北と四方にわけてならべなければならなかったのか。『病気ノコドモ』『ツカレタ母』『死ニサウナ人』というような、ほとんど似かよった観念の並列はむしろ苦しげにさえ感じられる」（『定本宮沢賢治』

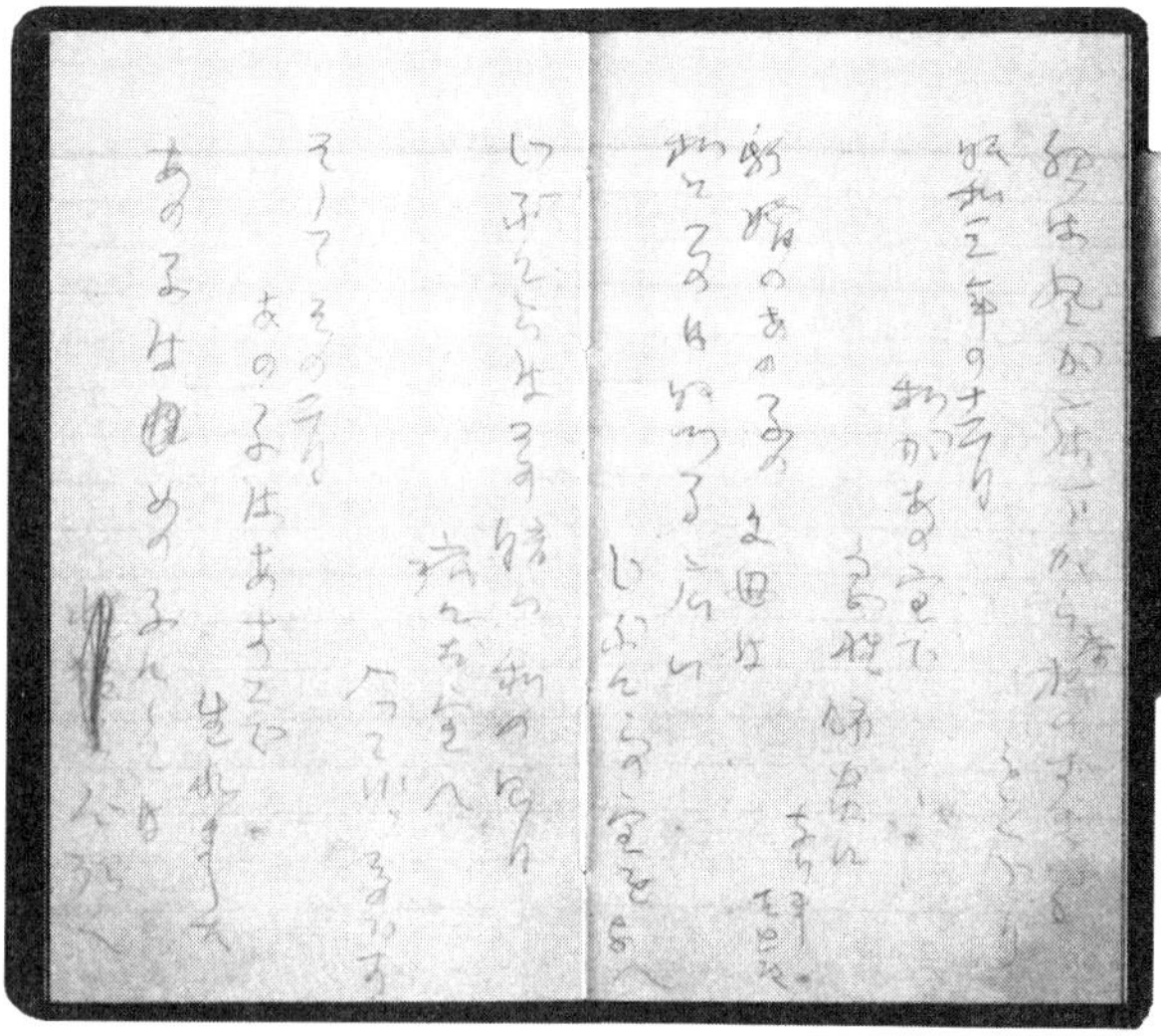

P20　　P19

二〇七～二〇八頁）と批判したことがあった。しかし、もし「雨ニモマケズ」を書いた時の賢治のこころの動きを、手帳の頁に従ってたどってみれば、この部分が前々頁に書かれている「生・老・病・死」を意味していることは、すぐに納得出来たと思う。「なぜ東西南北と四方にわけてならべなければならなかったのか」という指摘については、おそらく釈尊の「四門出遊（釈尊が太子の時、四方の城門に遊んで生・老・病・死の四苦を見、深く世を厭ったという）」の故事に倣ったのであろうと思う。

⑦「ヒドリノトキハ　ナミダヲナガシ　サムサノナツハオロオロアルキ」――この箇所も批判の多いところで、佐藤勝治著『宮沢賢治批判』（一五〇頁）では「『寒サノ夏ハオロオロ歩キ　ヒドリノトキハ涙ヲ流シ　ミンナニデクノボートヨバレ　ホメラレモセズクニモサレズ』というイワンの馬鹿式の無抵抗主義は、いったい、どういう結果を生みますか。たとえその人が善意の権化であっても、結果としては不合理な社会をそのまま認めることになり……根本を解決しないでいては、犠牲者は後から後から絶えません。」と否定されている。「ヒドリノトキ……」「サムサノ

ナツハ……」といえば、私たちにはすぐに、一九二七年の冷温多雨の夏と一九二八年の四十日の旱魃で、陸稲や野菜類が殆んど全滅した夏の賢治の行動がうかんでくる。当時の彼は、決して「ナミダヲナガシ」ただけではなかった。「オロオロアルキ」ばかりしてはいない。

……この半月の曇天と
今日のはげしい雷雨のために
おれが肥料を設計し
責任のあるみんなの稲が
次から次へと倒れたのだ
稲が次々倒れたのだ

（中略）

さあ一ぺん帰って
測候所へ電話をかけ
すっかりぬれる支度をし
頭を堅く縛って出て
青ざめてこはばったたくさんの顔に
一人づつぶっつかって
火のついたやうにはげまして行け
どんな手段を用ゐても

弁償すると答へてあるけ〔もうはたらくな〕　一九二七年八月二十日

かういう開花期に
続けて降った百ミリの雨が
どの設計をどう倒すか
眼を大きくして見てあるけ〔降る雨はふるし〕

と、雨の中を走りまわり、出来る限りの対策をしてまわっている。

一九二八年の旱魃の際も、東京・大島旅行の疲れを癒す暇もなく、イモチ病になった稲の対策に走りまわり、その結果、高熱を出し、倒れたのである。

そして、この時の肺浸潤が十二月の急性肺炎をひきおこし、その病苦と死苦の体験が賢治の意識と行動を次第に変えていった。

「疾中」とよばれる一連の詩には、死期の近づきを感じながら、悩み、焦り、祈る賢治の心の動きがはっきりと表われている。

博士よきみの声顫ひ
暗きに面をそむくるは
熱とあえぎに耐えずして
今宵わが身の果てんとか〔S博士に〕

あ、今日ここに果てんとや
燃ゆるねがひはありながら
外のわざにのみまぎらひて
十年はつひに過ぎにけり

懺悔の汗に身をば燃し
もだえの血をば吐きながら
たゞねがふらく蝕みし
この身捧げん壇あれと〔あ、今日ここに果てんとや〕

そしてわたくしはまもなく死ぬのだらう
わたくしといふはいったい何だ
何べん教へなほし読みあさり
さうともきゝかうも教へられても
結局まだはっきりしてゐない
わたくしといふのは……〔そしてわたくしはまもなく死ぬのだらう〕

一九二七年、二八年の天候不順による農作物の被害と、二八年の発病に始まった病苦、死苦の体験は、賢治に自分の力の限界を感じさせ、羅須地人協会活動時代の自分が「慢」に陥っていたことを強く反省させた。彼は、『雨ニモマケズ手帳』裏表紙の見返しと扉に、大きく何回も「警貢高心」と書きつけている（貢高心とは、小倉豊文『「雨ニモマケズ手帳」新考』によれば、「慢心」と同じ意味）。

賢治は最初、肥料設計で土地改良を行えば、作物の収穫は必ずあがると確信していたが、予期しない天候不順にその夢は悉く砕かれ、天候、殊に冷温は、人間の力ではどうにもならないことを痛いほど思い知らされた。

「グスコーブドリの伝記」の中に、賢治は次のような、博士とブドリの会話を入れている。

大博士も「旱魃ならば何でもないが、寒さとなると仕方ない」とだけしか云はなかったのでした。ところが五月も過ぎ六月も過ぎてそれでも緑にならない樹を見ますとブドリはもう居ても立ってもゐられませんでした。

（中略）

ブドリは潮汐発電所の電気を全部電燈に代へて沼ばたけを照らすことを考へてみました。けれどもそれは計算して見ると何にもならないのでした。たうたうたまらなくなってブドリは、クーボー大博士を訪ねました。

「先生、今年もとてもだめらしいのです。」

「いや、きみ、そんなにあせるものではない。人はやるだけのことはやるべきである。けれどもどうしてもどうしてももうできないときは落ちついてわらってゐなければならん。」

このクーボー博士の言葉を読むと、賢治が「雨ニモマケズ」の中で、「ヒドリノトキハ　ナミダヲナガシ　サムサノナツハ　オロオロアルキ　ミンナニデクノボートヨバレ」と書いた本当の気持がわかるような気がする。「雨ニモマケズ」を書いた時の賢治は、もはや羅須地人協会設立の頃のように、農民と同じ農作業をする体力はなかった。前述したように、苦しむ人々の悩みを癒す心の医者になろうと考えていた賢治は、人間の力では、どうにもならない旱魃や冷夏の時は、農民の気もちや悲しみのわかる人間としてただ涙を流し、おろおろ歩くことしか今の自分は出来ないのではないかと考えたのである。

⑧「デクノボートヨバレ」――『雨ニモマケズ手帳』に、「土偶坊」と題する「雨ニモマケズ」の劇化と思われる構想メモがあるが、その中に、「土偶ノ坊　石ヲ　投ゲラレテ　遁ゲル」と書かれていることなどから、『法華経』の常不軽菩薩を指すもの、という見方が有力である。〈慢〉をいましめる自戒の言葉、前述した「警貢高心」から生じた意識といえるが、「デクノボートヨバレ」であって「デクノボー」ではない点に留意すべきである。

⑨「ホメラレモセズ　クニモサレズ」――「雨ニモマケズ」を書いた頃の賢治は、詩人として、また篤農家として、讃辞を受けていた。例えば草野心平氏は、一九二九年七月一日発行の『詩神』の中で、「蒼鉛色の暗い空から／みぞれはびじょびじょ沈んでくる／宮沢賢治によって世界中の霙は降らないことになったのである。これは私一個の独断のための独断であらうか。」（詩集『春と修羅』を読まないことは損失ぢゃないか）と賢治の詩の独自性を高く評価し、昭和六年七月一日発行の『詩神』では「宮沢賢治の芸術は世界の第一流の芸術の一つである」と絶賛している。また、篤農家としても、昭和三年四月発行の『岩手県農会報』に佐藤文郷氏が書いたと思われる記事「農界の特心《ママ》家宮沢賢治」の中に「花巻の名物は温泉と人形とおこしとだけではない、円満の相貌伝へ聞く物外和尚をしのばせる様な宮沢君も現在花巻名物の一ツであで《ママママ》る。そして此の花巻名物が県の名物となる時が近く来るかと思はれる。」と賢治を郷土の誉れと讃えている。

　しかし、賢治にとっては、誉められることよりも、周囲に迷惑をかけていることの方が、より気になることだったに違いない。人並みに働くことの出来ない負目が彼に重くのしかかっていたのだろう。「からだが丈夫になって親どもの云ふ通りも一度何でも働けるなら、下らない詩も世間への見栄も、何もかもみんな捨てゝもいゝと存じ居ります」（423書簡下書）や「じぶんの兄弟のために何円かを手伝へるかといふやうなことはできないものから見れば神の業にも均しいものです。」（柳原昌悦宛書簡）と書いている。

⑩「サウイフモノニワタシハナリタイ」――最後のこの言葉でわかるように、「雨ニモマケズ」は賢治の悲願であった。しかもその悲願は、これまで考察して来たように、過去の反省の上に立って考えた新たな生活の指針だった。そして更にもう一つ見落してはならないことは、賢治はこの時、「一年の魂とせよ　明治節」という、田中智学の言葉を思い出していたのではないだろうか、ということである。

『「雨ニモマケズ」の根本思想』について

ところで本稿を「『雨ニモマケズ』論」としたが、一九八一年四月刊『宮沢賢治論』（桜楓社）に収めた「『雨ニモマケズ』論」を出発点としている。これは、七六年六月札幌で行われた北海道立図書館の研究大会で行った「宮沢賢治の世界――『雨ニモマケズ』を中心に――」の講演記録に手を加えたものであるが、当時は国柱会の田中智学についての資料に触れていなかったため、「雨ニモマケズ」と智学が唱えた「一年の魂とせよ明治節」の関係に気づかずにいた。一九八三年十月八日、札幌市民会館で行われた国柱会の「真世界文化講演会」で、「田中智学先生と宮沢賢治」と題する講演の依頼を受け、資料として贈られた『獅子王全集』を読み、その第一輯『獅子王講演篇』で、田中智学が明治節制定願意貫徹感謝大会で行った「吾願達矣《わがねがいたっせり》」の講演記録や第一回明治節に際して東京中央放送局で行われた智学のラジオ講演「明治節の真意義」の全文を読んで、賢治の「雨ニモマケズ」と田中智学の「一年の魂とせよ明治節」の関係に気づき、以来、講演でもしばしばこのことを指摘し、一九八七年の三月教育出版の依頼を受けて「『雨ニモマケズ』考」を執筆、同年の「教科通信」（教育出版）の五月十日号と七月十五日号で発表した。

しかし、「教科通信」に書いた「『雨ニモマケズ』考」は、多くの小学校の教諭には読まれ、反響があったものの、一般の目には触れ難かったため、一九九一年八月十日刊の龍門寺文蔵著『「雨ニモマケズ」の根本思想』では、一九八一年四月刊の拙著『宮沢賢治論』（桜楓社）に収めた「『雨ニモマケズ』論」が取り上げられ、次のように指摘されている。


西田はさらに「時代や場所が作者と異なる読者の場合は、作者の意図と大きく違った私的・今日的解釈をすることがある。……殊にこの〃雨ニモマケズ〃のように、人が読むことなど全く考えずに、ただ自分のために書きとめたものは、説明不足の所が多いので、作品の背景を考えながら補って読むことが必要である。作品成立の背景と宗教的な意味を知ることで、この詩は、ずっと深い感銘を読者に与えるものになるであろう」（同書一七一ページ）と有益な指摘を行なっている。

だが、いざ「雨ニモマケズ」の作品の背景を説明する段になると、病床にいた賢治だからこそ「雨ニモマケズ、風ニモマケズ」と冒頭に丈夫な身体を切望せずにはいられなかったとみる。病気で、父母に迷惑をかけたので、「人に迷惑をかけたくない」「人の心を煩わせる原因を作りたくない」そういう日頃の気持が「ホメラレモセズ　クニモサレズ　サウイフモノニ　ワタシハナリタイ」という結びの言葉になったと述べ、これがどうやら西田のいう作品成立の背景らしい。

「慾ハナク決シテ瞋《イカ》ラズ」「イツモシヅカニワラッテヰル」とは地獄界や餓鬼界を離れて、天上界へ進むことであり、「アラユルコトヲジブンヲカンジョウニイレズ」とは、即ち忘己利他の菩薩の心だという。これが宗教的な意味を知ることに当たるらしい。（二一三〜二一四頁）

しかし、後述の通り、智学が唱えた「明治節の真意義」に従って、〈これまでの「反省」を踏まえ、これからの「生活指針」を立てる〉という視点から考えれば、病床の賢治がもっとも「反省」したのは、健康を害してしまったことへの反省であったし、病弱な賢治がこれから先の「生活指針」として考えたことは、羅須地人協会時代のように、農民と同じ生活をすることではなく、自らこころを修めて、悩み苦しむ人びとのこころの医者になることであった。賢治はその時の自分の置かれた立場に立って、自分に可能な方法で菩薩道をめざしたのである。

龍門寺氏の指摘された点を、田中智学の「一年の魂とせよ明治節」を視野に入れながら再考してみたが、「雨ニモマケズ」の背景に、羅須地人協会挫折に対する「反省」と「諸苦ヲ抜クノ大医王タレ」という菩薩道への「悲願」があったという私の解釈はやはり間違っていなかったと思う。むしろ氏が唱えられた「『雨ニモマケズ』の根本思想」は、次に指摘するように、明らかにいくつかの間違いをおかしている。

龍門寺文蔵著『「雨ニモマケズ」の根本思想』では、

「雨ニモマケズ」の根本思想は、法華経の行者の行規である衣・座・室の三軌から出ているのだ。より具体的にいえば、三軌の一つ「如来衣」を「忍行最勝」「忍難法楽」「伏惑行忍」等と解説した『妙宗式目講義録』の智学の説を依りどころとして、この「雨ニモマケズ」の詩の構成が成り立っている。（四八頁）

とし、「東ニ病気ノコドモアレバ」から「野原ノ松ノ林ノ蔭ノ、小サナ萱ブキノ小屋ニヰテ」までの解釈は次のように説明されている。

賢治の思索メモ・詩法メモによると、次のようにある。

心象スケッチ ｛
田園　神祇釈教
社会　恋　無常
病気　述懐人名
信仰　地名疾病
生活
｝を禁ず

筆者が考えるには、賢治の「雨ニモマケズ」の東・西・南・北は右の詩法メモにもとづいて書かれているのではないかと思う。すなわち、

田園――西ニツカレタ母アレバ行ッテソノ稲ノ束ヲ負ヒ
社会――北ニケンクワヤソショウガアレバ、ツマラナイカラヤメロトイヒ
病気――東に病気ノコドモアレバ、行ッテ看病シテヤリ
生活――（中央）野原ノ松ノ林ノ蔭ノ、小サナ萱《かや》ブキノ小屋ニヰテ
信仰――南ニ死ニサウナ人アレバ、行ッテコハガラナクテモイヽトイヒ

とでも配当できるように、一つの詩の中に田園・社会・病気・信仰・生活の五つの要素を積極的に取り入れる努力がなされたのではなかろうか。あるいは五つの要素の全部ではなくとも、田園風景を中心にいくつかの要素から、賢治の詩は成り立っている。ただ「雨ニモマケズ」の詩は「生活」の部分が「野原ノ松ノ林ノ蔭ノ、小サナ萱ブキノ小屋ニヰテ」だけではなく、先程述べたごとく「決して瞋ラズ」や生忍・法忍の二忍にもとづいて構成されているが、賢治の心中を考えると『雨ニモマケズ手帳』の冒頭にあるごとく、

大都郊外ノ煙ニマギレントネガヒ、

北上峡野、松林ニ朽チ埋レンコトヲオモヒシモ、父母ニ共ニ許サズとて、実家に病軀を横たえていたが、心は北上川沿いに羅須地人協会をつくり自炊生活をしていたごとく、松林の間に小さな萱ぶきの小屋をつくり、そこで信仰を中心にした生活を営むことを望んでいた。（五四頁～五六頁）

つまり、賢治が東西南北に配した「四苦」（病・老・死・生）を、龍門寺氏は「詩法メモ」にある「心象スケッチ」の「田園　社会　病気　信仰　生活」の五項目に当てはめて解釈されているが、「サウイフモノニ　ワタシハナリタイ」という結びのことばが示すように、「雨ニモマケズ」は賢治の「悲願のことば」乃至「誓願文」であって、決して心に浮ぶイメージをスケッチした「心象スケッチ」とよばれる種類のものではない。

また龍門寺氏が引用されている「詩法メモ」は、文語詩「来賓」の下書稿裏面に書かれているメモで、次頁に示すように「田園　社会　病気　信仰　生活」の下には、それぞれ頁数が記され、龍門寺氏の引用箇所の前には「第二　自然」、後には「第四　文語」という文字が書かれており、賢治が新しい詩集を構想しつつ書いたメモだと考えられているものである。『校本宮澤賢治全集』第五巻三四八頁でもこの「詩法メモ」の解説は「口語・文語を含んだ詩全体のまとめを意図していたことがうかがわれる」と書かれている。

また、氏は「田園　社会　病気　信仰　生活」の下に賢治が書き付けている「頁数」を何の説明もなく削除し、その箇所に、「書簡415の下書裏」に書かれている「詩法メモ」の一部である「神祇　釈教　恋　無常　述懐　人名　地名・疾病　を禁ず」の文字を、これも何の説明もなく転記している。つまり、［文語詩「来賓」下書稿（一）裏］に書かれているメモの一部と、［書簡415下書裏］に書かれているメモの一部を組み合わせ、実際には存在しない、作り替えた「詩法メモ」を提示して「雨ニモマケズ」の言葉を解説されている。しかも「神祇　釈教　恋　無常　述懐　人名　地名・疾病　を禁ず」の書かれている「書簡415」は、一九三二（昭7）年五月十日の母木光宛の書簡

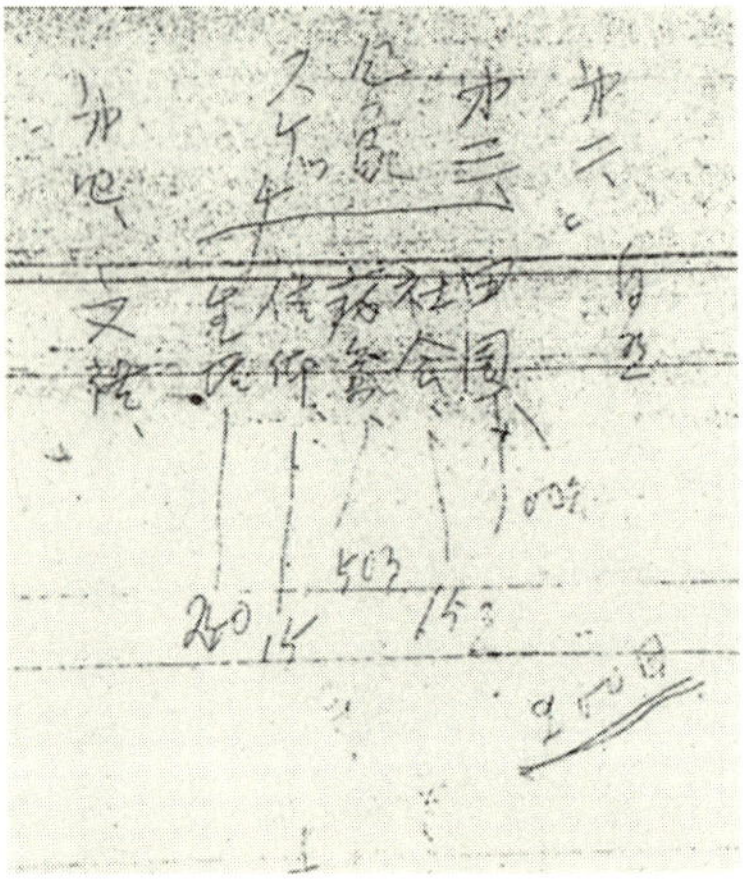

詩9〔書簡415下書裏〕

神祇　釈教
恋　無常
述懐　人名
地名・疾病
を禁ず

句六表
1——
2　字止
3——て
4
5　月の定座
6

7　8　9　10

28　29

詩7〔文語詩「来賓」下書稿㈠裏〕

第二、自然
第三、
心象
スケッチ
田園——100頁
社会、|15頁
病気、—50頁
信仰、|15
生活——250
200日

第四、文語、

裏十二句

11 12 13 14 15 16 17 18

13 月の定座

17 花の定座

名残表六句

19 20 21 22 23 24 25 26 27

名残裏十二句

30 31 32 33 34 35 36

△前々句に類し亦は正反対なるを忌む

△春秋は三乃至五句 秋冬は一乃至三句続くる

△何句忌のこと

で、賢治が「雨ニモマケズ」を書いた一九三一（昭6）年十一月三日より半年も後に書かれた書簡の下書き裏のメモである。半年以上後に書かれたメモを、「雨ニモマケズ」を書くための「詩法メモ」と考えるのはいささか、無理な推論ではなかろうか。それよりも『雨ニモマケズ手帳』の五一頁から五九頁までに書かれた「雨ニモマケズ」は、そのすぐ前の「四七頁」「四八頁」「四九頁」に書かれている「四諦説」「四苦八苦」「唯諸苦ヲ抜クノ大医王タレ」を書きながら構想されたものとみるのが妥当だと思う。

龍門寺文蔵著『「雨ニモマケズ」の根本思想』に所収されている「『雨ニモマケズ手帳』の未解明箇所」は、昭和六十三年、つまり一九八八年四月二十六日の『中外日報』に発表されたものと記されているが、「明治節と田中智学」「〈11・3〉と『雨ニモマケズ』」の関係については、その前年の一九八七年、五月十日と七月十五日の「教科通信」（教育出版）に分載した拙稿「『雨ニモマケズ』考」で既に発表していたこととほぼ同じである。ただ龍門寺説と私の説の大きく異なる点は、氏は「雨ニモマケズ」の根本思想として、「三軌の一つ『如来衣』を『忍行最勝』『忍難法楽』『伏惑行忍』等と解説した『妙宗式目講義録』の智学の説を依りどころとして、この『雨ニモマケズ』の詩の構成が成り立っている。」（四八頁）とし、東西南北を二つの「詩法メモ」の一部を組みかえた、実在しない「詩法メモ」を掲げて解釈している点と、智学がラジオ講演「明治節の真意義」の最後に披露した「一年の魂とせよ明治節」ということばに注目していない点である。私は、『雨ニモマケズ手帳』の中で、「雨ニモマケズ」のすぐ前の四七頁から四九頁に書かれている「四諦説」の思想や、「雨ニモマケズ」の冒頭にある「11・3」から推測出来る「一年の魂とせよ明治節」という智学の提唱が、「雨ニモマケズ」の基底になっていると考える。殊に龍門寺氏は全く触れていないが、私は「一年の魂とせよ明治節」という智学のことばは、「雨ニモマケズ」を理解するためには、きわめて重要なことばだと考える。

「一年の魂とせよ明治節」と〈11・3〉

「一年の魂とせよ明治節」という、この言葉は、明治節制定運動の発案者田中智学が、制定を祝して作った標語であるが、彼は、一九二七年十一月三日、第一回明治節を記念して行われたNHK東京放送局の特別番組で「明治節の真意義」という講演を行い、「明治節は国民覚醒節である。国民奮起節である。国民向上節である。」と四十分にわたり説いたあと、結びの言葉として、自作のこの標語を披露した。（二四四頁写真参照）

それ以来この標語は、国柱会の「天業民報」で大々的に宣伝され、ポスターや旗にもなり、この標語を染め抜いた手拭は会員に配られたという。「天業民報」の読者であり、国柱会会員でもあった賢治は当然この標語を知っていた筈である。

「雨ニモマケズ」の〈11・3〉について、「十一月三日の制作は偶然であって賢治にその意図があった形跡は認められない」とする小倉豊文氏は、「（この十一月三日は）明治時代は『天長節』と称した天皇誕生の国家的祝祭日であり、大正から昭和の敗戦までは『明治節』と名付けられて同じく国家的祝祭日であった。現在の祝日『文化の日』である。」（洋々社『宮沢賢治』第3号・四一頁）と書かれているが、大正時代にはまだ明治節は制定されていなかった。明治節が制定されたのは、一九二七年、つまり昭和二年三月三日である。そしてその主唱者は、田中巴之助、即ち、賢治が大正九年入会した国柱会の始祖、田中智学である。若き日の賢治が「田中先生に妙法が実にはっきり働いてゐるのを私は感じ私は信じ私は仰ぎ私は嘆じ、今や日蓮聖人に従ひ奉る様に田中先生に絶対に服従致します」（一九二〇年十二月二日保阪嘉内氏宛書簡）とまでいった、その田中智学である。

一九二七（昭2）年三月三日明治節が制定、公布されると、智学は三月二十日「願意貫徹感謝大会」を開き、そ

昭和二年十二月四日（日曜）　天業民報　（日刊）　第二千百四十四號　（十九）

明治節の日に「明治節の眞意義」を放送せる田中先生

一年の魂とせよ明治節

當日本社樓上にて聽取中の同志

の日の講演「吾願《わがねがい》達矣《たつせり》」の中で、「大帝御生誕の聖日たる十一月三日をば、全国挙《こぞ》ッてその一日を天から命ぜられた国民の反省すべき日である、精神を修練すべき日である。」「十一月三日の一日をば、三百六十五日の魂とすべきである。」と提唱した。

その後、「天業民報」で、「明治節の標語」を募集したところ、七千余の標語が集まったというが、「天業民報」に発表された入選作を見ると、「明治節は反省の一日」「反省と励みの門出明治節」といったものが多く、〈明治節は単に明治天皇の聖徳を偲ぶだけの日ではなく、自らの生き方を反省し、これからの生き方を考えるべき日である。〉という智学の提唱は、国柱会会員の間では広く知らされていたことがわかる。

第一回明治節を記念して国柱会が発行した「天業民報」の明治節は、十六頁のグラビア版で、その一頁には、ラジオ放送中の智学の写真と、「一年の魂とせよ　明治節」の標語が大きく掲載されている。

一九三〇年三月十日の伊藤忠一へ宛てた書簡に「国柱会からパンフレットでも来たらお送りして参考に供しましよう」と書いている通り、生涯国柱会の会員として「天業民報」の購読を続けていた賢治が、いつもとは違う、一六頁グラビア版の明治節号を見落とした筈はなく、賢治が「一年の魂とせよ　明治節」という智学の標語をしらなかったとは、どうしても考えられない。

なお、龍門寺氏は『「雨ニモマケズ」の根本思想』の中で

「十一月三日」という日が特別な日であることを賢治は充分意識していたと考えられる。それゆえに「ナンセンス」と一言にかたづけられないものがあり、明治の精神、つまり「質素・倹約」という生活を貫かれた明治天皇の聖徳を偲ぶ十一月三日に「雨ニモマケズ」が書かれたことは再考を要するのではなかろうか。（一三六頁）

と、「雨ニモマケズ」の冒頭に書かれている青鉛筆の「11・3」に注目してはいるものの、『質素・倹約』という生活を貫かれた明治天皇の聖徳を偲ぶ十一月三日」という明治節の理解は、田中智学の提唱した「明治節の真意義」と、かなり異なるように思う。

「明治節」は勿論明治天皇の御聖徳を偲ぶ日ではあったが、「『質素・倹約』という生活を貫かれた」ことを「聖徳」として讃えたのではない。次に示す「詔勅」や、「明治節制定願意貫徹感謝大会」（一九二七年三月二十日）で田中智学が講演した「吾願達矣」の中の言葉及び第一回明治節の日に、智学がNHK東京放送で講演した「明治節の真意義」の中の言葉をみれば明治天皇の「曠古ノ隆運ヲ啓カセ」給われたことを追憶して「新らしい国民運動」を興し、「明治節は国民覚醒節、国民奮起節、国民向上節」として、その日一日を以て「一年を活かし導く所の大切な祝日」にしようというのが、田中智学の考えであったことがわかる。特に「吾願達矣」の中で「大帝御生誕の聖日たる十一月三日をば、全国挙ッてその一日を天から命ぜられた国民の反省すべき日である。精神を修練すべき日である。」といった智学の言葉を見落してはならない。「明治大帝の盛徳大業を追慕し奉る国民の至情としてばかりでなく、請願者の根本の趣意は、これを以て国民精神の作興に資したい」といっている。

御詔書《ごせうしよ》

朕《ちん》カ皇祖考《くわうそこう》明治天皇《めいぢてんのう》盛徳大業《せいとくたいげふ》夙《つと》ニ曠古《くわうこ》ノ隆運《りううん》ヲ啓《ひら》カセ給《たま》ヘリ。茲《こゝ》ニ十一月《ぐわつ》三日《か》ヲ明治節《めいぢせつ》ト定《さだ》メ、臣民《しんみん》ト共《とも》ニ長《なが》ク天皇《てんのう》ノ遺徳《ゐとく》ヲ仰《あふ》ギ、明治《めいぢ》ノ昭代《せうだい》ヲ追憶《つゐおく》スル所《ところ》アラムトス。

明治節の真意義

明治《めいぢ》の昭代《せうだい》を追憶《つゐおく》すると云《い》ふことに依《よ》ッて、吾等《われら》の新《あた》らしい国民運動《こくみんうんどう》は此處《ここ》に端《たん》を開《ひら》いて参《まゐ》ります、（中略）

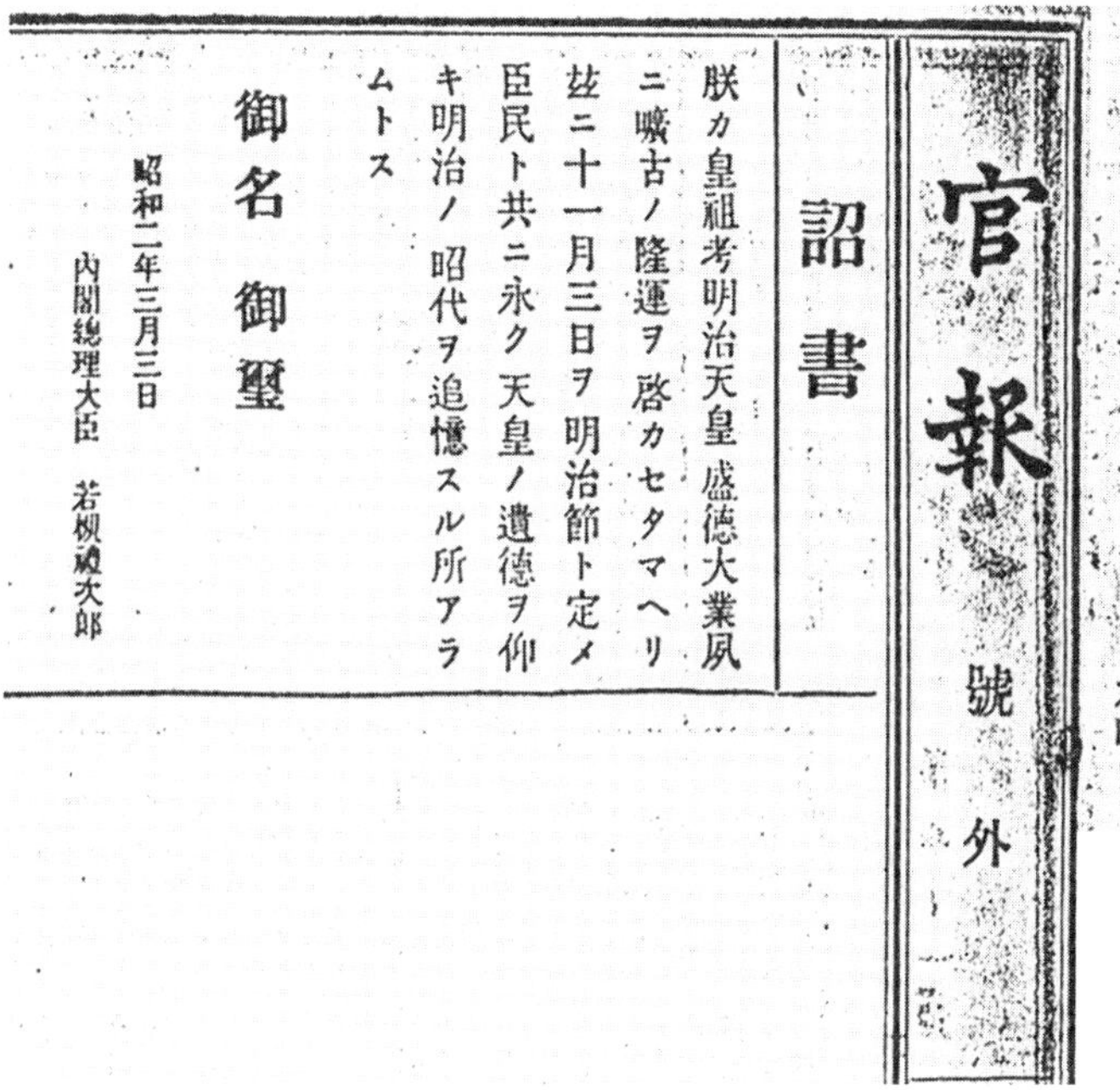
昭和二年三月三日　木曜日

官報　號外

詔書

朕カ皇祖考明治天皇盛徳大業夙ニ曠古ノ隆運ヲ啓カセタマヘリ茲ニ十一月三日ヲ明治節ト定メ臣民ト共ニ永ク天皇ノ遺徳ヲ仰キ明治ノ昭代ヲ追憶スル所アラムトス

御名御璽

昭和二年三月三日

内閣総理大臣　若槻禮次郎

即《すなは》ち明治節《めいぢせつ》は国民覚醒節《こくみんかくせいせつ》である、国民奮起節《こくみんふんきせつ》である、国民向上節《こくみんかうじやうせつ》である。此《こ》の明治節《めいぢせつ》の意義《いぎ》を徹《てっ》底《てい》することに依《よ》ッて、上天恩《てんおん》に報《はう》じ下吾等《しもわれら》の人生《じんせい》の意義《いぎ》を充実《じうじつ》することが出来《でき》ると存《ぞん》じます、此《こ》の明治節《めいぢせつ》の一日《にち》を以《もつ》て一年《ねん》を活《い》かし導《みちび》く所《ところ》の大切《たいせつ》なお祝日《いはひび》と致《いた》し度《た》い、其処《そこ》で私《わたくし》は是《こ》の標語《へうご》を一《ひと》つ御《ご》披露致《ひろういた》します、句《く》は拙《つたな》いがその心《こころ》を取《と》ッて下《くだ》さい。

一年の魂とせよ明治節

之《これ》にて私《わたくし》の講《かう》を終《をは》ります、（『獅子王講演篇』五一五〜五一九頁）

吾願達矣

大帝御生誕《たいていごせいたん》の聖日《せいじつ》たる十一月《ぐわつ》三日《か》をば、全国挙《ぜんこくこぞ》ッてその一日《にち》を天《てん》から命《めい》ぜられた国民《こくみん》の反省《はんせい》すべき日《ひ》である、精神《せいしん》を修練《しうれん》すべき日《ひ》である。国体《こくたい》を考《かんが》へ、吾等《われら》の国民《こくみん》としての使命《しめい》を回顧《くわいこ》すべき日《ひ》であるといふ、神聖《しんせい》なる意義《いぎ》を齎《もた》らしたいといふことが、即《すなは》ちこの明治節制定請願運動《めいぢせつせいていせいぐわんうんどう》の根本原理《こんぽんげんり》であります。

そこで先刻《せんこく》も御講演《ごかうえん》になりました望月小太郎君《もちづきこたろうくん》は、私共《わたくしども》の請願書《せいぐわんしよ》をば衆議院《しうぎゐん》に出《だ》した時《とき》の紹介議員《せうかいぎゐん》であッて、同君《どうくん》が紹介議員《せうかいぎゐん》として請願委員会《せいぐわんゐゐんくわい》に於《おい》て演説《えんぜつ》せられた演説《えんぜつ》が衆議院《しうぎゐん》の速記録《そくきろく》にありますのは、単《たん》に明治《めいぢ》大帝《たいてい》の盛徳大業《せいとくたいげふ》を追慕《つゐぼ》し奉《たてまつ》る国民《こくみん》の至情《しじやう》としてばかりでなく、請願者《せいぐわんしや》の根本《こんぽん》の趣意《しゆい》は、これを以《もつ》て国民精神《こくみんせいしん》の作興《さくこう》に資《し》したいといふ健気《けなげ》な考《かんが》へであるから、この請願《せいぐわん》を採用《さいよう》したいといふ条項《でうかう》を一項《かう》附け加《くは》へて述《の》べられてあります。まことに吾々《われ〳〵》の願意《ぐわんい》をよく取次《とりつ》いで下《くだ》されたものと深《ふか》く望月君《もちづきくん》の紹介《せうかい》の趣意《しゆい》の演説《えんぜつ》を吾々《われ〳〵》は欣《よろこ》んで居《を》ります。

（中略）

どうか此《こ》の一日《にち》を天《てん》より課《くわ》せられた国民反省《こくみんはんせい》の日《ひ》である、精神《せいしん》の修練《しうれん》をすべき日《ひ》であるとしたい。（『獅子王講演篇』三六四〜三八五頁）

『雨ニモマケズ手帳』と『妙行正軌』

賢治と国柱会の関係については、一般に、一九二一年一月父母の改宗を願って突然家出した頃はきわめて熱狂的であったが、その年の夏、トシ子病気の報せで花巻へ帰ってからは次第に冷静になり、農学校教師時代は、「天業民報」への詩の投稿や国性文芸劇への入会などはあったものの、羅須地人協会頃になると、むしろ労農党への接近が目立ち、晩年の賢治は、国柱会とは関係のない、法華経そのものの信仰に変わっていた、という見方が一般的である。

しかし、果たしてそういい切れるものであろうか。

『校本宮澤賢治全集』第十四巻「年譜」一九二六年の解説（六〇九頁）には、羅須地人協会時代の賢治について

「労農党稗和支部の事務所を開設させて、その運営費を八重樫賢師を通して支援してくれるなど実質的な中心人物だった。おもてにでないだけであった。」という小館長右衛門氏の証言がある。これは事実であろう。しかし、同頁にある川上尚三氏の証言は、小館と同じような賢治の思い出を語ったあと、「その頃、レーニンの『国家と革命』を教えてくれ、と言われて、私なりに一時間ぐらい話をすれば『こんどは俺がやる』と交換に土壌学を賢治から教わったものだった。（中略）夏から秋にかけて読んでひとくぎりしたある夜おそく『どうもありがとう、ところで講義してもらったが、これはダメですね。日本に限ってこの思想による革命は起らない』と断定的に言い『仏教にかえる』と翌夜からうちわ太鼓で町をまわった」と述べている。これも間違いなく事実であると思う。

一九二八年暮れの病床の頃から、彼の詩に仏教的な言葉が目立ってくる。

詩「一九二九年二月」〔われやがて死なん〕は、当時の賢治の心境を実によく表している詩である。

われやがて死なん
　今日又は明日
あたらしくまたわれとは何かを考へる
われとは畢竟法則の外の何でもない
　からだは骨や血や肉や
それらは結局さまざまの分子で
幾十種かの原子の結合
原子は結局真空の一体
外界もまたしかり

われわが身と外界とをしかく感じ
これらの物質諸種に働く
その法則をわれと云ふ
われ死して真空に帰するや
ふたゝびわれと感ずるや
ともにそこにあるは一の法則のみ
その本原の法の名を妙法蓮華経と名づくといへり
そのこと人に菩提の心あるを以て菩薩を信ず
菩薩を信ずる事を以て仏を信ず
諸仏無数億而もまた法なり
諸仏の本原の法これ妙法蓮華経なり
　帰命妙法蓮華経
　生もこれ妙法の生
　死もこれ妙法の死
　今身より仏身に至るまでよく持ち奉る

一九二九年の賢治は、羅須地人協会活動の頃と大きく変わって、ひたすら法華経へ帰依することに精進するようになった。そしてこの頃から再び国柱会の修行規範書『妙行正軌』に関心をもちはじめたように思われる。前の詩の最後の一句は、『妙行正軌』の「帰依」にある言葉をそっくりそのまま用いている。

一九三一年の秋から暮れにかけて使用された『雨ニモマケズ手帳』には、国柱会会員必携の経本といわれるこの『妙行正軌』の言葉が、あちこちに書かれている。まず、『雨ニモマケズ手帳』の第一・第三頁は『妙行正軌』第一頁の「道場観」（「法華経を修行する所は、仏の霊地と等しい尊い道場である」の意）の全語句が書かれている。四頁は、賢治が国柱会に入会した時、国柱会からおくられ、それ以来、本尊として拝んでいた「十界曼陀羅」の一部（お題目と菩薩名）が、一字一字丁寧な特別の書体で書かれている。第二七・二八頁には、『妙行正軌』の中の読誦《どくじゅ》（法華経諸品を拝読、または拝誦して、本仏のみこえを聞き、信念を相続する）の中の「品品別伝」の一部が書かれており、第八一頁には、第一・第三頁と同じ「道場観」の語句、更には第八二頁には『妙行正軌』で「道場観」の次の頁にある「奉請」の語句（三世十方の諸仏がお集まりになるところの意）が書かれている。また、第一三九・一四〇頁には、

筆ヲトルヤマツ道場観
奉請ヲ行ヒ所縁
仏意ニ契フヲ念ジ
然ル後全力之
ニ従フベシ
断ジテ
教化ノ考タルベカラズ！
タダ純真ニ
法楽スベシ。
タノム所オノレガ小才ニ

非レ。タヾ諸仏菩薩
ノ冥助ニヨレ

とあり、『妙行正軌』の「道場観」と「奉請」が取りあげられている。

これより四頁前の一三五頁に「高知尾師ノ奨メニヨリ／1法華文学の創作／名ヲアラハサズ／報ヲウケズ／貢高ノ心ヲ離レ」とあるように、病床の賢治は、かつて国柱会理事高知尾智耀氏から奨められた法華文学の創作に今後は専心すべきだと自覚し、その執筆に際しては、『妙行正軌』にあるように、まず「道場観」を唱え、「奉請」を念じて書くべきであると、創作に向かう時の心がまえを書きつけている。また第一四九・一五〇頁、一五三・一五四頁、第一五五・一五六頁と、彼はくり返し国柱会の「十界曼陀羅」にあるお題目と菩薩名を書いている。

病苦、死苦など、もろもろの苦悩から脱して、自分のいま置かれている状況の中で最も可能な法華文学の執筆を彼は心から祈念したのであろう。一九三三年八月伊藤與蔵宛書簡には「何でも生きてる間に昔の立願を一応段落つけやうと毎日やっきになってゐる」と書かれている。

以上述べてきた様に、『雨ニモマケズ手帳』の中には、驚くほど国柱会との結びつきを感じさせるものがあり、一九三〇年三月伊藤忠一宛書簡でも、国柱会の講師山川智応氏の『和訳法華経』を紹介し、これと同じ頃の作品と思われる文語詩「国柱会」では、「大居士は眼をいたみ／はや三月人の見るなく／智応氏はのどをいたづき／巾巻きて廊に按ぜり」と、大正十年当時の田中智学や山川智応氏をなつかしむかのようにうたっている。

以上のような点から考えると、晩年の賢治は、若い頃とは異なった形ではあるが、やはり国柱会と無縁ではなかったことがわかる。勿論若い頃のように「田中先生に絶対に服従致します。御命令さへあれば私はシベリアの凍原にも支那の内地にも参ります。乃至東京で国柱会館の下足番をも致します。」というように、直接国柱会の活動に

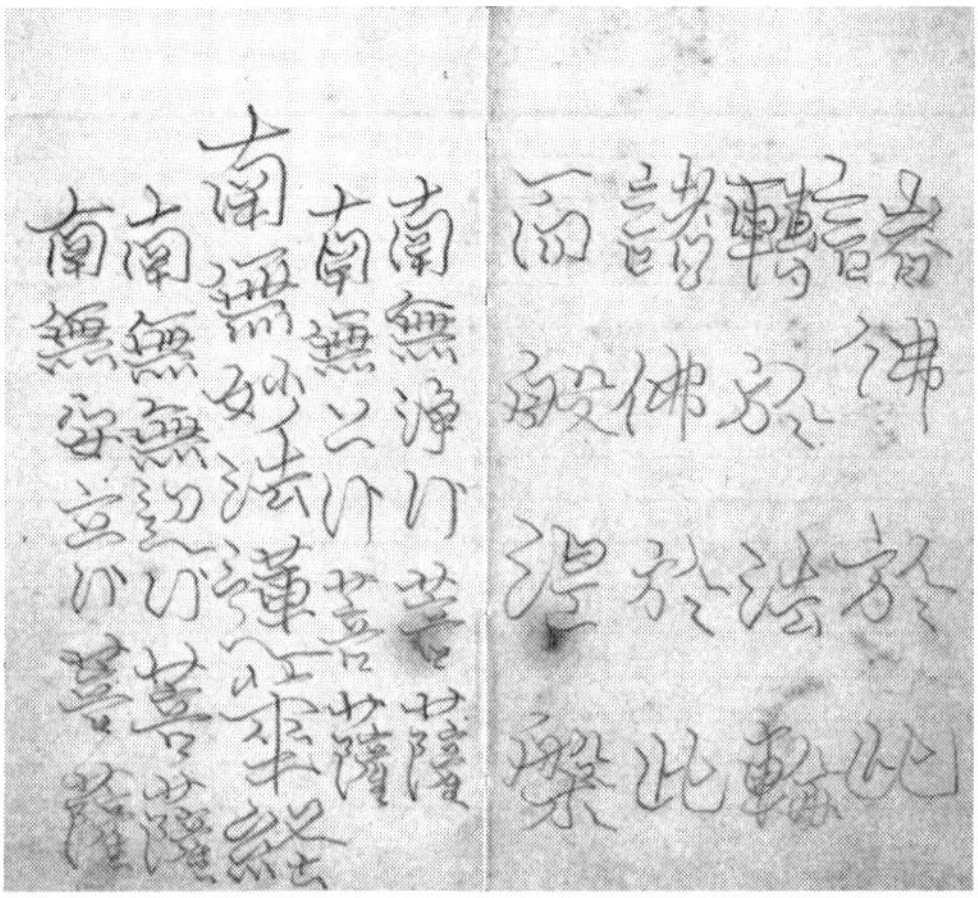

P 4　　P 3

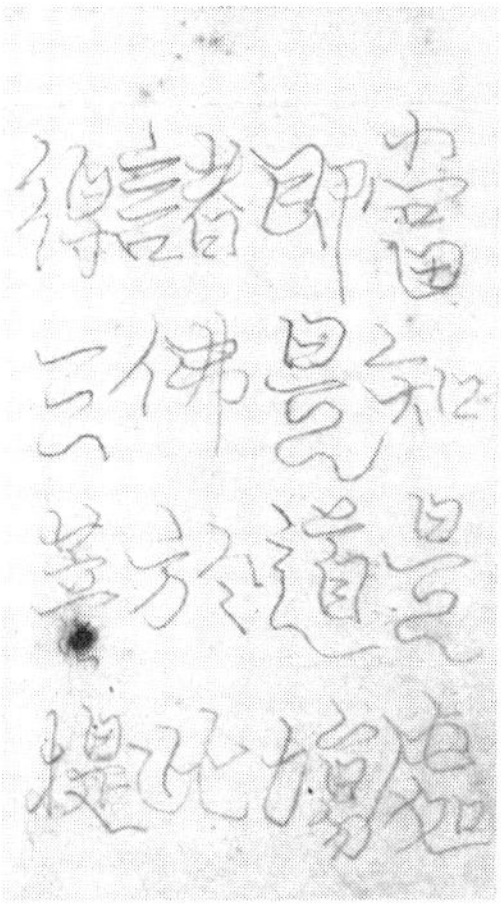

P 1

一、道《どう》場《じょう》観《かん》（如来神力品）「法華経を修行する所は、佛の悟り地と等しい尊い道場である」の意

（真読）
★★當知是處《とうちーぜーしょー》★▲即是道場《そくぜーどうじょう》　諸佛於此《しょぶつーおーしー》　得三菩提《とくさんぼだい》
諸佛於此《しょぶつーおーしー》　轉於法輪《てんのーほうりん》　諸佛於此《しょぶつーおーしー》　而般涅槃《にはつねはん》

（訓読）
★★まさに知《し》るべしこの處《ところ》は、★▲すなわちこれ道場《どうじょう》なり。諸佛《しょぶつ》ここにおいて、三菩提《さんぼだい》を得《え》、諸佛《しょぶつ》ここにおいて、法輪《ほうりん》を轉《てん》じ、諸佛《しょぶつ》ここにおいて、般涅槃《はつねはん》したもう。

二、奉《ぶ》請《しょう》（見宝塔品）「三世十方の諸仏がお集まりになるところ」即ち本仏の全内容が示される

（真読）
★為坐諸佛《いざしょぶつ》★▲以神通力《いじんづうりき》　移無量衆《いむりょうしゅ》　令國清淨《りょうこくしょうじょう》
諸佛各各《しょぶつかッかく》　詣寶樹下《けいほうじゅげ》　如清涼池《にょしょうりょうち》　蓮華莊嚴《れんげしょうごん》
其寶樹下《ごほうじゅげ》　諸師子座《しょししざ》　佛坐其上《ぶつざごじょう》　光明嚴飾《こうみょうごんじき》

（訓読）
★諸佛《しょぶつ》を坐《ざ》せしめんが為《ため》に、★▲神通力《じんづうりき》を以《もっ》て無量《むりょう》の衆《しゅ》を移《うつ》して國《くに》をして清淨《しょうじょう》ならしむ。諸佛各各《しょぶつかッかく》に寶樹《ほうじゅ》の下《もと》に詣《いた》りたもう。清涼池《しょうりょうち》の蓮華莊嚴《れんげしょうごん》せるが如《ごと》し。その寶樹《ほうじゅ》の下《もと》にもろもろの師子座《ししざ》あり、佛《ほとけ》その上《うえ》に坐《ざ》して光明嚴飾《こうみょうごんじき》せり。

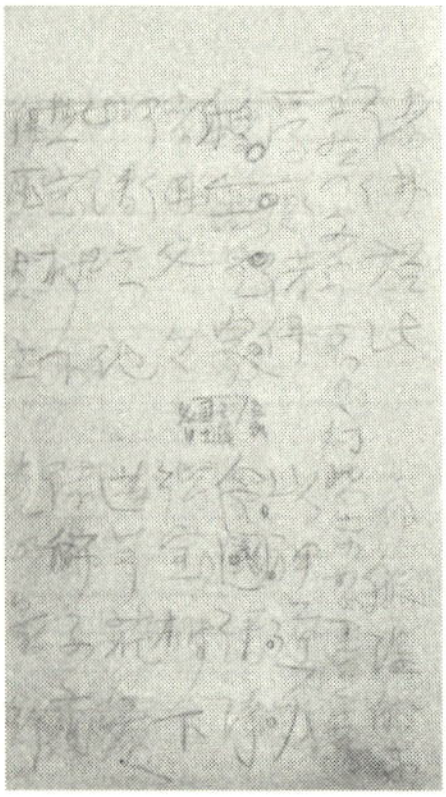

P82

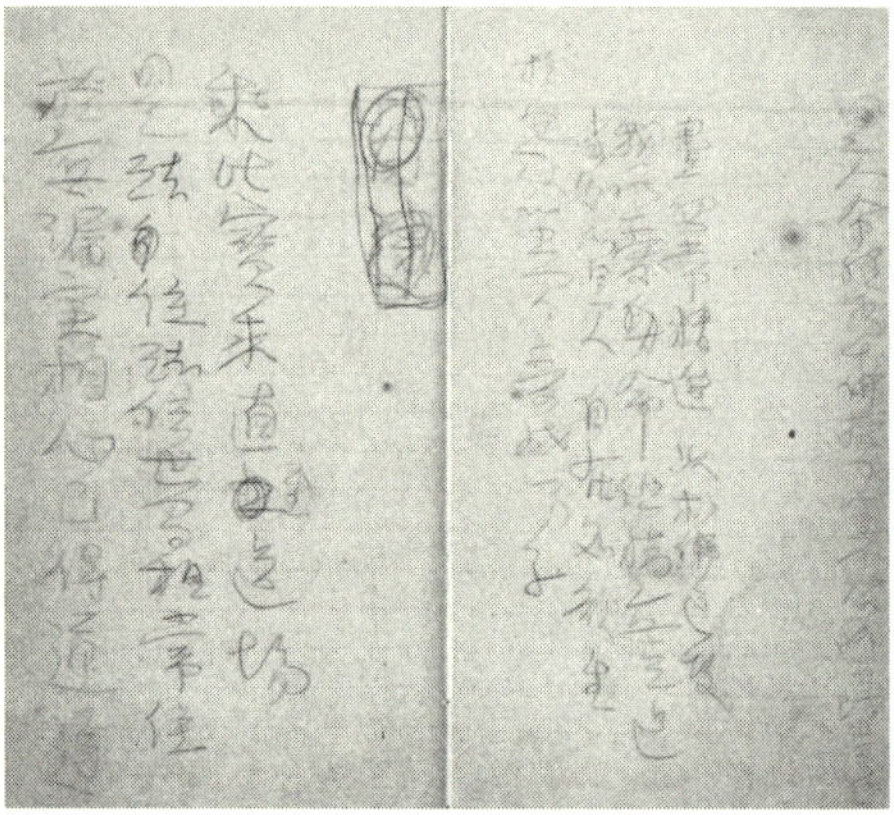

P28　P27

品《ほん》品《ぼん》別《べつ》傳《でん》

（国柱会日課正中広座等の国禱には呪願として急調に読誦する）

妙法蓮華經序品第一《みょうほうれんげーきょうじょーほんだいいち》

▲於無漏實相《おーむーろーじッそう》　心已得通達《しんにーとくつうだつ》

妙法蓮華經方便品《ほうべんぼん》第二

是法住法位《ぜーほうじゅうほういー》　世間相常住《せーけんそうじょうじゅう》

妙法蓮華經譬喩品《ひゆほん》第三

乘此寶乘《じょうしーほうじょう》　直至道場《じきしーどうじょう》

妙法蓮華經信解品《しんげーほん》第四

無上寶珠《むーじょうほうじゅー》　不求自得《ふーぐーじーとく》

妙法蓮華經藥草喩品《やくそうゆーほん》第五

又諸佛子《うーしょーぶッし》　專心佛道《せんしんぶつどう》　常行慈悲《じょうぎょうじーひー》　自知作佛《じーちーさーぶッ》

妙法蓮華經授記品《じゅきほん》第六

参加しようというのでないが、高知尾智耀氏に奨められた法華文学の創作を通して、法華経信者らしい生き方をしたいと考えたり、国柱会の修行規範書『妙行正軌』に従って生活を律していた様子が、『雨ニモマケズ手帳』のあちこちから浮かびあがってくる。

以上のような賢治の意識と生活の中で「雨ニモマケズ」は書かれたものであることを知ることによって、はじめて「雨ニモマケズ」の意味も正しく理解することが出来るであろうと、私は考える。

「雨ニモマケズ」読者論

賢治と「雨ニモマケズ」

「雨ニモマケズ」は、賢治の他の作品と異なり、読み手を意識して書かれたものではないとされている。一九三一年九月十九日、東北砕石工場の仕事で上京した賢治は、車中で高熱を発し、帰郷した後の辛く長い病床生活を余儀なくされた。賢治は、その頃使用していた手帳の中に「雨ニモマケズ」を記していたのであるが、ほかに、「苦ヲ抜クコトヲ修セヨ」「唯諸苦ヲ抜クノ大医王タレ」など、賢治が生老病死についていろいろと考えたことを窺わせるメモが手帳には残されている。たとえば、十月二十九日の日付では、「疾すでに／治するに近し／警むらくは／再び貴重の健康を得ん日／苟くも之を／不徳の思想／目前の快楽／つまらぬ見掛け／先ず―を求めて／以て―せん／といふ風の／自欺的なる／行動／に寸毫も委するなく／厳に／日課を定め／法を先にし／父母を次ぎとし／近隣を三とし／農村を／最後の目標として／只猛進せよ／利による友／快楽を同じくする友尽く之を遠離せよ」と記されており、その筆跡には恢復した後の生活に対する賢治の強い決意が感じられる。賢治は、やや小康を得た十一月三日の日付で、当時病床で使っていた手帳に、「雨ニモマケズ」を記し、これまでの自分を省みつつ、今後の生活指針を書き記したものであるにもかかわらず、「雨ニモマケズ」は、多くの読み手に多大な影響を与えてきた。

対立する評価—共感的理解と批判的分析

一九四五年六月に発行された『雨ニモマケズ』[*1]で、谷川徹三は「この詩を私は、明治以後の日本人の作つた凡ゆる詩の中で最高の詩であると思つてゐます。もつと美しい詩、或はもつと深い詩といふものはあるかもしれない。併し、その精神の高さに於いて、これに比べ得る詩を私は知らないのであります[*2]」と、高く評価している。

さらに続けて、「この詩は十一月三日に書かれたものですが、十一月三日に書かれたといふのも、私には偶然とは思へない。十一月三日といふ日は私共――宮澤賢治と私とは一つちがひで、所こそちがへ共に明治時代に小学校と中学校の大半を過ごしたものですが、さういふ、明治の私共には忘れることのできない日であります。この懐しいかつての天長節の日に、賢治がこの詩を書いたといふことに、私は大きな意味を認めたいのであります。といふのは、これを私は簡単に詩と呼びましたが、それは詩の形をしてゐるからさう申したので、賢治自身のこれを書いた気持ちは、詩を書くといふやうな気持ちではなく、もっとじかに、自分の心の奥の奥の最も深い願ひを自分自身に言ひ聞かせるといふやうな気持ちではなかったかと思ひます。とにかく、ここには、人に見せるといふ気持ちは少しもない。これは、全く自分の為だけに書いたものです。その意味では願ひであると共に祈りであります。その祈りの心の純粋さがわれわれを打つのであります。詩にはもともとさういふものがあります。しかしそれを斯くまで純粋な表現にまで押出したその心の昂揚に、この十一月三日といふ日にからまる感情が作用してゐることを私は感じます。これは明治の最も栄えある時代に少年時を過した者だけが感じ得ることかも知れません。[*3]」と評している。

ここにみられる谷川の「雨ニモマケズ」への視点は、賢治が読み手を意識しておらず、したがって「雨ニモマケズ」を作品としては賢治が認識していなかったことを理解したうえで、自分の育ってきた明治時代の時間を、賢治の人生と共感的に認識することによって、十一月三日の日付で秘かに記された「雨ニモマケズ」の賢治の祈りにも似た感情と、広く知られるようになった後に「雨ニモマケズ」を読んだ自らの感想としての感情を重ね合わせることによって、賢治の「雨ニモマケズ」が自らの感情に与えた影響を評価しているのである。

十一月三日の明治節の制定に奔走した田中智学は、自ら作った標語「一年の魂とせよ明治節」を国柱会の広報紙「天業民報」に掲げた。田中智学は、一九二七年十一月三日、第一回明治節を記念して行われたNHK東京放送局の特別番組で「明治節の真意義」という講演を行い、「明治節は国民覚醒節である。国民奮起節である。国民向上節」であると四十分にわたり説いたあと、結びの言葉として自作の標語「一年の魂とせよ明治節」を披露した。賢治はその影響を受けたと推測される。しかし、田中智学のエピソードを知らなくても、賢治と同世代の谷川徹三には、十一月三日に対する特別な感情―敬虔な気持ち、新たな決意の日など共感できた。それは、同じ時に生きた者のみが共有するものであろう。

さらに、谷川は、『雨ニモマケズ』の詩は、賢者の文学としての賢治の文学の特色を最も純粋に最も気高い形で出したものであると考へます。何よりも、この詩の中に現はれてゐる願ひの誠実に私は頭が下げるのであります。それ以上に、さういふ者になりたいと言つた、さういふものに事実賢治が一応なつたといふ所に、一層頭を下げるのであります。明治以後われわれは幾多偉大な文学者達をもちました。併し、その人の墓の前に、本当にへりくだつた心になつて跪きたいといふ人を、私は賢治以外にもたないのであります。[*4]」と評しているが、ここには、谷川が作品としての「雨ニモマケズ」の表現を越えて、「雨ニモマケズ」を書き記した賢治の生き方もしくは賢治という人間そのものから伝わってくるメッセージを、「雨ニモマケズ」を谷川が高く評価する論拠としていることがわかる。

こうした谷川の「雨ニモマケズ」の読み方とは異なる読み方をしたのが、中村稔である。中村は、一九五五年に発行した『宮澤賢治』[*5]において、「『雨ニモマケズ』は僕にとって、宮澤賢治のあらゆる著作の中でもっともとるにたらぬ作品のひとつであろうと思われる。[*6]」と、「宮澤賢治愚作論」といわれるセンセーショナルな表現を使って、「雨ニモマケズ」を論評した。

詩人である中村稔は、「雨ニモマケズ」を一篇の詩作品として理解した場合の観点から、詩としての技巧を論じたのである。中村は、「『雨ニモマケズ』は、つづいて『風ニモマケズ』と対比されることによって、共に具体的な現実感を失っている。『雨ニモマケズ、風ニモマケズ』の詞句が、スローガンのように流行することは、この詩句の観念的な欠陥に因っているので、この詩句がすぐれているためではない。そして、この詩句の意味する所は、次の『雪ニモ夏ノ暑サニモマケヌ』と同じく、『丈夫ナカラダ』の修飾句であるのだが、つまり雨にも風にも雪にも夏の暑さにもまけぬ強靱な肉体をもちたいということなのだが、語勢が強すぎるために『雪ニモ夏ノ暑サニモマケヌ』の字句をかえって弱くひびかせ、逆にこの『雨ニモマケズ、風ニモマケズ』を浮き上がらせている。しかも、『雪』、『夏ノ暑サ』が対比され、さらにこれが『雨』『風』と対比されることによりいづれも言葉が内包している意味を打消しあっている。この対偶法とよばれ修辞法がこれほど夥しくつかわれている作品も少いであろう。[*7]」と評したのである。

ここでは、賢治が「雨ニモマケズ」に込めた思いを分析の対象とするのではなく、「雨ニモマケズ」を私的な書き付けではなく、一篇の詩すなわち作品として認識することによって、賢治の表現技巧を、詩作品の評価視点から分析しているのである。さらに、中村は、「何故、東西南北と四方に分けて並べなければならなかったのか。『病気ノコドモ』、『ツカレタ母』、『死ニソウナ人』というようなほとんど似かよった観念の並列はむしろ苦しげにさえ感じられる。[*8]」と続け、詩人宮澤賢治が残した詩としての評価を具体的に試みている。その根底にあるのは、「雨ニモマケズ」が、祈りの言葉ではなく、ふつうの日常の言葉で書かれているという前提である。[*9]

谷川と中村の分析視点の違いは、「雨ニモマケズ」の中の「ヒデリノトキハナミダヲナガシ　サムサノナツハオロオロアルキ」に対する論評の違いに良く表れている。

谷川は、「『サムサノナツハオロオロアルキ』といふ言葉があつて、この言葉が時どき問題になるやうですが、これは東北地方の冷害を知つてゐる人には、直に分る言葉であります。この冷害について如何に賢治が心を痛めてゐるかは、他の『心象スケッチ』と自ら呼んでゐる詩の中にも、これに関するものが沢山あることによつて知られますし、童話『グスコーブドリの伝記』では、主人公ブドリは、この冷害予防のために人工的に火山を爆発させ、その作業に自らの身を犠牲にするのであります。」と述べ、賢治ですら、人工的に火山を爆発させるといった奇想天外な解決策でしか予防することのできないと考えざるを得ない、余りにも過酷な、東北地方の冷害を前にして、心を痛めていた賢治の気持ちを共感的に理解している。

一方、中村は、「ヒデリノトキハナミダヲナガシ／サムサノナツハオロオロアルキ／これほど心をうたれる句はこの作品の中には他にないし、賢治の全作品をつうじてもすくない。そして僕にはこれが羅須地人協会の理想主義の敗北であり、それからの退却であることに反発を感じながらも、ここに賢治の深淵をのぞくことができるように思われる。たしかにかれは旱害に、又、冷害に苦しむ夏の日々、ただおろおろとばかり歩いていたわけではない。」[*10]としながらも、「たとえ健康を回復しても、もう一度羅須地人協会をくりかえそうとは思っていなかったことはたしかなのだ。それは羅須地人協会の方法ではどうにもならない壁に賢治がつきあたっていた」と指摘し、その事実が賢治の作品に大きな影響を与えていたのだと分析している。さらに中村は「賢治はただ涙をながし、おろおろと歩くことを以て足りるとしていたわけではない。しかし、その結果から回想するときは、涙を流し、おろおろと歩く以上の何をしたということができるのか。この詩句の背後には、そういう賢治の烈しい憂悶と悔恨とがある。そして、この詩句が異常な現実感をもっているのは、そのためにほかならない。ここからこの作品は、「ホメラレモセズ／クニモサレズ／サウイフモノニ／ワタシハナリタイ」とつづけて終る。この詩句から賢治の敗北感を感じとることができないとすれば、それは宮澤賢治にまつわる俗説にまどわされているからだ。羅須地人協会の失敗がもたらした賢治の孤独と無力感を考えずに、『雨ニモマケズ』を理解しようとすることは無謀といわねばなるまい。そして、『雨ニモマケズ』を単に善意の文学とよび賢者の文学とよぶことも同じように誤りである。賢治は自分の精根をうちこんだ事業の失敗には憂悶の心を抑えられぬ一個の人間にすぎなかったのだし、人間を、農民を含めて、それほど信頼していたわけでもない。又、かれが未来にどういう期待をかけていたか、それは判らぬことである」[*11]と賢治の心境を批判的に分析している。

谷川が、「宮澤賢治の文学が賢者の文学としての性格を顕著に持つている点であります。賢者の文学といふ言ひ方は、これは私の言ひ方であつて、まだ一般に承認されてをる言ひ方ではありませんが（中略）私がここで賢者といふのは、人間的な弱点をもつてゐない人といふ意味ではありません。ただ、生活者として健全であると共に、常に道を求めて已まない人でなければならない。[*12]」と、賢治の生き方を農民と共に実践するような前向きで肯定的な姿とみているのとは反対に、中村は、「『雨ニモマケズ』は羅須地人協会からの退却以外の何ものでもない、そこに一貫するものは、現実肯定の倫理であって、農民を悲境から救おうとする烈々たる希望ではない。（中略）ただ現実を変革することを諦めた人間の呟きだけだ。」と、賢治が他者から自分の思いは理解されないものだという現実を受け入れて生きる姿を「雨ニモマケズ」の中に感じている。

谷川のように、何かしらの共通点を作者に感じたことによって、文章や語句を共感的に理解しようという視点から読む場合には、読み手は作者の追い求めた方向と同一方向を向いて作品と対話するだろう。しかし、中村のように、何らかの失望を作者に感じたために批判的に分析しようとする視点から読む場合には、読み手は振り返って、作者と作品とを見つめるものだと思う。

賢治は、羅須地人協会の実践に行き詰まり、理想主義を掲げて疾走する方法ではなく、みんなの幸せのために行動するには、どういう心掛けで、どのような生活をすれば良いのか、いろいろと考え悩みながら「雨ニモマケズ」を記したように、私には思われるのである。それは、「雨ニモマケズ」の前半に書かれているのは、賢治自身の「解脱のための方法」であると考えられるし、後半部分に書かれているのは、いわゆる「菩薩道を実践する為の方法」であると考えられるからである。賢治は、ひたすら菩薩道を索めたが、彼は菩薩ではなかった。理想の社会を思い描いたが、実現には程遠い時点で倒れてしまった。けれども、「索めたこと」「めざしたこと」に大きな意味がある。賢治がめざした第四次元の芸術による人間改良は、作品の文学的価値に対する評価ではなく、作品への共感的理解が得られなければ、実現は不可能である。しかし、賢治が、「ポラーノの広場」の中で、「ぼくらはきっとできるとおもふ。なぜならぼくらがそれをいま考えてゐるのだから」と、未来を信じる言葉を書き記している。その言葉に強い共感を覚えた私は、「索めること」「めざすこと」「理想を描くこと」の大切さを思うようになり、人間にとって、「理想」や「あるべきこと」を心に思い描くことは、理想主義文学としての児童文学の大きな役割であると考えるようになった。児童文学として賢治の作品を「読む」時には、作品のどこかしらの語句や文章に、わたしたちは共感的理解を感じているのだと思う。

多様化する評価

そもそも、「読む」とは何か。書き手は心に浮かぶイメージやストーリーを言葉と文字にして文章に置き換えて表現する。読み手は、言葉と文字からそれをイメージ化する。しかし、書き手が発した言葉を読み手が理解するためには、言葉に対する認識の共通化が行われなければならないだろう。しかし、読み手側の理解と書き手側の理解が、知識や経験の違いから、言葉に対する異なる認識の上に行われたために、本来言葉や文字によって成立するイメージそのものが相違してしまっている場合もあるだろう。また、読み手側の知識や経験という環境が変化することによって、同じ言葉や文字であるにもかかわらず、言葉や文字に対する認識が変化し、それに伴って書き手と読み手の間で成立するイメージが変化し、読み手側の書き手側に対する理解が変化していく場合もあるだろう。

佐藤勝治のように、一九四八年に出版した『宮澤賢治の肖像』では、「宮澤賢治先生の童話に精神の眼を開かれてから十余年、一日として先生を思わない日はない。それが信仰の域まで達した。本書はその一つの記念塔である（中略）「雨ニモマケズ」は人間永遠の課題である」と「雨ニモマケズ」を絶賛していた。しかし、四年後の一九五二年には『宮澤賢治批判―宮澤賢治愛好者への参考意見―』[*13]を出版し、「いまや私にとって、マルクスの云うすべてが正しかった。あらゆる問題の解決はマルクスにあった。砂地に入る水のように、私は、ぐいぐいとそれを吸収した（中略）「雨ニモマケズ」の菩提心は高く清く美しい。が、人生の不幸に東奔西走して疲労困憊して倒れる事を幾世紀繰り返しても人間は救われない」と賢治の考えや行動を否定するように変わった。

つまり、同じ作品を読んでも、読者のその時の思想や状況や関心事などで、いろいろ受けとめ方が変わり、さまざまな評価が生じてくるものである。

「作品」というものは、印刷された活字そのものを指すのではなく、読者がその文字を読んで、心の中に、一つの概念やイメージを想起したとき、はじめて「作品」となり、読者がそれに対して、各々の価値判断をした時に、「評価」が行われたといえるだろう。

作品評価は、作品の側にだけするのではなく、読む人間や読む時代によっても変化する可能性が内在されている。だからこそ、中村は「そして、あの太平洋戦争のさなかに、こういう詩とはあまりにも涸渇が幸いしたと思われる文章が迎えられたのは、自給自足経済という時代逆行的な基礎の上に、厖大な夢を描いた男の、夢を失ったときの言葉であるとしたら、むしろ当然だったといわねばなるまい。[*14]」と「雨ニモマケズ」が広く世間に受け入れられた理由を時代背景に求め、谷川は一九四四年に東京女子大学で行った「今日の心がまへ」と題する講演で「雨ニモマケズ」を取り上げて「『雨ニモマケズ』の精神、この精神を若しわれわれが本当に身に付けることができたならば、これに越した今日の心がまへはないと私は思つてゐます。今日の事態はともすると人を昂奮させます。併し、昂奮には今日の意味はないのであります。われわれに必要なのは昂奮ではなくて意志の堅持―持続的な意志の堅持であります。[*15]」と、太平洋戦争の時代を生きる「今日の心がまえへ」としての影響を高く評価したのである。

同じ作品を読んでも、どこに一番強く惹かれるか、どこを一番重視するかは人それぞれに異なり、その人の関心事によって省略箇所は違ってくるし、評価も変わってくる。つまり、同じ作品を読んでも、読み手のその時の思想や状況や関心事などで、さまざまな解釈が行われ、さまざまな評価が生じてくるのである。作品というのは、書かれた活字そのものを指すのではなく、読み手が文字を読み、心の中に、ある概念やイメージを想起した時、初めて作品となるのである。読まれずに本棚やテーブルの上に置かれている本は、正確には、作品ではなく、印刷された紙の集合にすぎないのである。

したがって、読み手の知識・体験・人生観・倫理観・宗教観・風土・風習など、読み手の持つさまざまなファクターによって、理解の仕方も受け止め方も評価もちがってくる。男と女でも、若者と老人でも、大都会に住む人と小さな山村に住む人とでもちがうであろうし、同じ言葉の受け止め方には、人それぞれに微妙なちがいが生じるものであろう。

書き手と読み手の構図は、書き手が自分のイメージを文字に託して表現すると、読み手は、その表現を記号として、自分の知識や経験を通して、一つのイメージを喚起し、それが読み手の理解システムと合致すれば、わかったということになるのである。しかし、書き手のイメージと読み手のイメージは、必ずしも完全には同一ではないだろう。絵のない本から鮮明に浮かぶいろいろなシーンのイメージは、読み手が情景をイメージして考えた記号にすぎない文字から、読み手が自分の記憶の中に蓄積した過去の光景を想起して、記号である文字を理解していくものであろう。読み手が、どのような自分の記憶を想起するかによって、同じ文字であっても、その時々によって、評価が多様化していくことになる。そして、読み手は、ゆっくりと作品を読むことによって、書き手のイメージが託された文字による「表現のすばらしさ」に、その時々に改めて感動していくものなのである。

読者論的視点の導入

私は作品の「読み」というものにこだわり続けてきた。私は、「雨ニモマケズ」について、まず作品を丁寧に読む事、出来れば声に出して読むことを強調したい。しかし、どんなに丁寧に作品を読んでも、作品の文学史的意義や歴史的評価、作者の執筆動機などはわからない。趣味の読書だったら作品をただ読むだけで、自由に解釈しても構わないが、研究対象として作品を読み解き、作品評価を行うためには、作品の背景（例えば、その作品の制作年代や、その時の作者の状況、当時の社会情勢や時代世相、同時代の作品や文学思潮など）も視野に入れて読むことが必要である。私は、「読み」の多様性、「言葉」の多様性、「評価」の多様性などを感じると共に、読みの荒さを感じることがある各人の多種多様な「読み」や「評価」は、どこまで許容されるか、多様化といえども一定の枠が必要ではないのだろうか、もし、無限に多様な解釈が許されるとするなら、書き手と読み手との間の伝達は果して成り立つのか、作者と読者のイメージの相違はどこまでが限界なのかなど、それぞれの「読み」の問題を考えるようになった。

最近、宮澤賢治論にも、いろいろな新説が登場して、目を見張る思いであるが、文学、宗教、科学、天文、宇宙、農村、絵画、音楽等広く言及している賢治であるから、読者がどの分野に魅力を感じるか、賢治とどの様に出会ったかによっても、読者が描く賢治像や作品評価が、それぞれ異なるのは、むしろ当然のことで、何ら不思議ではないと思う。極端な言い方をすれば、一人の作者の書いた一つの作品から、読者の数だけの異なる解釈や評価が生れるといってもいいかも知れない。私自身「読む」という行為をしながら、作者に接近しつつも、結局は自分に引き寄せてイメージし、作者からのメッセージも、表現された文章を、自分の理解できる範囲の中で読み取っているに過ぎないのではないかとも思う時がある。振り返ってみると、私は、賢治の作品を通して、宗教や思想、社会や世界、自然や宇宙などに関心を持つようになった。理想主義文学としての児童文学の役割を、賢治の作品を「読む」ことによって、さらに深く考えるようになったと思う。

賢治童話の絵本化によって、賢治の読者は、小学生は勿論、幼稚園児にまで拡がっている。

「雨ニモマケズ」は、読み手を想定していない、賢治の心の表出であるからこそ、子どもたちに紹介するときに気をつけなくてはならないことは、「雨ニモマケズ」の全文を必ず紹介しなくてはならないということである。日本語では、願望、推量、断定、否定などを示す言葉は、文の最後にあるために、途中まで読んだだけでは「なりたい」のか「なるだろう」なのか「なる」なのか「なりたくない」のか、判断はできない。したがって、子どもたちが、花巻の御土産にある賢治グッズのような「雨ニモマケズ　風ニモマケズ　雪ニモ夏ノアツサニモマケヌ　賢治」という省略された表記によってしか、「雨ニモマケズ」を知り得なかったら、賢治は健康な農民であったようなイメージが想起されてしまい、賢治が病床で苦しみながらも、ひたすら菩薩道を求めて記した「雨ニモマケズ」の本当のこころは、子どもたちに正しく伝わるはずもないだろう。内容が難解であるため、読み手である子どもたちが大人と同じようには理解できないということと、大人が自分の価値観で内容を省略してしまったために、読み手である子どもたちが作品の内容自体を誤解してしまうということは、全く意味が異なるのである。昭和十二年に出版された日本少国民文庫の『人類の進歩につくした人々』にも、「雨ニモマケズ」が掲載されているが、そこでは、「慾」や「瞋」や「玄米」なども難しい原文のままにして、横にルビを付けている。「いかる」に「怒」が使われず「瞋」が使われていることの意味は大きいのである。子ども向きの本だからといって安易に漢字をひらがなに書き換えたりせず、漢字にルビを付けて原文のまま紹介したのは、編者山本有三の優れた見識であったといえるだろう。

大人が書き子どもが読む文学である児童文学は、書き手と読み手の間に知識や体験や価値観の違いが大きいため、子どもたちは大人と同じ作品を読んでも、おそらく大人とは、かなり違った受け止め方をしていると思われる。また、子どもたちは、その成長過程の中で、賢治の作品の記憶を薄れさせていくこともあるだろうし、記憶は変化しても、時折、賢治の作品のイメージを想起することもあるだろう。

これまで、児童文学は、近代文学研究と同じように大人の視点から論じられてきた。今後の児童文学研究においては、具体的な子どもの読書体験記録などを基にして、実証的に論じる児童文学の読者論を試みることも必要とされるようになっていくだろう。

賢治がめざしたのは、戦争や革命による社会改革ではなく、芸術や宗教による人間改良であったと。「マリヴロンと少女」の中の少女が、名高い声楽家マリヴロンに向かって、「先生は、ここの世界や、みんなをもっときれいに立派になさる方でございます」といい、「竜と詩人」の中のアルタが、詩人スーダッタを称えて「風がうたひ波が鳴らすそのうたを／ただちにうたふスールダッタ／星がさうならうとおもい／陸地がさういうことと美の模型をつくり／やがては世界をかなわしむる予言者」と謳い、「ポラーノの広場」のキュースト氏が「まさしきねがいにいさかうとも銀河のかなたに共にわらひ／なべてのなやみを薪ともしつつ、はえある世界をともにつくらん」と宣したように、賢治は芸術による心の改良が実現することを願っていた。

賢治の悲願は、菩薩道の実践であった。菩薩というのは、救いを求めている人があれば、東西南北、どこへでも「行って」その人を苦しみから救うのが菩薩であるといわれている。「雨ニモマケズ」の中には、「行って」という文字が三回も使われている。賢治は、菩薩のこころをもち、あらゆる人の幸せのために尽くしたいと願っていた。賢治の悲願は、たとえ自分を犠牲にしても人の幸せを祈り、みんなの幸のために、自分の生涯を捧げたいと願っていたのである。それは、死の前日に詠んだ「絶詠」（病のゆゑにもくちんいのちなり／みのりに棄てばうれしからまし）にも、はっきりと詠われている。

賢治は、未来を明るくする芸術を「第四次元の芸術」と名付けていた。

子どもたちが、こうした賢治の「第四次元の芸術」の読み手になっていくことは、いつも自分の立場からだけ物事をみるのではなく、相手の立場、自分の視点とは逆の視点からも考えることの大切さを、知っていくことにつながるのではないかと思う。

賢治の母イチさんは、賢治たちが子どもの頃、「人は、誰かに何かをしてあげるために生れて来たんす」といっていらしたというが、その言葉は、賢治の中に、大きな菩薩のこころを育んだと思うと、日常の言葉の力を強く感じる。

＊1　谷川徹三『雨ニモマケズ』日本叢書四　生活社　昭和二十年六月二十日発行
＊2　谷川前掲書　三—四頁
＊3　谷川前掲書　五—六頁
＊4　谷川前掲書　一九頁
＊5　中村稔『宮澤賢治』ユリイカ新書　書肆ユリイカ　一九五五年六月二十日発行

＊6　中村前掲書　百二十七頁
＊7　中村前掲書　百二十七頁
＊8　中村前掲書　百二十八頁
＊9　谷川前掲書　十八頁
＊10　中村前掲書　百三十六―百三十七頁
＊11　中村前掲書　百四十八―百四十九頁
＊12　谷川前掲書　十五―十七頁
＊13　佐藤勝治『宮澤賢治批判』　十字屋書店　昭和二十七年十二月
＊14　中村前掲書　八十頁
＊15　谷川前掲書　二十二頁

IV

講演要約

宮沢賢治のめざしたもの

賢治は子供のころは、ごくごく普通の子供で、ちょっと泣き虫で弱々しい感じだったという。小学校三、四年の時に、八木英三という先生が担任だった。この先生は非常に文学が好きで、子供たちのお昼ご飯がすんだ時などいろいろな本をよみきかせて下さったというエピソードもある。賢治が四年生の時、その先生が東京へ移られる前に、「立志」という題で、将来、どういう大人になりたいかについて作文を書かせられた。賢治はその作文に、「私はお父さんの後をついで、立ぱな商人になります。」と書いている。小学校の四年生の賢治は父を非常に尊敬していて、父のような質屋さんになるのだと考えていたようだ。

ところが、これほど父を尊敬していた賢治が、中学に入ると途端に父を批判しはじめる。彼は明治四十二年に、花巻には中学がなかった頃だから、わざわざ盛岡まで出て、寮に入って盛岡中学に通うのだが、父が入学式についで来て、舎監にいろいろとお礼やお願いをしているときの様子を彼は短歌にしている。この短歌は、賢治は盛岡中学に入ってから作るようになったので、その日に書いたわけではないが、後でその時のことを思い出してよんだものである。

父よ父よなどて舎監の前にしてかのとき銀の時計を捲きし

という歌である。お父さん、どうしてあのとき、別に時間を見たいわけでもないのに、舎監の先生の前でわざわざポケットから銀の時計を出して、ネジを巻いたのかと、少し非難めいて詠んでいる。明治四十二年の頃は、時計は宝石の次ぐらいに貴重なものなので、お金持ちしか銀の時計などは持てなかったのであるが、それを舎監の前でわざわざ見せびらかすような調子でネジを巻いたことに、賢治は反発しているのである。

賢治は、盛岡中学時代にいろいろな人との交流がうまれていく。全寮制だから、様々なところから来ている人がいて、友だちができるわけである。そうすると、賢治は家業が非常に気になりだした。そのころの長男はたいてい家業を継ぐことになっていたので、長男の賢治はいずれ父の後を継いで質屋にならなければいけないのだが、それがもう、つらくてつらくて仕方がない。なぜつらいかというと、賢治は自分の家が町でかなり裕福なお金持ちであると思っていたが、実は祖父の喜助さん、父の政次郎さんのたった二代で大金持ちになっており、賢治は、その大金持ちになることが、一生懸命働いてではなくて、貧しい人たちから得たものによると考えたのである。質屋に来るのはみんな貧しい人で、お金がないから来るわけである。暗くなると、お金のない人が質草を持ってこっそりやって来て、幾らかのお金を借りて帰る。そして、期日が来るとそのお金を返しに来るのだが、借りたお金に高い利子をつけたお金を、父の前に並べている。その姿を見て、あんなに貧しい人からお金を取って、お金持ちになったのだと考えてしまう。

賢治は、保阪嘉内という友だちに宛てた手紙で、家業について、このごろ嫌で嫌で堪らないということを書いている。


古い布団綿、垢がついて冷んやりとする子供の着物、薄黒い質物、凍ったのれん、青色の妬み、乾燥した計算。子供の着物の襟垢がついていて冷んやりするような、じめじめした布団だとかを質草に持ってきて、わずかなお金を借りていく……。そしてお金を返しにくるときには銀行からおろしたばかりの手の切れるようなお札ではなくて、こつこつと貯めたような小銭を並べて払っていく、その農民たちの姿、あるいは農民に限らず貧しい人の姿を見て、自分はそんなことはとうていできないと賢治は思うのだった。

賢治がたまに店番に出ているときには、貸しただけのお金をもらって利子は取らなかったという。それを、父はじっと見ていて、これは商人にむかないなと思ったという。しかし祖父は絶対に賢治に後を継がせたいから、盛岡中学を出ると、すぐに家へ引きもどそうとして、進学には不賛成だった。

盛岡中学は、石川啄木や金田一京助たちの出身中学で、たいていの子は進学する。仲間たちが受験勉強をしているときに、賢治はお祖父様の許しが出ないから、じっと我慢していなければならない。だから、家を継ぎたくない、勉強したいのにだめだといわれる、それがつらかった。

その頃に、彼は前々から手術をしなければいけなかった鼻の病気を治すために、盛岡の病院に入る。そのときにつくった歌なのだが、

友だちの
入学試験ちかからん
林は百合の
嫩芽萌えつゝ

またひとり
はやしに来て鳩のなきまねし
かなしきちさき
百合の根を掘る

友だちの入学試験がもう近い。皆は一生懸命勉強しているだろうけれど、自分は病気で病院で庭に座り込んで小さな百合を見ていると。自分も受験すれば通るのに、受けさせてもらえない。その不満もあり、賢治はことごとく父に反抗するようになる。

粘膜の
赤きぼろきれ
のどにぶらさがれり
かなしきいさかひ
父とまたする

「いさかひ父とまたする」。たびたび父といさかいをしていることが、この歌でもわかる。

学校の
志望は捨てん
木々のみどり
弱きまなこにしみるころかな

父や祖父は反対しているけれど、絶対僕は進学するのだと思いながらも、仕方なくそのときは花巻の自宅で質屋の手伝いをさせられている賢治だったが、父も、利子を取りたがらない賢治の様子を見て、商売にむかない賢治の性格を考え、盛岡の高等農林学校に進学することを許した。賢治は猛烈に勉強をして首席で合格し、高等農林学校時代は、自分から勉強して、いい成績で卒業する。

賢治は学校を卒業してしばらく、恩師の関豊太郎先生について岩手県の土壌調査をしてまわる。関先生は、石灰石が土地改良には大変有効なことを言った人である。賢治の家の近くに松庵寺というお寺があるが、そこには「飢餓供養塔」が多く建っている。餓死した人が非常に多い土地だったため、賢治は、飢餓の原因は作物が取れないからで、稲作の場合には土地を改良して肥えた土地にすれば、収穫がもっと上がるだろうと考え、関豊太郎先生について石灰石の研究をした。

ところが、賢治はあまり体が丈夫でなかったので、土壌調査をしているときに肋膜炎になって、家へ帰ることになってしまう。大正七年の夏、ちょうど鈴木三重吉主宰の『赤い鳥』が話題になっている頃だった。彼も童話を書きはじめるが、何をして生計をたてるか賢治は悩み、小さな工場を建てて、事業をしようと思うようになっていく。具体的にそれがどのような事業かは、その頃はまだ賢治は決めていないが、海草関係かあるいは宝石関係か、いろいろ考えていたようである。そのころ日本女子大学に在学中の妹のトシ子に宛てて、自分は工業が好きだから、工場をつくり、何か事業をやりたいという手紙を書いている。

ところが、大正七年の末ごろ、トシ子が東京で病気になった。「スペイン風邪」というインフルエンザが非常に流行した時期で、知らせを聞いて、母と賢治は、東京にトシ子の看病に出かける。トシ子の病気は風邪から肺炎のようになったり、コレラに感染している疑いも出たりして、かなり長いあいだ入院することになる。母はお正月が過ぎると花巻に帰らなければならず、賢治一人が東京に残り、トシ子の看病をする。暇な時には図書館に行くなどして過ごしていたのだが、父に意外な手紙を出している。「私をどうかこのまま東京に置いてください。東京で宝石屋をやりたい。その宝石も普通の宝石ではなくて、工場を建てて人造宝石をつくる。それは間口は狭くてもやれる仕事だから、是非お金を送ってください。」という趣旨のことを、手紙に書いている。

賢治は突飛なことでも思い立つと、すぐ父に言うので、父も心配で心配でたまらない。突っ走るタイプなのである。それで父からは、そんな人造宝石などというのは人を騙すものではないかというお叱りの手紙が来る。それに対して賢治は、これからは、そういう人造宝石ができる時代なのだ。ちゃんと人造宝石といって売るのだから騙すことにはならないと、何回かやりとりがあったのだが、父は絶対に金を送らなかった。それで、トシ子が小康を得て少し歩けるようになると、彼女を連れて賢治は花巻へ帰ったのだった。

賢治がめざしたものは、初めは自分の職業についてだったが、やがて、社会のあらゆる人の本当の幸福を求めるように変って行く。

たまたまトシ子の入院していた病院が東大付属の小石川病院で、その病院から上野の図書館に行くときに鶯谷の近くを通っていくのだが、そこに国柱会が新しく会館をつくっていた。国柱会というのは田中智学が起こした日蓮宗系の宗教団体で、賢治は、そこにときどき立ち寄り、法話を聞くようになる。

田中智学は非常に能弁で、三時間でも四時間でも熱っぽい話をしたといわれている。その話のなかで、自分のことではなくて、社会を良くしなければならないと説き、実際に孤児院をつくったり、あるいは牛乳をつくって病人に配ったり、と様々な社会事業もしていたのであるが、賢治は国柱会での田中智学の法話を聞きながら、少しずつ国柱会に興味をもちはじめていった。

賢治の父は、浄土真宗大谷派の暁烏敏とか多田鼎という人たちをわざわざ花巻に呼んで、大沢温泉という所に近郷の人たちを集めて法話会を開くような、非常に熱心な仏教徒だった。しかし、父が信仰している精神主義の大谷派の浄土真宗と、賢治のめざした社会改良主義の思想は少しずつ離れていく。それで、とうとう父に内緒で国柱会に入会してしまう。父は『歎異抄』を一生懸命読む人だったが、賢治は『歎異抄』よりも『法華経』を読むべきだと言い出し、そこで父と宗教の論争をするようになるのである。

つまり、意に反し家業を継がなければいけないということ、進学は許されたけれどもそのまま学校に残ることができなかったということ、そして宗教では父と違う宗派を自分が信じるようになったというこの三つのことで、父と賢治のあいだに言い争いが度々起こったのだった。

大正十年一月、賢治は、ここにいたら質屋の跡継ぎをしなければいけない、また国柱会に行ってもっと教えを得たいと思い、父には内緒で、着の身着のままの格好で東京へ行ってしまう。国柱会で、下足番でも何でもいいですから、住み込みで仕事をさせてくださいと頼むが、賢治は袴もはいていないし、東北から着の身着のまま家出してきた青年であることは見るからに明らかだったため、高知尾智耀という智学の高弟に、親戚のところに泊まって、そこから国柱会に通い勉強をなさいと言われてしまうのである。

当てにしていた国柱会の住み込みができなくなった賢治は、安い下宿を見つけて、昼間は東大の前の印刷屋で活字をひろう仕事をしたりしながら、夜になると国柱会に行ってお手伝いをするという生活を始めるが、やはり食べ物が良くないので脚気になったりして、非常に惨めな思いをしながらも、東京で生活していた。

ところが、ちょうどその大正十年の夏頃に、女学校の先生をしていたトシ子が、血を吐いて大変なことになった。電報でトシ子の病気のことを知ると、賢治はすぐに東京から花巻へ帰る。そのときに大きなトランクを下げて帰ってきたという話は有名であるが、今でも、花巻の宮沢賢治記念館に行くと、そのトランクが置いてある。本当に持ち上げるのも大変な大きなトランクだが、それいっぱいの童話の原稿を持って帰って来たといわれている。

賢治は八月の末に花巻に戻り、そして、十二月に花巻の稗貫農学校の先生になったのである。

ここでやっと、賢治はめざすものができた。若い農学校の生徒たちに肉声で自分の思いを語り、そして、一緒に、この花巻を中心に岩手県の農村をもっともっと楽しい農村にしよう。そういう目標が決まって、彼は生徒たちと、単に、授業中に勉強を教えるだけではなくて、一緒に川に入って泳いだり、山を歩いたり、いろいろなことを体験した。

農学校での四年間は、賢治にとって大変楽しいものだったようである。彼が残している『春と修羅』第二集の「序」には、

わたくしが岩手県花巻の
農学校につとめて居りました四年のうちの
終りの二年の手記から集めたものでございます

と詩集の説明をしたあとに、

この四ケ年はわたくしにとって
じつに愉快な明るいものでありました

と書いている。彼は生きているうちに『春と修羅』第一集を出版しているが、この時期から第二集をつくりはじめて、その「序」は死ぬ前に書いていた。

賢治の三十七年間の一生のなかで、農学校の先生をしていた四年というのは、大変楽しく暮らしていたことがわかるだろう。肋膜炎も治り、体も岩手山に登れる程の元気を取り戻していた賢治は、

わたくしは毎日わづか二時間乃至四時間のあかるい授業と
二時間ぐらゐの軽い実習をもって
わたくしにとっては相当の量の俸給を保証されて居りまして
近距離の汽車にも自由に乗れ

ゴム靴や荒い縞のシャツなども可成に自由に選択し
すきな子供らにはごちそうもやれる
さういふ安固な待遇を得て居りました

とも書いている。

農学校の先生の頃は、父の家から通っていたので、俸給は全部賢治の小遣いになった。したがって、好きなレコードもどんどん買っているし、それから生徒たちにご馳走をするのが好きで、そば屋さんに生徒たちを連れて行ったりもした。この時期がいちばんいきいきとしていたということは、死ぬ二ヶ月前に書いた手紙にも書いているが、賢治は非常に伸び伸びと、若い次の世代の教育に情熱を燃やしていた。ありきたりの型にはまった教育ではなくて、自分の体に刻み込む勉強をしようと生徒たちに言っている。

しかし、賢治は、農学校に就職したときの校長先生がある事情で辞めると、やはり自分も辞めなければいけないと考える。これはあまり知られていないが、弟の清六さんに宛てた手紙のなかで、義理でも私は辞めなければいけないのだと書いている。父は、辞める必要はないと思っていたのだが、賢治はとうとう大正十五年三月で学校を辞めてしまう。

賢治が辞める直前、大正十五年一月に国民高等学校というのが全国で四つほどできることになり、。稗貫農学校はこのときには花巻農学校となっていたが、岩手県の国民高等学校がそこに併置され、同じ校舎のなかに農学校と国民高等学校が一緒にできたわけである。国民高等学校は、デンマークの方式で農村のリーダーを養成する学校で、生徒は岩手県だけではなくて、東北のあちこちの村から推薦された優秀な子供たちが集まってきた。教師は花巻農学校の先生の他、花巻女学校や師範学校の先生たちだったのだが、賢治はその学校で、「農民芸術」という講座をもたされることになったのである。

賢治は大正十三年に、本を二冊出した。四月に出したのが、『春と修羅』という詩集であり、彼は「心象スケッチ」と言っている。もう一つは、十二月に出した『注文の多い料理店』という童話集である。この童話集は全然反響がなかったが、『春と修羅』は非常に前衛的な詩集なので、佐藤惣之助とか、辻潤とか、あるいは草野心平とか前衛的な詩人たちには大変評価された。

そして、たまたまその『春と修羅』をみた人だとか、また佐藤惣之助が非常に褒めた言葉を『日本詩人』という雑誌でみた人たちから手紙が来た。そのなかに、左翼のプロレタリア詩人などもいて、プロレタリア詩人たちとの交際が始まる。

左翼の人とも交流をもつ様になって、賢治のなかに「社会」というものが意識されてくる。国柱会で聞いていた社会事業と同じように、社会をどう改良していくか、賢治は考え始める様になっていた。賢治は、血を流す革命は絶対望まない人だったが、「改良」、つまり少しずつ社会を良くしていく、そういう考えを持ち、彼がめざしたものは農村を少しずつ良くしていこうということで、そのために自分は何をすればいいかを真剣に考えたのである。その結果、そのころに書いた詩だとか、あるいは『農民芸術概論綱要』という農民芸術を講義するためのテキストのなかに、「われわれ」という言葉が出てくるようになる。他にも、「私は」といっていた賢治が、詩のなかでも「われわれ」とか「われらは」とか、そういう複数形の一人称を使ってものを考えるようになってくる。賢治はますます社会に対して自分は何をすべきかと考えを進めていった。

大正十五年賢治は、「羅須地人協会」という協会を作った。この協会は、農民運動の拠点だった。羅須地人協会とは、変な名前であるが、これについてはいろいろな説がある。私はおそらく「ラスキン」のもじりではないかと思っている。

豊沢町の自宅から三十分程歩いた辺鄙な場所に賢治は「羅須地人協会」を設立し、そこで夜、自分の教え子や、新しい農村をつくろうという考えの人たちを集めて、農村をより良くするにはどうしたらよいかということを話し合った、レコードコンサートを開いたり物々交換をしたりした。

今も移設保存されている羅須地人協会の建物の中には、皆が話し合った部屋があり、木の丸椅子、黒板、オルガンがあって、ああ、ここで賢治はいろいろな話をしたのだなという雰囲気がそのまま残っている。彼はそうして、新しい農村づくりをめざすようになる。

彼は、関先生から教わっていた土壌改良をまず農村の人に教え、今まで単に人糞を入れるだけだったところに、化学肥料を調合した。調合とは、痩せた土地を良い土地にするにはみんな一律に同じ肥料ではなくて、その土地の性質にあわせた肥料の調合が必要なため、賢治は土地を分析して、土地ごとに肥料の「処方箋」を書いて指導したのである。彼はこれを「肥料設計」とよんだ。こうして、まず土地の改良の話をし、それから、稲がどうして成長するかとか、日照時間や気温の変化が作物の成育にどう影響するかなど、わかりやすく農民たちに話し、作物の収穫を二倍、三倍にして、生活を豊かにしますよということを、実際に賢治はめざしたのである。

次に、賢治は、農村の暮しが辛いのは、ただ働くだけで楽しみがないからではないかと考えた。農民も昼間働いたら夜はもっと楽しく音楽を聴いたり、オーケストラや、四重奏、五重奏の室内楽器を奏でて楽しく歌ったり、あるいは絵を見たり、劇をしたり、自分たちの精神を高めるような、そういうこともすべきではないか、また、いろいろな本も読むことで知識を養い、あるいは豊かな情操を養うべきだ、働くだけではだめだと考え、農村改良策の一つに芸術・文化の普及をあげた。

さらに、もう一つ、賢治が積極的に行ったのは、「物々交換」であった。彼は、現金収入の少ないことが農村と町の違いであるということに気づき、農民たちはもっと積極的に自分の作ったものを物々交換すべきで、レコードなども、聴いていらなくなったものがあったらお互いに取り換えればいいと、日を設定して、「市」のようなこともした。

新しい農村づくりで彼がめざしたものは、農村の収穫を増やすことだけではなく、農民の生活をたのしくすることも含まれていた。賢治は、世界の全体が幸福にならないうちは個人の幸福はあり得ない。一人ひとりが幸福になるためには、世界、社会が幸福にならなければいけないのだということを強く提唱したが、「我等は世界のまことの幸福をたずねよう」とも言っている。目の前の甘い、すぐわかるような幸福ではなくて、本当の幸福を皆で求めつづけようではないか、と新しい農村づくりを通しても考えていたのである。

賢治が考えていた理想の農村の姿は、彼の『ポラーノの広場』という作品に描かれている。『ポラーノの広場』には、少年たちが皆でどのように理想の農村を創造していったかということが描かれていて、とても興味ある作品である。

『ポラーノの広場』のなかの少年たちは、昔から「ポラーノの広場」というものが何処かにあると信じている。しかし、探しても探してもない。遠くから音楽が聞こえてくるから、その音楽をたよりに皆で一生懸命そこへ行ってみると、実はそれは選挙に出る人が人々にふるまい酒をしているところで、がっかりしてしまう。

そのときに、賢治と思わしき登場人物レオーノ・キューストが出てきて、子どもたちに、「ポラーノの広場」、つまり、理想の農村とは、他人がつくったものを探すのではなくて、苦しく貧しい農村を自分たちの手で理想の農村に創りあげるもので、それが本当の「ポラーノの広場」だということを教える。「自分たちの手で創ろう」それが賢治が非常に力説するところだった。他所《どこか》に良いところを探すのではなく、自分たちの力で創りなさいという発想は、『銀河鉄道の夜』のなかでも示されている。

『銀河鉄道の夜』のなかで、氷山にぶつかって沈没したタイタニック号という豪華客船に乗っていた男の子と女の子、そしてその男の子と女の子を連れた家庭教師が銀河鉄道に乗り込んできて、ジョバンニとカムパネルラの前に座る。そして、いろいろな話をして仲良くなるのだが、南十字星が見えてくると、その家庭教師が二人の子供に、「もうぢきサウザンクロスです。おりる支度をして下さい。」といって、汽車から降りる準備を始める。すると、ジョバンニが、「僕たちと一緒にどこまでも乗って行かう。」と言うが、女の子は「だけどあたしたちもうこゝで降りなけぁいけないのよ。こゝ天上へ行くとこなんだから。」という。「そんな神さまうその神さまだい。」とジョバンニは言って止めるが、「だっておっ母さんも行ってらっしゃるしそれに神さまが仰っしゃるんだわ。」と女の子が言う。

そのときに、「天上へなんか行かなくたってい丶ぢゃないか。ぼくたちこゝで天上よりももっとい丶とこをこさへなけぁいけないって僕の先生が云ったよ。」とジョバンニが言う。つまり、「い丶とこ」、幸せな他所へ行くのではなくて、自分の足が今いるこの場所を幸せなところにすべきだと賢治は言いたかったようである。

賢治は、『農民芸術概論綱要』の中で、「生活」と「生存」という言葉をきちんと賢治が使い分けている。どのように使い分けているかというと、「生存」とは、何の目的もなく、昔から伝わったとおりにそれを受け継いでいるだけで、仕方なく苦しい苦しいと言いながら、自分では何の工夫もしなくて生きる生き方を意味している。

一方、明るく生き生きと暮らすのが、「生活」とされる。賢治は、大正十五年の国民高等学校で「農民芸術」を講義するために、イギリスの思想家ウィリアム・モリスの思想を一生懸命に勉強したといわれている。私たちがよろこびもなく、何も考えないで周囲と同じように、ただぼんやりと生きているなら、それは「生存」にすぎないが、私たちがその生活に喜びを感じ、そして自分の個性を発揮し、そして創造的に、つまり何かを創りあげていく、新しい創造を考えながら暮らせば、これは立派な芸術であり、その「生活」そのものが芸術だと、モリスは言っている。そして、これを「生活の芸術化」とよんだ。

「生活の芸術化」とは、嫌々ではなく、生き生きと喜びをもって仕事をすることを大切にし、自分の個性をその仕事のなかに発揮することによって前よりも良いもの、より良いものへと発展させていく心構えをもって暮らせば、生活は立派な芸術と同じレベルになるのだとする考えである。これをモリスがイギリスで唱えて、それを日本では本間久雄という人が翻訳していたが、賢治は、本間の翻訳書も読んでいたと推測される。思想に非常に共感し、そして、仕事が辛いのは、どうしてだろうかと考える。『農民芸術概論綱要』の冒頭には、

おれたちはみな農民である。ずいぶん忙しく仕事もつらい。もっと明るく生き生きと生活する道を見つけたい。

と書いている。小作農民は作物がとれても、それを全部自分が売ったり食べたりはできず、その大半は地主に納めなければいけないので、非常につらいわけである。そのつらさも、人間の力ではどうしようもない天候というものに左右される。雨が降らない日照りとか寒い夏というのは、人間がどんなに頑張ってもやってくる。天気は人間の力ではどうにもならない。冷害でお米がとれなくても当時はただ泣いて、オロオロするしかなかっただろう。

しかし、賢治は、仕事を辛くなくするにはどうすればいいかと考え、それは仕事のし過ぎなのだと、彼は結論づけていく。『オツベルと象』という作品には、こういう話が出ている。

これは、白い象がオツベルという搾取階級の親方に騙されて、働かされる話である。象は、初めの一日目は少し仕事をさせられるから、「おもしろいねえ」と言う。三日目も「ああ、かせぐのはゆかいだねえ、さっぱりするねえ」と言う。しかし、四日目になると、だいぶんつらくなってくる。オツベルは象を使うときに、一度にこれだけの仕事をしなさいと言わないで、一日目は少し、二日目は少しと、いつのまにかだんだん仕事の量を増やし、そして、反対に食べる藁は少しずつ少しずつ減らしていく。これが搾取、搾り取るという搾取階級のやり方だと、賢治は考えている。だから、象は四日目までは、「ああ、せいせいした。サンタマリア」と言っているが、五日目にな

ると、「ああつかれたな」と言う。そして十日目になると、とうとう「苦しいです。サンタマリア」と、お月さまに向かって言う。それから、もうその翌日の十一日目になると、そのお月さまに向かって「もう、さようなら、サンタマリア」と言って、涙をポロッと流す。

つまり、仕事が辛いのは、自分の体力以上の仕事をしているからで、仕事の量を減らせば、仕事は本来楽しいはずだと賢治は考えるのである。『カイロ団長』という童話の中には「王様の命令」として、それぞれに適した仕事の量の計算の仕方が示されている。また、『銀河鉄道の夜』のなかでも、「鳥捕り」というのが出てくるが鳥を捕って押し花みたいにして、チョコレート味の食べ物にする仕事をしており、変な話だが、その鳥捕りが、「あゝせいせいした。どうもからだに恰度合ふほど稼いでゐるくらゐ、いゝことはありませんな。」と言う場面がある。賢治は農民たちに、あなたたちは少し働き過ぎなのだと、夜はもう休みなさい、音楽を聴いて休みなさいと言いたいのである。

このように賢治は、「生活」と「生存」という言葉を使い分けているが、いちばん興味あるのは、『ポラーノの広場』のなかで、レオーノ・キューストという若い青年が、「センダード」という所、仙台を思わせる名前だが、そこで床屋さんに行く話である。

キューストが床屋さんに行くと、その床屋さんでは頭を刈ってくれる人はみな、「アーティスト」とよばれ、壁に名前がちゃんと書かれている。そして、イスに座ってお願いしますと言うと、その係の人がじっとキューストの顔を見ながら、「お客さまのおあごが白くて、それにまるくて、たいへんおとなしくいらっしゃるんだから、やはりオールバックよりはネオグリークの方がいいじゃないかなあ。」と言う。そうすると、他の「アーティスト」たちも寄って来て、「うん。ぼくもそう思うね。」と言う。つまり床屋さんが、「今まで通りに刈ってくれ」と客に言われ、はい、刈ればいいですねと伸びた分だけを切るのでは、「生存」のほうの床屋さんである。「生活」している床屋さんなら、その人の顔をじっと見て、これがいちばん似合うという髪形に刈るのである。つまり、賢治は、こういう仕事をする人は、仕事に喜びと独創と個性とクリエイト、創造をもっているのだというのである。賢治は同じ仕事をするなら、そのような工夫をしなければいけないと伝えたかったのだろう。

大正十五年に羅須地人協会を起こして、賢治は一人ずつ農民たちに、肥料や水の入れ方を教えて回っている。しかしこの年、東北地方は冷害になってしまった。寒くて寒くて、もうどうしようもない夏、そういう冷害がきてしまい、彼は、指導したお百姓さんたちから恨まれてしまう。あの、宮沢政次郎さんというお金持ちの家の坊ちゃんが、百姓の仕事もしたことがないのに、あの肥料を入れろ、この肥料を入れろと言って、肥料をめちゃくちゃに入れたからこんなふうになったのだと、そんなことまで言う人が出てくる始末だった。

そのときに賢治の作った書きかけの次の様な詩がある。

倒れかゝつた稲の間で
ある眼は白く忿つてゐたし
ある眼はさびしく正視を避けた

倒れてしまって、冷たい雨が降ってめちゃくちゃになっている稲のあいだから賢治を睨んだり、賢治と目が合うとすっとよそを向いて目をそらすお百姓さんたちが、その辺にいっぱいいたため、賢治は、そこを歩いていくのがつらくて堪らなかったのである。気温が低くても、雨が降らなければ、冷害も少しで終わるのだが、昭和二年は気温が上がらないうえに、雨がしとしと、しとしとと何日も何日も降ったという。それでもう稲はだめになってしまったのだが、そのときに自分の教え子に書いた手紙のなかで、賢治は、「私はすっかり世間を狭くしてしまいました」

と書いている。いかに賢治がみんなから白い目で見られていたかが窺われるが、彼はもう一回やり直そうと思い直し、昭和三年に伊豆大島に伊藤七雄という、やはり農村改革をしようとしていた人を訪ねたのである。ところが、三週間の旅行から帰ってくると、今度は旱魃で、日照りによって四十日も雨が降らなくて、賢治が指導した田んぼはみんな真っ赤なイモチ病になってしまっていた。

彼は花巻から東京、東京から大島と、そういう長い旅行をして、今のように飛行機で行ったり新幹線が通っているわけではなくて、急行といってもゴトゴトゴトゴトと一晩かかって東京について、それから船に乗ってと、そういう長い長い旅行をして帰ってきた体で、すぐにその日からイモチ病の対策を教えて回るのだった。そのためか、八月の末には四十度ぐらいの熱が出て倒れてしまう。そのときは一カ月ぐらいで起き上がるが、十二月には、寒い日に風邪をひいてとうとう肺炎になって寝込んでしまうのである。そして、彼は翌昭和四年二月には、

われやがて死なん
今日又は明日

あたらしくまたわれとは何かを考へる、と書いている。息をすると、肺のところでフーフーという風の吹くような音がする。ラッセル音がいつまでも消えないと手紙に書いているが、もう自分の命はそう長くはないだろう。しかも農民たちには反発されるし、かつて勤めていた農学校へ行ってみても、昔の同僚さえ何となく自分に冷たい目を向ける。もう耐えられない。

そのころ賢治が病床に寝ながら作った詩を「疾中」と題して一つにまとめてある。それを読んでいると本当に涙が出るくらい賢治の辛い思いが伝わってくる。めざしたものがうまくいかなかったという辛い気持ちが伝わってく

るのである。彼は、もう一回何とか自分も社会に役立つ人になりたいと思うのだが、身体はもうきびしい仕事には耐えられない病身であったため、このころから彼は、自分は体が弱いから、やはり書いたもので人の心を動かしたい、読んだ人々がよりよい生活のためにはどうしたらいいかと考えるような、そういう作品を書こうと考えるようになったのだといえるだろう。

昭和三年に病気をした賢治は、昭和六年の一月頃にはどうにか体がもち直して、少しは歩けるくらいになり、石灰石の肥料を作る東北砕石工場の技師になったのだが、体が完全に治らないまま一生懸命注文取りに奔走したために、その年の九月とうとう東京に行く汽車の中で熱を出してしまい、上野に着いたときにはもうふらふらだったため、いつも泊まっていた八幡館に泊まったが、そこで自分の父と母と弟、妹たちに宛てて遺書を書いている。

そして、賢治は、それこそずたずたの体になって花巻に帰ってきた。その時、迎えに出た清六さんがびっくりするような大きな荷物を持っていたが、これが例のトランクで、賢治の死後このトランクの裏ポケットから「雨ニモマケズ」手帳と、東京で書いた二通の遺言書が出てきたという。その後の賢治は、花巻に帰って豊沢町の自宅に寝たきりになり、もう外へも出られない生活になってしまった。その年の十一月三日に書いたのが、あの有名な「雨ニモマケズ」という作品なのである。

この「雨ニモマケズ」のなかに「デクノボー」という言葉があるために、賢治はデクノボーになりたかったのだとか、デクノボー精神こそ賢治精神だとか、何か賢治が最後に求めたものがデクノボーであったかのように言われることがあるが、これは解釈としては違っていると思う。

「デクノボー」とは、役立たずという意味であるが、私は『気のいい火山弾』のベゴ石と結びつけて考えるべきだと思う。

『気のいい火山弾』という作品があるが、これは、「お人好しの火山弾」という意味である。火山弾というのは、火山が噴火したときに溶岩が流れるが、たいていそのまま固まると尖ったごつごつした岩になってしまうが、溶岩が飛んでそれがくるくると空中でまわると、円盤のような形になる。それを火山弾という。

花巻からは少し遠いところだが、賢治が度々訪れた溶岩のたくさんある場所がある。この溶岩流の場所へ行くとゴツゴツした溶岩があるが、そこに一つだけペタッと牛が寝そべっているような形の火山弾があった。その形を見てまわりの石たちは「ベゴ石」とあだ名をつけてからかった。私たちの社会もそうだが、多勢の中で一人だけ変わっていると、皆が変わり者と言う。だから角のある溶岩たちは、あれはあんなつるんつるんして、ベタッとなっておかしい。自分たちの方が偉いのだ、あれは「役たたず」だと言うのだ。つまり「デクノボー」といってからかうのである。

まわりの火山弾たちが、そのベゴ石を軽蔑してからかうものだから、そこへ飛んできた小さな蚊が一匹、そのベゴ石の回りをぐるぐる回りながらこんなことを言った。

どうも、この野原には、むだなものがたくさんあっていかんな。たとえば、このベゴ石のようなものだ。ベゴ石のごときは、何のやくにもたたない。

ここで「ベゴ石」と「デクノボー」が重なる。

もぐらのようにつちをほって、空気をしんせんにするということもない。草っぱのように露をきらめかして、われわれの目の病をなおすということもない。

何の役にも立たないといって、ベゴ石をバカにするのである。

ところが、ベゴ石はどんなにからかわれても、いつも静かに笑っていた。つまり「デクノボートヨバレ」ても「イツモシズカニワラッテ」いた。ほかの石たちは雨が降ると、雨は嫌だ、早くお天気になればいいのにと言うけれども、ベゴ石は、ああ、雨は冷たくて気持ちがいいなと思う。また、お天道さまが照ると、ほかの石たちは暑い日ばかりで嫌だな、たまには雨もほしいなと言うのだが、ベゴ石は、ああ、お日様こんにちはといって、お日様の光を燦々と受けるのを楽しんでいる。

ところが、ある時、東大の地質学の先生たちが来て、そのベゴ石を見ると、もう大喜びするのだった。

実にいい標本だね。火山弾の典型だ。こんなととのったのは、はじめて見たぜ。……こんなりっぱな火山弾は、大英博物館にもない。

さっそく持って帰ろうということで、馬車をよんできて丁寧に藁で包んで持って帰る。

そうすると、ほかの石たちは羨ましくなって、ため息ばかりつくが、そのときにそのベゴ石は次のように言った。

みなさん、ながながお世話でした。……私の行くところは、ここのように明るく楽しいところではありません。けれども、私どもは、みんな、自分でできることをしなければなりません。さよなら。みなさん。

つまり、東大の研究室に持っていかれるということで角のある石たちは羨ましがるけれど、ベゴ石は別に自分が偉くなったとは思わない。これが自分の社会における役目だと思っているのだ。だから、あなたたちのようにお日さまを仰いだり、冷たい、気持ちのいい雨にあうことも、あるいは涼しい風にあうこともない。暗い地質学の地下室に入れられる自分だけれども、しかし、私どもは皆自分でできることをしなければなりませんと言うのである。

賢治がめざしていたことは、あたりを見回してどちらが偉いとか、どちらがすぐれているとか比べるのではなく、自分らしさ、自分の個性をもっと大切にして、自分の心のなかの「もう一人の自分」と対話しながら自分を見つめる目をもって、自分はこの世の中で何をしたらいいかを考え、その役目を立派に果たすことが大切だということなのだと思う。

時には人から「デクノボー」と呼ばれることがあるかも知れないけれど、私たちは自分でできることをしなければならない。どんな人でも社会に役立つものを必ず持っている。賢治はそう考えていたのだろう。

賢治は『雨ニモマケズ手帳』の中に、「土偶坊」と題して不軽菩薩をイメージして書いた思われる劇の「構想メモ」を記しているが、「雨ニモマケズ」の中の「デクノボートヨバレ」は、恐らく不軽菩薩のような人物を指していると思われるが、賢治が共感したのは、おかしな乞食坊主とののしられ、石を投げられた不軽菩薩ではなく、『雨ニモマケズ手帳』の中に「不軽菩薩」「四衆に具はれる仏性なべて拝をなす」と書かれているように、どんな人にも必ず仏性があると説いて廻った不軽菩薩の考えに、賢治は強い共感をもったのだと思う。「気のいい火山弾」に登場するベゴ石の「私共は、みんな、自分でできることをしなければなりません」という言葉と合わせて考えると、「この世には役立たずの人間はいません。それぞれ自分にあった役割・役目があります」と賢治はいいたかったのではないであろうか。

そのわけは、彼は亡くなる二カ月前に、旧作「ひのきとひなげし」を大きく書き換えた。初期形は、美しくなろうと互いに競いあい、自惚れたり羨ましがったりするひなげしに向かって、ひのきの木が「比べることの愚かさ」「謙虚にありのまま生きることの大切さ」を説き聞かせる話だったが、最終形では、その部分が次のように書き換えられている。「さうさうオールスターキヤストといふのがつまりそれだ。つまり双子星様は双子星様のところに、レオノー様はレオノー様のところに、ちゃんと定まった場所でめいめいのきまつた光りやうをなさるのがオースルターキヤスト、な、ところがありがたいもんで、スターになりたいと云つてゐるおまへたちがそのままそつくりスターでな、おまけにオールスターキヤストだといふことになってある……」

書き換えたこの部分でもわかるように、晩年の賢治は「高慢のいさめ」よりも、「個々の特性を発揮」して、星たちのように、一人ひとりが自分らしく輝きながら、星が星座を作り、北極星を中心に空をめぐるように、人との絆を大切に連帯感を持ちながら、社会を生きて行くことを主張している。

最晩年の賢治がめざしたのは、「デクノボー」的生き方ではなく、「オールスターキャスト」的生き方だったように私は思うのである。

亡くなる十日前に教え子に宛てた手紙で、賢治自身「私のかういふ惨めな失敗は」と書いているように、賢治の生涯は失敗の連続だった。しかし、賢治の作品や言葉が、現在の私たちのこころを捉えるのは、賢治の菩薩道をめざして自分の幸せよりも「あらゆる人の本当の幸福」を願う、ひたむきな生き方ではないであろうか。

最近は「一生懸命」とか「人のために」とか言うと、なんだかしらけたような雰囲気になることがあるが、私はやはり、一度じっくりと自分を見つめ直し、人真似でなく、自分にもっとふさわしい生き方を考えてほしいと思う。そして自分の考えや個性を大切にするように、ほかの人の個性や生き方も大切にしてほしいと思う。自分の幸せだけでなく、他人の幸せもここから願う人になってほしい。

『一房の葡萄』を書いた有島武郎に関するエピソードに次の様なものがある。武郎が北海道の札幌にいて、その寒い寒い吹雪の日に奥さんが長男を生み、次の年、また次の年と続けて三人の子どもを出産する。北海道で慣れない大変な生活をしているときに、奥さんが結核になり、それで東京に引き揚げるが、奥さんはとうとう亡くなってしまう。そのときに武郎は三人の自分の子供に宛てて、手紙のような形で『小さき者へ』という作品を書き、『新潮』という雑誌に発表した。

お前たちが大きくなつて、一人前に育ち上つた時、――その時までお前たちのパヽは生きてゐるかゐないか、それは分らない事だが――父の書き残したものを繰拡げて見る機会があるだらうと思ふ。その時この小さな書き物もお前たちの眼の前に現はれ出るだらう。時はどん〳〵移つて行く。お前たちの父なる私がその時お前たちにどう映るか、それは想像も出来ない事だ。恐らく私が今こゝで、過ぎ去らうとする時代を嗤ひ憐れんでゐるやうに、お前たちも私の古臭い心持を嗤ひ憐れむのかも知れない。私はお前たちの為めにさうあらんことを祈つてゐる。お前たちは遠慮なく私を踏台にして、高い遠い所に私を乗り越えて進まなければ間違つてゐるのだ。然しながらお前たちをどんなに深く愛したものがこの世にゐるか、或はゐたかといふ事実は、永久にお前たちに必要なものだと私は思ふのだ。お前たちがこの書き物を読んで、私の思想の未熟で頑固なのを嗤ふ間にも、私たちの愛はお前たちを暖め、慰め、励まし、人生の可能性をお前たちの心に味覚させずにおかないと私は思つてゐる。だからこの書き物を私はお前たちにあてて書く。

お前たちは去年一人の、たつた一人のマヽを永久に失つてしまつた。お前たちは生れると間もなく、生命に一番大事な養分を奪はれてしまつたのだ。お前達の人生はそこで既に暗い。

小さいお前たちが大人になって、ものがわかるようになったときに、自分が生きていてお話ができればいいが、もしかしたら亡くなっているかもしれない。だから、自分はお前たちにいろいろな話をしておきたいと。そして、お前たちはきっとお父さんが書いたものを読んで、お父さんのことを古いなと思うかもしれない。自分も前の世代の人が一生懸命書いたものを読んで古いなと思うから、それは仕方がない。しかし、私がどこをめざして生きたかということは、お前たちに向かって胸を張って絶対に間違っていなかったと言える。お母さんがいなくて、お前たちは非常に可哀相だけれども、お母さんもお前たちを生むときには本当に一生懸命で、そして愛を込めて育てたのだ。自分もお前たちを愛している。お前たちが大きくなったら、自分を乗り越えて生きてほしい。しかし、私の足跡がどっちの方向を向いているかを、即ち「めざしたもの」を正しく受けとめてくれと。そういうことを書いている。

私も北海道の札幌で十八年暮らしたことがある。札幌の大通り公園には「行け。勇んで。小さき者よ」という「小さき者へ」の最後の結びの言葉が書かれた碑がある。賢治の場合も同じだと思う。賢治が、これからどのように私たちに受けとめられていくか、これは今後かなり変わってくると思う。

彼がめざしたものを私たちは受け継ぎ、賢治に従うのではなくて、賢治を超えて、賢治が向かった方へ向かっていく、そういう受けとめ方をしなければいけないのではないか。私は、賢治が「めざしたもの」を正しくつかんでいくことが大切であると思っている。

宮沢賢治のメッセージ

宮沢賢治といえば、誰しもすぐに「雨ニモマケズ」という作品を思い出すにちがいない。「雨ニモマケズ」というのは、最後に「サウイフモノニワタシハナリタイ」と書かれている。したがってあれは、実はメッセージではなくて、自分に対する誓いの言葉のようなものなのである。『雨ニモマケズ手帳』という宮沢賢治の手帳が復刻されている。普通の手帳であるが、これに病床にあった宮沢賢治が、昭和六年の秋で、もうだいぶん体を痛めていたころ、そう長くないこれからの人生をどう生きようかと考えていた時で、殊に「雨ニモマケズ」を書いた十一月三日というのは、賢治が入会していた国柱会では「一年の魂とせよ明治節」といって、これまでのことを反省しながら、これからの人生の計画を立てる日で、それで書いたのが「雨ニモマケズ」であった。したがって、「雨ニモマケズ」は読者に向って書いたのではなくて、自分に対して書いたものなのである。ところが、この『雨ニモマケズ手帳』の頁をめくっていくと、宮沢賢治がなぜ童話を書いたかということがうかがわれる部分がある。そこには、「高知尾師ノ奨メニヨリ法華文学ノ創作」に志すということが書いてある。したがって、宮沢賢治の童話の大半は、みんなに法華経の心を伝えたいという気持ちで書いたものといえる。童話作家のなかには自分の考えを、読者を意識しないで、そのまま文字化する人もいるが、多くの児童文学者は子どもに何かを伝えたいと思って書いていると思う。宮沢賢治もまたそういう気持ちで童話を書いたのである。「雨ニモマケズ」というのがあまりにも有名になりすぎて、「雨ニモマケズ」を全部は覚えていなくても、「雨ニモマケズ、風ニモマケズ雪ニモ夏ノ暑サニモマケヌ　丈夫ナカラダヲモチ」というのは誰でも覚えていることと思う。しかも、これは非常にパロディーが作りやすくて、いつか新聞に、「雨ニモマケズ　風ニモマケズ　雪ニモ夏ノ暑サニモマケヌ　トタン屋根」という広告が出ていた。そのように賢治即「雨ニモマケズ」というイメージが定着している。

高知尾智耀の奨めによって法華文学を志した、と宮沢賢治はこの『雨ニモマケズ手帳』に書いているが、高知尾智耀という人は、田中智学の高弟で賢治が家出をして、国柱会の布教活動に入ろうとしたときに、賢治に対して「あなたは、上野公園とかいろんな所で布教活動をするよりも、自分の持ち味、自分の能力のすぐれているところで、つまり文学的センスを生かして法華文学を書いたらいいのではないか」と諭した。それで賢治は法華文学を一所懸命に書くようになったのである。

賢治は大正十年に、家出をしたのだが、賢治の家は浄土真宗の家で、大谷派の暁烏敏などと親しくしていた。ところが、宮沢賢治は、高等農林学校を出たころ、大正九年であるが、日蓮宗系の国柱会に入会してしまい、父親と賢治とは宗教的に違う信仰になっていく。そのときに父がどうしても賢治を理解してくれないので、家出をして、父にも国柱会に入ってもらおうと願うけれども、父は自分の家の宗教を変えるわけにはいかないと言って、賢治を叱る。家出をした賢治は半年ほど東京にいた。そして、二つ違いの妹のとし子が、結核だったのが、非常に容体が悪くなったという知らせを受けて、大正十年の夏の終わりごろに花巻へ帰ってくる。そのときに宮沢賢治は抱えきれないような大きなトランクにいっぱいの童話の原稿を詰めて帰ってきた。これは弟の清六さんが書いたエッセーに出ている。そして、その完成していない原稿を賢治は一生かかっていろんな作品に書き替えていくのである。

大正十一年の十一月二十七日に妹のとし子は亡くなる。非常な才媛で、日本女子大を出て、花巻の女学校の先生をしていたが、結核で亡くなる。その時、賢治はものすごく打ちひしがれて、もう創作活動もあまり出来ないような状態になる。賢治はとし子の死体がだんだん冷たくなっていくのを感じながら、とし子の魂はどこへ行ったのだろうと、とし子の魂を探し求める一年間がつづくが、大正十二年の夏に樺太に旅行する。ところが、汽車に乗って樺太まで旅行して、いろんなことを考えているうちに、大きな気持ちになる、賢治は「みんなむかしからのきょうだい」なのだということに気づくわけである。汽車で隣に座っている、いま会った方も、もとを正せば兄弟なんだ、そういう気持ちになって、「みんなむかしからのきょうだいなのだから」、これは「青森挽歌」のいちばん最後に書かれているが、そういう気持ちになっていく。

そして、花巻に帰ってきた賢治は、猛烈な活動をはじめる。学校でも生き生きとして生徒の指導をはじめる。また、書くのも盛んになり、大正十三年の四月に『春と修羅』という詩集を出す。そして、十二月には『注文の多い料理店』という、生きている時にただ一つ出版した童話集を出す。その童話集のなかに、実はこういう言葉が書かれている。「これらのなかには」、これらのなかというのは、『注文の多い料理店』のなかに収められている「どんぐりと山猫」とか「山男の四月」という作品だが、「これらのなかには、あなたのためになるところもあるでしょうし、ただそれっきりのところもあるでしょう。わたしには、そのみわけがよくつきません。なんのことだか、わけのわからないところもあるでしょうが、そんなところは、わたしにもまた、わけがわからないのです。けれども、わたしは、これらのちいさなものがたりの幾きれかが、おしまひ、あなたのすきとおったほんとうのたべものになることを、どんなにねがうかわかりません」と書いている。つまり、自分の作品が読者の心の糧になるといいなあと思っている。その『注文の多い料理店』を出すときに、賢治はたくさん売れるように広告文を書いていて、その広告の文章のなかに「私の作品は少年少女期の終わり頃からアドレッセンス中葉に対する一つの文学である」ということを書いている。つまり、少年期・少女期から青年期の中ぐらいまでの人を私は読者として考えているのだということを書いているわけである。

私が宮沢賢治の作品を最初に読んだのは、小学校の四年生のときで、「貝の火」を読んだが、正直に言って、ちっともわからなかった。ところが、十五歳のときに賢治の作品を読んで、私は体が震えるほど感動した。というのは、私は昭和六年生まれで、戦争中は女学生だった。ですから、昭和二十年になると、もう勉強などはなくて、工場に行って働かされていた。工場に行って一日働かされ、夜には敵機の波状攻撃をうけ、空襲警報のサイレンが鳴って、寝る時間が細切れになってしまう時もあった。そのため、私たちは、電車を待っているプラットホームでもごろんと横になって寝てしまう、それくらい疲れていた。そして、工場を爆撃にきた飛行機に機銃掃射で追い掛けられて必死に防空壕に逃げ込んだこともあった。実は、その睡眠不足や過労が原因で私は結核になって一年間休学したが、私のクラスでも五人ほど、やはり結核になって休学した人がいた。その結核で寝ているとき（賢治と同じ病気だったわけだが）、兄が一冊の本をもってきてくれた。そのころは、戦争が終わった次の年だったが、本屋さんに本がなかった。そして、何月何日に本を売りますという広告が本屋さんの扉を閉めたところに貼ってあるのだった。その日になると本の好きな人たちは、朝早くから本屋さんの前に行列をする。私の兄も本屋さんの前に行列して二冊の本を買ってきてくれたのであった。その一冊が『宮沢賢治名作選』という本だった。もう一冊は「ピーターパン」の本だった。病気の私に兄がプレゼントしてくれた宮沢賢治の本は、表紙がただボール紙をつけただけの本で、中には挿し絵も何もなかったし、紙はちょうどちり紙みたいにところどころ藁が入っているような紙だった。それでも本に飢えていた私は一所懸命読んだが、本の扉を開けたときに「世界がぜんたい幸福にならないうちは個人の幸福はあり得ない」――これは宮沢賢治の「農民芸術概論綱要」のなかの言葉だったが――と書いてあった。そのときに私は、たったそれだけの言葉だが、「本当にその通りだ」と心が揺さぶられるように感動したのである。

というのは、私の大好きな友達が空襲で亡くなったという経験をもっていたからである。平山悦子という方で、本当に前の日までいっしょにお弁当を食べ、いっしょに遊び、帰りには「じゃあ、あしたね」などと言って、笑ってさよならをした。ところが、その日の夜の空襲で悦ちゃんは肩に焼夷弾を受け、片手が切れてしまい、垂れ下った手を引きずりながらお母さんのところへ来て、「手が切れちゃったの」と言って、そのまま意識がなくなった。

その時、私も防空壕に駆け込んで九死に一生を得たのだが、翌日母から「悦ちゃんは肩に焼夷弾が当たって亡くなった」と聞いたとき、私は「うそだ」と思ったが、それは現実だった。なぜ昨日までいっしょに遊べた人が一晩で死ぬんだろうと思った。そのあとも、昼間、工場の仕事をしていると、今度は大きな飛行機が爆弾をもって工場を爆撃にきた。その時に逃げ遅れた私の上級生の人は、体がばらばらになって腕が一本残った人もいた。五人ぐらい亡くなったが、どれがだれの死体かわからなかった。そこへ駆けつけてきたお母さまが、その腕をとって爪を見て、「ああ、この爪は昨日私が切ってやった爪です。これはうちの娘のです」と言って、その片手を抱き締めて帰られた、そういうのを見ながら戦争末期をすごした私は、「世界がぜんたい幸福にならないうちは個人の幸福はあり得ない」という言葉を、本当に「そうだ」と思った。私たちはこのような少女期を過ごした。そういう私にとって、自分だけの幸福ではなくて、世界全体が戦争のない平和な時代になるように、自分の一生をそれにかけたいと思うぐらいになったのは、不思議ではないというか、当然だった。今でも内乱によってあちこちで悲しいいさかいがあるが、そういうニュースを聞くたびに、私は悦ちゃんのこととか、上級生の方のことなどを思い出さないではいられない。

その「世界がぜんたい幸福にならないうちは個人の幸福はあり得ない」と書いてあったページをもう少しあけたところに、「よだかの星」という作品があった。「よだかの星」というのは、これはアンデルセンの「みにくいあひるの子」と非常に似たところがあるが、それを賢治は法華文学に書きなおしているわけで賢治の若いころの作品である。私はこの「よだかの星」がすきになって、とうとう賢治研究にのめり込んでしまったという体験があるからである。〝よだか〟は醜い鳥なのである。

よだかは実にみにくい鳥です。

顔は、ところどころ、味噌をつけたようにまだらで、くちばしは、ひらたくて、耳までさけています。足は、まるでよぼよぼで、一間とも歩けません。ほかの鳥は、もう、よだかの顔を見ただけでも、いやになってしまうという工合でした。

このように姿が醜いために、〝よだか〟は、鳥の仲間から「つらよごしだ」と言っていじめられていた。また、鳥の仲間でも鷹は一層〝よだか〟が嫌いだった。自分は立派な鳥だと思っているので、〝よだか〟が鷹と似た名前であることはプライドが許さないのである。それで〝よだか〟に「名前を変えろ、名前を変えろ。名前を変えなかったら殺してしまう」とまで脅すのである。そこで〝よだか〟は、

鷹さん。それはあんまり無理です。私の名前は私が勝手につけたのではありません。神さまから下さったのです。

と言うのだが、鷹は「違う、違う。〝よだか〟という名前はやめて市蔵としろ」などと言う。それで〝よだか〟はうなだれて自分の巣へ帰っていった。そのとき〝よだか〟は、

一たい僕は、なぜこうみんなにいやがられるのだろう。僕の顔は、味噌をつけたようで、口は裂けてるからなあ。それだって、僕は今まで、なんにも悪いことをしたことがない。赤ん坊のめじろが巣から落ちていたときは、助けて巣へ連れて行ってやった。そしたらめじろは、赤ん坊をまるでぬす人からでもとりかえすように僕からひきはなしたんだなあ。それからひどく僕を笑ったっけ。

と思うのである。つまり、〝よだか〟は、「私は何にも悪いことをしてないよ。ただ姿が醜いためにみんなが僕をいじめるのだなあ。僕はめじろの赤ちゃんを助けたり、むしろいいことをしているのに、どうしてこんなにいじめるのだろう」と思うのである。そして、巣の中でじっとしていた〝よだか〟は、夕方になると、いつものように羽をぴんと張って、大きく口を開けて空を飛んだ。口を開けて飛んでいると、小さな羽虫がどんどん入ってくる。〝よだか〟はそれを食べて夕方の食物にするわけである。いつもそうやっているのだ。ところが、その日の〝よだか〟は鷹にいじめられて、自分のことを考えていたせいであろうか、いつもと違って、咽喉のところに甲虫が入るとぎくりとした。

夜だかが思い切って飛ぶときは、そらがまるで二つに切れたように思われます。一疋の甲虫が、夜だかの咽喉にはいって、ひどくもがきました。よだかはすぐそれを呑みこみましたが、その時何だかせなかがぞっとしたように思いました。

雲はもうまっくろく、東の方だけ山やけの火が赤くうつって、恐ろしいようです。よだかはむねがつかえたように思いながら、又そらへのぼりました。

また一疋の甲虫が、夜だかののどに、はいりました。そしてまるでよだかの咽喉をひっかくようにばたばたしました。よだかはそれを無理にのみこんでしまいましたが、その時、急に胸がどきっとして、夜だかは大声をあげて泣き出しました。泣きながらぐるぐるぐるぐる空をめぐったのです。

（ああ、かぶとむしや、たくさんの羽虫が、毎晩僕に殺される。そしてただ一つの僕がこんどは鷹に殺される。それがこんなにつらいのだ。ああ、つらい、つらい。僕はもう虫をたべないで餓えて死のう。いやその前にもう鷹が僕を殺すだろう。いや、その前に、僕は遠くの遠くの空の向うに行ってしまおう。）

その時に〝よだか〟は、自分が殺生罪という大きな罪を犯していることに気づく。最初は、自分は何も悪いことをしていない、自分がいじめられるのは醜いからだというふうにしか考えていなかった。そして、それは鷹たちのほうが悪いのだと思っていたが、自分の咽喉の中で甲虫がもがいた時に、自分が一日生きるためにはたくさんの命を自分がとっているのだということに気づくのである。そして、もうそういうことをしないですむ世界へ行きたいと、生きているということは殺生罪と無関係でないことに気づくわけである。そこで、〝よだか〟は空へ行って星になろうと思う。

まず最初にお日さまのところへ行ってお願いをした。「お日さん、お日さん。どうぞ私をあなたの所へ連れてって下さい。灼けて死んでもかまいません」と言うのだが、お日さまは「〝よだか〟は夜飛ぶ鳥でしょう。だから昼間のお日さまが助けることはできないんだよ」ということを言うのだった。がっかりした〝よだか〟は、そのまま草叢の中に倒れてしまった。そして眠ってしまった。やがて夜露に目が覚めてみると、もう空一杯に星が輝いていた。「よし、自分は夜の鳥だから、夜の星にお願いしよう」と、彼は最初にオリオンの星に頼む。「お星さん。西の青じろいお星さん。どうか私をあなたのところへ連れてって下さい。灼けて死んでもかまいません」。ところが、オリオンは〝よだか〟のほうを向こうともしないで、すましている。そこで〝よだか〟は南の大犬座に、「お星さん。南の青いお星さん。どうか私をあなたの所へつれていって下さい。やけて死んでもかまいません」とお願いをする。大犬座は横柄な態度で、「馬鹿をいうな。おまえなんか一体どんなものだい。たかが鳥じゃないか、おまえのはねでここまで来るには、億年兆年億兆年だ」とからかい半分に言ってそっぽを向いた。〝よだか〟はがっかりしてしまうが、もういっぺん勇気を出して、北の星の大熊座に、「北の青いお星さま、あなたの所へどうか私を連れていって下さい」と、お願いをした。すると、大熊座は、「余計なことを考えるものではない。少し頭をひやして来なさい。そういうときは、氷山の浮いている海の中へ飛び込むか、近くに海がなかったら、氷を浮かべたコップの水の中へ飛び込むのが一等だ」と、人をばかにしたようなことを言った。もうてんで〝よだか〟など相手にしていない。そこで、最後の力を振りしぼって天の川の岸辺にある鷲座のほうに向かって、「東の白いお星さま。どうか私をあなたの所へ連れてって下さい。やけて死んでもかまいません」とお願いをした。ところが、この鷲座も、「いいや、とてもとても、話にも何もならん。星になるには、それ相応の身分でなくちゃいかん。又よほど金もいるのだ」と言い放った。

このようにだれにも救ってもらえなかった〝よだか〟は、地面に落ちてしまいそうになるのだが、もう少しで地面につくというとき、彼はキシキシキシキシキシッと言いながら、全身の力で空へ向かっていきます。「連れていって下さい」と言っていた〝よだか〟が、自分の力で空へ飛び上がっていく。ひたすら空へ飛び上がっていった。

夜だかは、どこまでも、どこまでも、まっすぐ空へのぼって行きました。もう山焼けの火はたばこの吸殻のくらいにしか見えません。よだかはのぼってのぼって行きました。

寒さにいきはむねに白く凍りました。

空の高いところは冷たいから、胸にいっぱい霜がつくのだ。羽がしびれてしまう。それでも一所懸命にのぼった。のぼったのだけれど、星の世界まではいけなかった。〝よだか〟は、なみだぐんだ目をし、もう上を向いているのか、横を向いているのか、逆さまになっているのかわからなくなって、地面のほうへ落ちていった。心持ちはやすらかだったけれども、くちばしには血がついていた。これが〝よだか〟の最後だったのです。ところが、

それからしばらくたってよだかははっきりとまなこをひらきました。そして自分のからだがいま燐の火のよ

うな青い美しい光になって、しずかに燃えているのを見ました。

すぐとなりは、カシオピア座でした。天の川の青じろいひかりが、すぐうしろになっていました。

そしてよだかの星は燃えつづけました。いつまでもいつまでも燃えつづけました。

今でもまだ燃えています。


これが「〝よだか〟の星」という作品のストーリーなのである。私は十五歳の時に、「〝よだか〟の星は燃えつづけました。いつまでもいつまでも燃えつづけました。今でもまだ燃えています」というところを読んだ時に、〝よだか〟と同じように涙がいっぱい出ていた。ひたむきな、一途な〝よだか〟の姿、そしてだれにも助けられなくても、自分のありったけの力で求める方向へ進んだ〝よだか〟、十五歳の少女の解釈というのは、今からみれば非常に浅い理解だったとは思う。しかし、〝よだか〟の涙ぐんだ目とか、真っ赤に輝いている〝よだか〟の星のイメージというのは、先ほど申しましたボール紙のような表紙で、ちり紙のような紙に印刷された作品ではあったけれども、挿し絵も何もないのに、真っ赤な火が目に見えるような気がしたのだった。

それから私は、その宮沢賢治の本を何回も何回も読んだ。そして、その時に、「言葉ってすばらしいのだなあ」と思った。私たちは日本人として日本語を使っているのだけれども、無意識に使っている。しかし、言葉で表現することはすばらしいことだと思ったのである。というのは、五十音図、「あいうえお、かきくけこ」と、みんな私たちは知っている。そして、宮沢賢治の使っている言葉も私たちが日常使っている言葉なのである。しかし、その言葉の組合せによって、「表現」というものができ、人の心を揺さ振る「文学」とはなんとすばらしいものだろう、そう思った時に、それまで物理学がすきで、理系を受験しようと思っていたのだが、文科にいこう、そして児童文学の研究をしようと思ったのであった。私のライフワークは宮沢賢治の「〝よだか〟の星」によって大きく決められたような気がするのだけれども、その私が、大学に入って、卒業論文を書くときに、単なる「読書」ではなく、今度は「研究」という態度で本を読みはじめた。すると、目から鱗が落ちるという表現があるが、宮沢賢治の作品には、本当に私たちの心をがらりと変えてくれるような、そういう言葉がたくさんあることに気づいた。

その一つは、「銀河鉄道の夜」の話である。「銀河鉄道の夜」は七回ぐらい書き替えられている作品で、カムパネルラという少年が、自分の友達、ザネリが川に落ちて流されていくのを助けるために、川へ飛び込んで、ザネリは助かったのだけれども、カムパネルラは溺れてしまう。そして、この世からあの世へ向かう銀河鉄道の汽車のなかで、友達のジョバンニといっしょに南十字星のほうへ旅をするわけであるが、その汽車のなかで、車掌さんが切符を見にきたときに、切符を出すシーンがあって、その切符、ジョバンニがもっていた切符というのは、どこへでも行ける切符、この世だけではなくて、天上にだって、助けを求める人がいれば地獄にだって行くことができるというすばらしい切符なのであった。その切符をもって旅しているときに、カムパネルラが途中でいなくなって、ジョバンニが涙ぐみながら、「カムパネルラ、僕たちどこまでも、どこまでも一緒に行こう」と言って目が覚める、その時に、ブルカニロ博士という人が近づいてきて、ジョバンニに「おまえはおまえの切符をしっかりもっておいで。そして一しんに勉強しなければいけないよ」と言う。このところで賢治は「勉強」という言葉を繰り返し書いているのだが、「勉強しなければいけない。おまえたちは化学をならったろう、水は酸素と水素からできていると。いまはたれだってそれを疑やしない。……けれども昔はそれを水銀と塩でできていると言ったり、水銀と硫黄でできていると言ったりいろいろ議論したのだ」と言う。そして、「神様だって、信仰の違う人がいろいろいるから、私の神様こそ本当の神様だ、いえ、私の神様こそ本当の神様だとみんないい争うけれども、しかし、それもまだわからない」というようなことを言って、世の中で本当のことがわかっていることはほとんどないのだということを言う。すべて今現在の人間の知恵で理解しているだけで、あと百年たったら、今、私たちが本当だと思っていること

も、いくつか違ったということが絶対あると思う。それで、ブルカニロ博士は、

おまえがほんとうに勉強して、実験でほんとうの考えとうその考えとを分けてしまえば、その実験の方法さえきまれば、もう信仰も化学と同じようになる。

と言う。この言葉はむずかしいので、私が解釈しながら言えば、つまり、私たちは今、教科書でいろんなことを覚え、いろんな歴史を習っているけれども、それは今現在みんなが信じていることであって、百年前、二百年前、五百年前は違ったことを考えていた。それと同じように、あと五百年ぐらいしたら、今私たちが信じていることの何分の一かは嘘だったということになるかもしれない。だから、私たちが「勉強」をするというのは、成績を上げるとか、席順を競いあうとか、そんなことではなく、本当の真理を摑み取るためなんだということを言おうとしているわけである。そして、歴史でも地理でも、それは今現在考えている考え方にすぎないのだということを言っている。

この言葉に私が打たれたのは、実は、私たちは敗戦後、戦争中に使っていた歴史の本を全部捨てなければいけなかったということを体験していたからである。敗戦の翌年、私たちは新しい歴史の本を与えられた。それには戦争中の教科書とはまったく違うことが書かれていた。そういうことを高等学校のころ私たちは体験したのである。「黒塗りの教科書」と言われたりするが、戦争中に教えていた歴史、皇国史観というか、そういうのは嘘なのだと言われるようになった時代だった。だから「銀河鉄道の夜」のブルカニロ博士のことばを読んだとき、本当にそうだなあと思った。私たちが勉強するというのは、知識を得るだけではないのだ。得た知識を知恵にして、その知恵によって私たちは本当のものを自分で摑み取るようにならなければいけないのではないかと思った。学んだものは知識である。それを生活に生かしていって知恵になる。それで、私は勉強というのはそういうものだと思ったとた

んに、学ぶということは楽しいことであり、わからないことが一つずつ明るくなっていくことなのだと思った。このことを賢治はたびたび言っている。「ポランの広場」のなかでも言っている。

「ポランの広場」というのは、宮沢賢治が農村改良運動をしていたころに書いた作品であるけれども、ユートピア的な農村を作るにはどうすればいいかということを「ポランの広場」でいろいろ書いている。そのなかで、

何をしようといってもぼくらはもっと勉強しなくてはならないと思う。こうすればぼくらが幸になるということはわかっていても、そんならどうしてそれをはじめればいいかぼくらにはまだわからないのだ。……ぼくたちは一生けんめいに勉強していかなければならない。

また、農民の子どもたちは、畑仕事がいそがしくって、夜も勉強ができないほど疲れてしまう。それはいけないのだ。夜は楽しく音楽を聞いたり、演劇をしたりする楽しい農民芸術を味あわなければいけないのだ、ということも賢治は考えていた。私は、学校の勉強というのは教科書を覚えることではなくて、教科書で学んだことをもとにして自分で考えることだと思っている。

もう一つ私が感動したのは、「銀河鉄道の夜」のいちばん最初のところで、銀河というのは、夜の闇のなかで見ると、薄い雲がかかっているように見える。先生が「大きな望遠鏡で銀河をよく調べると銀河は大体何でしょう」という質問をします。そうしますとジョバンニは、「あれは雲のように、川のように見えているけれど、星なのだ」とも思うのだけれども、何となく答えられなくて、もじもじしていると、ザネリが軽蔑したように見るシーンがある。天の川は私たちの肉眼では星には見えない。雲のように見える。それは遠いからである。そういうふうに私たちが、肉眼、私たちの目で見ているものは、本当でないものをそう思っているということがある。望遠鏡と同時に、

もう一つ、賢治が興味をもったものに顕微鏡がある。顕微鏡で見ると、何もないと思っていても、そこに何かが見えてくる。宮沢賢治は望遠鏡と顕微鏡に非常に興味をもっていた人である。そして、彼は顕微鏡をモチーフにして『法華経』の教えをみんなに知らせるおもしろい手紙を書いている。自分で印刷しているのだが、「宛名のない手紙」、宛名はなくて、よその家の郵便受けとか、戸口のところとか、学校の下駄箱、今なら靴箱だが、そういうところに配って歩いた仏教説話のようなものだが、そのなかの一つに顕微鏡の話を書いている。その話は、「中学校ぐらいで使っている顕微鏡は大体六百倍から八百倍ぐらいのものであるが、もっと高度な顕微鏡で見ると、もっと細かいものまで見えるようになる。さらにすばらしい顕微鏡なら何もないと思っていたところのバクテリアとか微粒子とかが見える」と言っている。このように、自分の目で見たものと真実は違うのだということに賢治が気づいたのは、彼が顕微鏡を見ていたときだったのである。顕微鏡で目に見えなかったものを見ることによって、「真の姿というのは肉眼では見えないのではないか」と思うようになった。そして、その時に賢治は仏様の目ということを考える。仏様の目は仏眼《ぶつげん》というが、何でも見通せる眼である。天人のもっている天眼《てんげん》、声聞・縁覚の人たちがもっている慧眼《えげん》、それから菩薩たちがもっている法眼《ほうげん》、それらすべてを全部ひっくるめた仏眼、それと私たち人間のもっている肉眼を加えて、五つの眼の段階が仏教では説かれている。宮沢賢治は、仏様の眼に近づき、肉眼で見えないものを見えるようにするためには、もっともっと心を修めなければならないということを考えて、見えないものもあるのだということを感じるのである。

　これと同じようなことを言った人が、実は、女の人にある。金子みすゞという童謡詩人である。大正十年ごろから十三年ごろにかけて、少女だった金子みすゞは、一所懸命に童謡を書いて「童話」という雑誌に投稿していた。金子みすゞの名前を人々が知ったのは、「大漁」という、魚がたくさん獲れて大漁旗を立てて船が港へ帰ってくるのを見て作った詩によってだった。山口県の下関の近くに仙崎という港町がある。金子みすゞは、そこで生まれ、そこで育ったが、二十六歳で亡くなってしまう。そういう短い人生のなかで作った詩だが、そのなかの一つが「大漁」である。

朝焼け　小焼けだ　大漁だ
おおばいわしの大漁だ
浜は祭りのようだけど
海のなかでは何万の
いわしのとむらいするだろう

漁村で、大人の人たちは夜中に海に出て、たくさんのおおばいわしを獲って、大漁旗を立てて帰ってくる。お母さんや子どもたちは浜辺へ出て、まるで村のお祭りのように大騒ぎをしている。それをじっと見ていた金子みすゞは、人間は大漁だといって喜んでいるけれども、海のなかではいわしたちが弔いをしているのではないだろうか、そういう歌である。〝よだか〟が自分はどれだけの命をとって生きているのだろうと言った、あの歎きとどこか通じるところがある。そしてまた、見えないものを感じることの大切さを賢治は指摘しているが、金子みすゞさんも、やはり見えないものを見ることの大切さを謡っている。金子みすゞさんは、こういう童謡も作っている。「星とたんぽぽ」というのだが、たんぽぽのところはカットして、お星さまのところだけをみてみよう。

青いお空のそこふかく
海の小石のそのように

夜がくるまでしずんでる
昼のお星は目に見えぬ
見えぬけれどもあるんだよ
見えぬものでもあるんだよ

つまり、昼間は星が見えない。しかし、「昼間だって星があるのだよ」と言うのである。私が感動したのは、「見えぬけれどもあるのだよ　見えぬものでもあるのだよ」という言葉なのであった。

宮沢賢治も同じように、星が昼間は見えないが、しかしあるのだと言っている。また夜も一時間ごとに見ると、星はすこしずつ移っていく。ところが私たちは星が移っていく跡は見えないけれども、星はたしかに移っていくわけである。それはカメラのレンズを開けて置いておくと、星の移った軌跡がフィルムの上に写るからわかるが、肉眼では見えないけれども、それを感じることのできる人と、ぜんぜん気づかないというか、意識にもっていかない、まったく考えようともしない人がいる。その違いを宮沢賢治は非常に重要なことだと受けとめているのである。

「マリヴロンと少女」という作品がある。拙著『宮沢賢治を読む』のなかに、この「マリヴロンと少女」という作品は「めくらぶだうと虹」から書き替えられたものだということを、原稿用紙を写真に撮って紹介しておいた。この「マリヴロンと少女」というのは、賢治を知るためには、ぜひ読まなければならない作品だと思う。マリヴロンというのは、世界で名高い声楽家である。その声楽家のところへ少女、貧しい少女がやって来て、「私を連れて行ってつかって下さい」と言う。名高い声楽家であるマリヴロンは、ステージに立って歌を歌うと、みんながそれに感動して、「すばらしい」と言ってくれるけれども、私はだれからも振り向かれないということを少女は悲しく言う。ところが、マリヴロンは「いいえ連れて行ったりはしない。あなたはあなたで立派なのですよ」ということを

言う。そして、

正しく清くはたらくひとはひとつの大きな芸術を時間のうしろにつくるのです。ごらんなさい。向うの青いそらのなかを一羽の鵠がとんで行きます。鳥はうしろにみなそのあとをもつのです。みんなはそれを見ないでしょうが、わたくしはそれを見るのです。おんなじようにわたしどもはみなそのあとにひとつの世界をつくって来ます。それがあらゆる人々のいちばん高い芸術です。

と言う。少し説明すると、マリヴロンというすばらしい声楽家はスターだからみんなに尊敬されるけれども、私は貧しい少女だからだれも振り向いてくれないと言った少女に、マリヴロンが、「そうじゃありません。みんな一人ひとりすばらしいものをもっているのですよ」と言って、私たちの人生というのは一つの軌跡、歩いた跡がついていくものだけれども、それを「私たちは感じないのだ。お空を見てご覧なさい。今、白い鳥が飛んでいるでしょう。あの飛んでいく鳥を見ていても、鳥がどういうふうに飛んだかわかる人がありますか。ほとんどないでしょう。それと同じように私たちも、自分のあとに人生という、自分のこれまでの人生の時間の積み重ねがあるのに、それに気づかない人が多いのです。しかし、それに気づいて一刻一刻を大切にする人の人生は芸術のようなものになるのだ」というわけである。彼が芸術的な人生と言ったのはそこなのである。

ちょっと頭のなかで考えてみてほしい。私がここにチョークをもっているとする。そして、ここで左から右へ動かしたとする。何もチョークの跡は残らない。しかし、黒板に向かってチョークを動かすと、黒板に白い跡が残る。黒板があるとないとで見えるようになったり、見えなかったりする。しかし、腕の運動は同じなのである。それと同じに私たちは、写真に撮ったり、ビデオに撮ったりしていると、あの時はこういうことをしたとか、こういうことがあったとか思いだすけれども、写真に残らない、写真に残っているよりも、もっともっとたくさんの時間を、赤ちゃんの時から今日まで歩いてきたわけである。つけた跡は何も見えないが、「見えないけれどあるのだよ　見えぬものでもあるのだよ」と考えなければいけないと思う。そういうふうに一つの出会いでさえ、うしろにはいっぱい私たちの行いが積み重なっているはずなのである。その一つひとつの行いの結果として今がある。私は「マリヴロンと少女」を読んで、昔、少女の頃に、そういうことに気づいたが、それからは毎日毎日が大事であり、何気なく過ぎていく、昨日と今日とはまるで同じように過ぎていき、昨日と今日とが同じように見えるわけだけれども、そこには大切なものがあるのだと思ったのである。したがって、大切にしてほしいと思うのは、今という時を大切にしてほしいということと、決して人と比べないということである。自分には自分らしさというものがあって、その自分らしさを磨いていくことがすばらしい人生になるのだと私は思う。

もう一つ、宮沢賢治の作品に「ひのきとひなげし」というのがある。これは賢治が亡くなる一週間ほど前まで手を加えていた最後の作品で、若い女性の方にぜひ読んでもらいたいと思う作品である。きれいに真っ赤に咲いたひなげし畑のなかで、ひなげしたちが話をしている。テクラさんというのが、そのたくさんのひなげしのなかで、いちばん大きな花を開かせたひなげしである。ほかのひなげしはみんな、「テクラさんはいいわねえ。あんなにきれいに咲いて」と言っていました。テクラというひなげしは、「まあ、私もそう思うけれども、でも私だってもっともっときれいになりたいわ」と言っている。そこへ蛙の紳士と娘とがあわただしく通っていく。そして、「この辺じゃなかったかな」と独り言のように言って、ひなげしたちに「あの名高い整形美容の先生のお宅はこの辺ですか」と聞く。そうするとひなげしたちが、「えっ、そんな先生がいらっしゃるのですか」とさわぎだす。「いらっしゃいますとも、うちのむすめをごらんなさい。整形美容したからこんなにきれいになったのですよ。あしたニューヨークに行くのでお礼に来たのです」と言う。そうするとひなげしたちが、「私たちもきれいにしてもらうように、その先生にお願いしたいから、ぜひ私たちのところへ来てくださるように言伝してくださいと言う。実は、それは蛙ではなくて悪魔だったのである。そして、その悪魔は、今度はお医者さまの蛙に化けてやってくる、「整形美容をしてあげてもいいんだけれども、代金が高いよ」と言う。ひなげしたちはお金をもっていないので困ってしまうのだが、「そうだ、秋になると私たちの頭にはけしけし坊主ができ、阿片が採れます。その阿片を先生にあげますから、今をきれいにしてください」とお願いする。すると悪魔の先生は、「よしよし、そうしてあげよう」と言って、「阿片はみんな差し上げ候」と言いなさいと言うのである。そこで、ひなげしたちが声をそろえて、「阿片はみんな差し上げ候」と言うと、悪魔の先生はきらきらきらと金の粉をまく。もう一服のませましょうと言って、ひなげしたちが「阿片はみんな差し上げ候」と言うと、またきらきらと粉をまく。実は、三服目をのむとすっかりだめになるのだが、その三服目の薬をばらまこうとしたときに、高いところから、これを見ていたひのきが、「こらあ、悪魔」と言ってどなる。悪魔は退散する。そうすると、ひなげしたちは、「ばかなひのき。あたしたちはもっときれいになろうと思っていたのに、よけいなことをしてしまって」と怒るのだが、ひのきは静かにひなげしたちに、「そうじゃないのだよ。おまえたちがもしけしけし坊主になって、それをみんな悪魔に食べられてしまったら、来年はここにけし畑ができないではないか。君たちはそのままで十分すばらしいのだ」ということを言う。そして、みんなが一生懸命に咲けばいいので、それぞれみんなきれいなのだよ、「みんなオールスターキャストなんだよ」とも言う。このように自分がより美しくなりたい、よりすばらしくなりたいとは、だれでも願うことだけれども、その時に隣の人を見て、「あの人と私では私のほうがいいわ」とか、「あっちのほうがいいわ」とか比べることは愚かなことだということは、賢治は「どんぐりと山猫」のなかでも言っている。

賢治がいちばん大切にしていたものは何かと言うと、自分らしさ、個性なのです。その個性について賢治が童話として書いたものに、「気のいい火山弾」という作品がある。火山弾というのは、火山が爆発したときに、吹き出した溶岩が空中で固まったものである。その火山弾がくるくるくると回ったときには丸い円形のものになる。「気のいい火山弾」というのは、大きいのだが、ちょうど牛が野原に寝転がっているような形をした火山弾で、東北では牛を「べゴ」と言うが、べコのような形をしていた。周りには角ばった石がいっぱいあった。そうすると、角ばった石は、べゴ石を「おまえは石のくせにべたっとしていておかしい」と言ってからかう。べゴ石はからかわれても、気がいいからにこにこしている。ところが、ある日、東大の地質学の先生がお弟子さんを連れてやってきた。そして、そのべゴ石を見たとき、周りには角ばった石がいっぱいあるのに、それはまるきり見ないで、「すごい火山弾があった」と言って喜ぶわけである。「すてきだ、実にすてきだ。こういう火山弾は、大英博物館にだってないよ。空でくるくる回ったときの様子がわかるような縞模様のある火山弾、これはすばらしい」と言って、ついていた苔などをむしって、きれいにして大事に大事に馬車で運んでいこうとした。そうすると、今までべゴ石をばかにしていた周りの石やべゴ石についていた苔が、東大の先生がべゴ石を立派なものだと言うと、とたんに、「いいな、いいな」と、大学の研究室に運ばれるべゴ石をみんながうらやましがるのである。そのときにべゴ石が言った最後の言葉、私の好きな言葉であるが、

みなさん。なかなかお世話でした。苔さん。さよなら。さっきの歌を、あとで一ぺんでも、うたって下さい。私の行くところは、ここのように明るい楽しいところではありません。けれども、私共は、みんな、自分でできることをしなければなりません。さよなら。みなさん。

と言って行くのだった。みんなは、気のいい火山弾が東大の研究室へ行くことをうらやましがるのだが、今度はべゴ石のほうが、「研究室なんて、薄暗いところなんだよ。お日さまだって見れないところなんだよ。ここの野原に

いたほうがうんと楽しいんだ。けれども、私たちは自分にできることを一所懸命しなければいけないのだ。それぞれにやるべきことが決まっているのだ」と自分しかやれないことをやるのが、それこそすばらしいんだ、ということを言う。この言葉は覚えておいてほしいと思う。

私の行くところは、ここのように明るい楽しいところではありません。けれども、私共は、みんな、自分でできることをしなければなりません。さよなら。

という言葉である。そうすると、比べることではなくて、自分は何ができるか、自分のライフワークは何かと考えて、それを一所懸命やることがどんなに大切かということになる。賢治は自分の教え子たちにも、そのことを盛んに言っていた。

先ほどの金子みすゞという人も、これと同じことを言っている。童謡「私と小鳥と鈴」では、この三つを比べて、

私が両手を広げても
お空はちっとも飛べないが
飛べる小鳥は私のように
じべたを早くは走れない
私が体をゆすっても
きれいな音はでないけど
あの鳴る鈴は私のように

たくさんの歌は知らないよ
鈴と小鳥とそれから私
みんな違ってみんないい

「みんな違ってみんないい」、ここが大事なのである。「私が手を広げても小鳥のように飛べない。でも、小鳥は私のように地面を早く走れない。私が体をゆすっても、鈴のようなきれいな音は出せない。でも、あの鈴は私のようにいろんな歌を作ることはできない。鈴と小鳥と私、みんな違っている。みんな違っているけれども、みんないいのだ」ということである。「鈴と小鳥とそれから私　みんな違ってみんないい」。私は、「みんな違ってみんないい」という言葉、そして自分でなければやれないことをやるべきなのだ、ということをぜひ理解していただきたいと思っている。

私は自分の学生時代に、賢治の作品をいろいろ読みながら、自分で自分に言い聞かせた言葉は、謙虚に学んで静かに考えようということと、考えて考えて、それが自分にふさわしいと思ったら、これこそ自分の行く道だと思ったら、勇気を出して生きていこうということだった。「謙虚に学ぶこと」、それから「静かに考えること」、そして「勇気をもって行動すること」、このことを私は、弱虫の自分に言い聞かせていたことを、いま思い出した。

人生は変えられる部分と変えられない部分とがある。どういう家に生まれたか、どういう身体つきをしているかとか、こういうのは変えられない。しかし、私たちの人生をより良くするのに力になるのは、良き友、良き先生、良き本なのである。良い先生に恵まれ、良い友達に恵まれ、良い本に巡り合った人は、必ずすばらしい人生を歩くと思う。そこで、ぜひ宮沢賢治の作品に触れて、良い本に出会って、そして、今の自分をすばらしい自分に、よりよい自分に変えていく、人生を自分の手でつくるという気持ちで進んで行けば、どんなにいいだろうと思う。

宮沢賢治最後のメッセージ

一 「ひのきとひなげし」の初期形と最終形

宮沢賢治の最晩年の作品に「ひのきとひなげし」という童話がある。初期形は題材やテーマなどから推測して、恐らく「めくらぶだうと虹」などと同じく一九二一（大10）年頃の作品と思われるが、賢治は死ぬ二ヶ月ほど前に、この作品を大きく書きかえた。その書きかえに用いた用紙の一枚が、一九三三（昭8）年七月十六日の菊池武雄宛書簡下書の裏であることから、この書きかえは、少なくとも一九三三年七月十六日以降であることは確かである。賢治の場合、大幅な作品の書きかえは、表現や構成の訂正だけではなく、テーマや意識の変化を示している。従って「ひのきとひなげし」の初期形と最終形を比較することによって、最晩年の賢治が何を伝えようとしていたかが推察出来ると思う。

初期形「ひのきとひなげし」のストーリーは次のようなものであった。

今を盛りと咲いているひなげしたちは、互いに美しさを競い合い、自分より美しい花を羨やみ、もっと美しくなろうと、悪魔が化けた蛙の変容術の医者に、美しくなるための薬を下さいと頼む。しかし悪魔が怪しげな薬をふりかけようとしたその時、この様子を高い所から見ていたひのきが、突然大声で「はらぎゃあてい」と叫んだ。すると蛙に化けていた悪魔は、その正体を顕わし、あわてて逃げて行ったが、もっと美しくなろうと思っていたひなげしたちは、一斉にわあっと泣き出した。

その時ひのきは静かにこう言った。

「（略）みなさんは、むかしある時は太陽のやうにかゞやいた時もあったのです。どなたかそれをおぼえてゐますか。そして今幸福ですか。こゝろをしづめてほんのしばらく私のことばをお聞きなさい。」

そしてひのきは、小さなつつましい花が、人々から尊ばれるような見事なばらの花に生まれ変わった「転生譚」を語り始めた。

小さなげんのしょうこの白い花は、「決してほかの花をそねんだことがありませんでした。十五日ほどのみじかい一生を、ほかの大きな葉や花のかげでしづかにつゝましく送ったのです。そのしづけさつゝましさ、安らかさけだかさこそはあの美しい黄ばらに咲いたのです。」

また、インドのカシニカ王の手から仏陀に捧げられた二茎の青蓮華は、道に迷った旅人のためにあらん限りの力で花の灯をともした二つのつゆくさの転生した姿で、「これらの花はみな幸福でした。そんなに尊ばれても、その美しさをほこることをしませんでしたから、今は恐らくみなかゞやく天上の花でせう。」

一方、美しいことがいつまでも自分から離れないもののやうに考えていた高慢な花は、凡人の目にはこの上もなく美しい花に見えたが、賢人の目にはその美しさのすぐ裏側に、縦横に刻まれた悪い皺やあやしいねたみのしろびかりが見えていたと語り聞かせると、この「転生譚」を聞いたひなげしたちは、みなしいんとしてしまった、というのが初期形のあらすじである。

ところが最終形の「ひのきとひなげし」では、ひのきの言葉が次のように書きかえられている。

そうぢゃあないて。おまへたちが青いけし坊主のまんまでがりがり食はれてしまったらもう来年はこゝへは

草が生えるだけ　それに第一スターになりたいなんておまへたち、スターて何だかしりもしない癖に。スターといふのはな、本統は天井のお星さまのことなんだ。そらあすこへもうお出になってゐる。もうすこしたてばそらいちめんにおでましだ。さうさうオールスターキャスト（と）いふだらう。オールスターキャストといふのがつまりそれだ。つまり双子星座様は双（子星座様）のところにレオーノ様は（レオーノ様）のところに、ちゃんと定まった場所でめいめいのきまった光りやうをなさるのがオールスターキャスト、な、ところがありがたいもんでスターになりたいなりたいと云ってゐるおまへたちがそのままスターでな　おまけにオールスターキャストだといふことになってある。
それはかうだ。聴けよ。
　あめなる花をほしと云ひ
　この世の星を花といふ（。）

初期形の「ひのきとひなげし」では「はらぎゃあてい」という言葉で悪魔が退散したことや、波羅蜜という星が輝き出したという描写からもわかるように、般若心経の「色即是空」が説かれ、「色は匂えど散りぬるを、我が世誰ぞ常ならむ」というように、「この世のもので変化しないものは一つもない。どんなものでも必ず移ろい変る」という無常観が語られている。

また初期形には、「みじかい一生を、ほかの大きな葉や花のかげでしづかにつゝましく送ったのです」と、静かさや謙虚さを称え、我勝慢や我劣慢を諌め、比べることの愚かさが説かれており、一九二一年当時の賢治が「無常観」や「空の思想」に強い関心をもっていたことがわかる。しかし、最終形の「ひのきとひなげし」では、これらの言葉は全部削除され、「ちゃんと定まった場所でめいめいのきまった光りやうをなさるのがオールスターキャスト、な、ところがありがたいもんでスターになりたいなりたいと云ってゐるおまへたちがそのままそっくりスターでな　おまけにオールスターキャストだといふことになってある。」と書き直されている。

つまり晩年の賢治は、謙虚につつましく生きることは勿論のことながら、自分のもつ個性や才能を発揮して、社会における自分の果たすべき役目を生涯の仕事と定めて生きることもまた大切なことだと考えるようになっている。

ところで、初期形「ひのきとひなげし」の原稿には半紙の表紙が付けられ、表紙の中央には「ひのきとひなげし」と題名が書かれ、左の空白部分には、次のような編集メモが記されている。

童話的構図

①　蟹
②　ひのきとひなげし
③　いてふの実
④　ダァリヤとまなづる
⑤　めくらぶだうと虹
⑦　蟻ときのこ
⑧　蛙の雲見
⑨　兎とすずらん
　皮を食ぅ
⑩　狸さんのポンポコポン
⑪　鯉　あすこのところを
　いきなり吸ひ
　こまれるよ

『注文の多い料理店』の広告文にも書かれているとおり、賢治は十二冊の童話集を刊行する計画だったようだが、「ひのきとひなげし」の作品名は、［文語詩「ほのあかり秋のあぎとは」下書原稿余白］に書かれた〈童話集編集メモ〉にも、また［童話「おきなぐさ」裏表紙］に書かれた〈童話集編集メモ〉にも、その名が挙げられており、次に出版する童話集には必ず入れる予定の作品だったように思われる。原稿は丁寧な文字で清書され、漢字にはルビが付けられている。

賢治はなぜ完成稿ともいえる初期形「ひのきとひなげし」を、最晩年になって、大きく書きかえたのだろうか。

二　オールスターキャスト

賢治が星に強い関心を持ち、星を題材にした作品が多いことは周知のことであるが、それは「よだかの星」に描かれているような「永遠の生命」への希求だけではなかった。「星めぐりの歌」の「小熊のひたひのうへは／そらのめぐりのめあて」とか「水仙月の四日」の「おまへのガラスの水車／きつきとまわせ」や「烏の北斗七星」の「小さな星がいくつか聯合して爆発をやり、水車の心棒がキイキイ云ひました」などからもわかるように、賢治は北極星に特別の関心を持っていたようである。つまり無数の星がそれぞれの位置でそれぞれの光り方で美しく輝き、近くの星と聯合して星座を構成し、北極星を中心に同心円を描きながら、一定の速度で昼も夜もやすみなく空をめぐり続けているこの不思議さに、彼は〈宇宙の神秘〉〈宇宙の摂理〉〈宇宙意志〉を感じていたらしい。

一九一八年の夏、弟妹に読み聞かせたという「双子の星」では、「双子の星一」でも「双子の星二」でも、冒頭部分に「このすきとほる二つのお宮は、まっすぐに向ひ合ってゐます。夜は二人とも、きっとお宮に帰って、きちんと座り、空の星めぐりの歌に合せて、一晩銀笛を吹くのです。それがこの双子のお星様の役目でした。」と書かれている。「双子の星」には「オールスターキャスト」という言葉は使われていないが、「ひのきとひなげし」（最終形）の中の「つまり双子星座様は双子星座様のところにレオーノ様はレオーノ様のところに、ちゃんと定まった場所でめいめいのきまった光りやうをなさるのがオールスターキャスト」だという賢治の星に対する意識は、初期作品執筆の頃から既に賢治の中に存在していたことがわかる。
こうした「個」と「全」の関係は、現実社会では「個人」と「社会」の関係となる。彼はひとりひとりがそれぞれの個性を発揮しながら互いの連帯感を持ち、社会の中で自分にふさわしい役目を担っていくべきだと考えていた。賢治が一九二六年にまとめた「農民芸術概論綱要」（農民芸術の産者）には次のように書かれている。

誰人もみな芸術家たる感受をなせ
個性の優れる方向に於て各々止むなき表現をなせ
然もめいめいそのときどきの芸術家である。
（中略）
こゝには多くの解放された天才がある
個性の異る幾億の天才も並び立つべく斯て地面も天となる

また晩年に書いた「ポラーノの広場」の前駆作品「風と草穂」では「さうだ、諸君、あたらしい時代はもう来たのだ。この野原のなかにまもなく千人の天才がいっしょにお互に尊敬し合ひながらめいめいの仕事をやって行くだらう（下略）」と書いている。

三 「デクノボー」と「デクノボートヨバレ」

「天才」という言葉は「ミンナニデクノボートヨバレ」と書いた賢治には似つかわしくない言葉のようにも思え

るが、「デクノボー」と「デクノボートヨバレ」とは、あくまで意味が異なることに留意すべきである。

これまでの「デクノボー論」は、「どんぐりと山猫」の中で一郎がお説教で聞いたという「このなかでいちばんばかで、めちゃくちゃで、まるでなつてゐないやうなのが、いちばんえらい」という言葉を引用して説明したものが多いが、そもそも「どんぐりと山猫」という作品は、賢治が『注文の多い料理店』の広告文の中で、「必ず比較されなければならないいまの学童たちの内奥からの反響です」と書いているように、「どんぐりの背くらべ」という俚諺通り、所詮は似たり寄ったりのどんぐりたちが、どっちが偉いかと、何日もいい争っている様子を描いて、「人と比べることの愚かさ」をユーモラスな文章で風刺的に書いた作品である。

「雨ニモマケズ」の「ミンナニデクノボートヨバレ」という言葉の真意を考えるときは、「どんぐりと山猫」ではなく「気のいい火山弾」のベゴ石を想起しながら解釈すべきだと思う。

角のある火山角礫ばかりの中に一つだけ平たい火山弾があった。その火山弾は、あたりのみんなに「ベゴ石」と呼ばれ、からかわれ蔑まれていたが、気のいい火山弾はいつも静かに笑っていた。次の日のこと、蚊が一疋くうんくうんとうなってやって来て「どうも、この野原には、むだなものが沢山あっていかんな。たとへば、このベゴ石のやうなものだ。ベゴ石のごときは何のやくにもた、ない」とからかっていった。ベゴ石の上にの苔は、前からいろいろと悪口を聞いてゐたが、ことに、この蚊の悪口を聞いてから、いよいよベゴ石を馬鹿にしはじめた。

ところがある日地質学の学者たちがやってきて、ベゴ石を見つけ大喜び。「実にい、標本だね。火山弾の典型だ。」「大英博物館にだってこんなに立派な火山弾はないぜ」と絶賛し、丁寧に藁で包んで荷車に載せ東京帝国大学地質学教室へ運んでいった。そのとき、苔はむしり取られて泣き、陵のある角礫たちは羨ましそうにためいきばかりついていた。けれどもベゴ石は、いつものようにしずかにわらっていた。ベゴ石は決して自分の方が優れていたのだとか、自分の方が幸せになったのだとは思っていなかった。

お空。お空。お空のち、は、
つめたい雨のザァザザ、
かしわのしづくトンテントン、
まっしろきりのポッシャントン。

お空。お空。お空のひかり、
おてんとさまは、カンカンカン、
月のあかりは、ツンツンツン、
ほしのひかりの、ピッカリコ。

と、いつも自然の恵みを称えてこんな歌を歌っていたベゴ石にとって、東京帝国大学の薄暗い地質学教室へ連れて行かれることは、あるいは望まないことだったのかもしれない。

しかしベゴ石は、「みなさん、ながながお世話でした。苔さん。さよなら。さっきの歌をあとで一ぺんでも、うたって下さい。私の行くところは、こゝのやうに明るい楽しいところではありません。けれども、私共は、みんな、自分でできることをしなければなりません。さよなら。みなさん。」といって、荷馬車で運ばれて行ったのである。

「私共は、みんな、自分でできることをしなければなりません」という言葉が示すように、賢治がめざしたのは、本当の役立たずの「デクノボー」ではなく、「ミンナニデクノボートヨバレ」ても、しずかにわらって、社会の中で自分のなすべき仕事、自分の果たすべき役目を自覚し実践することであった。

四　賢治の中の不軽菩薩像の変化

ひたすら菩薩道をめざした賢治が、晩年不軽菩薩に強い関心を持っていたことは疑いないことである。「雨ニモマケズ」の中の「ミンナニデクノボートヨバレ」が不軽菩薩的生き方を指していることは、同じ「雨ニモマケズ手帳」の七一頁から七四頁に書かれている「土偶坊」という題名の〈劇化構想メモ〉や一二一頁から一二四頁にある「不軽菩薩」と題した文語詩からも明らかである。

しかし、「雨ニモマケズ手帳」に書かれている「土偶坊」や「不軽菩薩」（初期形）と、最晩年に書かれた文語詩「不軽菩薩」（最終形）とを比較すると、「雨ニモマケズ手帳」の「土偶坊」では、「土偶ノ坊　石ヲ／投ゲラレテ遁ゲル」とあり、文語詩「不軽菩薩」でも「あるひは瓦石さてはまた／刀杖もって追れども」（一二一頁）「菩薩四の衆を礼すれば／衆はいかりて罵るや」（一二三頁）と、あらゆる人に向かって合掌する不軽菩薩の奇行が人々の瞋りをかい、石を投げられたり杖で打たれたりする場面が強調されている。しかし、最晩年に書かれた文語詩の「不軽菩薩」（最終形）は、未定稿ながら次に示すように石を投げられたり杖で叩かれたりする描写はなく、四連とも最後は「菩薩は礼をなし給ふ」という言葉が繰り返されている。

あらめの衣身にまとひ
城より城をへめぐりつ
上慢四衆の人ごとに
菩薩は礼をなしたまふ

（われは不軽ぞかれは慢
こは無明なりしかもあれ
いましも展く法性と
菩薩は礼をなし給ふ）

われは汝等を尊敬す
敢て軽賤なさざるは
汝等作仏せん故と
菩薩は礼をなし給ふ

（こゝにわれなくかれもなし
たゞ一乗の法界ぞ
法界をこそ拝すれと
菩薩は礼をなし給ふ）

乞食坊主と罵られ、石を投げられ、杖で叩かれる不軽菩薩の忍辱の姿よりも、「我深く汝等を敬ふ。敢へて軽慢せず。所以は何ん。汝等皆菩薩の道を行じて、當に作仏することを得べし。」と唱えて合掌する不軽菩薩に晩年の賢治は牽かれていたように思われる。

最晩年の賢治の言葉や行為は、「人はみな仏になる仏種をもっており、みんな仏になる人たちであるから、会う人毎に合掌するのだ」といった不軽菩薩の「一切衆生　悉皆成仏」「悉有仏性説」が、その基底になっているといえる。

賢治がはじめて法華経に接したのは、一九一四（大3）年盛岡中学を卒業した十九歳の秋のことで、島地大等の『漢和対照妙法蓮華経』を読んで、「如来寿量品第十六」の「如来のいのちは永遠である」という教えに彼は身体が震えるくらい感動したといわれているが、最晩年の賢治は、法華経の「常不軽菩薩品第二十」で説かれている「一切衆生　悉皆成仏」の教義に、より強く牽かれていたように思われる。

五　教え子への最後の手紙

一九三三（昭8）年九月十一日、教え子の柳原昌悦に書き送った書簡は、死の十日前に書かれたものであるが、この書簡には下書きが二通残っており、教え子の相談に対して賢治が慎重に返事を認めたことがわかる。清書した書簡は原稿用紙二枚に丁度収まるように書かれ、筆跡も死の十日前とは思えないくらい端正な文字で書かれている。恐らく教え子への遺言のつもりで、賢治はこの書簡を書いたのであろう。

柳原昌悦は、賢治が花巻農学校の最後の一年間教えた生徒であるが、賢治が退職した後も肥料設計所の手伝いをしたりして、賢治が亡くなるまで親しく文通していた人である。氏は花巻農学校を卒業後、岩手県師範学校に入学し、卒業後は亀ヶ森・煙山・手白森小学校などで教師をしていたが、賢治の没後、一九四〇年満蒙開拓訓練所に入り、翌年満州開拓地へ行った。しかし満州で妻子を失い、敗戦後帰国、岩手県で開拓に従事したという。

この書簡は教師をしていた柳原が満蒙開拓団の誘いを受け、思案にあまって賢治に満蒙行きの相談をしたという、その手紙の返事と思われる。

賢治は自分が教職をやめて農村改良運動に走り、結局、身体をこわして寝込んでしまった苦い体験や現在の心境を率直に語り、「風のなかを自由に歩けるとか、はっきりした声で何時間も話ができるとか、じぶんの兄弟のために何円かを手伝へるとかいふやうなことはできないものから見れば神の業にも均しいものです。どうか今の生活を大切にお護り下さい。上のそらでなしに、しっかり落ちついて、一時の感激や興奮を避け、楽しめるものは楽しみ、苦しまなければならないものは苦しんで生きて行きましょう。」と助言している。

下書にも「どうかあなたはいまのお仕事を落ちついて大切にお守りください。その仕事をしてゐる間は誰でもそれがつまらなく低いものに見えて粗末にし過ぎるやうです。私などはそれによって致命的に身を過った標本でせう。『慢』といふ心病、身に発して只今の生きるに生き悩み死ぬに死なれないこの病になったのです。」とあり、賢治は花巻農学校を辞して農民と同じ生活をしようと、粗末な食事で自分の体力以上の激しい労働をした為に身体を壊し、人並みの生活さえ出来なくなったことを深く反省していたことが窺われる。

「一時の感激や興奮を避け、楽しめるものは楽しみ、苦しまなければならないものは苦しんで生きて行きましょう。」と書いた時の賢治の気持ちは、五十五歳の日蓮が、四条金吾殿御返事の中で「苦をば苦とさとり、楽をば楽とひらき、苦楽ともに思ひ合わせて、南無妙法蓮華経とうちとなへさせ給へ」と答えた時と同じ心境だったのであろう。

六　「絶詠」のこころ

賢治は死の前日、鳥ケ谷神社の神輿を拝み、その後二首の短歌を詠んだ。

方十里稗貫のみかも稲熟れて
　み祭三日そらはれわたる
病のゆゑにもくちんいのちなり
　みのりに棄てばうれしからまし

賢治にとって一番気がかりだったのは、稲作の出来具合であった。その前年がひどい凶作だっただけに、賢治は病床にあっても稲のことをひどく気に掛けていたが、幸いその年は何年ぶりかの豊作だった。「稗貫のみかも稲熟れて」に賢治の安堵と喜びが感じられる。

二首目の「みのりに棄てば」の「みのり」は〈御法〉と〈稔り〉の懸詞である。さまざまな壁に阻まれて賢治の一生は挫折の繰り返しではあったが、死の前夜まで農民の肥料相談に応じたり、多くの人が法華経に帰依して幸せになるよう、『国訳妙法蓮華経』を知人に配布することを遺言したりした賢治は、「絶詠」に込めた悲願通りに、〈稔り〉と〈御法〉のために殉じたということが出来るのかもしれない。

七　賢治「全生涯の仕事」

宮沢賢治は亡くなる直前、父に向かって国訳の妙法蓮華経を千部作り、その奥付に

合掌
私の全生涯の仕事は此経をあ

なたの御手許に届けそして其
中にある仏意にふれてあなた
が無上道に入られんことを御願
ひするの外ありません

と書いて知人に配って欲しいと遺言をした。

「あらゆる人のまことの幸福」を願って、賢治はさまざまな仕事をしたが、最後に到達したのは、多くの人が法華経に帰依して無上道に入れるように、その〈機縁〉を作る役目であった。

「雨ニモマケズ手帳」の鉛筆差しの中から発見された筒形に折り畳まれた小さな紙に、賢治は「塵点の劫をし過ぎて　いましこの妙のみ法にあひまつりしを」という短歌を書き残しているが、法華経とめぐり逢えた深い喜びを、他の人にも伝えることを自分の生涯の仕事だと自覚した賢治が最晩年にめざしたのは「あらゆる人の幸せのための菩薩行」であり、「多くの人が法華経に帰依して無上道に入るための〈機縁〉を作ること」であった。

賢治の最後のメッセージは、法華経の中の「悉皆成仏」のこころに目覚め、「ひのきとひなげし」（最終形）にある「オールスターキャスト」という言葉が示すように、社会の中で行うべき仕事やふさわしい役目を果たすことであったとすれば、最晩年の賢治を理解するには、「デクノボー」以上に「オールスターキャスト」という言葉に注目すべきではないだろうか。

初出一覧

I

賢治童話研究の始点　『四次元』51号、一九五四年六月

一つの「心象スケッチ」の出来上るまで　『四次元』54・55号、一九五四年九・一〇月

四つの「銀河鉄道の夜」　関西賢治ゼミナール『うずのしゅげ』二〇〇四年九月

賢治童話の基底にあるもの

㈠死の意識について　『四次元』143号、一九六二年一一月

㈡「いかり」と「あらそい」の否定から超克へ　『四次元』150号、一九六三年七月

賢治童話の思想　『四次元』59・64号、一九五五年三月・八月

賢治童話の魅力　『国語教育相談室』384号、光村図書、一九九一年九月

II

賢治思想の軌跡　『國學院女子短期大学紀要』創刊号、一九八三年二月

大正十年の宮沢賢治―賢治と国柱会―　『国語国文学研究』第36号、二〇〇一年二月

賢治童話における「雪渡り」の位置　宮沢賢治学会イーハトーブセンター『宮沢賢治 Annual』Vol. 19、二〇〇九年三月

III

「雨ニモマケズ」考　『教科通信』第24巻第13号・第24巻第21号、教育出版、一九八七年五月・七月

「雨ニモマケズ」読者論　関西賢治ゼミナール『うずのしゅげ』二〇〇六年二月

IV　講演要約

宮沢賢治のめざしたもの　光華女子大学光華女子短期大学『真実心』第18集、一九七九年三月

宮沢賢治のメッセージ　光華女子大学光華女子短期大学『真実心』第15集、一九九四年三月

宮沢賢治最後のメッセージ　関西賢治ゼミナール『うずのしゅげ』一九九七年五月

あとがき

十四歳の時、敗戦を体験し、その翌年肋膜炎を患って、病床生活を送っていた私は、天井をみつめながら、いろいろと思索するのが好きな女の子でした。本を読むことも好きだったが、それ以上に、読んだ本の言葉や描写をぼんやりと思いだしながら、「自分の頭の中」にもう一度「本の世界」をよみ返らせて、本の中のいろいろな言葉を反芻するのが、一層たのしいことだったと記憶しています。病床で本を楽しんでいる私に『宮澤賢治名作選』を手渡してくれたのは次兄でした。その本を何気なく開いた時、本の扉にあった「世界ぜんたい幸福にならないうちは、個人の幸福はあり得ない」という言葉が、私のこころをその本にひきつけてしまったのです。私はすぐにその本を読み始めたのですが、「よだかの星」のよだかの苦悩や星の世界をめざして、ひたむきに飛び続ける姿が、目に泛んで、しばらくは、じっと天井をみつめていたのでした。それは、私が読書によって得た「はじめての感動」だったのです。その日以来、宮沢賢治の本は、常に私の座右にあったといえるでしょう。

「読書は言ってみれば、自分の頭ではなく、他人の頭で考えることである」といったのは、ショウペンハウエルですが、読んだ本の中の言葉を、自分の頭の中で、もう一度反芻しながら考えを巡らすのは、新しい世界を自分の中に取り入れて行く楽しい時間だと、私は思っています。

私の場合は、「賢治の世界」を知ったことで、仏教の世界のすばらしさを知り、「仏教」に関心を持つようになってから「自然界の不思議」を知り「自然の摂理」を考えるようになりました。これからも「賢治のことば」から多くのことを学ぶことと思います。

『新校本宮澤賢治全集』も完結し、賢治の研究はますます盛んになると思いますが、私は最近賢治研究の先達たちの業績に対して「学恩」を感じないではいられません。賢治研究は多くの人の集結した力で、賢治のめざした方向をめざしながら前進していくことでしょう。

コンピューターは勿論、コピー機やＦＡＸなどもなかった昭和二十年代に、鉛筆とカードで研究資料を整理することから始めなければならなかった私たち世代の研究の仕方は、今後大きく変ると思いますが、賢治研究は常に研究のめざすところを見失なわないようにしたいと思います。私の賢治研究は半世紀を越えました。その中で、いつも共にあって常に私を励まし、私のよき相談相手もしてくれた夫　西田直敏に感謝をこめてこの本を贈りたいと思います。

また翰林書房の今井肇さん御夫妻には、『宮沢賢治―その独自性と同時代性』の時同様、今回もお世話になりました。御二人の御助力がなければ、この本は出版することは出来なかったと思います。心から感謝しております。

二〇一〇年立春

西田良子

【著者略歴】
西田　良子（にしだ　よしこ）
熊本大学法文学部文学科卒業、早稲田大学大学院文学研究科修士修了、北海道教育大学非常勤講師、国学院女子短期大学助教授、大阪国際児童文学館総括専門員、大谷大学教授などを歴任。
著書
『日本児童文学研究』（牧書店）、『現代日本児童文学論―研究と提言―』（桜楓社）、『宮沢賢治論』（桜楓社）、『明日を考える文学―日本児童文学にみる女の歩み―』（もく馬社）、『宮沢賢治―その独自性と同時代性―』（翰林書房）
編集
『宮沢賢治を読む』（創元社）、『日本児童文学大事典』（大日本図書）

宮沢賢治読者論

発行日	2010年 3 月 25 日　初版第一刷
著　者	西田良子
発行人	今井 肇
発行所	翰林書房
	〒101-0051 東京都千代田区神田神保町 1-14
	電 話 (03) 3294-0588
	FAX (03) 3294-0278
	http://www.kanrin.co.jp
	Eメール● Kanrin@nifty.com
装　釘	矢野徳子＋島津デザイン事務所
印刷・製本	シ ナ ノ

落丁・乱丁本はお取替えいたします

ISBN978-4-87737-298-9